JN291543

The

Shadow

シャドウ・ラインズ

語られなかったインド

Lines

アミタヴ・ゴーシュ
Amitav Ghosh
井坂理穂 訳
Isaka Riho

而立書房

目次

シャドウ・ラインズ　語られなかったインド
旅立ち　5
帰郷　181
解説　『シャドウ・ラインズ』と現代南アジア　397
訳者あとがき　433

装丁／神田昇和

注記

＊『シャドウ・ラインズ』の原文は英語で書かれているが、文中にしばしばヒンディー語、ベンガル語など南アジア諸言語の単語、表現が登場する。文脈からおおよその意味はわかるように工夫されており、原著の英語には注は一切つけられていない。本書では、これらの言葉を基本的には日本語に訳したが、料理名など訳しにくい単語については発音をそのままカタカナ表記し、巻末の訳者による「解説『シャドウ・ラインズ』と現代南アジア」末尾で簡単な説明を加えた。また、南アジアの政治団体や行政組織、歴史的事件の名称については日本での定訳を用い、同解説で必要な背景説明を行った。

＊南アジア諸言語の地名、人名をカタカナ表記する場合には、基本的にベンガル語、ヒンディー語など現地語での発音を採用した。ただし、「タゴール」のように、英語や日本語ですでに特定の発音が定着している固有名詞については、そちらを採用した。

＊巻末の解説で示すように、『シャドウ・ラインズ』は複数の出版社から発行されている。ゴーシュ自身の意向により、翻訳にあたってはラヴィ・ダヤール版を底本とした。

シャドウ・ラインズ

語られなかったインド

The Shadow Lines
by Amitav Ghosh
Copyright © 1988 by Amitav Ghosh

Japanese translation published by arrangement with Amitav Ghosh
℅ The Karpfinger Agency through The English Agency Japan Ltd.

旅立ち　*Going Away*

主な登場人物

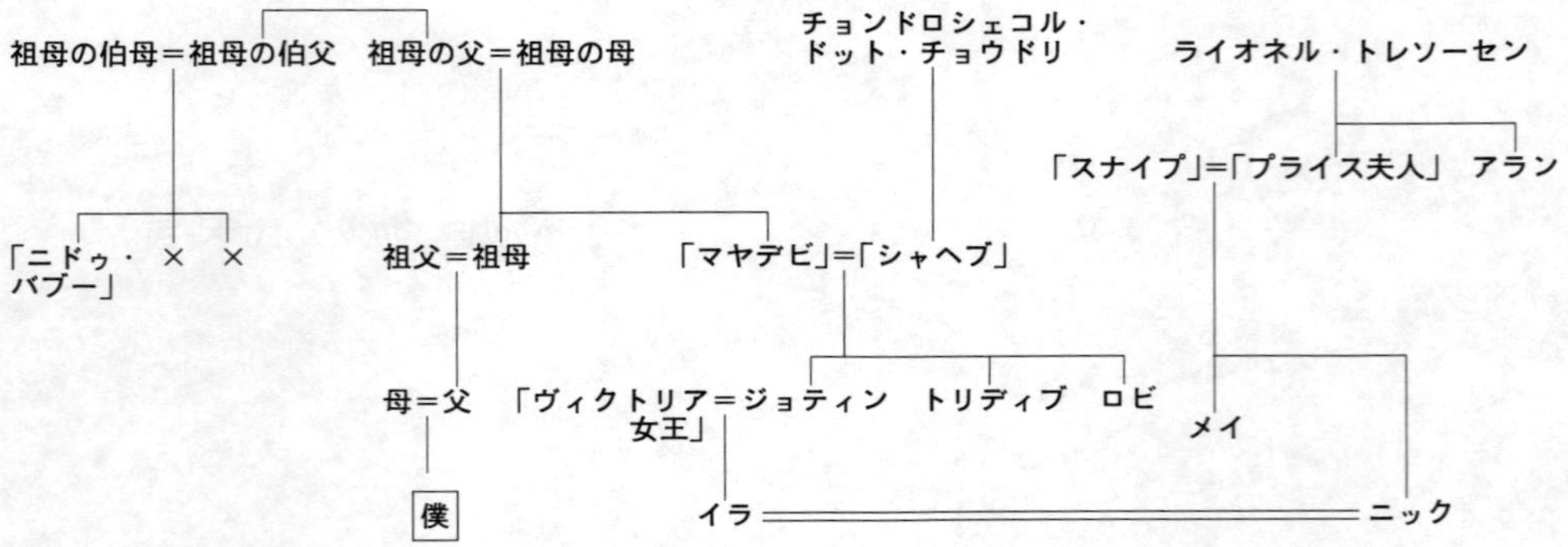

祖母の伯母＝祖母の伯父
祖母の父＝祖母の母
チョンドロシェコル・ドット・チョウドリ
ライオネル・トレソーセン
「スナイプ」＝「プライス夫人」
アラン
「ニドゥ・バブー」
×
×
祖父＝祖母
「マヤデビ」＝「シャヘブ」
母＝父
「ヴィクトリア女王」＝ジョティン
トリディブ
ロビ
メイ
僕
イラ
ニック

父の叔母にあたるマヤデビが、夫と息子のトリディブと一緒にイギリスに渡ったのは、一九三九年、僕が生まれる十三年前だ。

今こうして筆をとったときに、「マヤデビ（マヤさん）」という名前がこれほどすんなりと出てくるのには、われながら驚いてしまう。僕はいまだかつて、口に出して「マヤデビ」と呼んだことはないというのに。祖母のたったひとりの女きょうだいで、僕にとっての呼び名はいつも「マヤ大叔母さん」だったけれど、物心ついてこのかた、僕の意識の奥ではいつも「マヤデビ」だった。新聞の写真で見ただけの映画スターや政治家と同じで、よく知っている赤の他人、という存在だったのだ。たぶんそのわけは、僕が彼女のことをほとんど知らなかったからなのだろう。なにしろ、彼女はめったに僕たちの住むカルカッタにはいなかったから。これはもっともらしい言い訳だが、本当はそうでないことは自分でもわかっていた。実際には、僕は彼女を親戚だと思いたくなかったのだ。親戚などといってしまったら、マヤデビと一家の権威を汚すような気がしていた。僕にとっての一家の存在が、血縁関係という偶然のありきたりのものでしかないとは信じたくなかった。

一九三九年にイギリスへ旅立ったとき、マヤデビは二十九歳、トリディブは八歳だった。

トリディブがこのイギリス行きについてはじめて話してくれたのがいつだったのかは記憶にない。

自分がいつ時間を認識するようになったのか、いつ靴紐を結べるようになったのかを覚えていないのと同じことだ。けれども、トリディブからそれをきいたのは、僕自身も話の中のトリディブと同じ八歳のときだったと確信するようになった。というのは、その話をききながら、自分と同い年ぐらいの子どもで、同じくらいの背丈しかなくて、眼鏡をかけていないトリディブを、必死に思い浮かべようとしていたのを覚えているからだ。トリディブの眼鏡といったら、そのころにはすっかり彼の一部になっていて、トリディブは眼鏡をかけて生まれてきたのだと僕は本気で信じていたぐらいだ。トリディブは僕にとってはもう完全な大人だったから、幼いトリディブを想像するのは容易ではなかった。とはいえ、記憶の中でトリディブが大人そのものだったにしても、実際の彼は当時二十九歳かそこらでしかなかったはずだ。トリディブ少年を想像する術のなかった僕は、しまいにはトリディブも僕みたいだったのだと決めつけてしまった。

だが祖母は僕のこの意見をきくと即座に否定した。祖母は学校の教科書から目を上げると、首を激しく横に振りながらいった。いいや、トリディブはまるでちがったよ。ちっともおまえみたいじゃなかった。

祖母はトリディブを買っていなかった。あれは怠け者の役立たずだよ——父と母にそういっているのを僕はときどき耳にしていた。あれはまともな仕事をしていないし、父親のお金で暮らしているんだからね。

祖母は僕に向かっては、あざけるように口元をゆがめながら、こういう程度に抑えていた。おまえがトリディブと一緒にぶらぶらするのは気に入らないね。あの子は時間を無駄にしているからね。

それほどきつい言葉とはきこえないだろうが、実際には相手がだれであれ、これは祖母の表現では最大級の非難だった。祖母にとって時間とは歯ブラシのようなもので、使わなければカビが生えてしまうのだった。僕はあるとき、時間を無駄にしたらその時間はどうなるの、とたずねたことがあった。祖母は銀髪の頭をきっと上げて、長い鼻に皺をよせていった。そこからね、くさい臭いが出るんだよ。

祖母は、時間が無駄にされてくさくなるのを助けるようなタネは、僕たちの小さなアパートから完全に取り除いておこうと、つねづね注意を払っていた。だから、チェスもトランプもわが家の敷居をまたぐことはなかった。使い古しのさいころ遊びのセットがどこかにあったけれど、僕がそれで遊んでいいのは病気のときだけだった。母が午後のラジオドラマをきくのでさえ、祖母は一週間に一度きりしか許さなかった。僕たちのアパートでは、全員がそれぞれの仕事に懸命にはげんでいた。祖母は学校の教師の仕事、僕は宿題、母は家のいろいろ、父はゴム会社の下級管理職の仕事、というように。

僕たちの時間には、カビの生える隙間など少しもなかった。

そんなぐあいだったからこそ、僕はトリディブの話をきくのが大好きだったのだ。どうみても時間を有益に使っているようには思えないのに、彼の時間はくさくならなかった。

トリディブはときどき、前触れもなしに僕たちに会いにきた。祖母はあれだけ非難していたくせに、いつもその訪問を喜んだ。ひとつには祖母は祖母なりにトリディブが好きだったからなのだが、もっと重要だったのは、トリディブの一家が、親戚中で唯一のお金持ちだったことだ。そのトリディブがわざわざ自分に会いにやって来たというのが、祖母には自慢だったのだ。

でももちろん祖母は、そうと認めていなくても、トリディブが本当はおなかの問題の処理にやって来るのだとわかっていた。実のところ、彼の消化器官は、カルカッタ南部のあらゆる屋台の煮詰めたお茶をたっぷり飲んだせいで、すっかりいかれていた。路上でだしぬけにごろごろと鳴りだした腸を抱えて、一番近い清潔なトイレまで全速力で走るというのは、しょっちゅうのことだった。

僕たちこれを「トリディブのおなか」と呼んでいたものだ。

だいたい何か月かに一度は、ベルの音にドアを開けると、そこにトリディブが立っていた。足を固く交差させて壁によりかかり、額に汗をにじませている。だが、こういった場面に欠かせない細々したエチケットのために、即座には中に通されない。まず父と母、祖母が玄関へ集まり、トリディブがもじもじしているのを見て見ぬふりをして、家族の消息や今はどこかなどとたずねる。すると今度は彼のほうが、ぎこちない笑みを浮かべながらこちらの近況をたずね、僕の様子をきく。そうしてようやく、これが「親戚訪問」であることを証明してみなを満足させると、やおら彼はドアを通り抜けてトイレへ直行する。ふたたびトイレから姿を現したときには、いつものんきで落ち着いたトリディブに戻っていた。彼は僕たちの「上等な」ソファに身を沈め、そこから「親戚訪問」の儀礼が始まるのだった。祖母は急いで台所へ行き、彼のためにオムレツを作った。それは刻んだ青とうがらし入りの、焼きすぎて革のように固くなった小さなオムレツで、皿の上に不吉に横たわりながら無言で「おなか」に戦いを挑んでいた。オムレツを手ずから作るのは、祖母としては訪問客に対する最大の好意のあかしだった。これほどの好意を受けられなかった客は、母のすばらしいおやつ——挽肉とレーズンの入ったシンガラとか、ぱりぱりした小さなダルプリなど——を食べることになる。

ときどき祖母は、トリディブが自分の作ったオムレツを噛むのを見ながらきいたものだ。それで、「おなか」はどうなんだい、「おなか」の調子はもういいのかね？ トリディブは何気なくうなずくかして話題を変えた。自分の消化器官について話すのがいやだったのだ。上品ぶった振る舞いと無縁なトリディブとしては、これが唯一の例外だった。いつも祖母がこの「おなか」という言葉を固有名詞として使うのをきいていたせいで、僕は「おなか」というのはトリディブだけがもつ臓器の名で、彼のおへそから生えだしたずきずきする歯のようなものだと信じていた。もちろん、それを見せてくれと頼んだことは一度もなかったけれども。

特製オムレツは作るものの、祖母は彼が長居することは許さなかった。トリディブが邪悪な惑星のように、遠く離れたところからでも悪い影響を及ぼすことができると信じていたからだ。それに祖母は、男性という人種は生まれつき堕落しやすくて気まぐれだと信じていたから、僕たちのアパートにトリディブを長居させるような危険をあえて冒す気はなかった。僕あるいは父が、彼の軌道に引き寄せられてしまうかもしれないというわけだ。

僕はあまり気にしなかった。なぜなら、僕たちのアパートにいるときのトリディブは、彼の最上の姿ではなかったからだ。家の近所でばったり出くわすときのほうが断然よかった。そうしょっちゅうあるわけではなくて、おそらくせいぜい月に一度ぐらいだっただろう。それでも、そうした場所に彼がいるのはごく自然なことのように思えた。だから、本当は彼がカルカッタにいるだけでも運がいいと思うべきだなんて、一度も考えたことがなかった。

トリディブの父親は外務省勤めの役人で、外交官だった。この人とマヤデビは、いつも外国とかデリーとかどこか遠くにいて、カルカッタへは二、三年に一度戻ってきて数か月間滞在するだけだった。トリディブには兄と弟がいた。兄のジョティン叔父さんはトリディブより二歳上で、国連づきのエコノミストだった。この人も、奥さんと、僕と同じ年ごろの娘のイラと一緒に、いつもアフリカや東南アジアといった遠いところにいた。三人兄弟の一番下のロビは、母親が何回か流産したあとに生まれたので、上のふたりとかなり年が離れていた。十二歳で寄宿学校に送られるまでは、両親の赴任先にいつもついていっていた。

だから、一家中で人生のほとんどをカルカッタで過ごしてきたのはトリディブだけだった。彼は長いこと、年のいったおばあさんと、バリガンジ・プレイスにある古い大きな屋敷に住んでいた。

祖母にいわせれば、トリディブがカルカッタにとどまったのは、ただ単に父親との仲がうまくいかなかったからだ。これもトリディブに対する苦情のひとつだった。祖母はトリディブの父親のこともさほど好きではなかったから、父親とうまくいかないこと自体が問題なのではない。そうではなくて、そんなつまらないことのために自分の将来とキャリアをそこなってしまったのがいけないというのだ。祖母によれば、世の中でやっていくためには、好き嫌いなどたいした問題ではなかった。だから、トリディブがおばあさんと一緒に古い屋敷に引っ込んでしまったのは、奇妙というよりむしろ無責任だと思っていた。そんなことをするからトリディブは、つまるところ取るに足らない軽薄な人間みたいに見られてしまうじゃないか、というのだ。もし彼に結婚して落ち着く気があったら、祖母の見方も変わっていたかもしれない。(しかも祖母は、自分ならトリディブのために裕福な妻を見つけてやれるはずだと頭から信じていた。) しかし結婚話がもち出されると、彼はいつも笑うだけなのだ。こうした態度は、責任ある大人の男の特徴であるまじめさや決断力に欠けていることをさらに証明しているかに思われた。怠惰に好き勝手に生きて一生を棒にふるつもりなのが、これではっきりした、というわけだ。祖母は首を振って彼のことなど忘れたかのように振る舞いながらも、用心は怠らなかったし、いつも僕に向かって影響を受けないように警告していた。祖母は腹の中で、母親や妻がついていなければ、あらゆる男はこんなものさ、と信じていた。

祖母はよく、トリディブに同情しているんだよ、と僕に納得させようとした。かわいそうな子さ、と彼女はいうのだ。あれだけのコネがあれば、世の中でできないことなんてないのにさ。領主様みたいに暮らそうが、国を動かそうが、なんでもできるっていうのに。なのに、ごらんよ。ああ、かわいそうに、トリディブときたら、あのぼろ屋敷でぶらぶらしているだけなんてさ。

しかし、祖母が本当はトリディブに少しも同情などしていないのは、子ども心にもはっきりとわかった。祖母は彼を恐れていたのだ。

もちろん、時には祖母も、トリディブが本当に「何もしていない」わけではないと認めた。現に彼は博士課程で考古学を研究していたのだ。テーマはベンガルのセーナ朝関連の遺跡をめぐる何やらについてだ。だがこれだって、祖母にとっては別に評価を上げるようなことがらではなかった。自分が学校の教師だったから、祖母はどんな学問的な仕事に対してもひとかたならぬ敬意をもっていた。彼女にとって、研究とは生涯をかけた巡礼の旅だった。最後にたどり着く先は、教授の地位か、カルカッタ大学や国立図書館の廊下に置かれた大理石の胸像なのだ。そうした厳かな場所にトリディブのような無責任な輩の頭部が鎮座するなんて、想像するだに滑稽だったのだろう。

祖母がトリディブを警戒したのには別のわけもあった。祖母は彼の姿を、僕たちの住んでいたゴール・パーク界隈の街角で何度か見かけたのだ。そのあたりのたまり場《アッダ》や茶店に群がる若い男どもに祖母は根深い恐怖心を抱いていた。そして、あの連中はあらゆる失敗例なんだよ、と見下すのだった。あの連中のかわいそうな母親たちのことを考えてもごらん。ごみの山に放り出されて、飢えに飢えて……。

何度かそんな場所でトリディブを目撃しただけで、ああやって四六時中たまり場で噂話にふけっているにちがいないと祖母は信じ込んだ。その他の振る舞いから考えても、この推測はあたっているように思えたから。

しかし実際には、トリディブがたまり場にやって来ることはめったになくて、せいぜい月に一、二度だった。来たときには、たいていの場合その知らせが僕の耳に入った。僕たちの住む路地の角店にいるパーン売りのナトゥ・チョウベイか、風呂場の窓から路地の向こう端が見える友人のモントゥ、あるいは露天の古本売りのだれかが教えてくれたから。みな、僕がトリディブの親戚だと知っていた。

近ごろになって、ゴール・パークを通るたびによく思うのだが、今でもあんなことはあるのだろうか。わからないし、わかりようもない。長い年月が間にはさまって、今の僕にはあのころの世界は閉ざされてしまっている。モントゥはずっと前にアメリカへ渡ったし、ナトゥ・チョウベイは、人からきいたところでは、バナーラスに戻ってホテルを始めたそうだ。今、彼がいたパーン屋を通りすぎたところでは、ネオンの輝く道々に群集があふれ、エアコンつきの商店が並び、ぐらぐらした屋台やら、物売りが歩道に広げた防水シートの売り場やらがひしめきあっている。ダクリア陸橋までぎっしりと連なる車は、まるで郵便列車のようだ。そんな光景を目にしていると、パーン屋自体は変わっていないけれど、あんなことはもうあり得ない気がするのだ。当時、つまり六〇年代はじめには、このあたりにはほとんど車の姿はなかったから、ロータリーの付近でも平気でサッカーをしていた。たまに九番のバスか別のバスが轟音をたててやって来るときだけ道をあけたものだ。あのころのゴリハト・ロードには、東ベンガルから一番早くにやって来た難民の建てた小屋がいくつか点在するだけだったし、ゴール・パークという場所そのものが、ほとんどカルカッタの市外だと思われていた。学校でゴール・パークに住んでいるといったら、カルカッタの中心部から通っている男の子たちは、僕がはるかかなたの国境付近にある難民キャンプにいるとでも思ったみたいに、毎朝列車で来てるの、とたずねたほどだ。

トリディブが近くに来ているという知らせを耳にするのは、たいていは夕方で、公園でクリケットをした帰り道だった。祖母はクリケットだけは、宿題以外のことに時間を使うというのに、まったく反対しなかった。それどころか、僕の気持ちにおかまいなく、湖のほとりの公園まで走っていけといい張った。家から追いたてながらこういうのだ。体を鍛えて強くしなけりゃ、強い国はつくれないからね。

僕が公園までずっと走り続けるのを確かめようと、祖母は窓から見張っていたものだ。

でもトリディブがいると耳にしたときには、僕は公園や裏通りを引き返した。いつもだれかがトリディブの居場所を教えてくれた。ぶらぶらとおしゃべりにうつつを抜かしている連中——つまり、学生、未来のサッカー選手、銀行員、三流の政治評論家などの連中、ゴリハトとゴール・パークの間の路上の井戸端会議に引き寄せられて来る人々の中で、トリディブは知られた顔だった。そのころはどうして彼が有名なのか、そもそもなぜ連中が彼を知っているのか、考えてもみなかった。単に当たり前のことのように思っていて、彼のおかげでこの界隈で僕にもちょっとした恩恵があるのを喜んでいた。たとえば、彼の知りあいの店の主人が奇妙なお菓子をくれるとか、公園でけんかしていると、彼を知っている若者が助けだしてくれるという具合に。でも今となってみると、どうしてこうした人たちがトリディブを受け入れたのかはちょっとした謎だ。トリディブは彼らの仲間ではなかったし、そこに住んでさえいなかった。おまけに、たいていは口数が少なかった。ふだんのトリディブは、連中の大声で早口のやりとりを黙ってきくだけで満足していた。それに、やって来るときには、何かひと仕事を終えてへとへとになり、やれやれと気晴らしに顔をみせたというふうな、疲れ切った生気のない様子をしていることが多かった。

それでも何かのときに、気分がのっていて、彼の深遠なる知識の宝庫がだれかの言葉に刺激されるようなことがあると、トリディブはありとあらゆるテーマについて延々と話しはじめた。メソポタミアの石碑、東ヨーロッパのジャズ、樹上に住む猿の習慣、ガルシア・ロルカの演劇……。話のタネは尽きることがないようだった。そんな晩には、聴衆は真剣になって、彼のやせた気難しそうな顔や、くしゃくしゃの髪、金縁の眼鏡の奥に光る生き生きとした黒い瞳に見入る。それを目にすると、僕の心は誇らしさではち切れそうになるのだった。

しかし、そんなふうにみなの注目の的になっているときにも、彼の振る舞いにはいつもどこか超然としたところがあった。相手と友だちになりたがっているようには見えないのだ。おそらくそれだからこそ、個人的なことにかかずらわずにすむ場所、つまりコーヒーハウスやバー、道ばたのたまり場などなどが、彼にとって一番よかったのだろう。人々がやって来てはおしゃべりをして立ち去り、それ以上互いを知ろうとしない場所。だからこそ、トリディブはたまり場を求めて、わざわざバリガンジからゴール・パークまでやって来たのだ。家から遠く離れていて、近所の人と顔をあわせるはずがないというだけの理由で。

たまり場の連中のほうはもしかしたら、トリディブが自分たちのようではないから、自分たちとちがっているから、彼を受け入れたのかもしれない。それに、彼を少し怖がっていたせいもあっただろう。時にはひどく辛辣だったし、その口からは突然、面食らってしまうほど長いおしゃべりが噴き出し続けることもあったからだ。だがもちろん、彼は彼なりに役に立っていた。トリディブにはひどく世俗的な賢さもあって、たまにそうしたものが人々の助けになることがあったのだ。たとえば学生には、試験の解答をどう書いたらいいか、実に正確で詳細な指示を与えてやっていた。採点者はなんとか教授であり、その教授がまさにこの手の答えを好むことなどを、たまたま知っていたのだ。その学生はトリディブのいう通りにして優をとった。あるいはだれかが就職の面接に行くというと、面接官がたずねそうな質問を教えてやった。その面接では、トリディブの予想がどんぴしゃりという結果になるのだった。しかし反対に、わざと間違った意地悪な助言をしているように思えるときもあった。たとえば、ある多国籍企業の面接に出かけるという若者に向かっては、こんなことをいったのだ。この会社、以前は格式ばっているので有名だったけどね、近ごろマールワーリーの企業家に買収されてからはひどく愛国的なんだ。だから、面接には腰布《ドーティー》を着ていかなかったら入社の見込みはゼロだね。若者が、助言にしたがって腰布姿で面接に行ったところ、ドアマンは彼を中に入れてくれなかった。

　トリディブのどの部分を信用すべきか、だれにもはっきりとはわからなかった。彼の言葉の多くには自分で自分をせせら笑っているようなところがあって、聴き手は彼の話を真に受けていいのか、それともその逆なのかわからなかった。だから、彼についてありとあらゆる矛盾した噂が流れていたのも無理もなかったのだ。そのうえ彼は、家族のことや自分の身の上については異常なまでに隠しだてしていた。その秘密主義ときたら、若者がこぞって毛沢東主義者になっていたご時勢の中では、上流階級出をいい出しにくかったにしても、あまりにも極端だった。わけ知り顔にいう者もいた――トリディブの家は金持ちのお偉いさんなんだと。親父は金持ち裁判官の息子で、外交官をしていてさ、兄貴は国連勤めの優秀な経済学者で、外国に住んでるらしいよ。だがそこまでいったとたんに、嘘つけ、という声が割り込んできた。おまえ、どこの何様なんだ、おい。俺たちみんな、うぶの世間知らずで、そんなでたらめでも信じると思ってるんじゃなかろうな。トリディブにはおかみさんと子どもが三人いるのさ。やもめのおふくろも一緒でさ。ショントシュプルの近くのスラムに住んでいるんだよ。おまえ、知らんのか？

　外交官の令息、金持ちのお偉いさんの家のご子息が、こうした道ばたに何年も続けてやって来るなんてありえそうにもなかったから、たいていの者はスラム住まいの話を信じた。僕は何度も本当のことをみなに教えてやろうとした。でも僕は小さかったし、純真でだまされやすいと思われていた。それに、僕の一家が路地奥のちっぽけなアパートに住んでいるのは、みなに知られていた。金持ちのお偉いさんの親戚がいるなんていい張れば、見栄っ張りと思われるのがせきの山だったろう。

九歳ぐらいのときだったか、トリディブがゴール・パークのたまり場に長いこと姿を現さないので、常連たちがどうしたんだと気にしはじめたことがあった。僕だけがそのわけを知っていた。というのも、僕はある日の午後、数学の先生の家から帰る途中、トリディブの家に寄り道したのだ(そのころは、ちょくちょくそうしていた)。前後何回かで、イギリス旅行の話をきいたのも、そういうおりだった。

その日、トリディブはいつものように、最上階にある自分の部屋でマットに寝転がって本を読んでいた。横の灰皿には、吸いかけのたばこがそのままになっていた。ゴール・パークの人たちが、トリディブはどうしたんだろうっていっているよ、と僕がいうと、トリディブは人差し指を唇にあてた。

シーッ。あいつらには何もいうんじゃないよ。あのな、セーナ朝の王様たちが宝物を埋めた塚を発見したかもしれないんだ。政府にばれたら、みんな横取りされてしまうからね。だから、だれにも一言でもいっちゃいけないし、しばらくはここに来るのもだめだ。秘密機関につけられているかもしれないからね。

僕はどきどきした。それ以降、トリディブのことをきかれるたびに、僕は秘密を胸の奥にしまい込んだ。どこかに行っちゃったんだ、と僕は答えた。消えちゃったんだよ。

ところがある日の夕方、公園に行く途中で、トリディブがふたたびゴール・パークに姿を現したという情報が入った。僕は駆け戻って、いつものたまり場にいる彼を見つけた。古家の階段に座り込んで、知りあいに囲まれている。だれかの両足の間から手を振ったのだが、トリディブは周囲の連中の質問に答えるのに忙しくて、僕に気づかなかった。

トリディブ兄貴、こんなに長いこと、どこにいたんだい、とだれかがたずねた。三月か四月にはなると思うけど……。

遠くに行っていたのさ、とトリディブが答えるのをきいて、僕はひとりこっそりとうなずいた。

遠くってどこへだい？

ロンドンに行っていたんだよ。親戚を訪ねにね。

彼の表情はまじめそのもので、声も落ち着いていた。

親戚って、どの親戚だい？

イギリス人でね、結婚を通じてうちの親戚になった一家がいるんだよ。プライスっていうんだ。ちょっとそこに行ってこようと思いたってね。

周囲からは、嘘つけ、という声が上がったけれど、彼はおかまいなしに話を続けた。もう年配のプライスさんの奥さんのところに泊まっていたんだよ。未亡人でね。最近ご主人を亡くしたんだ。ロンドンの北にあるリミントン・ロードって通りに住んでいてね。家の番地は四十四、最寄りの地下鉄の駅はウェスト・ハムステッドっていうのさ。娘がいて、メイっていうんだ。

その娘、どうなんだい、とだれかがたずねた。色っぽいか？

トリディブはちょっと考えてから答えた。いや、いわゆる色っぽいっていう意味からすれば、ちがうね。肩幅があってがっしりしているし、背もあんまり高くない。いわゆる美人でもないし、かわいい子でもないよ。いかにもきつそうな顔で、あごなんか角張っている。でもまっすぐな髪の毛が肩までたっぷりあって、つやつやした黒い幕みたいなんだ。ほら、エジプトの壁画にあるだろう。それに、暖かな笑顔がとびきりでさ。青い目がきらきらしてね。独特のよさが表れているんだ。

それで彼女、何をしているんだい、とだれかが小馬鹿にしたようにたずねた。レスラーかい、それとも美容師とか？

学生なのさ、とトリディブは答えた。少なくとも、一種のね。王立音楽学院で勉強しているんだ。オーボエを吹いていてね。いつかオーケストラに入るつもりなんだよ。

たぶん、僕の我慢が限界に達したのはこのときだった。僕はズボンとズボンの間をかき分けながら中に押し入ると、こう叫んだ。トリディブ兄さん、おかしいじゃない！　僕、先月兄さんに会ったもの。覚えてないの、兄さんは自分の部屋にいて、マットの上に寝転がってたばこを吸っていたじゃない。あのとき兄さんが探していたのは……。

笑いの渦と叫び声がどっと沸きあがった。この詐欺師め、嘘つき、みんなおまえの作り話じゃないか。おまえなんかどこにも行ってやしないんだ……。

トリディブは、僕のいったことにも、周囲の連中の笑いにも、いささかも動じていないようだった。自分も笑って、人がよさそうに肩をすくめながらいった。どうせ他人のいうことをなんでもかんでも鵜呑みにするなら、どんな話をきかされたってかまやしないってことじゃないかい……。

彼は僕のほうへかがむと、僕の頰をつねってにやりと笑った。そして、そうじゃないか、と問いただすようにうなずいてみせた。眼鏡に街灯の光がきらりと反射した。

トリディブが平然としているので、周りで笑ったり騒いだりしていた連中は落ち着かなくなった。トリディブの込み入った冗談にはめられたような気がしたのだ。トリディブが帰ったあとの連中の言葉には、強い敵意がこもっていた。あいつのいうことは一言だって信用しちゃだめだ、とだれかが大声でいった。ただ人をだましてからかうのが好きなんだ。だがそこに、さらにとがった声が割り込んできた。からかう？　からかっていたんじゃないね。自分で自分のいったことを何もかも信じてるのさ。冗談なんかじゃない、本当はここがおかしいんだ。カルカッタの外になんか、一度も行ったことがないくせにさ。

僕はトリディブを笑いものにさせてしまった自分自身に腹がたった。みんな、自分が何をいっているのかわかっていないんだよ、と僕は叫んだ。あらんかぎりの声を出したから、連中は耳を傾けた。

叫び声のまま、僕は知っている限りの事実を話した。トリディブはね、ずっと昔、まだ小さかったときにね、お父さんとお母さんと一緒に本当にロンドンに行ったんだよ。お父さんがイギリスで、インドじゃできない手術をすることになっていたんだ。ちょうど一九三九年だったから、戦争が始まりそうだったけど、行かなきゃならなかったんだって。トリディブの兄さんのジョティンは、おじいちゃんやおばあちゃんと一緒にカルカッタに残ったんだ。年上のジョティンは、そんなに長く学校を休めなかったからね。それから、そうなんだ、プライスさんの一家は本当にいて、ウェスト・ハムステッドに住んでいるんだけど、親戚じゃないよ。トリディブの家族のすごく古い友だちなんだ。プライスさんの奥さんのお父さんは、ライオネル・トレソーセンっていってね、イギリス人がインドにいたころに、ここに住んでいたんだよ。トリディブのおじいちゃんのお友だちだったんだ。トリディブのおじいちゃんはすごく偉い人で、カルカッタ高等裁判所の裁判官だったんだって。ライオネル・トレソーセンがイギリスに戻ってから何年もして、そのお嬢さんが結婚したの。相手はカレッジでお嬢さんを教えていた先生で、名前はS・N・I・プライス、だからみんなからスナイプって呼ばれたんだ。トリディブのお父さんが病気だってきいて、プライスさんの奥さんは、トリディブの家に手紙を書いたり電報を打ったりしたらしい。ロンドンに来たら自分のところに泊まりなさいってね。大きな家を買ったから、どのみち下宿人をおくつもりだったんだって。奥さんにメイって名前の娘がいるのも、嘘じゃない。でも、トリディブがロンドンにいるときには小さな赤ちゃんだったはずだし、あれからメイには会っていないと思うんだけど。それからね、奥さんにはアランって名前の弟もいるんだよ。戦争が始まる前はドイツにいてね……。

くたびれて、僕は話をやめた。

こりゃあ、トリディブの話よりすごいや、とだれかが鼻先で笑いながらいった。

でも本当なんだ、と僕は大声でいい返した。信じられないっていうんなら、きいてみてよ……。

きくって、トリディブにかい、とだれかがまぜかえすと、みなは身をよじって大笑いした。

人々をかき分けて外へ抜けると、僕は路地をひた走りに走り、アパートの階段を駆けのぼった。

帰宅の時間に一時間も遅れていたので、祖母はかんかんだ。校長先生特有の感情を抑えた口調で、どこに行っていたのかね、とたずね、黙っていると、手を後ろに振り上げてから思いきり僕の頰を引っぱたいた。どこに行っていたんだい、ともう一度きかれて、僕はついに白状した。たまり場にいたんだよ。祖母は僕の頰を、今度はかなり強く引っぱたいた。いっただろう、あんなところで時間を無駄にするんじゃないって。時間は無駄にするものじゃないんだ。仕事をするためにあるんだよ。

カルカッタにやって来たメイ・プライスとはじめて対面したのは、この出来事の二年後だ。その次に会ったのは、それからさらに十七年たってからで、僕自身がロンドンへ行ったときのことだった。

それは、一年間の研究費をもらってイギリスへ渡ったときだった。渡航の目的は、十九世紀のインド－イギリス間の織物貿易について博士論文を書くのに必要な資料を、インド省図書館で収集するというものだ。この図書館には、植民地時代の古い文書がすべて保管されている。メイに再会できたのは、ロンドンに着いてから一か月以上たってからだった。

メイを見つけるのにはかなり苦労した。彼女はオーケストラに入っていて、イズリントンの貸し部屋にひとりで住んでいた。プライス夫人が電話番号をくれたので、何度か電話してみたけれど、一度も家にいなかった。ところがある朝、ガーディアン紙の娯楽欄を見ていると、メイのいるオーケストラが、その晩、ロイヤル・フェスティバル・ホールでドボルザークのチェロ協奏曲を演奏すると書いてあったのだ。

その日の夕方早くに、僕はホールへ行ってみた。僕のお金で買えるのは、オーケストラの真後ろの安いベンチ席がせいぜいだったし、この席はあっという間に売り切れることもあるときいていたからだ。だが実際には、ごく簡単に入手できた。チェロの独奏者はスウェーデン人で、明らかにあまり観客動員力をもちあわせていないようだった。

ホールに入ってからわかったのだが、僕の席は木管の真後ろだった。メイはすぐに見つかった。楽譜台をいじっていて、オーケストラのほかの女性メンバーと同じように黒いスカートと白いブラウスを着ている。メイが楽譜を整えたり、前に座っている年かさのホルン奏者とおしゃべりしているのを、僕はじっと見つめた。彼女の髪形は、記憶が正しければ、カルカッタで僕の家に泊まったときのままだった。たっぷりとした髪の毛がまっすぐに肩まで垂れかかり、頭のてっぺんから顔の両脇を覆っている。でも、記憶の中ではつややかで黒々としていたのに、今では幾筋も白っぽい毛が交じっていて、光線を受けてちらちらと光った。腰回りは一インチも増えていなかったのだが、以前より厚みをましている。肩幅は昔から背の高さに比べて広かったから、今のメイの体つきは逆三角形といえるほどだ。振り向いて後ろの列に座っている女性に何か話しかけているときに、その顔がちらりと見えた。口の両側から鼻の部分まで深い線が刻まれていて、かつては澄んだ明るいブルーだった目は、今では色あせ、突き出て見えた。

コンサートの間中、僕はメイをながめながら、大昔にカルカッタで僕の家に泊まったときの彼女を思い出していた。当時、僕たち一家は以前よりはるかに大きな家に移っていて、メイは下の階にある客室をあてがわれていた。夜になるといつも母と祖母の目をなんとかごまかしては(ふたりは僕にメイの邪魔をさせまいとしていた)、メイの部屋に忍び込み、床に座って、彼女が練習のためにもってきたリコーダーで音階を吹くのをきいたものだ。メイはよく恥ずかしがって顔を赤らめ、リコーダーを置いて、こういった。ねえ、あなたにはすごく退屈よ、こんなつまらない音階なんて。でも僕はメイに練習をやめさせなかった。そのまま続けてよ、といい張った。そして、彼女が眉をひそめ、頬を膨らませながら集中してリコーダーを吹くのを、そこに座ってうっとりとながめていた。

フェスティバル・ホールのコンサートで演奏しているメイは、眉をひそめていなかった。すっかり楽器をマスターしているので、ほとんど音楽に注意を向けなくてすんでしまうようだった。コンサートの間、メイもその周りのメンバーのほとんども、単調で機械的に感じられるぐらい正確に演奏していた。ちょうどベテラン兵士が、特務曹長の命令にあわせていつもの訓練をこなすように。コンサートが終わると、僕は自分の席に座ったまま、聴衆がいなくなってオーケストラの団員がせっせと自分の楽器をしまいはじめるまでじっと待っていた。それから、手すりから身を乗り出してメイの名前を呼んだ。彼女はこちらを見上げて目を細くした。僕を見ると、彼女は戸惑いながらよそゆきの笑顔をつくった。でも驚いたことに、だれかすぐにわかったようで、ぱっと顔を輝かせて手を振ったのだ。そして出口を指さしながら、口の動きでこう合図した。外で待ってて。

僕は豪華なシャンデリアの下がったロビーに出てメイを待った。五分後に、メイが最後まで残っていた人たちの間をぬって、ボクサーのように肩を揺らしながらこちらへ歩いてくるのが見えた。僕たちはロビーの真ん中で会い、互いに照れて固くなった。彼女はためらいがちに手をさし出しかけてから、急に微笑むと、つま先立ちして僕の顔を引き寄せ、左右の頬にキスをした。オーボエが入った革のケースが、僕の首にあたってかたかたと音をたてた。

出口へ向かう途中、ずいぶん長い間会っていないのにどうして僕とわかったの、とたずねると、メイは一瞬考えてから答えた。あれこれつなぎあわせて類推したんでしょうね。あなたがロンドンにいるのは知ってたのよ、母にきいたから。

メイは立ち止まって、品定めするような目つきですばやく僕をながめた。それにね、カルカッタで会った少年と似たところがないってわけでもないもの。あの子のことは、とてもよく覚えているから。

その声は低くずっしりとしていて、ほとんど男性的といってもいいほどだった。昔からずっとこんな声だったのか、それとも途中で変わってしまったのか、僕にはわからなかった。

地下鉄のウォータールー駅まで、迷路のようなコンクリートの歩道を歩いているとき、メイはふと立ち止まってたずねた。今晩このあと、何か予定はあるの?

期待に満ちた顔をしないように努めながら、僕は首を横に振った。

それならね、とメイは少し考えてからいった。よければ、お夕飯を食べに来ない? たいしたごちそうはできないけど。モヤシのサラダと焼き魚だけよ。そんなものがお好きかどうか、わからないけど。

いいね、と僕はうなずいた。おいしそうだな。

メイはこちらを向いてちらりと微笑んだ。たいして慰めにならないかもしれないけど、モヤシは自家製よ。

地下鉄でイズリントンへ向かう途中で僕はいった。演奏中、なんだか退屈そうに見えたけど。メイは神妙にうなずいた。そうなのよ。隠れたる罪を見破られたわ。オーケストラにまだいるのは、ただ生計を立てなきゃならないからなのよ……。

メイは咳払いをして、ためらいながら話を続けた。実はね、わたし、ほとんどの時間は、アムネスティとかオクスファムとか、それからほかの、あなたがきいたこともないような小さな援助団体で働いているのよ。

僕の質問に答えて、メイは自分が今かかわっているプロジェクトのことを、事務的にてきぱきと説明した。中米の地震の被災者に住居を提供するというプロジェクトだ。明らかに、メイは自分の仕事にとても満足していた。

部屋はイズリントン・グリーンに面した家の二階にあった。メイが部屋に入って電気をつけたとたん、自動的にベッドわきにあるテレビの電源が入った。彼女はあわてて部屋を横切ってテレビを消した。

こちらを振り向いたメイは、まるで罪の告白をするみたいに、申し訳なさそうにいった。いつもつけっぱなしにしておくの。わたしのたったひとつのぜいたく。部屋をいっぱいにしてくれるから。そうでもしないと、なんかがらんとしてるでしょ。

部屋は広々と快適で、植物でいっぱいだった。窓は公園の木々に面している。ほとんど家具はなくて、肘掛けいす、机、それに部屋の一番奥の壁に寄せられた大きなベッドがあるだけだ。床のあちこちに散らばったクッションには、インドのグジャラート地方特有のミラー細工を施した鮮やかなカバーがかかっている。座るためというよりも、空っぽの空間を埋めるために置かれているようだ。いずれにしろ、およそ訪問客が多い部屋には見えなかった。

メイは、仰々しく、ちょっと皮肉めいたしぐさで、軽くお辞儀をしながら僕を招き入れた。お夕飯の支度をする間、本棚でもながめていて、といわれた僕は、ペーパーバックのロシア小説や、小型の楽譜、イラスト入りの健康関連本などにざっと目をやった。すると、ふと古い写真があるのに気づいた。十枚前後の新聞の切り抜きと一緒に、大きなボードに画鋲で留めてある。ロンドンではよく学生机の前にこんなボードがつり下がっているものだ。そのボードに留めてあったのは、ずっと昔に撮ったメイの写真だった。

ちょうどこの写真を見ていると、冷蔵庫から何かを取ろうとして、メイが戸棚ほどの小さな台所から飛び出してきた。僕がボードの前に立っているのに気づいた彼女は、こちらにやって来て横に立った。何を見ているのかわかって僕にちらりと目を向けると、何かいおうと口を開けたのだが、そこで気が変わったらしい。また急いで台所に戻った。好奇心から僕は彼女について台所に入り、壁によりかかりながらその姿をながめた。メイはグリルの火加減を見ようとしてかがんでいる。ずいぶん昔の写真だね、と僕はいった。記憶の通りなら、カルカッタで僕の家に泊まったときのきみが、ちょうどあんな感じだったよ。

その記憶はあまり正確じゃないわね。グリルを見ながら、いや味なほどはっきりとした口調でメイが答えた。あれを撮ったのは、カルカッタに行くよりも少なくとも二、三年は前だったもの。

手をはたきながら、メイは驚いたときのように眉をつり上げて僕を見て、さらに言葉を続けた。その写真の焼き増しをね、昔、光栄にもトリディブに送らせてもらったのよ。

トリディブが二十七、メイが十九歳だった一九五九年から、ふたりがずっと文通をしていたことを、夕食のときに僕ははじめて知った。最初に書いてきたのはトリディブのほうだったの、とメイは話しはじめた。トリディブの一家は一九四〇年にロンドンを離れたでしょ。それから毎年、トリディブはわたしの母にカードを送ってきてたのよ。でもあの年には、カードを二枚送ってきたの。一枚は母に、もう一枚はわたしにね。わたしのカードには、小さなメモが書き込んであったわ。「きみが僕のことを覚えているはずはないけれど、僕はきみをよく覚えている。つきあいがすっかり途絶えてしまうのはあまりにも残念だ。いつか時間があったら手紙を書いてほしい」ってね。うれしかったし、興味をそそられたわ。だって彼の話は、いろいろときかされていたもの。

メイは当時を思い出して、微笑みながら続けた。トリディブのカードが届いたのはね、ちょうど失恋から立ち直ろうとしている最中だったの。相手はトロンボーン吹きの学生で、青春時代の片思いってわけ。その男の子ね、わたしのためにさく時間なんてこれっぽっちもないんだってことを、およそデリケートとはいえないやり方で教えてくれたのよ。そんなときだったから、とにかく世の中のだれかはわたしと仲良くなりたがっていると思うと、うれしかったわ。トリディブにカードの返事を書いて、それからは定期的に手紙を出しあうようになったの。たいていの手紙は、短くて簡単なおしゃべり程度のものだったけどね。少ししてから、ペンフレンドらしく写真も交換したのよ。トリディブはきっと、メイの写真を受け取った日に、ゴール・パークに来て僕たちにあの作り話をしたのだ。

実際のところ、祖母のトリディブについての見方は間違っていた。トリディブは、ゴール・パークの道ばたをうろついて時間の大半をつぶすような常連のゴシップ屋とは、似ても似つかなかった。それどころか、こういう連中のことをしばしば意地悪なまでにけなしていた。ああいう連中は鯨やイルカと同じなんだよ、と彼はいうのだ。仲間の群れが見えなくなると、悲しみのどん底に沈むのさ。

本当はトリディブは彼流の世捨て人だったのだ。トリディブにとって一番幸せなときがいつなのか、僕も子ども心にわかっていた。それはあの古い屋敷の最上階にある、本だらけの自分の部屋にいるときだ。そして、そんなときのトリディブが、僕は一番好きだった。道ばたのトリディブについては、よくわからなかった。

トリディブの姪のイラと僕とは、このあたりのことについてはいつも意見が食いちがった。僕たちが十六歳ぐらいのとき、トリディブの話をしたことがある。確かそのとき僕はカルカッタを離れてデリーのカレッジに入るところで、イラのほうは両親と一緒に短い休暇でインドネシアから戻ってきたところだった。

イラたちはカルカッタへ着くとすぐ、僕たちの家を訪れた。今でもよく覚えている。長くて太いお下げの端を前でぶらぶらさせながらイラが車から降りてくると、祖母は思わず息を飲んだ。外見

について は何から何まで厳しくて、まして相手がイラとその家族のときはなおのことだった祖母でさえ、このときはイラのあごを指ではさんでこういったのだ。わが家のイラは本当にきれいになったね。マヤにそっくりだよ。

でも僕のほうはがっかりしていた。記憶にある限りでは、イラはいつだって僕や僕のカルカッタの知りあいのだれも見たことがないような服を着ていた。ところがこのとき着ていたのは、赤い縁のついた質素な白いサリーで、登校途中のベトゥン・カレッジの女子大生と変わりなかったのだ。

まもなく大人たちのおしゃべりに退屈した僕たちふたりは、散歩に出かけた。なんとなく足は湖に向かっていた。湖であいているベンチを見つけると、ふたりとも子どものころを思い出した。あのころは互いに手を相手の腰に回してベンチに座り、湖の真ん中の小島にいる鳥を数えるふりをしていたものだ。急に恥ずかしくなって、僕たちは向きを変え、遠くのユリ池橋に向かって早足で歩いた。だまりこくったまま気まずくなって、僕はなんでもないところでつまずいたりした。

とうとうほかにいうことも思いつかなかったので、僕はイラにこんなことをたずねた。子どものころ、きみとロビが夏にカルカッタに来たときのこと、覚えている？ 僕たち三人で、退屈するとよくトリディブの部屋に行ったよね。お昼過ぎで、部屋の中は静かで蒸し暑くてさ。そんなところでトリディブの話をきいたよね。トリディブは、マットの上に寝転んで、枕によりかかっているんだ。指にはさんだたばこの煙が、渦をつくっている。あの穏やかな低い声で話し出すんだ。コブラ科とクサリヘビ科の蛇の行動形態の違いとか、カルナック神殿の神殿様式とか、双胴船の起源とかね。そうそう、こんなこともあったっけ。あるときさ、ロビと僕は、ルブアルハリ砂漠の探検者になることにしたんだ。それで、出発前にいくつか秘訣を教わろうと思って、トリディブの部屋まで階段を駆け上がったんだ。そうしたら、トリディブ、にやにやしながら話すんだよ。砂漠に住む一部族の割礼の儀式について、ぞっとするほど詳細にね。それから眼鏡を光らせて、こういったのさ。「だからな、出発前に、ちゃんと考えておいたほうがいいぞ。万が一つかまったとき、おまえたちの小さなあれがこういうことになってもいいのかどうか」。ロビと僕は、とっさに手であそこを隠してさ。きみがそれに大笑いしたんで、すごく怒ったんだよ……覚えてる？

要するに、ヴァギナ羨望ってやつね、とイラは笑って答えた。僕は、そういう言葉を使う女の子には慣れっこだというように、平気なふりをしようとした。だが、イラがそのときのことを覚えていないのは明らかだった。

そこで、僕は別の思い出話を始めた。これは覚えていない？　僕たちはね、トリディブに戦争中のロンドンの話をしてもらいたくて、いろんな手を使ったんだよ。うまいこと説得してトリディブが写真を出してくれると、じっと見入ってさ。トリディブはそこに写っている人たちのことを話してくれたんだ。ひとりひとり、指さしながらね。プライスさんの奥さん。奥さんに抱かれたメイ。悪いほうの腕をわきにぶらぶらさせているのは、奥さんの弟のアラン・トレソーセン。それから、ご主人のスナイプ。トリディブの話ではね、スナイプは、自分で自分の体を治すらしいんだ。神経痛にはイースト・ヴァイト・トニック、血液のためにはバイル・ビーンズ、腰痛にはドァーンの腎臓薬、肝臓にはアンドルーズ・ソールト、切り傷にはイグロディン、粘膜の炎症にはメンソレータム、って具合さ。あるときなんてね、爆弾の震動で入れ歯が落ちると困るからって、トリディブをウェストエンド・レーンの薬局に行かせて、デンテシヴっていう歯の接着剤を買ってこさせたんだ。

そうだったわね、とイラはうなずいたけれど、僕のしつこさに少し戸惑っているようだった。イラはこんな話をかすかには覚えているものの、覚えているとはっきりいえるほどではなかった。

でも、どうして忘れてしまえるのさ、と僕は叫んだ。イラは肩をすくめて、びっくりしたように眉をつり上げた。だって、ずっと昔のことじゃない。あなたが覚えているってほうが、よっぽど不思議だわ。

だがもちろん、僕にとっては不思議でもなんでもなかった。

なぜこうした話を忘れられないのか、僕はイラにわからせようと努力したし、僕たちはよくこのことを議論した。しかし、そのときもそのあとも、ついにうまく説明できなかった。忘れられないわけは、僕がトリディブから、旅をするための世界と、そうした世界を見るための目をもらったからなのだ。子どものときから世界中を飛び回っていたイラには、トリディブの部屋でのあの時間が僕にとってどんな意味をもっていたのか、絶対にわからなかった。あのころの僕は、カルカッタから数百マイル以内のところしか行ったことがなかった。イラが父親や祖父と、マドリードのマヨール広場にあるカフェやクスコのさわやかな空気について話しているのをきいていたことを思い出す。そうした名称は、僕にとって魔法の力をもっていた。というのも、トリディブがそれらがどこにあるのかを、ぼろぼろになった古いバーソロミューの地図帳の上で見せてくれたからだ。でもイラにしてみれば、そんなものは退屈なごくありきたりの場所にすぎなかった。僕や友だちにとって近所の湖がそうだったように。夕方、僕たちは公園の帰り道にそこで立ち止まって半ズボンのボタンをはずすと、さびた鉄柵の隙間から湖に向かっておしっこをしたものだ。湖はそのくらい見あきた場所だった。

僕はイラに話しはじめた。あのね、どうしてもカイロに行きたいんだ。イブン・トゥールーンのモスクを見たいからね。あの尖塔アーチは、世界一古いんだよ。それから、クフの大ピラミッドの石にも触ってみたいな。ところがしばらく話すうちに、イラがきいていないのに気がついた。彼女は眉をひそめ、頭の中に浮かぶ連想を必死で追いかけている。何をいい出すのかとうずうずして待ちながら、僕はじっと彼女を見つめた。するとイラは突然指を鳴らして、満足げにうなずいて、無意識のうちに大声を上げたのだ。ああ、そう、カイロね。あそこの女子トイレは出発ロビーの反対側のずっと奥にあるのよね。

その瞬間、地図上のこうした地名がイラの目にどう映っているのか、僕は少しだけわかった気がした。そこでは、世界中の出発ロビーが数珠つなぎになっている。そうはいっても、ロビーがすべて同じわけではない。逆に、ひとつひとつのロビーは大きくちがっていて、きわめて個性的なのだ。それぞれに女子トイレがあって、ホールの片隅のどこか思いがけないところに隠されている。どこも独自の特徴をもっている。たとえばストックホルムのアーランダ空港のトイレの水を流すレバーは、あまりにスマートで目立たないので、あるときイラはどう動かすのかを悩んでいるうちに、二度も搭乗コールを逃してしまった。僕は、アジス・アベバ、アルジェ、ブリズベーンなどの夢の場所に降りたつイラを想像した。そして、女子トイレを探して空港を走り回るイラを思い浮かべた。

イラがトイレに行くのは、別に行きたかったからではない。子ども時代、周りの風景が次々に変化する中で、トイレだけが唯一、動かない点だったからなのだ。

十年後にロンドンにいたときのことだ。ブリクストンの映画館だとか、メイダ・ヴェールにある新しいベトナム料理の店だとか、どこかに行こうとイラが提案すると、僕は跳び上がって、知らないうちに叫んでいたものだ。うん、行こう、地下鉄に乗っていこうよ。イラは大笑いして、僕のまねをしてからこういった。他人がきいたら、あのコンコルドにでも乗るんだと思うでしょうよ。

イラにとっては、地下鉄は単なる交通手段にすぎなかった。だからエスカレーターに乗るときの僕のはしゃぎようを見ては、彼女は不機嫌になるのだった。何しろ僕ときたら、あっという間に通り過ぎる壁の広告を見ようとして後ろを振り向いたり、電気と湿気と古い脱臭剤とが入り混じった地下のにおいに息をのんだりするものだから。あるいは地下道にじっと立ちつくし、永遠の闇の中で不気味に響く大道芸人の音楽にきき入ったりするものだから。そんな僕を見ると、イラはむっとして、僕の肘をぐいぐいと引っ張りながら叱りつけた。急いで、急いでよ。ここじゃ立ち止まれないのよ。よその人の邪魔になるでしょ。それでも僕がぐずぐずしていると、いらついて罵りはじめるのだ。ねえ、お願いだから、第三世界からやって来たタピオカ作りの農民ってな振る舞いはやめてくれない。たかが地下鉄なんだから。

すると僕はいい返すのだ。きみにはわからないよ。きみにとっては、カイロはおしっこをする場所なんだからね。

場所というのはただ単にそこに存在するわけではなくて、人が想像の中でつくり出さなければならないものなのだ。現実的でせわしないイラのロンドンは、僕のロンドンと同じようにしょせんつくられたものにすぎない。そのどちらがより正しいとか正しくないということではない。ただふたつはずいぶんちがっている、というだけのこと。しかし、それをイラにわからせることはできなかった。わからないのは彼女の責任ではない。トリディブがよくいっていたように、彼女の住む世界は彼女にくっついて移動し続けていた。だからイラは、たくさんの場所に住んだけれど、一度も旅をしたことがなかったのだ。

イラが子どもだったとき、一家は休暇でカルカッタに戻るたびに、そのときどきに住んでいた場所のお土産をもち帰った。彼女の両親はあらゆるものをもってきた。革製のインドネシアの操り人形、らくだみたいなこぶつきの北アフリカのありそうもないスツール、などなど。でもイラが思いつくお土産はたったひとつで、それを見せてもらえるのは僕だけだった。僕たちはイラの家の屋上にある、さびた貯水タンクの影に忍び込んだものだ。そこでイラは、引きつった小さな笑みを浮かべながら、大きなマニラ麻の紙ばさみを取り出すのだ。

そのお土産はいつも同じもので、やがて彼女だけでなく僕にとっても同じぐらい意味をもつものになった。それは、彼女がそのとき住んでいた街にあるインターナショナル・スクールの記念アルバムだった。

アルバムは、いつも写真でいっぱいだった。まず生徒ひとりひとりの写真、そのあとには友だちのグループ写真、パーティーやテニス試合の写真、クラスの全体写真……。本当に学校の写真だとは、とても信じられなかった。そこでは、男の子と女の子が一緒に交じって立っているし、おまけにだれも制服を着ていないのだ。写真の子どもたちが着ている服は、僕にとってはサーカスのコスチューム同様、学校とはおよそ縁のない代物に見えた。

イラは写真に写っている自分自身を指さした。ジーンズ姿のイラ、スカート姿のイラ。ペルシア製の羊の革のベストを着ているのもあった。イラが、写真の中で隣りに立っている友だちがだれなのか教えてくれると、僕は舌を動かしてその名を発音しようとした。テレサ・カッサーノ、メルセデス・アギラール、メルフェス・アッシャルカーウィー。はじめはほとんど女の子の名前だったけれど、大きくなるにつれて男の子の名前も交じるようになった。カルースト・マレキアン、セテワヨ・ジェームズ、ジュン・ナカジマ。これらの名前は、僕の記憶の中に刻み込まれた。だからメルセデス・アギラールが、最初に写真に現れたときに住んでいた場所から大陸ふたつ隔てたところに、何年もあとになって再登場したときでさえ、すぐにそれとわかったのだった。

イラの一番の仲良しはいつも学校中で一番きれいで、才能に恵まれた、賢い女の子たちだった。ピクニックや仮装ダンスパーティーの写真に写っている仲良したちを指さしながら、イラはこんな話をしたものだ。わたしたち三人はね、一緒にパーティーに行ったのよ。テレサとメルフェスとわたしとでね。一晩中、しゃべり通しよ。男の子がわたしたちの周りをうろうろしているところ、見せたかったわ。でもテレサがね、今晩は踊らないっていったの。別にわけはないんだけど、それでね……。それからイラは、笑いながらテレサとメルフェスを指さした。すらりとした女の子たちが、カメラに向かってしかめ面をしている。だがどういうわけか、イラ自身はいつも不思議とそこに写っていなかった。パーティーやダンスのときに、何をいって、何をして、何を着ていたのか、何もかも話せるというのに。

十四歳のとき、男の子の写真を見せられたことがある。その子は、僕の目にはすでに一人前の大人の男に見えた。顔はアメリカの映画スターみたいで、角張ったあごの先が割れていて、長くて黒い巻き毛が肩まで垂れかかっている。名前はジャムシェド・タブリージーっていうの、とイラはいった。フェンシングのチャンピオンなのよ。今年のお誕生日に、お父さんからBMWのスポーツカーをもらったの。まだ若いから運転はできないんだけど。ある日ね、彼の家の運転手が、その車で学校に来たのよ。口紅みたいに真っ赤なの。彼が運転免許を取ったらすぐに、パタヤーのビーチに休日のドライブに行くつもり。バンコクからほんの数マイルだもの。

イラはそこで、横目でこちらを見ながら早口でつけ加えた。わたしのボーイフレンドよ。

でも僕は、数ページめくったところにあるクラス写真に気がついた。みんなより頭ひとつ分背が高くて、肩幅の広いジャムシェド・タブリージーは、笑顔を浮かべて最前列の中央に立ち、うれしそうなブロンドの少女たちふたりの肩に腕を回している。イラがページをめくる前に、後列の端っこにいるイラの姿がちらりと見えた。地味なグレーのスカートをはいて、右脇に本を抱え、にこりともせずにちょっと離れたところに立っている。イラは僕に見られたとわかったのだろう。一週間してから同じ記念アルバムを見たときには、そのページはすでに引きちぎられていた。僕は喉が締めつけられるような気がした。もしかしたらイラも結局は、僕を取り囲んでいる狭くて厳格な世界と無縁ではないのかもしれない——急にそう感じたのだ。そこでは、子どもたちが学校にやられる目的は、試験会場で能力を証明することによって上流階級にとどまる術を学ぶことにあるのだ。

イラにとって大事なのは学校のことだけだった。住んでいる場所そのものは、幻のようにめまぐるしく彼女の横を通り過ぎていった。ちょうど古い映画の中で使われているスタジオスクリーンが、スピードを上げて走る車窓の景色を次々に映し出すような具合に。

ロンドンにいるときに、このことでイラとぶつかったことがある。イラ、ロビ、僕の三人で、コヴェント・ガーデンから歩いて少しのところにあるロング・エーカー通りのケンブルズ・ヘッドというパブで飲んだときのことだ。ちょうどロビが、ハーヴァードに行く途中、ロンドンに立ち寄ったのだった。彼はインド行政職という公務員の仕事から一時離れ、六か月間のフェローシップをもらって、行政および公務について勉強することになっていた。僕たちはその晩、一緒に過ごすことにした。

僕が記念アルバムの話をもち出すと、イラは笑い出して、ウィスキーの入ったグラスをもち上げながらいった。もちろん学校は大事だったわよ。どんな子にとっても、学校こそ関心のすべてでしょ、ごく自然なことだわ。おかしいのはあなたのほうよ。カルカッタのあの狭苦しいちっぽけなアパートにこもって、どこか遠いところを夢見てたりして。わたしはたぶんあなたにすごくいいことをしてあげたのよ。わたしのおかげで、あなたは少なくとも、地図の上で見た街が実際に存在していて、トリディブがあなたのためにでっち上げたおとぎの国じゃないんだってわかったんだから。

それは間違いだ。トリディブはなんといっても考古学者だったから、おとぎの国などにはもちろん興味がなかった。トリディブはよくこういっていた——おまえに学ばせたいことのひとつは、正確に想像力を使うことなんだよ、と。

たとえばこんなことがあった。僕とイラが十歳のとき、イラの一家が休暇でコロンボからカルカッタに戻ってきた。イラは、トリディブと母親と一緒に僕の家にやって来た。イラの母親は、自分たちが住んでいる国に僕がどんなに興味をもっているのかを知っていたから、彼女なりの心くばりでイラにこういった。うちのことで、何かおもしろい話をしてあげたら？

そのころ、イラたちはコロンボの静かな一角に住んでいた。外交官や高級官僚といった類の人たちが住んでいる界隈だ。大きな芝生つきの邸宅が四方に延びていて、家々をつなぐ小道沿いには緋色のホウオウボクや黄色のジャカランダの花があふれ返っていた。イラの家はひっそりとした小道の一番端にあった。広いベランダつきの大邸宅で、鋭く傾斜した屋根はこけむしたタイルで覆われている。裏庭があるのだが、この庭はまるで家の中の続きのように見える。というのも、フランス窓が開いていると、応接間のタイル張りの床が外の芝生と切れ目なくつながっているように見えるのだ。庭は静かで外部から遮断されていて、隅に子どもの背丈よりも高いブロンズ製のつぼが、不気味な塚のように立っていた。中央にはブルーのタイルの縁取りをした睡蓮池があって、扇形の尻尾の太った金魚が太陽の光に白い腹を光らせて泳いでいた。

この家にはひとつだけ難点があった。裏庭が養鶏場に隣接していたのだ。イラの母親はひどく心配していた。問題はくさいとかうるさいというだけではない。きいたところでは、鶏がいるところにはどこでも、必ず蛇が出てくるというのだ。だが、邸は高い塀に囲まれていて、風向きがよいときには、庭は日本のお寺のように静まり返っていた。

イラたちがそこに移り住んでまもなくのことだ。ある日、イラの母親がベランダの安楽いすで午前中の一眠りを楽しんでいるところに、コックのラーム・ダヤールが階段を駆け上がって押しかけてきた。

ワニです、とラーム・ダヤールは金切り声で叫んだ。お助けください、奥様、ワニからわたしをお助けください。

彼は背が高く、華奢で、普段はぼうっとした男なのだが、このときばかりはやせた顔から目の玉を飛び出させんばかりにして、口の周りにつばを飛び散らせていた。

そんな話、それまできいたこともなかったわよ、とイラの母親は僕たちにいった。家の庭にワニがいる、なんてね。わたし、もう少しでいすから転げ落ちるところだったわ。

祖母と僕は、互いに注意して目をあわせないようにした。でもこの話をきいてからというもの、僕たちは、柔らかくふっくらとした、学校鞄の中で押しつぶされたふたつのパンみたいな体つきのイラの母親が、庭にワニがいるのを想像していすから転げ落ちるさまを考えるだけで、笑いが止まらなくなるのだった。

コックのあわてようといったら、とイラの母親は鼻を鳴らした。あんなのは見たこともなかったわ。

だが、イラの母親はいかにも彼女らしくあわてずに、小さな手を膝の上で組み、ずれたまげを頭のてっぺんに押し戻すと、家族の間でおなじみのポーズできちんといすに腰かけ直した。その特有のポーズのせいで、彼女はヴィクトリア女王というあだ名までちょうだいしていた。

お黙りなさい、ラーム・ダヤール、とヴィクトリア女王は厳しい口調でいった。小さな男の子みたいに、おたおたするのはやめなさい。

でも見てくださいよ、奥様。彼はもう一度いったが、そのか細い声は悲鳴に変わっていった。ほら、お庭の中ですよ。

そう、コックのいったことは本当だったのよ。ヴィクトリア女王は興奮した甲高い声を出した。なんてことかしら、いたのよ……本当に大きな、すごいトカゲが。全身グレーと黒の、いやらしい巨大な生き物がね、小さなとがった頭でね、靴紐みたいな舌を出して、庭をうろつき回っているのよ。まるで競技場においでになった総督みたいにね。

しかし彼女はあくまでも落ち着きを失わなかった。なんといっても彼女は、あの父親の――ぼろを着たままボリシャルにある自分の村を出て、最後は昔のインド高等文官の地位につき、ナイトの爵位まで手に入れたあの男の娘なのだ。

殺しなさい、ラーム・ダヤール、と彼女は叫んだ。イラお嬢様に見つかる前につかまえて、頭をちょんぎってしまいなさい。

(まるでペニスか何かみたいにね、とイラは何年かあとで僕にいった。)

でもそのとき、ラーム・ダヤールは自分の頭を壁にたたきつけていた。白目をむき、涙がその頰をジグザグ模様に流れ落ちている。なんで俺はランカ島になんか来たんだ? 彼は泣き叫んだ。魔王のラーヴァナが俺をつかまえにやって来るこたぁ、わかっていたのに。

お黙り、ラーム・ダヤール、とヴィクトリア女王は叱りつけた。そして、リジーを呼ぶためにいつももち歩いている小さなブロンズのベルを鳴らした。リジーというのは、イラについているシンハラ人の乳母で、最近やって来たばかりだった。

奥様、ご用でしょうか、とリジーは部屋の入り口からたずねた。細身の中年女性で、口元が険しく、小さなやせこけた顔をしている。彼女はいつも、生まれ故郷のキャンディ高地に特有のブラウスとサリーを着て、こぎれいにしていた。

どうということもないように手を振り、ヴィクトリア女王はいった。リジー、見る見る、それ、お庭の中。

そのときその生き物は、グレーの胸を堅い前足で高くもち上げたまま、ひなたぼっこをしていた。

リジー、何である何である、あれ、とヴィクトリア女王はたずねた。

リジーは英語をとても上手に話し、ヒンディー語も少しは知っているというのに、女王はリジーにはいつもこういう調子で話した。この言葉は、シンハラ人官僚の先輩の推薦でリジーがイラたちのところへはじめてやって来たときに、女王が即座に発明したのだ。

リジーはその生き物を見ると笑い出した。

あれは、タッラゴヤーです、奥様、とリジーは答えた。このあたりにはよくいるんですよ。とてもおとなしい生き物です。

ヴィクトリア女王はトカゲをにらみつけた。

おとなしいなんて、冗談じゃないわよね、とイラの母親は僕たちに話しかけた。あの恐ろしさったら、ティラノサウルスっていっても通ったでしょうよ。

彼女はリジーのほうを振り向いた。できない？　と彼女はたずねた。殺す殺す、それ。殺す？　女王の言葉を解読するやいなや、リジーは叫んだ。なぜ殺すこと、ありますか？　蛇が寄りつかないようにしてくれるのに。

リジーは一階に下りていった。数分後、ヴィクトリア女王たちが見守る中、リジーはキャベツの芯や野菜の皮を腕いっぱい抱えて庭に出ていった。彼女がそれを芝生の上にまくと、生き物はそれに突進してむさぼり食った。

おい、おい、おい。ラーム・ダヤールがあえいだ。おい、おい、おーい！

リジーに後れをとるまいと、ヴィクトリア女王は背中をこわばらせながら、野菜をいくつか手にとって自ら庭へお出ましになった。その生き物は、女王が足を芝生へ踏み出すやいなや、不気味な目でじっと彼女を見つめた。女王は凍りついたが、最後の勇気を振り絞り、生き物に向かってもごもごと話しかけた。おいしいお野菜お野菜、食べる食べる？　それはリジー語が引っくり返しになったものに過ぎなかったけれど、それに答えるかのように、生き物の尻尾がちらちらと揺れたように見えたのだ。そしてその瞬間から、女王はこのトカゲを一家の一員と見なすことにした。彼女は相手が動物であれ人間であれ、彼女流の話し方に反応したものには、必ず心を許すのだった。

この事件以来、トカゲは庭への自由な出入りを許された。女王のシンハラ人の知人の多くは、芝生にオオトカゲがいるのに仰天して、よくオオトカゲの尻尾に打たれて子どもがすねの骨を折ったりするのだといったけれど、女王は動じなかった。もちろんパーティーの場合は例外で、そのときにはリジーを呼んで、長いロープでトカゲを木につながせるのだった。

ある日のことだ。両親がいつものパーティーを開いた翌朝、イラは本を読もうと庭に出た。芝生にはたばこの吸いがらや食べかけのおつまみがそのまま散らかっていた。手にしていた本は、前の晩、あと十二ページで読み終わるところだったのに、リジーに寝室の電気を消されてしまって、途中であきらめなければならなかったものだ。イラは睡蓮池のわきのデッキチェアに身を沈め、すぐに本に没頭した。十ページが終わって、まだ夢中で読みふけっていたとき、睡蓮池の中からぱちゃと水のはねる音がした。それはとても穏やかな水音で、金魚の尾が水面を打つのと同じぐらいの小さな音だった。でもはっとしたイラは、ページから目を完全に離さないまま、ちらりと下に視線をやった。そして、夾竹桃の枝のようにほっそりとしたしなやかな影が、芝生の隅からいすの下を通って池に延びているのを見たのだ。

そのとき、その影が波打った。今度は彼女はちゃんと本から顔を上げた。長くたくましい胴体にうろこがぎらぎらと光っているのが見える。

イラは悲鳴を上げ、本をとり落とした。本はいすの端にあたって転がり落ちると、蛇のうろこのついた胴にあたり、どさりと鈍く重い音をたてた。

蛇は全身で怒りの音をたてながらいすの下を瞬時にすべり抜けていった。そして今度は、イラの背後のどこかから、ゆっくり引き延ばされたようなシューという音がきこえたのだ。イラは身をこわばらせ、ゆっくりと振り向いた。肺の中が急に空っぽになって筋肉が恐怖で硬直しているのを感じながら。

蛇の頭は背中から一フィートぐらいしか離れていなかった。地面に平らに置かれた胴体は隙間なくきれいなとぐろを巻いている。頭はいすの背よりも高くもち上がっていた。イラは泣きじゃくり、声を上げようとした。でも同時に、蛇の頭をじっと見つめ続けた。極度に集中して見つめているので、まるで望遠鏡で観察しているように蛇の細部まで、それまでに経験したことがないほどくっきり見える。小さな目。鋭くとがった頭の先でぴくぴくしている鼻孔。入れたり出したりをやめて、攻撃にそなえ、柔らかなピンク色の口の中にしまい込まれた舌。むき出しの歯。滴り落ちるつば。

そのとき、庭の遠くの隅から別の物音がした。イラは振り向かずに横目でかすかにそちらを見た。タッラゴヤーがロープの端でのたうち回り、尻尾をくりつけられている木の幹を激しくたたいている。蛇もこの音をきいて、胴体を弓なりに反らしたまま一瞬ためらった。しかしふたたび目をイラに据え、引きしぼられた弓のように頭をさらに後ろに反らした。そしてその位置から、前方に向かって勢いよく飛びかかってきたのだ。

その瞬間、イラは反射的に身をよじった。わずかな動きだったが、バランスが崩れて彼女はいすから転げ落ち、同時にいすも倒れた。蛇の歯はいすの鉄の脚をかすめた。

ぱちり、とむちのような音を立てながら、蛇はふたたび胴体を反らした。立ち上がろうとしたイラは手を滑らせ、後ろに倒れ込んでしまった。するとちょうどそのときだ。蛇が芝生に頭を下ろすやいなや、結び目がほどけるときのようにするりととぐろを解き、塀めがけて一目散に逃げ出したのだ。イラが見上げると、タッラゴヤーがその後ろをどしどしと追いかけている。タッラゴヤーはロープを嚙み切ったのだ。しかし蛇のほうがすばやくて、タッラゴヤーが芝生を横切るよりずっと前に、するすると塀の向こうに消えていった。

さて、お若い方、とヴィクトリア女王は、目を輝かせながら僕の頭をたたいた。この話、どう思う？

僕は本能的にトリディブを見た。彼は目を細め、首を傾げながら僕を見ていた。どきどきした。明らかに彼は僕が何をいうのかと待ちかまえているのだ。がっかりさせるわけにはいかなかった。母も祖母も蛇の恐ろしさに興奮して、どのくらい大きかったの、毒はあった？とヴィクトリア女王にたずねている。その質問をヒントに、僕は安全な選択肢を選んだ。トリディブの話を何もかもきちんと覚えていることを示して、合格点をもらおうと思ったのだ。僕はヴィクトリア女王にこうたずねた。その蛇、ボア科だったの、それともコブラ科？

ヴィクトリア女王は目を丸くして、何やらこんな意味のことをいっていた。そうねえ、お若い方、なかなか厳しい質問だわね。お時間をいただいても、答えられそうにないわ。

彼女がこうつぶやくのをききながら、僕はトリディブのほうを盗み見た。彼は唇をすぼめて、がっかりしたように首を横に振っていた。それからイラたちが帰るまでの残りの時間、僕は元気なく黙り込んでいた。

イラと母親が延々とさよならをいっているとき、見送ろうとして階段を下りていると、トリディブが何気なく僕に声をかけてきた。考えてみればね、蛇なんて別におもしろいもんじゃないよ。結局のところさ、たとえばおまえが湖で蛇を見たとしたら、どうするかな？　家に帰ってみんなに蛇を見たんだっていうだろうね。でも数分もすればそんなこと忘れちゃって、宿題に戻るのさ。蛇なんて、おまえの生活そのものにはなんのかかわりもないんだから。

宿題が僕の生活そのものだという考えはあまり気に入らなかったが、僕は口をはさまなかった。彼が何か別のことをいおうとしているのがわかったからだ。

ほとんど一階まで下りたところで彼はいった。イラたちの家の屋根が斜めに傾げているっていってたのに気がついたかい？

僕は首を横に振った。そんな細部は頭に残っていなかった。そんなことが物語と少しでもつながりがあるようには思えなかったのだ。トリディブは僕の当惑した表情に気づいたにちがいない。僕の肩の上に手を置いて自分のほうに振り向かせると、こうたずねた。傾斜屋根の家に住むっていうのがどんなことか、想像できるか？屋根で凧上げもできないし、すねて隠れることもできないんだよ。あっちのほうにいる友だちに向かって屋根の上から叫ぶことだってできないわけさ。

彼は車に乗り込むと、窓から手を突き出して僕の胸にパンチを打ち込んだ。残された僕は、かつてないほど困惑していた。

だがその晩遅く、それから翌日からも幾晩も続けて、僕は祖母が厳重に見張る中で、宿題をするふりをしながらトリディブの言葉に頭を絞ったのだった。しばらくすると、僕もコロンボの傾斜屋根に想像をめぐらすようになっていた。もしその屋根の上を旋回したら、屋根はどんな形に見えるのか。下から見上げたときには、どれほど急角度に突き出して見えるのか。二階の窓から至近距離で見たときの、タイルのこけむした様子。まもなく僕にも、そうした日常の中の差異のほうが、蛇やトカゲよりもはるかにおもしろいとわかるようになった。

しかしトリディブの頭に浮かぶ光景は、僕の見るどんな光景よりもはるかに詳細で正確なのは確かだった。彼はあるときこんなことを話してくれた。人間は欲求、それも真の欲求なしには、何ひとつ知ることはできないんだよ。欲張りや邪《よこしま》な欲望じゃない。純粋で、苦痛を伴う原始的な欲求のことさ。自分の中にないものすべてを求める気持ちだ。そんな欲求があればね、人は苦しみながらも自分の思考の限界を超えて、別の時や場所に行くことだってできるんだよ。運が良ければ、自分と、鏡に映った自分の姿との間の境界さえなくなってしまうんだ……。

僕は途方にくれながら彼の話をきいていた。自分もいつかそんなふうに何かを知ることができるのかしら、と思ったのだ。そんな欲求を経験できるのかどうか、僕には自信がなかった。

ケンブルズ・ヘッドというパブで、ウィスキーをゆっくりとすするように飲むイラの前で、こんなことをどうやったら説明できただろう？　現在という時を強烈に生きていたイラには、想像力によって、感覚を通じて経験するのと同じぐらい、あるいはそれ以上に具体的に世界を経験できるトリディブのような人間が本当に存在するなんて、まず信じられなかっただろう。トリディブのような人間にとって、経験とは記憶の中にあり、いつでも手の届くものだ。ところがイラの場合には、たとえば元恋人の足について話すとき、その言葉は彼女の感覚の中に残っている興奮とはなんのかかわりもない、ただの単語のつらなりにすぎない。その言葉が滑稽に響くうちは覚えているけれども、時がたつと、恋人とその足と同様、忘れ果ててしまう類のものだった。

イラにとっては現在こそが現実だった。彼女はまるで現在という泡の中に生きているかのようだった。その泡が浮いている場所は、鉄の水門によって過去と未来という潮から遮断された運河なのだ。

僕がロンドンに到着して二、三日たったある日のこと、イラは僕をコヴェント・ガーデンの見物に連れていってくれた。僕は地下鉄の駅でイラにおちあい、それから巨大な鉄屋根に覆われた広場を熱心に案内され、古着屋や野菜市場を連れ回された。だが僕が退屈しているのがわかったのだろう。まもなくイラは、もう案内は十分みたいね、と決めつけると、舗装された広場を早足で歩いて、チャリング・クロスへ向かう道のひとつへと消えてしまった。

失点を取り返そうとあわてて彼女を追いながら、ふと上を見た僕は、ペンキで何か表示してある窓を見つけた。全速力で道を走ってイラに追いつき、彼女を連れ戻してその表示を見せた。

ヴィクター・ゴランツと書いてあるけど、と彼女はいった。だから何よ？

答えるかわりに、僕は彼女の腕をとって、ドアの中へ入っていった。そこは事務所で、隅には木製のカウンターがあり、壁ぎわにはぎっしりと本の詰まった棚が並んでいた。年かさの女性がカウンターの向こうに座っていて、眼鏡ごしに神経質そうに僕を見つめた。

何かご用でしょうか？　と彼女はいった。

すみませんが、と僕はたずねた。ここが戦前、レフト・ブック・クラブのあった場所かどうか、教えていただけないでしょうか？

おや、まあ、と彼女はいった。そんなことは知りませんよ。当時、わたし、ここにいませんでしたからね。電話で上の者にきいてさしあげましょうか？

僕は首を横に振って、彼女にお礼をいうと、イラを連れておもてに出た。彼女はかんかんだったが、同時にびっくりしていた。いったいどうしたっていうのよ、と彼女はたずねた。

そこで僕は歩道に立って、トリディブが僕たちにその話をしてくれたときのことを思い出させようとした。トリディブがいってたんだ、プライスさんの奥さんの弟、アラン・トレソーセンは、戦前、レフト・ブック・クラブで働いていたってね。きっとあそこだったんだよ。僕たちが今いた、あの事務所かもしれないね。だってクラブは、ヴィクター・ゴランツ出版社の一部だったんだから。

イラはいくらか興味を示し、もう一度窓をながめると肩をすくめていった。今となっては、どこにでもありそうな古くてかびくさい事務所にしか見えないわね。しかし僕にはちがった。最初にトリディブの目を通してそれを見ていた僕には、建物の過去が現在のことのように感じられた。だが僕はそれを言葉にはしなかった。そのかわり、滑らかな肌に頬骨の突き出たイラの顔を、切れ長で茶色の瞳を、カールしながら肩へ落ちる輝く黒髪を見つめた。イラは僕の視線を感じて微笑むと、僕の腕をとって、彼女の知っているニール・ストリートの中国風カフェに連れていった。

だから結局このときもいつものように、イラは人がいかに異なっているものかという謎を突きつけて、僕を当惑させたのだった。不思議なものだ。だってこのイラと僕は、子どものころには、双子といっても通用するぐらいそっくりだといわれていたのだ。

パブは、細いストライプのスーツにダイヤモンドのイヤリングをつけた若い銀行員やら、パープル色の筋を交ぜた髪の毛の出版社の社員たちやらでいっぱいだった。そんなところで僕は、トリディブがどういう人間なのかを、イラとロビにわからせようとしていた。考古学者としてのトリディブ。イラなど及びもつかないほどに、おとぎの国など馬鹿にしきっていたトリディブ。コロンボの家の屋根を僕自身の想像力で現出させることを教えてくれたトリディブ。ものを見るということは、すなわち頭の中でそれをつくり出すことなのだから、せめて適切につくるように努力すべきだと話してくれたトリディブ。ところがイラは、否定するように肩をすくめていったのだ。なぜよ？ なぜ努力しなきゃならないのよ、どうして世界をあるがままに受け取らないのよ？ そこで僕はトリディブの言葉をきかせた。努力せざるをえないのだ。なぜなら、何もつくらなければそこは空白のまま残されるというわけではないのだから。自分で努力しない限り、他人がつくったものから自由になることはできないのだ、と。

でもわたしは自由よ。イラは笑いながらいった。

きみは運がいいよ、と僕は答えた。僕は自由じゃないね。少なくともロンドンでは。

どうして、とイラはたずね、ウィスキーを飲み干した。大英帝国のインド支配のおかげ？ 僕は笑い出した。そして僕たちがまだ八歳のとき、ほかでもないイラが僕のためにロンドンをつくり出してくれたことを話しはじめた。彼女が覚えているとは思えなかったから。

その年、イラの家族はドゥルガ・プジャの祭りのためにカルカッタにやって来た。何年かぶりに、イラの祖父母もちょうど祭りの時期にカルカッタにいるはずだった。その年、イラの父親は研究のために国連の仕事から休みをとっていて、イングランド北部のある大学で教鞭をとっていた。その大学に新設された開発学の研究所から客員教授として招かれ、喜んで引き受けたのだ。イラと母親もそこでの生活を楽しみにしていたのだが、到着してみると思いもよらない問題にぶちあたった。イラの父親にあてがわれていた住居は、一家で滞在するには手狭だったのだ。いずれにせよヴィクトリア女王は、寒い北の町に住むことについてかなり消極的だった。彼女はいうのだった。一日中、何をすればいいの。こんな灰色の街で、おっかない非行少年や、煙がもくもくしている工場に囲まれて。彼女にはロンドンにいるほうがずっとよかった。しかしそうなると今度は、ロンドンのどこに住むのか、イラの学校をどうするのかが問題だった。

途方にくれていたちょうどそのとき、イラ一家にとっておなじみの展開で、プライス夫人が助け舟を出した。イラと母親に、ロンドンの自分の家に下宿するようにと勧めてくれたのだ。北には週末に行けばいいじゃないの。うちに人が来てくれるのはうれしいわ。スナイプが死んで二年になるけど、家はまだがらんとしているし、今度はメイも家を出ることになったから、もっとがらがらになってしまいそうなの。学校のほうはなんとかなるわよ。近くにたくさんあるもの。

そんなわけで、その年の休暇にカルカッタに戻ってくる前には、ヴィクトリア女王とイラは、ロンドンのウェスト・ハムステッドにあるプライス夫人宅に住んでいた。プライス夫人はイラのために、自分の息子と同じ学校に行く手はずまで整えてくれた。

彼らは祭りの始まる何日か前にカルカッタへやって来た。到着後ただちに、ヴィクトリア女王は僕の母に電話をよこし、父と母、祖母、そして僕に、自分たちと一緒に車でライバジャルにある古い邸までいらっしゃいと招待した。

母は喜んだ。母は車で遠出をするのが大好きだったし、その当時、父は必死に働いていたから、週末にどこかへ出かけることなどまずなかったのだ。父がゴム会社の重役としてささやかな成功を収めるのは、まだ少し先のことだった。実のところ、僕たちの家には車がなかったし、休暇にお金を使うほどの余裕もなかったので、どこへも出かけたことがなかった。

行ってよいかどうかを祖母にききにいくとき、母の目はきらきらと輝いていた。母は、祖母が机に向かって学校の宿題を添削しているところにやって来ると、僕の鼻をつまんで祖母にきこえないようにそっと耳元でささやいた。ピクニックよ、ピクニック。

しかし祖母は、眼鏡ごしに顔をしかめて、厳しい口調で母にこういった。ヴィクトリア女王が一緒に来てほしいっていうのは、イラの遊び相手がほしいからだけなんだよ。そのくらいわかりそうなもんじゃないかね。うちはまだ、あそこがさし出すものをなんでもちょうだいするほど落ちぶれちゃいないよ。

母の失望のほどは、その指が僕の肩に食い込む様子から明らかだった。一緒にドライブに行って何が悪いんです、と彼女は口を滑らせたが、祖母ににらみつけられて、怒ったまま黙り込んだ。

そこで、僕が祖母の机に近づいていって話しかけた。お願いするのではなく、父が前の年に僕とイラを動物園に連れていってくれたことや、祖母自身もヴィクトリア女王にゴリハトの魚市場で最上のイリシュを何度もごちそうしたことなどを、祖母に思い出させるようにしたのだ。思った通り、僕の話をきくと彼女は軟化した。祖母と一番話をするのは僕だったから、彼女の抱いている恐怖感は僕にも少しはわかっていた。それは祖父が早死にして、祖母が父に教育を受けさせるために教職につかなければならなかったとき以来、長い年月をかけて積み重なってきたものだ。裕福な妹の援助を拒んだことが祖母にとってどれほど高いものについたのか、それゆえに彼女の自尊心がどれだけ強められたのか、僕にも少しは想像できた。だから祖母が即座にピクニックの誘いに応じない理由についても、本能的にわかったのだった。なんであろうときっかり同量のお返しができないようなものを、祖母はどんな相手からでも受け取りたくなかったのだ。

二日後の早朝、両親、祖母、僕の四人は、待ち合わせ場所のゴール・パークまで歩いていった。ショスティの前日、申し分のないお祭り日和《びより》で、十月の日差しが通りを金色に照らしている。空気はひんやりとして、じめじめした夏の暑さはようやく過ぎ去っていた。僕たちは裏通りをのぞき歩きしながら、明るい色のテントや天幕に歓声を上げた。未完成のものもあったけれど、いくつかにはすでにドゥルガ女神像が安置されていて、早くもスピーカーがうなり出している。

僕たちはラーマクリシュナ・ミッションの建物の外で待った。お菓子屋のそばの洗いあげられたばかりの歩道を、人の群れがまた汚していく。人々は魚や野菜が新鮮なうちにゴリハト市場に行こうと急いでいるのだ。そのときだ。イラの一家の自家用車の古いスチュードベーカーが、ゴリハト・ロードをこちらに向かって重々しくやって来るのが見えた。イラとの再会の瞬間が急に間近に迫って、僕はじっとしていられなくなった。ほら、あそこ。ぴょんぴょんと跳び上がりながら僕は指さした。見て見て、あそこだよ。

マヤが見えるね。僕の指さす方向を見ながら祖母がいった。でもシャヘブはどこかい？

祖母は義弟にあたるマヤデビの夫を、いつもシャヘブ――旦那様――と呼んでいた。このあだ名は、あるときシャヘブの母親がひどく自慢げに、自分の息子は西洋化しすぎて帽子が頭からはなれないのだといっているのをきいたときにつけたのだ。祖母は直接彼に話しかけるときでさえ、シャヘブと呼んだ。これはいつも父を怒らせた。父は同僚にシャヘブのことを話すときには、いつも注意深く、叔父、閣下、ソフィア（あるいはそのとき赴任中のどこか）駐在のインド総領事、ヒマンシュシェコル・ドット・チョウドリ氏、などと呼ぶのだった。

ああ、あそこだ、とそっけなく祖母がいった。後ろの座席にいるよ。ひとりで、パイプをくわえてふんぞり返ってね。まるで公式訪問にお出ましみたいだね。今日はどのお洋服を着ているんだろうね。

祖母の説では、シャヘブの衣装ダンスのハンガーは何組かに分けられていて、それぞれにラベルがついている。カルカッタ大地主、インド外交官、イギリス紳士、ネルー風、サウス・クラブのテニス選手、非同盟諸国の政治家、などなど。確かに、シャヘブの周りにはいつも厳格なまでの完璧さが漂っていた。カルカッタでは、彼のぴんとして糊のきいた腰布《ドーティー》の着こなしはいつも完璧だ。長袖シャツ《クルター》の一番上のボタンの部分は、きっかり正三角形に開いている。ラゴスでは彼のサファリスーツのポケットは絶対に邪魔にならず、スーツを着たときには、蠟で型をとったのかと思うほどぴったりだった。何を着ていても、彼の服装は不自然なまでに整っていて、着るというよりも見せびらかすために服を身につけているようなのだ。店のショーウィンドウにいるマネキンみたいだよ、と祖母はよくいっていた。みんながあの人をじろじろ見るのも無理はないね。

しかし祖母の見方は公平ではなかった。本当のところシャヘブの外見は際だっていて、はっとするほどだったから、人々はいずれにしても彼を見つめたにちがいない。背が高くすらりとしていて、大きな鼻、きらきら輝くメランコリックな瞳、面長で整った顔だち。まっすぐでたっぷりとした髪の毛は、横側のほうが、霜がついた砲金のように少しだけ白髪交じりになっている。どこに行こうが、スポットライトがモデルを追いかけるように、人々が彼のほうを振り返った。

ほら、見てごらん。車が歩道へ近づいたとき、祖母が僕の耳にささやいた。今日は新しいのを着てきたよ。

車が近づくと、薄緑色のコーデュロイのジャケットに、絹のネクタイをしているシャヘブの姿が見えた。

次の瞬間、マヤデビが車から飛び出してきた。彼女と祖母とは互いに駆け寄って抱きあい、笑ったり早口でしゃべったりした。ふたりが話すのは昔のダッカ方言で、ほかの者にはよくきき取れない。僕がマヤデビの足に手を触れてあいさつをしてから見上げると、ふたりは僕の頭上で女学生のように手を握りあいながら、口を開けずににっこりと微笑み、喜びでいっぱいの表情をしていた。ふたりともまったく同じ様子をしていて、鏡に映したようだ……。

でもさ、実際にはちっとも似てなかったけどな。テーブルの上にビールのグラスの底で模様を描きながら、ロビが口をはさんだ。まったくタイプがちがったよ。彼は首を傾げて僕をながめ、首を横に振った。おまえにもおばあさんの面影が少しもないな、とロビは鼻に皺をよせながらいった。それから笑い出したので、その勢いで、彼のグラスのてっぺんの泡が少しだけ僕のほうに飛び散った。

だってさ、と彼はいった。おまえよりも僕のほうがずっとおまえのおばあさんに似ていたんだだから。

反論の余地はなかった。祖母でさえつねづねそういっていた。よくロビのがっしりした丸いあごに指をあてながらいっていたものだ――ここんとこはわたしからもらったんだよ、わたしとそっくりじゃないか。おそらく外見が似ていたせいだろう、マヤデビの三人の息子の中で、祖母の一番のお気に入りはロビだった。ロビが長くてたくましい足をしていて、同い年のだれと比べても頭半分くらい長身なことに、祖母はいつも感心していた。ロビの前腕の筋肉は、あらゆる運動競技をやったおかげで、九歳にしてすでに鍛え上げられていた。祖母はそこに親指を押しつけては、こういうのだ。おまえは強いんだよ。そのことを忘れちゃだめだ。おまえは本当に強いんだ。それから彼女は僕のほうを振り向いていった。ロビを見てごらん。本当に強いんだよ。この国のほかの連中とはちがうんだ。

ロビが十二歳ぐらいのときのことだ。ある日、祖母はマヤデビから手紙をもらった。そこに書かれていたというよりほのめかされていたのは、最近入学した北インドの寄宿学校で、ロビがもめごとに巻き込まれたという話だった。マヤデビは息子を学校から引き取るために飛行機で帰国しようかと考えていた。心配した祖母はトリディブに連絡して、僕たちのアパートに来るようにいった。彼ならどういうことなのか教えてくれると思ったのだ。

一週間するとトリディブはアパートに現れたが、いったい何が起きたんだい、という祖母の問いには肩をすくめただけだった。本当になんでもなかったんですよ、と彼はいった。ロビがもめごとに巻き込まれたのは、悪名高いがき大将の先輩を殴ったからだった。がき大将は、ロビの友人で内反足のために身を守れない男の子をいじめたのだ。ロビがこてんぱんにやっつけたので、がき大将は二日間病院で過ごさなければならなかった。

それで先生たちが怒ったのかい、と祖母がたずねた。彼らがマヤデビに書いてよこしたのかね？　トリディブは笑いながら説明した。いや、そんなことはないですよ。先生たちはたぶんたいして不愉快にも思っていなかったでしょうし、母に手紙を出していないのは確かです。生徒の間ではロビは一夜にしてヒーローですよ。でも母はこの事件のことをどこかできいて、ひどくあわてたみたいなんです。

どうしてだい、と祖母は驚いてたずねた。何を心配しているんだろう？

ロビがそもそもそいつと戦おうって決めたのが心配なんですよ、とトリディブはいった。ロビが変わってしまって、殴った相手のがき大将みたいになるんじゃないかと思っているんです。たいして強くもないし大人でもないから、がき大将の地位を取って代わる誘惑にさからえないだろうって。

祖母は口を真一文字に結んだ。もちろん、ロビはそいつと戦わなきゃならなかったよ、と彼女は不満げに指を鳴らした。ほかに何ができたっていうんだね？　マヤはロビのことを誇りに思うべきだね。わたしは誇りに思うよ。でも、そもそもあの子はわたしに似ていて、マヤには似ていないからね。

祖母はいすの背にもたれて、両手を膝の上で組んだまま、しばらく黙り込んだ。それから、ぼんやりと壁を見つめながらいった。驚くほどのことじゃないがね。ある意味じゃ、マヤはいつも馬鹿だったよ。学生のころもね。

それから祖母はゆったりした声で夢見るように、記憶をたどりたどり、何十年も昔の話をしてくれた。一九二〇年代のはじめ、ダッカで祖母と同じカレッジにいたある少年の話だ。

彼はちょび髭を生やした恥ずかしがりやの物静かな少年で、ダッカのポトゥアトリの、祖母たちの住んでいた隣りの通りにいた。教室ではいつもできるだけ後ろの席に座り、一言も口をきかなかったから、だれも彼のことなど気にとめていなかった。

ある朝、講義の最中に、イギリス人の役人に連れられた警察の一団がやって来て教室を取り囲んだ。抗議しようとした先生は、警官に止められた。残りの者たちは座ったまま小声でささやきあっていた。興奮しながらも、みなはおとなしくしていた。自分たちのほうに注意を引きたくなかったから。怖くなかった？　と僕はたずねた。

少しはね、といいながら、祖母はいつも首の周りにかけている細い金の鎖を指でいじった。でもたいして怖くはなかったよ。あの当時は、警察の襲撃にはかなり慣れていたからね。カレッジや大学にはしょっちゅう襲撃があったから。わたしたちはそんな中で育ったんだよ。

一瞬、僕は祖母が冗談をいっているのだと思った。

どうして、と僕はたずねた。何をしたっていうの？

祖母は目をきょろきょろさせた。明らかにどこから話を始めればいいのかわからないようだ。そこで、熱心にきいていたトリディブが、かわりに簡単に説明してくれた。今世紀はじめの数十年間に、ベンガルの民族主義者たちの間に起こったテロリスト運動……練成協会や新時代協会のような地下テロ組織、彼らの支部や秘密のネットワーク、イギリス人の役人や警官を暗殺するための手製の爆弾……イギリス側の報復としての逮捕、追放、処刑……。祖母はトリディブが話している間、陶器の鳥みたいに今にも壊れそうな様子で、いすの隅に腰かけていた。僕がびっくりして驚きの色を浮かべ、その非凡な歴史の中に自分の祖母を置こうとしているのを見て、祖母はにっこりとした。

トリディブが話し終わると、祖母は自分の物語を続けた。

先生を追い払うとイギリス人の役人はピストルを引き寄せ、部屋中を見渡しながら、目の前に並ぶ顔と、手に握っている一枚の紙とを注意深く見比べていった。彼がゆっくり丹念に見比べている間、座っている祖母たちは、その視線の下で汗をかいていた。何時間も過ぎたかと思われたそのときだ。役人が小さな薄ら笑いを浮かべたのだ。その視線は教室の後ろのほうにいるだれかのところで止まっている。祖母たちはいっせいに振り向き、その瞬間、みなが驚いて息をのむ音が教室中を駆け抜けた。

それは、あのちょび髭の恥ずかしがりやの少年だった。彼はそのとき無表情に、ぴんと背筋を伸ばし、まっすぐで挑発的な澄んだ目をして警官を見据えながら立ち上がった。彼は少しもたじろいでいないように見えたけれど、注意深く観察していた祖母には、ほんの少しの間、彼の指が一本ぶるぶると太股にあたっているのが見えた。少年は恐怖を、恐らく祖母がこれからも決して味わうことのない、激しい恐怖を感じているのだ。でもそのときも、それから手錠をはめられて教室の外に連れ出されたときにも、少年は二度と恐怖心をおもてに出さなかったし、役人の顔から視線をそらさなかった。

祖母は僕の頭をやさしくなでた。見上げると、彼女はうるんだ目を指の関節で擦っている。

ロビを見ているとね、と祖母はいった。いつも思うんだよ。あの場にいたら、あの子もあんなふうに立っていただろうってね。頭をまっすぐにして、たじろがずにね。

彼女はしわがれ声で笑いながら、僕の頭をたたいた。でもおまえならどうだろうねえ、と彼女はいった。

だけどその男の子は、とトリディブは続きをたずねた。彼はどうなったんです?

祖母たちはあとになって、彼が十四歳のときから秘密テロ組織のひとつに入っていたことをきいた。そこのジムでみなと一緒に体を鍛えながら、ピストルの使い方や爆弾の作り方を学び、こっそりと伝言を運んだり使い走りをしたりしていたのだ。逮捕の数か月前、彼はついに組織の正規メンバーになった。最初に与えられた使命は、クルナ県のイギリス人司法官を暗殺することだった。準備はすべて整い、彼はその週の終わりにクルナへ向けて発つことになっていた。だがそのとき警察に発覚してしまったのだ。警察の情報網のすごさは有名だった。少年は裁かれて、のちに悪名高いアンダマン諸島のセルラー刑務所に送られた。

この事件があってからというもの、少年が住んでいた路地を通り過ぎるときは、祖母はいつも通りを指さしながらマヤデビに話してきかせた。

そうするとね。祖母は笑いながらいった。マヤはいつも怯えて、わたしの手を握りしめながら、早く行こうってせかすんだよ。

ご自身は、とトリディブがたずねた。どう思われました?

彼のことをよく夢に見たよ、と祖母は穏やかな声でいった。事件があってから長いこと、ベッドに横になっては彼の顔を思い出していたよ。あのおかしな、紐みたいな、ちょび髭も一緒にね。

その事件の起こるずっと前から、彼女はテロリストの話に心をひかれていた。クディラム・ボースのヒロイズム。イギリスに買収された卑怯な村人に裏切られて、ブリバラム川の岸辺に追いつめられた、バガ・ジョティンの悲劇的な死。これらの話をきいてからというもの、彼女はテロリストのために何かしたい、何か小さなかたちでも彼らのために働きたい、彼らの栄光をほんの少しだけでも自分のものにしたい、と思い続けていた。使い走りをするとか、料理番をするとか、服を洗うとか、なんでもよかった。だが当たり前のことだが、彼らは地下で活動していた。どうすれば連絡がとれるのかなどわからなかったし、もしなんとかわかったとしても、少女、つまり女である祖母が加わるのはずっと難しかっただろう。祖母はよく自分の知っている人たちについてあれこれと想像をめぐらせた。もしかしたら、あの人もテロリストのひとりかもしれない。きいてみようか、それともほのめかしてみようか。それとも、実は警察のスパイなのかしら。ありがちな話だが、探していたその人がついに目の前に現れたとき、祖母は彼がその人だとはわからなかったのだ。燃える目にライオンのようなふさふさした鬚をもつ大男を予想していたのに、その人は、祖母が思いをめぐらしていた間ずっと、教室の後ろでひとり恥ずかしそうに座っていたのだ。その気があれば、話しかけることなど簡単だったのに。あとになって祖母は、あの髭がなければ、彼はハンサムだったにちがいないと考えるようになった。ベッドに横になりながら、頭の中でつぶやいたものだ。知っていさえすれば、一緒に活動していさえすれば、なんとか彼に警告して助けることもできただろう。クルナに彼と一緒に出かけもしただろう。イギリス人司法官を待ちながら、ピストルを手に彼のわきに立って……。

僕は怖くなり、信じられない思いで、祖母の繊細な顔の輪郭や、光る銀髪や、頬に透けて見える細かな静脈を見つめた。

おばあちゃん、本気でいっているの、と僕はたずねた。その人を殺したかもしれないって。

祖母は僕の肩に両手を置いて、僕の体を自分のほうに向けさせると、まっすぐな微動だにしないまなざしで正面から僕を見た。

怯えたかもしれないよ。でも力をお貸しくださいと祈っただろうよ。で、神のおぼしめしがあれば、そうだね、その人を殺したかもしれないよ。自由になるためだからね。自由のためなら、なんだってしただろうよ。


ロビと僕は互いをじろっと見回した。長ズボンをはいたロビは物憂げにスチュードベーカーによりかかり、僕は半ズボンをはいた自分の足の短さをいやというほど意識していた。シャヘブは大きな青い車から降りると、笑顔で祖母を迎え、略式のお辞儀のつもりで上半身を少し前に傾けた。祖母は軽くうなずいて、マヤデビとの会話をいったん止めると、つま先立ちして無意識に彼のにおいをかいだ。シャヘブは気づかないふりをしたけれど、あとで父は祖母を叱りつけた。どうしてあんなふうにみんなの前でかいだりするんです。お酒を飲んでいたのかどうか確かめようとしているんだってこと、気づかれなかったとでも思っているんですか。もちろん気づいていたんですよ。お母さんが鼻でかいだりつま先立ちしたりしたとき、顔をしかめていたでしょう。

いやがるのも無理はないね、と祖母は辛辣《しんらつ》な調子でいった。だって実際、お酒を飲んでいたんだから。テレビン油みたいに息から蒸気が出ていたよ。朝の九時だっていうのにさ！

でもわたしにはなんのにおいもしませんでしたけど、と母が反論した。

その日シャヘブは、母の心をつかんだのだった。母は少し前に、新聞に載っている彼の写真を見たばかりだった。写真の彼は、交渉のテーブルについた外務大臣のいすの後ろに立っていた。だから母は、彼女の記憶にあるあのやさしい叔父さんは、今では権力のある重要な地位にあって、国のことでいつも頭がいっぱいなのだと信じきっていた。彼の考えるような重大なことがらについて自分は何も知らないと思っていた母は、どうやって話しかけようかと、長いこと心中びくびくしていた。母は彼の足に触ってあいさつした。すると彼は母をじっと見つめて、政治家風に咳払いをしたのだ――まさに彼女が恐れていた通りの展開だ。母は、国際政治の込み入った問題について何か意見をいわなければならないのかと、恐怖で震えかけた。ところがそのとき、シャヘブは彼女の背中をそっとたたきながら、葉巻の煙とウィスキーをたっぷり含んだ美しいカルカッタ言葉で、こうたずねたのだ。市場で卵を買うのにお困りになることはないでしょうね？

母が精いっぱい上等な答えを返すと、シャヘブはさらに続けて、彼が前回カルカッタに戻ったときから野菜の値段は上がったのか、灯油は以前と同様、今でも手に入れるのが難しいのか、とたずねた。

母は、これほど重要で卓越した人物が、意外にもこんなささいなことに大きな関心をもっているというのに心打たれた。と同時に少々戸惑ってもいた。なぜなら質問しているときのシャヘブは明らかに興味を示していたけれど、質問のしかたがあまりに矢継ぎ早で、練習でもしてきたみたいに思えたからだ。だが、彼のような人物がいったいどんな状況でそんなことの練習ができたのか、母には想像もつかなかった。彼女の考えでは、シャヘブが一緒に時間を過ごすお相手は大臣たちで、その人たちが卵の値段や灯油が手に入りやすいかなどというささいな話に大きな関心をもっているとはとても思えないのだ。一方で父も、シャヘブが母とこんな会話を交わしているのを不可解に感じていた。父は長い間、ほとんど賛美といってもよいほどシャヘブを尊敬していた。その理由のひとつは、彼が親戚中で唯一の重要人物であったためだが、それより大きな理由は、ゴム会社の上司たちが求めても身につけることのできない上品さや威厳を、シャヘブが自然と身につけているからだった。卵や野菜などの家庭的なことがらに対するとっぴなまでの関心は、品の良い卓越した人物というイメージとはおよそ似つかわしくなかった。

その謎がようやく解けたのは、その何年かあとに、父がたまたまアフリカ出張の途中、マヤデビとシャヘブのいるコナクリに数日間滞在したときのことだった。父は大使館の晩餐会の席で、シャヘブがたて続けにふたりの三等書記官の奥方たちと、卵がマトンに置きかわった以外はカルカッタできいたのとまったく同じ会話を交わしているのを耳にしたのだ。

三等書記官の奥さんたちと話すにはあれがいいんだよ。大使館から家に帰る途中で、シャヘブは父に説明した。みんなまだ新参者だろう。だからこういったことで志気を高めておくんだ。閣下ご自身が自分たちのささいな苦労に関心をもってくれているってのを、奥さんたちは喜ぶからね。

だからね、とアフリカ出張から帰った父は母に説明した。ライバジャルの家に行った日、僕は三等書記官と同じ待遇を受けたわけだ。

実際、コナクリ訪問中に、父の会社内での突然の出世がシャヘブをいささか困らせているのがわかった。シャヘブは世間について独自の昇進表を作っていて、その中では父はまだ十分に格上げされていなかったからだ。だからはじめのうち、シャヘブと父が交わす会話は奇妙にちぐはぐだった。ところがある晩、シャヘブは父に政府の輸出政策に関して、長々しく詳細な質問を矢継ぎ早にしたのだ。つまりシャヘブはこのとき父を一等書記官（通商担当）の地位に格上げして、ようやく席次問題を解決したのだった。


母とシャヘブの話が続いている間、僕は心配でわれを忘れるほどだった。僕は母のサリーを引っ張りながら、イラはどこにいるの、イラも来るって約束したじゃない、と叫んだ。母が困って首を横に振ったので、今度はイラの父親のところへ走っていき、どうしてイラは来てないの、来ないの、とたずねた。彼は僕の肩をつかんで首を振った。いや、残念だけど、イラはロンドンにおいてきたよ。イラは来ないんだ。

彼が父にウィンクをするのは目に入っていたのに、僕はがっかりして言葉も出なかった。その年ごろには、最悪の事態までがごく当たり前に信じられるのだ。でもマヤデビも彼の言葉をきいていて、僕が泣きそうになっているのに気づいたのだろう。僕を引き寄せるといった。心配しないでね、すぐに会えるから。イラはね、もう一台の車で来るのよ。お母さんとトリディブと、それからもちろんリジーねえやや、コックのニッタノンドも一緒にね……。

ちょうどそのとき、グレーのアンバサダーの新車がロータリーの向こう端に現れた。シャヘブが息子たちのために買ったものだ。イラが長い髪をなびかせながら窓から乗り出している。彼女と再会するのが急に怖くなって、僕は祖母のサリーの影に隠れた。

なんだい、馬鹿な子だね、と祖母がいった。ほらあそこだよ、あそこにイラがいるだろう。待っていたんじゃないのかい?

トリディブが車を派手に止めたあと、一行はゆっくりと車から降りてきた。まずヴィクトリア女王。彼女はすっかり太ってしまい、僕たちはびっくりして息をのんだ。それからトリディブ。彼は僕に向かって秘密のインカ式敬礼をすると、たばこを買いに街角へと姿を消した。次はリジーねえや。ねえやはイラの一家がロンドンにいる間、カルカッタにある彼らの家で暮らしていた。続いて目に入ったのは、シャヘブとマヤデビのところで働いて十五年になるコックのニッタノンド。その視線は、かつて軍隊時代に教えられたように、少し前方に注がれている。

イラはひとり車の中に残っていた。ゴール・パークの真ん中にある鳥の糞まみれの銅像を、窓から見つめている。

突然、みなが一斉に彼女を思い出した。

イラが見えないけど、とマヤデビがいった。

きっとどこかで寝ているんだろう、と祖母。

きっとふくれてるんだ、とロビ。

まあ、イラはもう大きくなったんでしょうねえ、と母。

いいえ、そんなに大きくないのよ、とヴィクトリア女王がいう。何も食べないのよね、かわいそうに。

自動巻腕時計をほしがるぐらいには大きいんだけどね、とイラの父親がいった。八歳の誕生日に金のオメガを買ってやったんだよ。

でもどこにいるのよ、とマヤデビがたずねた。

ああ、まったく、リジー、リジー。ヴィクトリア女王が怒鳴った。連れてくる連れている、イラお嬢様、すぐ、ここに。どこにいるいる、お嬢様?

リジーねえやは車のところへ行った。か細い声でイラを叱っているのがきこえる。しばらくしてゆっくりとイラが出てきて、車のドアによりかかりながら、拳で目を擦った。彼女が見上げたときに僕と目があい、集合した家族をはさんで僕たちは見つめあった。

彼女はイギリス製の、僕がそれまで見たこともないような服を着ていた。キリンのアップリケがついた白い上っ張りで、キリンの足は服の裾まで、首は彼女のあご近くまで伸びている……。

その服じゃなかったわよ、とイラが大声でいった。そのとき僕たちは、ソーホーの繁華街に向かって歩いていて、彼女の声はロング・エーカー通りの真っ暗な商店街の窓にこだました。イラは笑い出し、酔った頭で必死に考えるふりをしながらいった。いいえ、ちがうわ、それじゃないわよ。それはずっとあとでもってた服だもの。ロビは、彼女の背中を軽くたたきながら僕にいった。イラときたらトランク何個分も服をもっていたからね。千着のうちのどれかなんて、わからないさ。

だが僕は覚えていた。僕にはあの服を着ている彼女が見えるようだった。リジーねえやがつけた糊がぱりぱりと音をたてているのがきこえるし、アイロン皺が目に見える。紗のような生地の感触もわかるし、リジーねえやがイラの体にまぶしたベビーパウダーのほのかなミルクのにおいもわかる。イラの首筋に残った白いまだらや、そのまだらの部分を通ってくねくねと流れる二本の汗のすじさえも。

どうしてそんなふうにイラを見ているの、と母がいった。お話ししていらっしゃい。

その言葉をきいて、僕はさらにあとずさりした。

どうしちゃったのかしら、この子、と母はみなの前で大声でぼやいた。もう何日も、イラのことを待ってたのよ。毎晩きくんだから、イラはどこ、いつ来るのって。もうすぐ来るから心配しないのっていうまで、夜も寝ようとしないんだから。

あら、まあ、とヴィクトリア女王は愛情のこもった目で僕を見ながらいった。なんてやさしいんでしょう。イラ、きいていた？　あなたのことを毎日たずねてくれていたんだって。

イラはにっこりすると、軽く肩をすくめてそっぽを向いた。

僕にははっきりとわかった。僕とはちがって、イラは僕のことなど気にしていなかったのだ。

その瞬間、僕は母を憎んだ。生まれてはじめて、母が僕を裏切ったのだ。僕の心の内をさらしものにして、僕とイラとが互いを必要とする度合いがちがうことを公にしてしまったのだ。その場かぎりではなく、永遠に。母はイラに、自身のもつ力について教えてしまった。そして僕のほうは身を守るすべもなく、想像だにしなかった大人の真実の前に裸のまま置いてきぼりにされたのだった。真実というのはこういうことだ――相手にとって自分が必要かどうかを自分で決めることはできない。自分が相手を必要としていても、相手は自分を必要としていないこともあるのだ。

みなにそれ以上いわせないために、僕は車に駆け寄って中に飛び込んだ。

前に座っていいわよ、とイラがいった。トリディブ叔父さんとニッタノンドと一緒にね。わたしは寝てるから。

僕たちはすぐに出発した。僕は前の席でニッタノンドとトリディブの間に座り、イラと母親とリジーねえやは後部座席でうとうとしていた。街を抜けるにはいつもよりはるかに時間がかかった。毎年この時期には、車でいってもどうしようもないのだ。通りはお祭り一色だ。ニッタノンドとトリディブが窓から身を乗り出して、買い物の客たちに道をあけてくれるように頼む中、車はゴリハト付近を少しずつ前進した。シアルダの近くでは、歩道から道路の真ん中にまで張り出しているテントをよけるのに三十分近くもかかってしまった。車内がどんどん暑くなってくると、トリディブは目の前を横切るすべてのものに罵声をあびせるようになった。針金縁の眼鏡が太陽の光線に反射して、彼の怒ったような骨張った顔が小さく見える。ドッキネッショルの近くでまた車の流れが止まり、僕たちは橋にたどりつくまでのろのろと進んだ。橋にさしかかると、そこから下に見える寺院の中庭に、びっくりするほど大勢の群集が動き回っているのがわかった。まるで庭を洪水が通り抜けていくみたいだ。しかしいったん橋を渡ってしまうと、車の数はどんどん少なくなり、まもなく僕たちの車は幹線道路をスピードを上げて走り出した。ようやく少しくつろいで後ろによりかかったトリディブの体から、いつものように吸ったばかりのたばこの煙と石鹸のにおいがしてきた。何かたずねても、上の空の彼はあまり口を開かなかったから、やがて僕もうとうとしはじめた。

しばらくして、ニッタノンドが興奮して僕の腕を揺さぶりながら叫び声を上げたので、僕は目を覚ました。起きて、起きてください。あそこですよ、ほら、家が見えるでしょう。ごらんなさい。

その家はフロントガラスの隅に突然現れた。なだらかな丘の上に、鮮やかな黄色の塊をなしている。丘が平野から突き出るさまは、ちょうどテーブルの上のケーキのようだ。何分かすると、両側に小屋をひかえさせたアーチ型の門が見えた。車が少し速度を落としたので、車の後ろにたっていた土ぼこりが周りにたちこめた。そのとき小屋から子どもたちが群れをなして飛び出してきた。手を振ったり叫んだりしながら、車の横を走っている。家のほうは、丘の上まで続く森の向こうに消えてしまった。ぎっしりと密集した木々が、カーテンのように家を隠しているのだ。トリディブはにやりとしながら僕にいった。こんな木を見られることは当分ないだろうから、よく見ておけよ。うちのおじいちゃんがさ、熱帯雨林に住みたいからって、ブラジルとコンゴからわざわざ輸入したんだよ。

そのときニッタノンドが僕を肘でつついて、左側を指さした。振り向くとそこにはブドウの木につかまっているサルの群れがいて、こちらをじっと見下ろしながら警戒するように体を回転させている。車が角を回り、険しい傾斜をさらにのぼると、突然あの家が目の前に現れた。漆喰の上に白塗りしたばかりの壁が、昼近くの太陽の光の中できらきらと輝いている。屋根からは濡れたサリーが装飾のようにぶら下がり、ひらひらとはためいていた。柱の並んだ屋根つき玄関は、隙間だらけの歯並びをむき出しにした大きな笑顔のように見える。

家の前の舗装されたテラスは、車が近づいてきただけでがたがたと音をたてた。家の管理をしている門番《ダルワーン》たちが一箇所で火をたいていて、そこから細い煙が空へ向かって立ちのぼっている。門番の妻たちは、野菜の山に囲まれながら玄関の陰に座っている。テラスにはニッタノンドのために、巨大な真鍮の壺がいくつも用意されていた。

車から出たとたん、僕たちは人々に取り囲まれた。人の群れの中にイラが飲み込まれていく。集まった人々はみな、この家のたったひとりの孫を観察して、騒ぎたてようと待ちかまえていたのだ。イラはしばらくの間、彼らがあれこれいうのを放っておいたが、不意にそこを離れ、僕の手をとってテラスへ引っ張っていった。ねえ、と彼女はせかすようにささやいた。隠れましょうよ。

僕は肩越しにちらりと振り返った。あの人たち、僕たちを追いかけてきてるよ、と僕は叫んだ。どうするの？

いいから、あとをついてきて。イラは玄関に跳び上がり、息を切らしながらいった。僕たちは柱の間を抜けながら、かびくさい大ホールへと入っていった。奥まで入るとあたりは真っ暗で何も見えなくなった。僕とイラはぶつかりあい、それから何かにつまずいて倒れ込んだ。そこには冷たい大理石の階段があって、僕は目を細めながら階段がどこへ続くのかを確かめようとした。だが見えたのはたった数フィート先までで、その向こうは暗闇だった。外からは、門番と子どもたちが叫びあいながら中庭を駆け回っているのがきこえてくる。

暗すぎるよ。僕はイラにささやいた。どこに隠れるの？　あの人たち、すぐそばにいるよ。

イラはむっとして、静かにするようにと合図した。彼女はホールを見渡している。家の中がどうなっていたのか忘れてしまったみたいだ。このかくれんぼに息が詰まるほど興奮していた僕は、おなかをごろごろいわせながら彼女の体を押して、早く行こうよとせかした。

黙っててよ、とイラはきつい声を出し、僕を押し返した。ホールの向こう側に背の高いドアがぼんやりと見えたので、僕はそちらに向かって駆け出そうとした。するとそのときだ。ねえ、思い出したわよ！　とイラが叫んだのだ。彼女は階段のわきを手探りしながら進みはじめた。あとをついていくと、階段の後ろに隠れた低い木のドアにぶつかった。イラはドアのノブを見つけて、それをぐいと引っ張ってみる。ドアはぎいぎいと音をたてたが、開く気配はない。

ねえ、引っ張ってよ。息を切らせながらイラがいった。まったく役立たずなわけ？

そのとき、玄関の上をどしどしと歩く足音がきこえてきた。僕はノブをつかみ、僕たちは一緒にあらん限りの力をこめてドアを引っ張った。ドアが音をたてるのと同時に、かびくさい空気が顔に吹きつけてきた。さらに強く引っ張ると、ほんの数インチだが、ドアが開いた。僕たちが入り込むには十分な隙間だ。僕たちは中に滑り込み、なんとかドアを閉めた。みながホールになだれ込んでくる音がきこえたのは、その直後だった。

僕たちは階段を二、三段を転がり落ち、石の床の上に息を切らしながら寝そべった。頭上から、人々がホールのあちこちを動き回っている音がきこえる。階段を駆けのぼる者もいれば、ホールの隅を捜す者もいて、興奮しながら叫びあっている。イラはほくそ笑み、僕の手を握りしめた。

見ててごらんなさい、と彼女はいった。ここをのぞくなんて、だれも思いつきっこないから。

しばらくの間、見えるのは薄緑色の光だけだった。それは、壁の高いところにある天窓のような窓からさし込んでいた。小さな長方形のガラスの外側には、草やこけが生えている。

見て、と僕はいった。窓に草が生えてるよ。

そうよ、と彼女はいった。あの窓は地面の位置にあるんだもの。ここをのぞくには、地面に腹這いにならなきゃならないのよ。

でもそれじゃあ、と僕はびっくりしていった。この部屋は地下にあるってことじゃない。

そうよ、もちろん、と彼女がいった。馬鹿ね、そんなこともわからなかったの?

僕は身震いした。地下に入ったことなど、それまで一度もなかったのだ。僕の知る限り、地面の下にあるのは黄泉の国だけだった。あたりを見回すと、その洞窟のような部屋は、急にわけのわからないものであふれ返っているように思えた。どれも水中を思わせる奇妙な光に包まれ、陰気な緑色に染まっている。トリディブが以前、ウツボの棲みかのごつごつとした不気味な岩の写真を見せてくれたことがあったが、ちょうどあれみたいだ。

リジーねえやがホールでイラの名前を叫んでいるのがきこえた。

戻ろうよ、と僕はいった。もうずいぶん長くいるもの。

イラは手で僕の口を押さえた。黙ってよ、と彼女は怒った声でささやいた。外になんか行かせないわよ。ここに連れてきたからにはね。

ヴィクトリア女王も叫び出し、リジーねえやを叱りとばしている。あの子、逃げる逃げる、どうしてさせる？　トリディブが女王にいい返している。放っておきなよ、どこかで遊んでいるだけなんだから……。声がゆっくりと遠ざかっていったので、彼らが建物を出てテラスに戻ったのがわかった。

ここはいやだよ。僕はささやいた。こんなところにいたくない。

臆病ね、とイラがいった。男の子でしょ？　わたしを見なさいよ。わたし、怖くなんかないわよ。古い家具にシーツがかかっているだけだもの。それだけよ。

でもここで何をするのさ、と僕はたずねた。とっても暗いし……。

わかったわ。彼女は手をたたいていった。ゲームをしましょうよ。

ゲーム！　と叫んで、僕は暗闇に浮かび上がる灰色がかった緑の物体を見つめた。こんなところでどんなゲームができるっていうの？

教えてあげるわよ、と彼女はいった。素敵なゲームよ。これが好きな男の子はたくさんいるわ。

でも、場所がないじゃない。僕は抗議した。それにあまり遠くまで見えないし。

イラはぴょんと立ち上がった。どこでできるか、わかったわ。まだあそこにあるといいんだけど。

彼女は覆いをかけられた不気味な物体の間をすり抜けながら注意深く前へ進み、僕はそのあとをついていった。暗闇の中でつまずいては、小さな埃の渦をたてながら。連れていかれたのは部屋の一番隅だった。そこはとても暗くて、イラがどこにいるのかさえ見えなかった。

ほらね。イラは勝ち誇ったように叫び、シーツに包まれた大きな固まりを指さした。まだここにあったわ。ねえ、シーツを取るのを手伝ってよ。

僕がシーツの一方を、イラがもう一方をつかんだ。ふたりで引っ張ると、シーツははがれるというより手の中でばらばらになったように見えた。一瞬、何もかもが埃の渦の中に消えた。埃の雲の中からそれがゆっくりと姿を現す様子が、今でも目に見えるようだ……。手品師のウサギみたい、とイラが笑いながらいった。

それほどあっけないものじゃなかっただろう、とロビが皮肉っぽくいった。少なくとも、霧に包まれた山頂の城ぐらいに思わないと。

でも僕の記憶では、それは埃の渦の中に、砂漠にそびえる台地のごとく姿を現すのだ。それは、見たこともないほど巨大なテーブルだった。まるでどこまでも延びているかのようだった。単に僕がちびで視野が限られていたからそう見えたのだろうか、とあとになってよく考えたものだ。子どものころの記憶にあるものは、視野がちがうせいでどれも現実より大きく感じられるものだ。だがそれから三年後に、二十四歳という十分に大人の年齢になっていたメイに、同じ部屋で同じテーブルを見せたところ、彼女でさえも息をのんだのだった。

なんてまあ！ メイは声を上げた。めちゃくちゃ大きいわね。いったい何に使ってたのかしら？

テーブルの由来については、トリディブがあるときすっかり話してくれた。僕のおじいちゃんがね、一八九〇年代にはじめてロンドンに行ったときに買ったんだよ。クリスタル・パレスの博覧会でこいつを見つけて、思わず買ってしまったのさ。分解してカルカッタに船便で送ってはみたものの、いざ到着してみるとどうしていいかわからなくなって、ここに放り込んだってわけだ。だからね、おまえたちがもういちど発見するまで、そいつはすっかり忘れられてたのさ……。

メイは顔をしかめながらテーブルの周りを回った。いったいいくら払ったのかしらね、といいながら、彼女は黒くて重そうな板の木目に親指を走らせた。

それに、ここまで船で運ぶのにもいくらかかったのかしら。メイの大きな声が部屋中の窓にこだました。それだけのお金があったら、ここに来る途中で見た粗末な小屋に、ちゃんとした屋根がいくつもかけられたでしょうに。

彼女の声には怒りがこもっていたので、僕は自分が非難されたように感じた。わかんないよ、と僕はうつむいていった。

メイは、指の関節で板をたたいて叫んだ。いったいよりによって、なんだってこんなものをもってきたのよ？　なんでわざわざイギリスから、こんな意味のないものを？　どうしてここまでどうしようもなく役に立たないものを？

彼女は当惑したように唇を噛み、首を横に振った。

僕にはなんの答えも思いつかなかった。そのテーブルを、ほかの物体と同様に、値段や由来のあるモノとしてとらえることができなかったからだ。なぜなら、僕はまさにその同じ部屋で、埃の雲の中からそいつが姿を現すところをこの目で見てしまったのだから。

これでいいわ、とイラがいった。下にもぐりましょう。

下に？　僕は仰天して、彼女のスモックの背中を引っ張った。テーブルの下で、いったいどんなゲームができるっていうの？

いいから、とイラがいった。彼女はすでに埃の中を四つん這いで進んでいる。ほら、教えてあげるから。これはわたしがニックと遊んでるゲームなのよ。

ニック？　僕は急に身を固くしていった。ニックってだれ？

ニックを知らないの？　イラは振り返って肩越しに僕を見た。プライスさんの奥さんの息子よ。メイの弟。わたしたち、ロンドンではプライスさんの奥さんの家に住んでいるの。わたし、朝はニックと一緒に学校に歩いていって、午後は一緒に帰ってくるのよ。そのあと、夕方はいつもふたりで地下の物置に下りていって遊ぶの。

イラは手を伸ばして僕の手をとり、僕をテーブルの下に引っ張り込もうとした。ほら、と彼女はいった。教えてあげる。おままごとっていうのよ。

いやだ、といって僕は首を横に振った。頭の中をいくつもの疑問が駆けめぐり、すっかり混乱していた。

そのニックってやつ、と気がつくと僕はたずねていた。どのくらい大きいの？

あら、彼、大きいのよ、といいながら、イラはテーブルの足置きに腰かけた。とっても大きいわよ。あなたよりずっと。それにずっと強いの。彼は十二よ。わたしたちよりも三つ年上なの。

僕はイラの隣りで、埃まみれの床にうずくまりながら考えた。

どんな格好をしてるの？　しばらくして僕はたずねた。

イラは顔をしかめながら、真剣に考えた。髪の色は黄色よ。ちょっと間をおいてから彼女は答えた。髪の毛がいつも目の上に落ちてくるの。

どうして？　と僕はたずねた。髪の毛をとかさないから？

もちろんとかすわよ、と彼女はいった。それでも目の上に落ちてくるの。

女の子みたいに髪の毛が長いんだね。

ちがうわ、ちっとも女の子みたいじゃないわよ。

じゃあどうしてそんなに長いの？

長かないわよ、とイラはいった。ただすごくまっすぐなの。だから走ったりなんかすると、目の上に落ちてくるのよ。舌で触れるときだってあるんだから。

僕はむかむかして床に唾をはいた。イラと僕は、唾が小さな泡をたててどろどろした水たまりになるのを見つめた。

汚いじゃないか、と僕はいった。自分の髪の毛なんて食べてさ。

あなた、焼きもちをやいているだけなのよ。イラはあざ笑うようにいった。自分の髪の毛がとっても短いもんだから。ニックって、髪の毛が目の上に落ちてくるとかわいいんだから。みんながそういってるわ。

その日以来、会ったこともなく、僕の知る限りでは一生会うはずのないニック・プライスは、鏡をのぞくと幽霊のごとく僕の横にいるのだった。彼は僕と一緒に成長したけれど、いつも僕よりも大きくて、優れていて、どこか僕より望ましい存在なのだ。どんなふうに望ましいのかはわからなかったけれど、イラの目にはそう映っていること、だからそれが真実なのだということだけはわかっていた。僕が鏡をのぞき込むと、そこにはニックがいて、いつも僕より早く大きくなり、僕より頭ひとつ分背が高くて、僕のまだ憐れなほどむき出しの体とはちがって、腕にも胸にも股にも毛を生やしていた。でもその幽霊の顔をのぞきこもうとしたり、その鼻や歯や耳を見ようとすると、そこにはいつも何もない。影も形もないのだ。目を閉じてその顔を見ようとしても、見えるのは明るいブルーの目の上に揺れているふさふさした黄色い髪の毛だけだ。彼が何をして、何をいって、何を考えているのかといったことは、彼のことをイラからはじめてきいたその瞬間から、メイを地下室に連れていった日までの三年の間、僕は何も知らなかった。唯一の情報は、あるときイギリス出張から帰ったばかりの父にきいたもので、ほんの断片的な話にすぎなかった。

父はロンドンに着くと、まだイラとヴィクトリア女王がいるかもしれないと思って、すぐにプライス夫人に電話した。実際には彼らはとうにそこを立ち去っていたのだが、プライス夫人はいずれにしてもお茶を飲みにいらしてくださいと熱心に誘った。そこで夫人を訪ねた父が、案内されて応接間に入ると、そこにニックもいたのだった。学校の制服を着ていたけれど、ネクタイがえり元にだらしなくぶら下がっていた。ニックは父と握手すると、静かに部屋の隅の肘掛けいすに座った。父は思わず感心した。十三歳の子どもがこれほど落ち着いた雰囲気をそなえているのを、それまで見たことがなかったからだ。

しばらくの間、父とプライス夫人は、マヤデビとシャヘブのこと（彼らはルーマニアにいて、プライス夫人にぜひ訪ねてほしいといっていた）、バイロイト音楽祭に出かけているメイのこと、それにトリディブのことについて話した。プライス夫人は、あるときトリディブが、大きくなったら防空監視員になろうと決意したことを思い出して笑った。そこで父は、まだ一言も口をきいていなかったニックのほうを振り向いて、君は大人になったら何になるのか決めているのかい、とたずねた。

ニックは頭を後ろに反らして、小さな笑みを浮かべた。そんな質問をする人がいるのに驚いたとでもいうかのように。そしてこう答えた。もちろん、決めていますよ。ずっと前から決めていたんです。僕は祖父のようになりたいんです。ちょうど暖炉の上には、彼の祖父、トレソーセンの肖像画が飾られていた。

がっかりすることに、父はその肖像画の人物が、角張った顔をしていて、白髪で、セイウチのような髭をはやしていた、という以外には、ニックの祖父について何ひとつ教えてくれることができなかった。

だからいつものように、その役目はトリディブが果たすことになった。ある晩、ゴール・パークのロータリーの芝生に座りながら、トリディブは僕にトレソーセンの生涯について話してくれた。プライス夫人の父親のライオネル・トレソーセンは、コーンウォル南部のメイブ村にある生まれ故郷の農場をあとにすると、鉱山で働こうと近くの町へ出ていったのだった。やがて、マレーシアのスズ鉱山の監督の地位にまで昇りつめた——というのも、彼は教育はほとんど受けていなかったが、手先が器用で、頭の回転が速く、大きな野望をもっていたからだ。そのあとも先へ先へと進み、世界の各地を転々とした。フィジー、ボリビア、ギニア湾岸、セイロン……鉱山でも、倉庫でも、プランテーションでも、目の前に現れた仕事はなんでもこなした。そしてついにカルカッタに登場し、鉄管を扱う会社の代理人として生計を立て、のちにバラクプルで自分自身の小さな工場を始めたのだ。この仕事のおかげで、彼は大金持ちとはいえないまでも、かなりの財産を築いた。こうしてようやく裕福になったところで、すでに中年の域に入っていたトレソーセンは結婚した。相手はウェールズ人宣教師で医師でもあった夫に先立たれた未亡人で、トレソーセンとの間に、エリザベスとアランというふたりの子を生んだ。エリザベスが十二、アランが十歳になると、彼女は夫に工場を売却させてイギリスに引き揚げた。子どもたちには、大学その他のしっかりとした教育の恩恵を受けさせようと心に決めていたからだ。そういうわけで一家はイギリスに戻り、バッキンガムシャーの小さな村の牧歌的で静かな環境に落ち着いたのだった。

だが、ライオネル・トレソーセンを語るには、金銭や鉄管や子どもの話だけでは足りなかった。たとえば、彼は若いころには熱心な発明家だった。その死後トレソーセン夫人は、彼がマレーシア時代の五年間に、発明特許を二十五件も取っていたことを知った。その中には、機械式靴べらから、水浸しになった坑道の排水をするための足踏みポンプまであった。

これらの発明品に製造業者たちが奇妙にも関心を示さなかったので、彼は嫌気がさして発明をやめたのだ。

中年のころのライオネル・トレソーセンは、カルカッタ近郊の村に同毒療法《ホメオパシー》の病院を建てようとした。さらに老年にさしかかると、ライオネルは降霊術に興味をつのらせた。カルカッタの神智学教会の会合に参加しはじめ、そこで多くの民族主義の指導者たちに出会って、彼らとの間に信頼と友情を築いたのだった。その結果、当然、彼と妻は、カルカッタのイギリス人社会のほとんどのサークルから遠ざけられた。クラブや茶会であからさまな軽蔑や侮辱にさらされたことなど数え切れないほどだった。しかし、ライオネル・トレソーセンはたいして気にとめなかった。そもそもこうした人々は一度として彼に親しくしてきたことはなかったからだ。これに加えて、彼はロシア人女霊媒師——この女はチョウロンギ通りでレストランを経営するイタリア人と結婚していた——が開く降霊術の集まりにも参加するようになった。この降霊会こそが、彼とトリディブの祖父、チョンドロシェコル・ドット・チョウドリ裁判官との出会いの場だったのだ。裁判官は高等裁判所の閉廷中には、霊的問題に没頭することを好んでいた。両者の友情は、大柄なロシア婦人が彼女のお気に入りのすべてを見通すイワン雷帝の霊体を呼び出すのを待つうちに、無数の占い板をはさんで固く結ばれた。

ニックが僕の父に迷わず確信をもって答えた言葉の意味が、その晩、トリディブの話をきいて、僕にもようやくわかったような気がした。ええ、もちろん、何になるのか決めていますよ。ライオネル・トレソーセンみたいに世界中を歩き回って、地球を半周したところの遠くの土地に住んだり、ラパスやカイロの通りを歩いたりするんです。その意味を理解した瞬間、僕は友人たちの中には見出すことのできない自分と同類の魂を、ようやくニックの中に見出したような思いになった。僕はゴール・パークの上に広がる煙がかった夜空を見上げて、ロンドンではこの星たちはどんなふうに見えるのかしらと思っていた。

はじめて僕にニック・プライスのことを話したとき、イラはライバジャルの家の地下室で、馬鹿でかいテーブルの足置きに座っていた。三年後、それをメイに見せたとき、我慢しきれなくなった僕は大声でメイにたずねた。ニックの髪の毛って、本当に黄色いの？　それで、本当に目の上に毛が落ちかかってくるの？

メイはしばらく考えてからいった。いいえ、わたしだったら黄色とはいわないわね。麦わら色ってところかしら。でも、そうね、目の上には落ちてくるわ。

ニックってどんな人？　思わず僕はたずねていた。学校は好きなの？　卒業したあとはどうするの？

僕は利口だったから、自分が答えを知っていることはメイに隠しておきたかったのだ。

彼女は引っくり返っているいすを見つけて立て、それに腰かけた。あのね、彼ってとってもませた男の子なのよね、と彼女は答えた。学校を卒業したら何をするのか、はっきり決めているのよ。なんなの？

公認会計士の事務所に入って、訓練を受けたらすぐにお給料をいっぱいもらえる、稼ぎのいい仕事をするつもりなのよ。できればイギリスじゃなくて海外でね。イギリスはもうだめだっていってるわ。お年寄りの年金受給者をのぞけば、だれもまともなお金をもらえないって。

公認会計士ってなんなの、と僕はたずねた。

メイはにっこりしながら、手の甲で顔を拭った。その頬に黒いあとが残った。

なんなのかしらね、といいながら、メイは鼻の先で笑った。会計士の人たちって、数字だらけの大きな本を何冊ももっていてね、その数字の上に赤い鉛筆で小さなマークをつけるのよ。

僕は彼女のいすによりかかった。でもメイ、ニックは旅をしたいんじゃないの？　おじいさんみたいに……。

あら、旅っていっても人によって意味がちがうのよ。彼女は目を細めながら、じっと考え込むようなまなざしで僕を見つめた。あなたはニックを好きになるかしらね。

もちろん好きになるよ、と僕は叫んだ。今だって好きだもの。

ニックのこと、知らないでしょ、とメイはいった。あのね、彼はわたしたちとは全然ちがうのよ。

「わたしたち」ってどういうこと？　僕はたずねた。

わたしとはあまり似ていないの、と彼女はいった。うちの両親ともちがうし、トリディブとも、あなたとも、ほかのだれともちがうの……。

メイは立ち上がって、シャツの埃を払うと、小声で自分自身を叱りつけるようにつぶやいた。でもね、彼もいいやつなのよ。

いつか会えるといいな、と僕はいった。

きっと会えるわよ。彼女は微笑んでいった。そのときなんていうのかしらね。

十七年後、僕はロンドンで彼に会った。

ロビがボストンに発つ前日、イラは僕たちふたりをプライス夫人のところに連れていくことにした。僕は喜んだ。というのも、四週間前にロンドンに着いてからずっと、訪問しようと思いながらも、どういうわけかひとりだけで行く勇気が出なかったからだ。

イラとロビは、僕が仮の滞在先にしていたブルームズベリーにあるインド人学生寮まで迎えにきてくれた。ふたりが午後遅くにやって来たとき、僕は食堂でお茶と一緒にダム・アールーとプーリーを食べながら、髭を生やしたアラーハーバード出身の学生指導者が寮生組合の委員長選挙の演説をするのをきいていた。

ドアから入ってくるイラを見た瞬間に、すぼめた口と目の輝きから、何か秘密を隠しているのがわかった。しかし地下鉄のグッジ・ストリート駅へ向かう途中、何があったんだいとたずねると、彼女は首を横に振って僕たちの前を早足で歩き出した。

地下鉄のモーニントン・クレセント駅の赤信号の光が、手の中に隠したカードのように一瞬ちらりと見えて通り過ぎたときだ。ようやくイラは彼女の大ニュースを口にした。

駅に着いたら、だれが待っていると思う？　と彼女はたずねた。

メイかい、とロビがいった。

ううん、メイじゃない、とイラがいった。メイはオーケストラの公演旅行で留守なの。

じゃあだれだい？　教えろよ。

ニックよ。イラは目を輝かせながらいった。ニック・プライスよ。ずいぶん長いこと、会っていないわ。もう十年にはなるわね。当時は、十九のにきびだらけの若者だったし、わたしは歯列矯正具をつけた美少女だったのよね。

でもニックはクウェートにいるんだと思ってたけど、とロビがいった。お金持ちになるとか、公認会計士の仕事をするとかって。

ええ、クウェートにいたのよ、とイラがいった。だから長いこといなかったの。でも二、三週間前にいきなり帰ってきたんですって。わけは知らないわ。プライスさんの奥さんもあまり話してくれなかったから。

イラは窓の外のトンネルの暗い壁を見ながら、ひっそり微笑んだ。
いいこと、思いついた、と彼女はすぐに言葉を続けた。プライスさんに会ってから、わたしのひいきのインド料理屋さんで、あなたがたに夕食をおごってあげる。バングラデシュ人がやっているクラパムの小さなお店なの。きっと気に入るわよ。ニックにもきいてみましょう。彼も来たいかもしれないから。

僕は見た瞬間にニックがわかった。彼はプラットホームの向こう端にある「出口」の表示の下に立っていた。ブルーのスーツにストライプの地味なネクタイを締めて、黒っぽい色のコートを着ている。はじめのうちは、想像していた通り、ニックはずいぶん長身でがっしりとした体格に見えた。だが彼がロビとホームの真ん中で握手をしているのを見て、間違いに気づいた。僕の目はプラットホームの長い直線の視覚効果にだまされていたのだ。彼のがっしりとした外見は厚ぼったいコートのせいだったし、彼の頭は僕と同じくほとんどロビの肩ぐらいしか届かなかった。

ニックはイラのほうを振り向いて手をさし出した。僕はそれを見ながら、彼が実際よりふけて見えるのは、砂漠の日ざしに焼かれてざらざらしている顔のせいだろうか、と考えていた。だが原因はそうではなく、彼の周りに、早熟で人を疑ってかかるような落ち着きが漂っているからだった。話をしているニックは、債権が焦げつくのを何度となく見てきた銀行員のように、目元に皺をよせながら、まるで値踏みするように相手をながめた。

イラは彼がさし出してきた手を見て笑い出した。そしてつま先立ちしながら彼の首に手を回し、唇にキスしたのだ。真っ赤になって、ニックはきまり悪そうに笑った。顔からは急に皺が消え、彼はイラの体に腕を回して抱きしめた。今度はニックが彼女にキスした。そのとき僕は、大昔の、あの十月の朝、イラが話していた通りに、彼の髪の毛が目の上に落ちかかるのを見たのだった。君なんだね。ニックは、麦わら色の髪の毛を後ろにかき上げながら、僕のほうへやって来ていった。会えてうれしいよ。母やメイやみんなから、君のことはいろいろきいているよ……。あそこで僕は何をいえばよかったのだろう？　君に会うのははじめてじゃないんだ、と僕はいった。だって僕たちは一緒に育ったんだからね。

ニックはびっくりした。

そりゃかなり難しいはずだ。彼は冷たい声でいった。僕はこのウェスト・ハムステッドの退屈な郊外で育ったのだからね。

このあたりの通りのことなら、ずっと昔から知っているんだ、と僕はいった。

そして、知識のあるところをひけらかしはじめた。

地下鉄の駅から出たところで、僕は彼らを止めて道を指さした。これがウェストエンド・レーンだから、あそこにあるのがスマトラ・ロードだね。それならあの角が防空壕があったところだ。ロビのお母さんと君のお母さんと叔父さんのアランが、ミル・レーンから戻る途中で逃げ込んだんだ。そのときは、すぐ近くのソーレント・ロードがものすごい大型爆弾に直撃されて、通りの家のほとんどが吹き飛ばされてね。あの家、そこの、その道をちょっと行ったところにあるあれ、リミントン・ロードの角のやつさ、あれがなんて呼ばれているのかも知ってるよ。リミントン・マンションだ。あそこには焼夷弾が落ちて、二階分が焼け落ちたんだ。日付は一九四〇年十月一日。その二日後に君の叔父さんが亡くなったんだね。

ニック・プライスは僕の話を信じていなかったが、礼儀正しくうなずいた。彼はイラのほうを振り向いて、僕を無視したままふたりで先を歩きはじめた。

僕と並んで歩いていたロビは僕の横腹をつつくと、馬鹿いうなよ、といった。知らないのか、ドイツ人は戦争がもっと進むまで、大型爆弾を開発していなかったんだぞ。だから一九四〇年には、まだひとつの通りを全部を吹っとばすほど強力な爆弾なんかもっていなかったのさ。

それでも、実際に起こったことなんだよ、と僕は答えた。

どうしてわかるんだよ？　とロビがいった。

トリディブが教えてくれたから。

どうして彼にわかるんだい？　彼はたった九つの子どもだったんだぞ。どんな小さな爆弾だって、きっと地震みたいに思えたんだろうさ。

それでも、と僕はくり返した。実際に起こったことなんだよ。

わかったよ、とロビがいった。ずいぶん自信があるみたいだから、おまえのその通りをちょっとのぞいてこようじゃないか。今はどんなふうになっているのか。

いいよ、と僕は答え、ニックとイラを呼んだ。ちょっと、爆弾の落ちたソーレント・ロードを見てくるよ。

イラは不機嫌な顔になった。あなたとあなたの馬鹿げた爆弾にはうんざり、と彼女はいった。わたしたち、もう遅れているのよ。急いでよ。角で待ってるから。

ソーレント・ロードはすぐそこだよ、とニックが笑いながらいった。すっかり爆破されていたら教えてくれ。

どこがソーレント・ロードか教えてもらう必要はなかった。地図は頭に入っていたから、とっくにわかっていたのだ。スマトラ・ロードを進んで四つ目の角を右だ。

これだよ。そこに着くとロビがいった。これがおまえのいう吹きとばされたって道だ。

通りは短く、両側には並木や生け垣が続いていた。木々はイギリスの樹木に典型的な薄い黄緑色をしていて、午後の強い日ざしを受けてさらに明るい色に染められている。両側の赤煉瓦の家々はどれもまったく同じ形をしていた。とがったタイル屋根、白い窓枠と玄関、生け垣の向こうに隠れた小さな庭。道の両わきに一列に小型乗用車が並び、僕たちのすぐ横には小さなブルーのシトロエンがあった。フロントガラスに「鯨を救え」と書いたステッカーが貼ってある。後部座席には奇妙な形の緑色のボトルが山積みになっていて、その横にプラスチックのバケツのようなものが座席にくくりつけられていた。

突然、この車にくっついている生活の品々が気になってきた。

あれはワインボトルかな、と僕はたずねた。

なに馬鹿いってるんだよ、とロビは笑った。ミネラルウォーターのボトルじゃないか。

それからあれ、あれは何？　僕はプラスチックのバケツを指さした。

赤ちゃん用シートだよ、とロビはいらいらしたように答えた。見たこと、ないのか？　赤ん坊を車に乗せるときの安全のためさ。

僕はシトロエンから目を離せなかった。

こんな車、どうでもいいだろ、とロビはいった。おまえのいってる爆弾で吹きとんだソーレント・ロードのほうを見ろよ。

僕は静かな通りに並ぶ穏やかで美しい家々を見上げた。僕たちは目をあわせ、ふたり同時に吹き出した。

おまえの予想とはちょっとちがったみたいだな、とロビがいった。

口には出さなかったけれど、彼は誤解していた。

僕はトリディブが見たものをそのままその姿で見られるとは思っていなかった。もちろん、そんなことは不可能だ。山の採石場さながらに、焼きつくされた家々から延びる瓦礫の斜面。そのてっぺんに奇跡的に無傷のまま、危なっかしくのっかっているバスタブ。警官に封鎖された道路、特別救助隊が行方不明の年給生活者を求めて瓦礫の下を捜索している場面。そんなものが見られるとは思いもしなかった。根こそぎにされた木、こっぱみじんになった窓、ぐにゃりと曲がった敷石——そんなものが残っているわけはない。それくらい、わかっている。過去の四十年の歳月の間に消え去ったはずのものだから。

だがそれにしても、目の前にあるこれが現実とはとても信じられなかった。輝く緑の木々、ペキニーズ犬を散歩させている老婦人、家から通りの角の郵便ポストまで駆けていく子どもたち、秋の大気に突き刺さるように響く彼らの叫び声——そんな光景をこの目ではっきり確認しても、僕にはトリディブが大昔にカルカッタで見せてくれたソーレント・ロードのほうがよっぽど現実に近いような気がした。あのとき見たものは、たとえ僕が通りの角にいくら長い間たたずんでいても、けっして見ることのできないものだった。ある木を何か月も見ていても、もし花の咲きほこる一週間を逃してしまったら、その木のことを何も知らないままに終わってしまうのと同じことだ。

僕が知りたかったのは、目の前のイギリスではなくて、一番すばらしかったときのイギリスだった。どの土地にも最高の時というものがある。イギリスの場合はそれが大戦中だったというのは、僕には偶然ではないように思えた。

ニックとイラは別れたところで待っていた。スマトラ・ロードとウェストエンド・レーンがぶつかる角だ。ニックは何か話していて、僕たちに気づかなかった。

クウェートを好きになるなんて、所詮無理さ、といっているのがきこえた。あそこじゃ、酒を飲んでビデオで映画を見るほかに、することがないんだから。戻ってきて心底ほっとしてるよ。

それで、新しい仕事は見つかったの？　とイラがたずねた。

いや。でもすぐに探すよ、と彼はいった。わけなく見つかるだろう。僕はいろいろ経験を積んでいるからね。

ニックは言葉を切り、指で髪の毛をかき上げた。

クウェートのことをどういおうとかまわないけどね、とニックは続けた。でもあそこは、うんと金儲けができる場所だ。まったくたいした金さ。中部イングランドのつまらない会社で働いて手に入れるようなはした金とは、わけがちがうんだ。

そのとき彼は、僕たちに気がついてびっくりした声でいった。あれ、戻ってたのか。君の、爆弾でやられたっていう道は見つかったかい？

ちゃんと見つけたよ、とロビがいった。でも悲惨な戦争の跡なんてなかったね。髪の毛を青く染めている年配のちっちゃなご婦人がさ、ペキニーズ犬と散歩していたよ。見えたのは、それぐらいだね。

でもまあ、とニックはいった。そこに行く道はわかったわけだ。じゃあ今度はリミントン・ロード四十四番地に行く道がわかるかどうか、試してみるかい？

やってもいいけど、と僕はいった。

じゃあ、やってみてくれよ。

昔、父が買ってくれたロンドン道路地図の上では簡単なことだった。それは、四十三ページの「2F」の囲みの中にあった。リミントン・ロードは僕たちがいる位置からちょうど道路を隔てたところにあるはずだ。でも一番よく知っているはずの場所にいざ来てみると、急に不安になった。向かいの道にはひどく汚れた赤煉瓦の家々が立ち並び、道筋いっぱいに延びていた。そこの家々は思っていたほど高くもなければとがってもいなかった。

しかし僕の知る限りでは、そこがリミントン・ロードのはずだったから、僕はその道を指さして、あたっているかどうかをたずねた。

お見事！　とニックがいった。よくやった。一回でどんぴしゃりだ。

ウェストエンド・レーンの横断歩道を渡り、僕は先頭を歩きながら、ドアの木彫細工や、小さな庭に突き出ている張り出し窓の角、鉄の門扉のデザインに見入った。そのとき遠くにクリケット場が見えたので、四十四番地がどこかすぐにわかった。みなのほうに叫びながら家を指さすと、彼らは興奮している僕を見て微笑んだ。僕に追いついたところで、ニックは笑い出した。

うーん、とニックは僕の指さす方向を見ながらいった。本当に、東洋の超能力者といったところだ。またあたったよ。

その家に到着すると、僕はニックが木戸の止め金をはずす前に、生け垣ごしに身を乗り出して庭の中をのぞいた。庭の桜は予想よりはるかに大木だった。

小さな庭を横切る小道を歩いていると、玄関のドアが開いた。僕たちが着いたことにプライス夫人が気づいたのだ。夫人はドア枠に囲まれるようにして立っていた。背は低くやせていて、年のせいか猫背だった。顔も小さかったが、メイと同じように大きな目が突き出て見える。銀髪の巻き毛は固く結ばれ、近眼の人に特有のちょっと不安げでしかめた表情が、額の皺に刻まれている。身に着けているのは、地味な軍服のような深い緑色のスカートに白のブラウス、それにグレーのカーディガンだ。プライス夫人の写真は何枚も見ていたが、透けるような、ほとんど半透明といってもいいほどの肌の色は、そこからは想像できなかった。細い網の目をした静脈が遠くからでも見えるほどだ。

プライス夫人は僕たちを小道の途中まで出迎えて、イラにキスをすると、ロビと僕には手をさし出した。ようやくお会いできて嬉しいわ、と彼女は僕にいった。メイがいないのは本当に残念ね。あなたにさぞ会いたかったでしょうに。カルカッタであなたのご家族が親切にしてくださったって、よく話しているのよ。

ニックはおもしろそうに、僕がこの家までの道筋をあてたことや、庭に桜の木があると知っていたことなどをプライス夫人に話した。

ええ、このお家のことはいろいろきいていたものですから、と僕はもじもじしながらいった。恥ずかしくなったのだ。

それでは、とプライス夫人は微笑んでいった。ちゃんとご案内しなくてはね。でも、まずはシェリーを一杯飲みましょう。

彼女は僕たちを玄関に通し、コートをかけるところを教えてから、広い日当たりのいい部屋へ案内した。

さあ、といって、彼女はデカンターとグラスがのったお盆に目を向けた。何を召し上がる？

だが僕は部屋を見回すのに熱中していて、プライス夫人は僕が気づくまで、同じことを二回きかなければならなかった。

その部屋の写真をトリディブに見せてもらったことがある。

一九三九年、トリディブとトリディブの両親がリミントン・ロード四十四番地に住むようになってまもなくのことだ。ある日、プライス夫人が弟のアランと、ブリック・レーンで彼と同居している三人の友人とを、お茶に招待した。手術を一か月後にひかえていたシャヘブは、そのときはまだ元気だった。彼は買ったばかりのカメラで、その午後、たくさんの写真を撮った。

当時の写真にはどこか明らかに今のものとちがうところがある。古びていること、色合い、印画紙の感触といったことではない。トリディブがメイと僕を自分の部屋に連れていき、古いスクラップブックを広げたとき、メイはそんな話をした。

色があせているとか、そういうことじゃないのよ。メイは自分の両親の写真を指さした。カメラが当時、どんなふうに人を見ていたかってことなのね。

現在なら、家族写真を撮るときには、カメラは友だちのように何気なく動き回っているふりを装う。そして、被写体がいずまいをくずし、いかにもくつろいだポーズになった、という瞬間にシャッターを切るのだ。ところがあのころ写真を撮るときは、カメラは公的な、赤の他人の視線を向けた。だからそれに向きあった人たちは、反発するようにわざと滑稽で目立つポーズをとって、カメラの侵入に対抗することになる。あるいは神妙な表情をして肩を怒らせ、堅苦しいというほどでないにしても、たいていの場合いささか緊張気味のよそゆきの顔をつくるのだ。

たとえば、お茶会の写真に、前景に浅い大きな穴が写っているものがある。スナイプが二週間前から裏庭に掘り続けていた穴だ。アンダーソン式防空壕の基礎になるはずで、予期されているドイツの空襲に対するスナイプの第二の防衛線だった。だから大事な穴なのだ。だが写真で見るかぎりとてもそうは見えない。ぐちゃぐちゃになった花壇みたいだ。たぶん冗談か何かのつもりで、この人々は穴の横に立つことにしたのだろう。アラン・トレソーセンの友人のだれかが思いついたにちがいない。きっと写真を撮る直前、彼らはこの情けない準備中のシェルターを見下ろしながら、身をよじって笑っていたのだろう。でもカメラを向けられると、レンズを気にかけずに笑い続けていられたのはひとりだけ、残りの人間はみな神妙な面持ちになった。

スナイプはグループの左端にいた。くしゃくしゃのコーデュロイのジャケットに、ちょっとひん曲がったウールのネクタイ。大柄ではないが、肩幅が不釣合いなほど広い。わずかに猫背で、カメラのほうに頭を傾げているせいで、てっぺんのはげた部分に光があたっている。その写真の中では、ほかのだれよりもはるかに年とって見える。もちろん事実そうではあるのだが、見た目ほどの年ではない。シャベルを両手に握っているのは、たぶん冗談めかそうとしたからだろう。しかし彼の手の中のシャベルは、思いがけない滑稽みをかもし出している。彼はシャベルをひどく慎重に、まるで赤ん坊を抱くようにもっているのだ。この道具に慣れていないのはありありとしている。スナイプは見まごうことなき学者タイプだった。しかしそのときには、ハムステッド・カレッジの中世英語の講師の職を一時的に離れ、「戦時下」の措置で食糧省に配属されていた。

スナイプの右は、長身で青白い、ひどくやせた顔をした若者で、ぶ厚い眼鏡ごしに細めた目でカメラをにらんでいる。これはダンだ。ハンチングに、色あせたフェアアイルのセーター、首には長いスカーフ。ジャケットのポケットから丸めた新聞が突き出ている。

プライス夫人にダンを紹介されたとき、トリディブが最初に気づいたのはその新聞だった。彼は思わず、ダンがマヤデビに引きあわされているとき、つま先立ちしてポケットから新聞をつまみ出そうとしてしまった。マヤデビが気がついて小声で彼を叱った。その言葉をききつけたダンは、青白い顔を真っ赤にさせ、恥ずかしげに口ごもりながらいった。いやあ、たかが新聞ですから、喜んでさし上げますよ。そしてポケットから新聞を引っ張り出してトリディブにくれた。

トリディブは新聞をじっと見つめ、これはニューズ・クロニクル？　とたずねた。ダンはすまなそうに首を振り、さらに顔を赤らめた。じゃあ、とトリディブはいった。ニューズ・クロニクルでないなら、どれなの？

トリディブはよく父親のお使いで、ウェストエンド・レーンまで新聞を買いにいったから、雑貨屋の棚に並んでいる新聞ならすでにお馴染みだった。お気に入りはスフィアとピクチャー・ポストだったけれど、ニューズ・クロニクルも好きで、とりわけ写真が気に入っていた。

デイリー・ワーカーだよ、とダンが答えると、トリディブは関心をなくして返してしまった。そんな名前の新聞は見たこともきいたこともなかったのだ。どうしてスフィアを読まないの？　と彼はたずねた。

読むよ、ときどきはね、とダンはいった。そんなにしょっちゅうじゃないけど。デイリー・ワーカーは購読しているわけじゃないんだ。ちょうどそこで働いているものだからね。

トリディブは思わず感心した。一度も名前をきいたことがないとはいっても、デイリー・ワーカーは間違いなく新聞だったし、ほかの新聞と同じように、活字が印刷されていて写真もついていた。彼はちょっと後ろに下がってダンの全身を見回してから、冗談じゃなくて、本当に、おじさんがその新聞の記事を書いているの？　とたずねた。トリディブはそれまで、新聞に記事を書いているという人に会ったことがなかったのだ。

そうだよ、とダンは頭を掻いた。となると当然のなりゆきで、トリディブは、何について書いているのか、とたずねる。ダンはまた頭を掻き、浮かぬ顔で、労働組合とかストライキとか、そういったことだよ、と答えた。

トリディブは、たった一晩のうちに、自分の知らないことがこんなにもたくさんあると認めるのは恥ずかしかった。だが好奇心のほうがまさって、とうとうプライドを捨ててたずねた。労働組合って何？

これをきくと、ダンは横にしゃがみ込んでトリディブの背丈に自分の頭をあわせ、ずいぶん長く懸命に考えていた。だがダンが答えるより前に、プライス夫人がトリディブを引っ張っていって、ケーキののった皿を渡したのだった。あとでトリディブは、プライス夫人がダンに向かっていたずらっぽく微笑みながらこういうのをきいた。あの子、いつもあんな調子でひどく難しい質問をするのよ。だからトリディブは、お茶会の間ずっと鼻高々だった。なんといっても、新聞に記事を書くような人が困るぐらい賢い質問をしたのだから。

ずっとのちにわかったのだが、ダンはかつて左翼のトロツキストの中でかなり知られた人物だったらしい。ケンブリッジの著名な物理学者の息子で、化学で学位を取ったのちロンドン大学経済学部で学んだ。その後しばらくはいろいろな左翼系の新聞でジャーナリストとして働き、まもなくスペインの内戦に身を投じた。そこで名誉の負傷をしたために、イギリスに戻り、広い読者層をもつ小冊子をいくつか出すのに手を貸すことになる。主としてナチズムについてのものだ。アランの政治活動上の師はダンにちがいないと、トリディブは確信していた。

例の写真の中では、ひとりの若い男が手で頭を支えながら、みなの足元に寝転がっていた。カメラに向かって挑むように笑いかけている。太った顔、突き出た頬、巻き毛――がっしりとした丸い体にちょうど似合いの顔だ。彼の折った肘がアラシの片方の靴にのっていていかにも重そうだが、アランは知らん顔をしている。これがマイクだ。

酔っ払ってやって来たマイクは、人のよい陽気なたちに見えた。目はぼんやりしていて、頬はピンクに染まっている。トリディブは彼の体臭に気づいた。フィンチリー・ロードのパブのドアから吹き出てくる空気と同じような、気の抜けたビールのにおいだ。マイクはだらしないトレンチコート姿で頭に汚れたハンチングをのせていた。トリディブには彼が話していることがよくわからなかったが、それは強いアイルランド訛りのせいなのだと、あとでプライス夫人が教えてくれた。

マイクは会った瞬間からシャヘブが気に入らなかった。引きあわされている間も、シャヘブのツイードの上着とストライプのネクタイをじろじろと見回した。そして、大げさに体を揺らしながらこうたずねたのだ。で、ご出身はどちらで？

シャヘブは面食らったふうにネクタイを直してから答えた。インドですが。

マイクはぼんやりとした目の片方を閉じて、シャヘブの全身を見回した。あまりインドの方のようには見えませんがねえ、と彼はいった。イギリス人を殺したことは？

シャヘブは驚きのあまり一歩退きながら、首を横に振った。トリディブはくすくす笑い出した。じゃあ、何をもってインド人だっていえるんですかね？　マイクは一歩足を前に踏み出してたずねた。

そのとき、アラン・トレソーセンが間に入って、マイクを連れさっていった。

アラン・トレソーセンは写真の中央にいた。まっすぐに立っていて、しかももともと長身だったから、彼の頭だけみなより飛び出ている。面長、まっすぐで深くくぼんだ目。目と唇の端からは、くっきりとした皺が扇状に広がっている。まだ二十八なのに、この写真では中年期のはじめと終わりの間のどこかにいる人のようだ。上着の右袖がわきにぶら下がっているから、右腕におかしな点があるようには見えないが、実際には彼の右腕の骨格は主に鉄でできていて、ごく簡単なことにしか使えなかった。オートバイ事故の怪我だと彼はいつもいっていたが、プライス夫人は信じていない。怪我には何かもっと深い背景があると思っている。

プライス夫人はフランスからの手紙で怪我のことをはじめて知った。手紙には、アランが事故にあったこと、ヴェルダンの病院にいること、腕に大怪我を負ったことが書いてあって、でもお医者さんが大丈夫だといっているから心配しないように、とあった。手紙の署名はフランチェスカ・ハレヴィ、日付の「7」の数字には真ん中にひげがついていた。プライス夫人は混乱した。アランはてっきりシュトゥットガルトで英語を教えているのだとばかり思っていたからだ。しかしシュトゥットガルトはたいへんなことになっているというのも、どこかで読んで知っていた。ところが今度は、アランは国境の反対側にいるというのだ。しかもヴェルダンは、彼女の世代のだれにとっても第一次大戦の最も忌わしい記憶と結びついた場所で、アランはそこの病院のベッドに横たわり、ユダヤ人ともドイツ人ともとれる名前の女性に看護されているらしいのだ。だがプライス夫人が自分も行きましょうかと手紙を書くと、相手はその必要はない、自分がアランの面倒を見ているし、彼はすぐによくなるから、とその返信でいってきたのだった。

しかし一か月後にイギリスに帰ってきたとき、アランはおよそ体調がいいようには見えなかった。

プライス夫人はしばらく一緒にハムステッドに住んでほしい、そうすれば自分が看護できるから、と頼んだけれども、彼はそこに一週間しか泊まらず、ブリック・レーンに移ってしまった。プライス夫人は一度だけ、いったい何が起きたのかとたずねた。彼の答えはひどくあいまいで、自らを責めるような口調で、夜にオートバイで走っていて道路からそれてしまったとかなんとか、ぼそぼそというだけだった。看病にフランスに行かなかったことで罪悪感にかられていた夫人は、きちんとした答えを要求する権利が自分にはないように感じていた。

だが次に会うと彼は元気そうだったので、プライス夫人はほっとした。友だちがヴィクター・ゴランツという人に紹介してくれたんだ、と彼は話した。出版社をしている人で、レフト・ブック・クラブっていう団体を組織しているんだ。それで、クラブのニューズレターの編集を手伝うことになったよ。

例の写真を撮ったとき、彼はまだコヴェント・ガーデンはずれのヘンリエッタ・ストリートの事務所でレフト・ブック・クラブの仕事をしていた。だが戦争が始まってクラブの事務所がバークシャーに移ると、その仕事をやめてロンドンに残り、たまにトリビューンやオブザーバーなどの新聞に何か書いて小銭を稼いだり、時にはホルボーンの近くのセントブライズ・ストリートにある「社会主義書店」の仕事を手伝ったりしていた。

フランチェスカ・ハレヴィは、ダンとアランの間に立っている。ほっそりと長身で、黒い髪、かぎ鼻で、ほれぼれするほど悲しげな顔をしている。片方の腕はダンの肩に、もう片方は踊り子のように弓なりに曲げて自分の頭の上に置いている。着ているのは、長い黒のスカートに腰をきつくしぼったジャケット。グループの両端に立っているマヤデビとプライス夫人はふたりして、フランチェスカの優雅さに驚いたように彼女をじっと見ている。

プライス夫人はよくマヤデビに向かって、フランチェスカについての自分の考えを話した。フランチェスカがこの三人の男たちと、ブリック・レーンの家に一緒に住んでいるのはわかっている。でも厄介なのは、プライス夫人のいい方を借りれば、彼女が正確にはこのうちのだれと「同居」しているのかがわからないことだ。プライス夫人の考えでは、正当性からいえば、それはアランでなければならない。アランは彼女をひそかにドイツから救い出そうとして負傷したのだと、夫人は固く信じていたのだ。でも、フランチェスカはマイクとも非常に親しげだ。あるときなど、彼女はみんなのいる前でマイクのシャツの裾をズボンの中に入れてやっていた。プライス夫人はかなり努力しているけれども、あまりフランチェスカを好きになれずにいる。フランチェスカはあまりに優雅で、頭がよくて、世慣れているから。プライス夫人は願わずにはいられなかった。自分の弟が将来、あるいはいま現在、この女性とは何ごとも……。

裏庭の写真のほかに、応接間で撮ったものもある。トリディブのお気に入りの写真だ。かげりはじめた夕暮れの光の中で、露出時間を長くして撮ったもので、暗くてうすぼんやりとしている。全員が大きな肘掛けいすの周りに集まっている。後ろには応接間の一部分が見える。とても大きな、がらんとした部屋のようだ。ほとんど家具はなく、壁にも何もかかっていない。奥のドアは裏庭に向かって開いているが、厚いカーテンに隠れて黒いしみにしか見えない。

フランチェスカはいすに座っていて、マイクとダンがいすの肘に腰かけている。三人とも動いてしまったので、写真の彼らの顔はぼやけていた。三人とも笑っている。きっと、シャヘブが写真を撮るのにこだわる様子がおかしかったのだ。プライス夫人とマヤデビは肘掛けいすの後ろに立っていて、ふたりの間にアラン・トレソーセンがそびえ立っている。プライス夫人の腕の中のメイは小さな白い包みのようで、夫人は彼女を見下ろして誇らしげに微笑んでいる。夫人はブロンドの髪の毛を三つ編みにして頭の上でくるりと巻いている。

アランは高いところからマヤデビを見下ろしている。やさしげで、ちょっと戸惑っているようだ。

この写真を撮る数分前に、アランとマヤデビははじめて言葉を交わした。ふたりはそれまで一言も話していなかったから、写真撮影のときに隣りになると、互いにちょっとどぎまぎした。ようやくアランが咳払いをしてから口を開いた。イギリスに来るのに悪い時期を選んでしまいましたね。おうちからこんなに離れたところで、戦争が迫っているというのに身動きがとれないなんて、さぞご心配でしょう。

ええ、とマヤデビは答えた。息子と夫のことでは。でも、時期を選べるような状況じゃなかったんですけど、選べたところで、わたしにとってはイギリスに来るのにこれ以上いい時期はなかったと思います。

アランはびっくりしてたずねた。どうしてですか?

だって、とマヤデビは笑いながら答えた。ロンドンで過ごしたこの数か月間は、本当にわくわくするものでしたもの。雰囲気があまりに劇的に変わってしまって。この数週間だけとっても、そうなんです。お店でも、通りでも、人々がどんどん親しげになっていくのがわかりました。みんな、今のほうがずっと親切です。トリディブを連れて外を歩いてますとね、よく通りがかりの方々があの子の頭をなでてくれて、立ち話をなさるんです。お店の人は、ご主人はどこでどうしているんだい、とか、手術はいつなの、ときいてくれますし。でもそれはわたしにだけじゃありませんよ。今はみんなだれとでも仲良くしているでしょう。ほら、今朝だってあなたのお姉さんのエリザベスがいわれてたじゃありませんか。通りの奥に住んでいるお年を召したダンバールさんの奥さんのことを。あの人がこんなに礼儀正しかったのは、覚えている限りこれがはじめてだって。

そうですね、とアランはいった。確かに。どこかうきうきした雰囲気がありますね。

そう、うきうきっていう表現がぴったりね、とマヤデビがいった。わたし、運がよかったんです。活気に満ちたイギリスを見られたんですもの。今ここにいなかったら、見ることはなかったでしょう。

アランは笑い出した。世の中の人は信じてくれないんですけどね、あちら側のドイツでも、同じなんですよ。もちろん、もっとはるかに奇妙な状態ですがね。ここに戻ってきたときは変な感じでしたよ。鏡を通り抜けて向こう側からやって来たみたいで。

ちょうどそんなときに、シャヘブがカメラのシャッターを切ったのだ。マヤデビは恥ずかしそうに微笑みながらアランを見上げていて、サリーが頭から滑り落ちている。アランと同じぐらいの年齢で二児の母親だというのに、彼女は半分ぐらいの若さに見える。澄んだ目をしていて、無邪気で、輝くように美しい。

これがトリディブのお気に入りの写真だ。もの問いたげで、かすかに当惑しているアランの表情彼を見上げて微笑むマヤデビの様子が、トリディブが自分の英雄、アラン・トレソーセンについての物語を思い描くときには、つねに最後はこの表情と、その彼を見上げるマヤデビの微笑みで終わるのだった。

お茶会の日のトリディブについて、僕が知っている最後の姿はこうだ。彼は窓際に立って、カーテンの間から、アランとその友人たちがリミントン・ロードを歩いていくのを見ている。彼らはこれからブリック・レーンへ帰るのだ。もう遅い時間で、柔らかな晩夏のたそがれは次第に深まり、夜に入りかけている。アラン・トレソーセンたちが家の外に出たときに街灯がともった。するとマイクはこの不意に現れた明るみの中で、熟練ボクサーのようなバランスのとれた機敏さでさっと後ろに身を引くと、すばやく軽いパンチの嵐をアランに浴びせかけたのだ。しかしアランもすばしこく、マイクの拳を簡単によけてバランスを崩れさせるや、左腕を突き出して彼の胸元をまともにとらえた。マイクは急に動きを止められて、息を切らせながら腕をだらりと落とし、顔をしかめて舌を出す。それからふたりは腕を互いの肩に回し、フランチェスカはダンの手の中に自分の手を押し込み、四人は小さな固まりになって、大声で歌いながら通りを歩いていった。あまりの声の大きさに、プライス夫人の隣人たちはなにごとかとカーテンを開けて外を見たのだった。

何年もたったあとで、トリディブは、暗闇のせまる中、しっかりと抱きあいながら道を歩いていく彼らを鮮明に思い出した。だがトリディブにはわかっていた。脳裏にあるイメージが魅惑的なまでに鮮明なのは、ただ単に自分がいろいろなことを知らないからなのだ。このイメージは、記憶にある細部に過大なまでの重みをおくことでつくり上げられた幻想にすぎない。たとえばアランたちがブリック・レーンの住まいに戻ろうとしていることや、リミントン・ロードの先で左に曲がってウェスト・ハムステッド駅に向かうことは知っている。だが彼らが向かっていった世界、つまりブリック・レーンの家のことは何も知らないのだ。その世界をつなぐ網の目――それは信頼や愛情やわずかな嫉妬で織りなされている――のことはまったくわからなかった。トリディブは、その家は、信念を基盤に築かれた明るく清らかな世界だと想像していた。しかしその一方で、彼らの世界が現実に存在するためには、そのどこかにちっぽけで安っぽいささいな嫉妬が入り込む場所もなければならないとわかっていた。その安っぽさがどんなところに出現するかわからなくて、彼はよく絶望的な気持ちになった。たとえばバスタブを洗っておかなかったこととか、その週はだれが砂糖の代金を払うのかをめぐる言い争いだとか、だれがだれと寝室を共有するかについてのけんかだとか、そういったところに現れるのだろうか？　いずれにせよ、アランたちが互いに腕を絡めあいながらリミントン・ロードを歩いていたあの瞬間は、独ソ不可侵条約が結ばれるちょうど一週間前だった。そのあと、彼らの家のすべては永遠に変わってしまった。汚いバスタブや寝室を共有する問題と、一週間後にひかえていたもうひとつの現実とでは、どちらがより現実的だったのだろうか？　トリディブが何よりも絶望的に感じたことは、アランたちが、彼らを取り巻く現実の中でも最も現実的だったことがらにどんな思いで向きあったのか、まったく想像できないことだった。それは次の二年間に、彼ら四人のうちの三人までが死ぬことになるだろう、という現実だ。空襲、魚雷、死といった現実は十分想像しうる。それらはつまるところ、実際に起きたできごとそのものであり、何千という映画や写真や漫画本に記録されている。しかしもう一方の限りなく重要な現実は、つまりあの晩、あの通りを歩いているときでさえ、これから何が起ころうとしているのかが彼らにはわかっていた、という現実のほうは、そうはいかない。これから起こることの詳細も、そして時期についても、彼らはおそらく知らなかっただろう。しかし四人にはわかっていた。彼らの世界が、そしてかなりの確率で彼ら自身が、戦争を生き残ることができないだろう、と。その予感はどんな色合いをしていたのだろう？　だれにもわからないし、永遠にわかり得ないことだ。たとえ人の記憶を探ってみたとしても。なぜなら時間の中には、わかり得ない瞬間というものが存在するからだ。一九三九年の夏、ロンドンやベルリンで若く知的な人間であることがどんな気持ちのするものだったのか、だれにも永遠にわからない。

だが、トリディブの回想の中では変わらずに、彼らはその輝く夏の日に笑ったり歌ったりしながら、ブリック・レーンへと帰っていくのだった。

プライス夫人が案内してくれた大きな広々とした部屋は、家具でいっぱいだった。ソファー、ひょろっとした脚のいす、彫刻入りの大きな背もたれがついた肘掛けいす、長いいす、細長い脚の小さなテーブル。あらゆる平面はどこも、ぎっしりとものでうめられている。背の高い青い中国の花瓶、花模様のついた金縁の陶器の小皿、バラの花びらが縁まで詰まっている小鉢、金メッキの時計、銀の写真立て。壁には水彩画、木版画、植物画がずらりと並んでかかっている。驚いて部屋を見回している僕に、プライス夫人はまるで悪いことをしたのを弁解するように、申し訳なげにいった。

わたし、教会のバザーが大好きなの。ここにあるのは、これまで集めてきたもののほんの一部なのよ。

イラがいった。ねえ、少なくともこの部屋には驚いたでしょ？

うん、と僕は本当にびっくりしながら答えた。そのときニックが笑みを浮かべながら、おもてでやったみたいに、ここの家の中でもどこがどこなのかわかるかい、と僕にたずねた。

きちんと思い出すために、僕は少し考えなければならなかった。僕はドアのほうを向いていった。もし間違っていたら直してよ。このドアを出て右に曲がってまっすぐ何歩か歩くと、台所でしょう？　それから台所の前で右に折れると、階段にぶつかって、その階段を下りると地下の物置に行くんじゃない？

彼らの驚いた表情を見て、今度は僕が笑い出した。

信じられない、とイラはため息をついて、首を横に振った。どうしてわかるの？

実際、それを僕に教えてくれたのは、もちろんイラ自身だった。

彼女はあのとき、僕の手をとってテーブルの下に引っ張り込んだ。横に座っていると、イラは埃の上に線を引いていった。さあ、いいわね。これがおもての道よ。それからここ、これがクリケットをするところ。

次にイラは、小さな埃まみれの四角形を書いた。これがお庭で、こっちが桜の木。それから、ここにあるのがおもての玄関よ。ちゃんとベルを鳴らして、ドアマットで靴の底をこすったら、入ってきてもいいわ。

彼女は、ドアから内側に向かって細長い長方形を書いた。

これがホール。

今度は左側にもうひとつ大きな四角形をつけ加えた。

応接間よ。大きな窓からお庭が見えるの。こんなふうにね。それからこのドアを通って食堂に行けるの。食堂を通りぬけると、お台所。すぐ後ろよ。それから裏庭があるの。

僕が埃の上のチェス盤のような線を見つめていると、イラは四つん這いになって僕の周りをぐっと回り、僕の右側に、今度は前よりも小さな部屋を書いた。

ママとわたしの寝室よ。ホールのすぐ右側なの。

イラは何本か線を描き足した。こっちが地下の物置で、これが階段。ニックとわたしは、ときどきここでおままごとをするの。

どうしてそんなところで遊ぶの？　と僕はたずねた。どうしてここみたいにテーブルの下で遊ばないの？

同じことなのよ、と彼女はいった。どのみち、このテーブルは地下の物置みたいだもの。

そこに下りていくの、だれも知らないの、と僕はたずねた。やめなさいっていわれない？

もちろん知ってるわよ。どうしてやめろなんていうのよ、ただ遊んでるだけだって、みんなわかってるもの。

どうして応接間とか、あそこの庭とか、クリケットをするところとかで遊ばないの？

おままごとはお庭じゃできないの。どこか暗くて隠れたとこじゃないと……。

彼女はまた四つん這いになって僕の周りを回り、ホールを通って応接間に入った。そこでしゃがみ込み、応接間の壁の隣りに細長い四角を描いた。

これが階段。これをのぼると寝室よ。

階段のすぐ横に、彼女はまた一組の線を引いた。ここがエリザベスおばさんの寝室。応接間の真上なの。窓の外に、クリケット場が見えるのよ。

僕は激しく首を横に振った。その線はどこか奇妙だった。

嘘つき、と僕は叫んだ。これは階段なんかじゃない。平べったいもの。階段は上がっていくものなんだ、平べったくないよ。それにここが二階のわけないよ。二階は上になきゃいけないのに、上にないもん。これって、応接間のすぐ隣りじゃないか。

僕は地面に膝をつくと、埃を引っかき回して、線を消しながら叫んだ。嘘だ、おかしいよ、こんな家なんてあるもんか……。

イラは手で僕の胸元を突いた。それほど強い突きではなかったけれど、僕はそのせいで後ろによろけた。

馬鹿ね、と彼女はいった。わからないの？　ちょっと整理しただけよ。家だって思えば、家になるのよ。家なんて、どこでも好きなところに建てられるのよ。

ちがうよ！　僕は叫んだ。そんなの、本当の家じゃないよ。そんなの、あるもんか。

なんでよ？　とイラは笑いながらたずねた。

僕は顔をしかめ、戸惑いながら埃の上の模様を見つめた。

本当の家なんかじゃないよ、と僕はようやく口を開いた。だって、ベランダがないもの。

ベランダ？　イラは意外そうな顔で、その言葉をゆっくりと口の中で転がした。まるで言葉の味を忘れてしまったとでもいうように。ベランダがなんだっていうのよ？

イラは、自分のつくった世界の中にベランダを入れる場所が見つからなくて、不安げに爪を噛んだ。彼女が困るのを見ているうちに、僕は一気に勝利を奪い取ったようなスリルを感じた。

僕はさらに問いつめた。もちろん、ベランダは絶対に必要だよ。ベランダがなかったら、外で何が起きているか、どうやって知るの？

もっといいたいことがあるとわかっていたが、どういえばいいのか思いつかなかった。とにかく、ちゃんとした家にはベランダがなければならないのだ。僕たちの小さなアパートにさえベランダがあった。僕にとって、ベランダはドアや壁と同じくらい欠かせないものだった。

僕は膝をついて彼女の家の上に身を乗り出し、線を一本消してそこに別の一本を引いた。

ほら、僕たちのベランダだよ。

イラはぎょっとしたように僕を見つめ、指の関節で歯を擦った。目が光っていたので、泣きそうになっているのがわかった。

だめ、と彼女はいった。そこはベランダにできないわよ。

僕は膝を抱えて座り込んだ。どうしてだめなの？

だって、そこはマグダの部屋になるのよ。

マグダ？　でもマグダはここにいないじゃない。

マグダというのはイラの人形だった。一度だけ見たことがある。ほとんどイラと同じぐらいの大きさの馬鹿でかい人形で、頰はピンク色、腕は雪のように白く、髪の毛は輝く金色をしていて、青い目が、抱き起こされるたびに自然に開いた。僕はその目がとりわけ気になり、本物かどうかを確かめたくなった。しかし触ろうとして手を伸ばすと、イラはその手をぴしゃりとたたいて叫んだのだ。マグダに触っちゃだめ。

それに、どうして人形に部屋が必要なのさ？　僕は恐る恐るイラにたずねた。

お人形のマグダのことじゃないの、とイラは叫んだ。これは本物のマグダなのよ。わたしたちの赤ちゃんよ。家には赤ちゃんがいるものなのよ。

マグダはどんな子なの？

きれいな金髪で、とイラは顔をしかめ、記憶をたどりながら答えた。青い目なの。毎日、学校に行ってるのよ。

幼稚園じゃなくて？

ちがうに決まってるでしょ。ちゃんとした学校よ。

でもそれじゃあ、と僕は得意げに言葉をはさんだ。赤ちゃんであるもんか。僕たちぐらいの年だよ。

馬鹿ね、とイラがいった。わたしたちはもう大人なのよ。マグダの年なんてどうでもいいわ。

彼女はあくびをすると、全身を伸ばして目を擦った。

まず目を覚まして、ベッドから出て、着替えるの。それからあなたは仕事に行くの。わたしはあなたが出かけてから、マグダを学校に連れていくわ。

彼女はドレスの端をつかむと、それを頭から脱いで、肩の上にかけた。ほら、着替えてるでしょ。

ほら、とイラはにっこりしながら、自分の上半身を抱きしめた。

彼女の胸の部分は、青いフリルつきの下着のほかは何もなかった。ほっそりとはかなげで、黒い体が小さな影のように暗がりに浮かび上がっている。肩はとがっていて、骨が肌の下で鋭い尾根をなしている。棒のようなイラの体つきを見て、僕は戸惑った。そして手を伸ばして、陶器のような細い肋骨の上に指を走らせた。肩のてっぺんまでたどり着くと、今度はゆるやかに曲げられた腕の表面を肘の先端までなで、そこからもう一度上に向かって進み、胸に貼りついた木の実みたいな手首で止めた。乳首より上の位置に、小さな黒く盛り上がった点がある。

これ、なんなの？ とききながら、僕はそれを親指で擦った。

やめて。彼女はくすくす笑った。

その盛り上がった点は、まるで小さな豆か芥子の種が埋め込まれているみたいで、彼女の肌の下で転がっているような感じだった。はじけるかと思ってつねってみると、彼女は身震いし、僕もびっくりして体を震わせた。

やめて、と彼女はきつい声を出した。けれど僕はやめることができなかった。その点に、その滑らかな固さに、すっかりひきつけられてしまったのだ。味があるような気がして、舌で味わってみたくなった。

だがイラは僕の頭をたたいて、僕を突き放した。

やめてってば。もう仕事に行く時間よ。あなたはもう着替えちゃったことにするわね。

僕は陰気な部屋の中をこわごわと見回した。仕事ってどこに行くの？

あそこよ、と彼女は大きく傾いたたんすを指さした。あれがあなたのオフィスよ。もう出かけなさい。わたしがいいっていうまで帰ってきちゃだめよ。それから家のほうを振り返って、わたしが何をやっているのか見てもだめ。

僕は外に飛び出してたんすのところまで走っていき、目を閉じて立ったまま、かくれんぼのときのように大声で数を数えた。長い時間がたったように思えたが、百までを二回数えただけだから、せいぜい五分かそこらだっただろう。ようやくイラの呼ぶ声がした。いいわよ、もう帰ってきてもいいわ。マグダが学校から帰ってきたわよ。

イラは庭の桜の木によりかかりながら僕を待っていた。僕がリミントン・ロードの木戸にたどり着かないうちに、彼女が叫んだ。あなた、今日マグダに何があったと思う？

どうしたの？　とたずねながら、僕は彼女のあとについて家に入った。マグダに何かあったのかい？

話しはじめる前に、イラは僕を食堂に連れていって座らせた。

マグダの新しい学校の子どもたちは、彼女みたいな子をそれまで見たことがなかった。最初の登校日はそれはたいへんだった。みんながずっと彼女を見ているものだから、トランド先生はやめなさいと注意しなければならなかったほどだ。先生は怖かったけれど、それでもみんなは振り返ってマグダを見ようとして、わざと本や鉛筆を落としたりした。マグダが来てまるまる二週間たったというのに、彼らは今でも彼女を見つめているのだ。

女の子も、男の子も、実は先生までもが、みんなでマグダを見つめたわけは、マグダほどきれいな子をそれまで目にしたことがなかったからだ。これほどまぶしい黄金色に光り輝く髪の毛は、一度も見たことがなかった。これほど深いブルーの目を見たこともなかったし、こんなにピンク色で健康的な愛らしい頰っぺたを見たこともなかった。それに、彼女の着ているような服を見たのもはじめてだった。とても清潔で、きれいにアイロンがかかっていて、学校の制服というよりもオックスフォード・ストリートの店のショーウィンドウに飾ってある服みたいなのだ。彼女が学校にもってくる鞄も、ほかのみんなのものよりずっと素敵だった。お父さんがフィレンツェで買ってくれた美しい革鞄で、みんなのもってくるような醜い学生鞄とは似ても似つかなかった。

彼らが見つめるのも無理はない。マグダほどきれいな子を見るのははじめてだったし、マグダのことが大好きだったのだ。だれもが彼女と友だちになりたがった。女の子も、男の子も、先生も。校庭にいるとき、彼らはときどきマグダのところへやって来て、その耳元でささやくのだった。あなたの一番の親友になりたいの。

しかし中にひとりだけ、最初の日からマグダを嫌っていた女の子がいた。彼女の名前はデニーズだ。

デニーズはとても醜かった。脂じみた汚い赤毛が、頭から垂れ下がっている。彼女には髪の毛を洗ってくれる母親がいない。彼女を捨ててオーストラリアに行ってしまったのだ。肌はごみの交じったアイスクリームみたいで、青白くてざらざらしていて、吹き出物だらけ。先生でさえも、デニーズを見るたびに身震いした。

けれどデニーズはとても大きくて、クラスで一番大きな男の子よりもさらに大きかった。それにとても強かったのだ。あるときなど、パンチで男の子の歯をへし折ってしまったほどだ。だから、デニーズが怖くて、みんなが彼女に親切にした。だれがだれと友だちになれるかを決めるのはデニーズだったし、デニーズに嫌われた子は、もうそれでおしまいだった。だれもその子に話しかけなくなるのだ。

ところがマグダがやって来ると、デニーズはもはや何もかもが自分の思い通りにいくわけでないのを知った。ほかの子たちがどんなふうにマグダを見ているのかを目にしたからだ。彼らがマグダと友だちになりたがっているのは明らかだった。デニーズはその邪魔をしようとしたが、子どもたちが自分のいないところでいつもマグダに話しかけているのは知っていた。日がたつにつれて、デニーズはますますマグダを嫌うようになった。

そして今日、事件が起こったのだ。

トランド先生はデニーズをあてて、黒板で書き取りをさせた。デニーズが黒板のところに行って書き終わったとき、そこに残されたのは、「ジョンはボールをつこみました」という文だった。教室中が笑った。

トランド先生は、次にマグダに同じ文を書くようにいった。もちろん、マグダは正しい綴りを知っていたから、美しい丸みを帯びた文字でこう書いた。「ジョンはボールをつかみました」。よくできました、とトランド先生がいった。それから先生はデニーズのほうを向いた。ねえ、デニーズ、あなた、マグダから英語を教えてもらったほうがいいかもしれませんね。英語はあなたの言葉なんですよ。マグダのじゃなくてね。

教室中がデニーズのほうを振り返ってどっと笑った。デニーズは座ったまま、それをきかなければならなかったのだ。

マグダが自分の机に戻るとき、デニーズがこういっているのがきこえた。おもてで話しあおうじゃないの、この黒んぼ。デニーズの顔が真っ赤になっているのを見て、マグダは怖くなった。だから今日は、学校が終わると、マグダはいつもの道を通らないで帰ることにしたのだ。たいていの日はヒルフィールド・ロードのそばの公園を通るのだが、今日はやめにした。公園の横をさっさと通り過ぎて、別の道を行くつもりだった。

それが学校が終わったあとの計画だった。でも彼女がだれにも気づかれないようにと頭を低くして公園近くの角を曲がったとき、だれかの叫び声がしたのだ。やい、黒んぼ！振り返らなくても、デニーズがいるのだとわかった。明らかに彼女の声だ。マグダは急ぎ足になった。

だが、声の主は彼女を追いかけながら叫んでいる。逃げるな、こいつ、黒んぼめ。

マグダは走り出した。道路を走って渡った。いいきかされているように立ち止まって左右を見ることもせずに。怖くてたまらなかった。鞄を落とし、なくしたらお父さんに怒られるだろうとわかっていたけれど、立ち止まらなかった。一直線に、全速力で走った。すぐ後ろから、何人かが同じように走りながら追いかけてくる足音がする。けれどマグダの足はとても速くて、それまでにないほど速かったので、彼らは次第にあきらめたようだ。追いかけてくるのは、もうたった一組の足だけだ。歩道の上をどすんどすんと走る足音が、背後からはっきりときこえてくる。

何かが首のつけ根にあたって、マグダは歩道の上に腹這いに倒れた。見上げると、デニーズが息を切らしながらこちらをにらみつけている。この生意気な黒んぼめ。

平手がマグダの顔に飛んできた。彼女の顔は歩道にたたきつけられた。自分の血が土ぼこりの上に飛び散るのをマグダは見た。

デニーズは彼女の上にのしかかった。あまりに近くまで顔を寄せてきたので、デニーズの息に混じるマーズ・チョコレートのにおいがする。

黒んぼめ、とデニーズはいった。この汚い黒んぼめ。デニーズはマグダの口に拳を突っ込んだ。それから、手をもう一度後ろに振り上げた。マグダは目を閉じて、手で顔を覆って次の一撃を待った。ほかにできることは何もなかったから。デニーズはあまりに強すぎた。

するとそのときだ。痛そうな、きゃっという小さな悲鳴がしたのだ。デニーズがだれかに引っ張られ、彼女の体から離れていくのがわかった。はじめのうち、マグダには何が起きたのか見る勇気がなかった。

ようやく彼女が目を開けると、頭上には、手を腰にあてて立っている彼がいたのだった。

さあ、とニック・プライスはデニーズにいった。さあ、さっさと消えうせろ。

デニーズは顔をゆがめ、よろよろと立ち上がった。

彼女が立ち去ると、ニック・プライスはマグダのそばに寄って膝をつき、自分のシャツの袖で彼女の顔を拭った。そして彼女が立ち上がるのを助けて、その口にキャンデーを入れ、手をとっていったのだった。さあ、家まで送るよ。

それが、僕がテーブルの下で見たニック・プライスの姿だ。僕と同じような半ズボンをはいた少年で、でもずっと大きくて、頭は黄色く輝いていて、小さな女の子をいじめっ子から救った人物だ。ところがそのとき、なぜかイラは泣き出したのだ。

三年後にまさに同じ部屋で、その話をメイにすると、メイは僕の肩に手を置いていった。さあ、外に出ましょうよ。ここはひどく暗いわね。

僕は、まぶしく日光が降り注いでいる屋根つき玄関まで彼女を連れていった。メイは舗装された中庭に面した階段の一段にぺたんと腰を下ろした。そして僕の手を引っ張り、自分の横に座らせたのだった。

実際には、そうじゃなかったのよ、と彼女はやさしくいった。知ってるでしょ？

僕は首を横に振った。

わたしはあの日、たまたま家にいたの、と彼女はいった。だから知っているのよ。ニックはイラを助けになんて行かなかったわ。ニックは家まで一目散に走ってきたの。あのころは学校が終わるとすぐに、家まで走って帰ってきたわ。

どうして？

メイは、煉瓦の階段から生え出ているインド菩提樹の葉を一枚引き抜き、それをうちわにしてあおいだ。

よくわからないけど、と彼女はいった。ニックはイラと一緒なのを見られたくなかったんだと思うわ。ほら、イラは学校で友だちが全然いなかったのよ。単に恥ずかしがりやさんだったのかもしれない。でもとにかく、彼女が学校に行くようになってから、ニックはそれまでよりずっと早く家に帰ってくるようになったの。そうしたらその日、イラのクラスで何かあって、ニックはそれをきいたのね。いつもよりもっと早く走って帰ってきて、まっすぐ自分の部屋に上がってしまったの。お母さんがどうしたのってきいたんだけど、ニックはなんにも話そうとしなかった。一時間かそこらたったかしら、わたしたちがイラのことを心配しはじめたちょうどそのときに、おまわりさんが彼女を連れてきたの。ちょっとした打撲はあったけれど、ほかは大丈夫だったわ。彼女、どんなことが起こったのか、わたしたちには一度も話さなかった。でも学校にはそれっきり行かなかったわ。それからちょっとして、彼らはロンドンを離れたのよ。

そのとき僕は、ウェスト・ハムステッドの路地を通ってひとりで学校から帰るイラを想像しようとした。僕には目に見えるようだった。イラは足どりにあわせて、学校鞄をぶらぶらと揺らしている。足どりはどんどん速くなり、そのうち走っているのと同じぐらい速くなるのだ。大きな声で笑っているので、人々は振り返って彼女に微笑みかける。頰にえくぼをつくって、ひとりで微笑みながら歩くイラ——そんな彼女ならときどき見たことがあった。寒々とした灰色の空の下で、霧雨に濡れてひとり歩くイラ。でもそのイラは、カルカッタではたくさんの親戚や車や召使やらに囲まれて、わずかな距離ですら歩かずにすんでしまうのだ。それにカルカッタでは、ひとりで歩くこともない。そこには僕たちがいて、僕も、親戚も、友だちも、だれもかれもがイラと歩こうと待ちこがれていたから。イラは洗練されているし、遠い国——僕たちが地図で名前を見たことがあるだけの国——に住むハイカラな女の子やお金持ちの男の子のことを話してくれるから。ところが今見えているのは、ひとりで歩くイラだ。それというのも、ニック・プライスが、インド人と一緒に家に帰るのを友だちに見られたくなかったからなのだ。

ニックのことをあまり悪く思わないでね、とメイが頼むような口ぶりでいった。あの子はとても幼かったし、あの年ごろの子どもたちは、みんなが同じじゃなきゃいやなのよ。

それから何年もたってからのことだ。ある晩、祖母の枕元に座りながら、僕はなんの気なしに、イラが話してくれた物語と、メイがそれにつけ足した奇妙な結末を祖母に話していた。そのとき祖母は、生涯最後の病のために、何か月もベッドに寝たきりの状態にあった。

その晩の祖母は、酸素ボンベやブドウ糖のびん、使い捨て注射器、その他もろもろの医療器具一式に囲まれていたけれど、久しぶりに元気があった。僕の話をきき終わると祖母はいった。その男の子が悪いとは思わないね。イラが悪いんだよ。イラ自身もそうだし、マヤもいけないし、イラのあの馬鹿な母親もいけないね。そんなこと、起こるにきまっていたんだ。だれだってわかるさ。イラにはあそこにいる権利はないんだよ。あそこの人間じゃないんだから。

祖母は顔をタオルに埋めて咳込んだ。カレッジの夏休みにデリーから戻って二週間がたっていたが、僕はその間ずっと、祖母のうつろに響く咳のせいでよく眠れずにいた。十五分たって発作が止まると、彼女は息を切らしながら枕によりかかった。そして、口をハンカチで強く押さえながら、こちらを振り向いた。目が光っていて、急に何かの怒りにかられたようだ。僕は後ろめたい気持ちでいすから立ち上がり、そんな話をした自分自身に腹をたてながら、祖母をなだめようとした。

どうでもいいじゃない、おばあちゃん、といいながら、僕はその震えているか細い肩にショールをかけた。どうでもいいよ。もう横になって、休もうよ。

イラはあそこにいるべきじゃないんだ。祖母はしわがれ声でどもりながらいった。イラはあそこの人間じゃないんだよ。あの国で何をしているんだね？

しばらくの間、あそこで勉強しているんだよ、おばあちゃん、と僕はそっといった。

当時、イラはロンドンのユニヴァーシティ・カレッジで歴史学を専攻していた。

でも、イラはあそこにいるべきじゃないよ、と祖母は叫んで、僕の手を弱々しくはねのけた。

僕はいすの背によりかかりながら、困りきって祖母を見た。この数か月の間に祖母の顔からは少しずつ肉が落ちていた。垂れ下がった頰の皮膚は、かさかさのもろい革のようになっている。

イラにはあそこにいる権利はないんだよ、と彼女はしわがれ声でいった。イラはあそこの人間じゃないんだ。あの国ができるまでには、長い時間がかかったんだ。何百年もの長い長い戦争や流血の末にできた国なんだよ。あの国に住む人のだれもが、その血のおかげであそこにいる権利を獲得したんだ。兄弟や、父親や、息子の血のおかげでね。血でもって国境を引いたからこそ、ひとつの国民だとわかるんだよ。マヤが話さなかったかい？ どこの大聖堂に行っても連隊の旗がかかっているし、どこの教会を見ても世界中の戦争で死んだ人たちの記念碑が並んでいるって。戦争が彼らの宗教なのさ。国をつくるっていうのはそういうことなんだ。いったん国ができてしまったら、人間は、生まれがああだのこうだの、イスラーム教徒だのヒンドゥー教徒だの、ベンガル人だのパンジャーブ人だなんてことは忘れて、同じひとつの血から生まれたひとつの家族になるのさ。おまえがインドのためにやりとげなければならないのも、それなんだよ。わかるかい？

あのときの祖母の姿は、まるで今日のことのように脳裏に焼きついてる。ベッドに横たわったまま目を血走らせ、唇から痰の糸を垂らして、声を張り上げている祖母。薄い白髪頭を病の汗でもつれさせ、僕の前に崩れるように横たわっている祖母。そんな姿を思い浮かべると、なぜか僕の心は祖母への愛でいっぱいになるのだ。この愛には、別のある感情、同情とはちがうある感情も混じっている。それは、単なる同情や愛情とはちがう、やさしさとでもいうべきもので、「情《ルース》」とでも——英語では使われることのない言葉だが——いえばいいのだろうか。僕のこの感情はひどく強かったから、僕から祖母の言葉をきいたイラが、たばこを吸い込みながら、戦争好きのファシストがどうのといい加減なことをいったときには、今でも思い出せるほどの怒りを爆発させたのだった。僕はイラを叱りとばし、昔トリディブがいったことを話してきかせた。祖母はファシストなどではなくて、結局のところ、近代的な中流階級の女性であるにすぎないのだ。もっとも完全にそうだったわけではない。なぜなら、そうした人間たちの夢みる世界は、自己欺瞞によってつくられているものだが、祖母は自らが自己欺瞞に陥ることをけっして許そうとしなかったからだ。祖母の望むすべては、中流階級らしく生きることだった。それは、世界中の中流階級と同じように、国民と領土は一体であり、自尊心と国力も一体であると信じつつ進んでいく生き方だ。それが祖母の望みのすべてだった——近代的な中流階級らしく生きるという、ただそれだけのことだったのに、歴史は彼女の願いを完全にはかなえてくれなかったし、彼女はそのことを最後まで許せなかった。

翌朝早く、祖母は人をよこして僕を部屋に呼んだ。かたわらに腰かけたとき、祖母は青ざめた顔に目を血走らせ、かつてないほど緊張していた。

どうしてイラがあそこに暮らしているのか、教えてやろうか？　祖母は肘で身を起こしていった。僕は横になって休むよう頼んだが、彼女は僕の言葉をさえぎった。

なんのためにイラがあそこへ行ったのか、教えてやろうか？　そういいながら、彼女は震えはじめた。目が顔の中でらんらんと燃えたっている。

イラは強欲だからあそこに行ったんだ。金のために行ったんだよ。

これをきいて、僕は思わず微笑んだ。

なんでお金のために行く必要があるの？　と僕はいった。イラの家族は、あそこにいるよりこっちにいるほうがお金持ちなんだよ。イラはあそこの家のたったひとりの孫だし、あそこがどんなにお金持ちの家だか知ってるでしょう。ここにいれば、イラには一生かかっても数えきれないぐらいのお金があるはずだよ。家も召使も車もね。向こうじゃ、イラは何ももってないんだ。小さな部屋に住んでいて、五人の学生と一軒の家に住まなきゃならないしね。炊事に掃除に、何から何まで自分でやらなきゃならないんだから。ここだったら、十人ぐらいの召使があっという間に彼女のためにやってくれるようなことをね。

単なるお金の問題じゃないんだ、と祖母は叫んだ。モノだよ。お金で買えるありとあらゆるモノなんだよ。セン夫人とかいう人の義理の息子がアメリカからもって帰ってきた冷蔵庫とかだよ。ドアがふたつあって、グラスに氷を落とす口がついていたけどね。カラーテレビだの、車だの、計算機だの、カメラだの……ああいう、ここでは買えない、ありとあらゆるモノのためなんだよ。

でもイラはモノなんてもっていないよ、と僕は努めて声を抑えて反論した。知ってるでしょ。イラは自分のお小遣いで生活しなきゃならないんだよ。そんなものを買うお金なんかもってないさ。それに、モノをほしがってもいない。時間があれば街頭デモに行ったり、ロンドンの東部地区でインド人の移民のための前衛的なお芝居をしたりしてるんだ。知っているでしょ――この前イラがここに来たとき、おばあちゃんだって僕にきいていたじゃない？ イラは共産主義者になったのかいって。

イラは強欲で生意気で、ふしだらな女だよ、と祖母はいうと、力なくゆるい拳を握ってふとんをたたいた。どうしておまえはイラをかばうんだろうね。じゃあ答えてごらん。おまえはイラのことをよく知っているみたいだから。お金や快楽のためじゃないっていうのなら、なんでイラはあそこに住んでいるのかい？

そのときすっかり怒っていた僕は、祖母にこんな話をきかせたのだ。

その前の年の夏、イラはカルカッタにやって来た。ロビと僕とが大学の夏休みにデリーから戻ってきたのとほぼ同時だった。

イラの訪問はかなり唐突だった。ロンドンのカレッジが休みに入った二日後に、カルカッタ行きを決めたのだ。それから彼女はブラティスラヴァにいる父親に電話をし、それから彼がロンドンの旅行代理店に電話を入れ、四日後に彼女はカルカッタに到着した。

あまりに突然の訪問だったので、僕の両親ですら知らなかった。

デリー発のカールカー・メール号がハウラ駅に着いたとき、両親はいつもと同じように九番ホームで、いつ見ても止まっている古時計の下で待っていた。青緑色のサリーを着た母は、息子が夏中、家にいるというのがうれしくて、上気していた。父はせかせかした様子で、僕とロビの荷物を気にかけたり、あれこれと手配していた。僕たちはバリガンジ・プレイスに行き、ロビを彼の実家の前で降ろした。ロビはそこで数日間過ごしてから、ダージリンにいる両親を訪ねることになっていた。

僕がわが家の一時間の食事でカレッジでの四か月分の飢えを解消すると、母はいつもの不安げな回りくどいきき方で、夕飯に食べたいものについて、僕の本心を探り出そうとした。ところがそのときに、祖母が厳しい顔でいったのだ。夕飯のことは忘れたほうがいいだろうよ。今晩はこの子に会わないだろうからね。

どうしてです？　母は驚いて祖母のほうを振り向いた。でもわたし、もう……。

そのわけはだね、と祖母は僕の目をのぞき込んでいった。イラがカルカッタにいるからさ。

祖母がいったことがおよそ信じられなくて、僕は黙って次を待った。

イラがここにいるですって！　と母がいった。どうしてご存じなんですか？

昨日電話がきたんでね、と祖母がいった。ヴィクトリア女王にいいつかって、わたしの体の具合をきいてきたんだよ。

どうして教えてくださらなかったの？ と母がたずねた。

お昼ご飯のときぐらい、この子にいてほしいだろうと思ったからね、と祖母はいった。

イラ、元気なの？ と僕はたずねた。何かいってた？

元気だろうよ、と祖母は答えた。たぶん、去年ここに来たときよりもっと元気なんだろう。あのときは、髪の毛を短く切ってさ、歯ブラシの毛みたいだったね。細いズボンなんかはいて、まるでフリースクール・ストリートの売春婦そっくりだったよ。

どうしてこの時期に来たのかしら、と母がすばやく話題を変えた。どうしてこんな暑いときにねえ？

わけは、一時間後にエルギン・ロードにあるイラの家で、彼女の部屋に座っているときにきいた。だって、わたしの休みもこの時期なのよ。それに一年間戻っていなかったもの。

どのみち、といいながら、イラはハンカチで顔の汗を拭っている僕を見て笑った。この暑さに閉口しているのは、わたしよりあなたのほうでしょ。

もちろん、彼女は正しかった。暑さは彼女のわきをすり抜けていった。

イラは髪の毛を少年のように切っていて、前よりも若く見えた。それに以前よりやせて、腕は棒みたいだったし、頬にはいつもえくぼが残っていた。色あせた青いジーンズにTシャツを着た彼女は、信じられないぐらいエキゾチックだ。こんな女の子は、アメリカの雑誌の写真で見る以外ではじめてだった。

天井の高い閉めきった部屋は、昼下がりの緑色を帯びた暗がりに沈んでいた。イラは、革製の肘掛けいすの上に座るというよりもたれている。両足はいすの背に投げかけられ、ジーンズとTシャツの間から露わになったおなかが暗闇に光っている。胴体はけだるそうにいすの中に沈み、頭は肘掛けの上に放り出され、小さく突き出た胸がTシャツの薄い木綿ごしにふたつのなだらかな突起をつくっている。それらは彼女の呼吸にあわせて硬くなったかと思うと、ふたたび広がってぼんやりとした円になるのだ。胸の片方には小さな黒いほくろがある。いすに身を投げ出したイラは、子どもみたいに自分の体に無頓着だったけれど、僕のほうは股間にじわじわと膨れ上がる痛みを抑えようと、太股の筋肉を張りつめていた。体を回転させて、腹這いになって雑誌をながめたが、痛みがかえってひどくなっただけだった。きつく縛られたときに起こる痙攣のように、股間で何かが今にも爆発しそうな感覚だ。床にそって手で自分の体を押しながら、僕はイラから遠ざかった。こんな自分を見せるわけにはいかなかったからだ。恥ずかしいからではない。ただ彼女との友情を守りたかったのだ。僕たちふたりの間には人間関係を表すチェス盤が置かれていて、そこで僕に与えられた位置づけがいとこにすぎないのはわかっていた。おそらくお気に入りのいとこではあるだろう。だがあくまでもいとこなのであって、それ以上ではない。

ロビがダージリンに発つ前日のことだ。僕たちはイラの家に行き、彼女の部屋に寝転んで、床の冷んやりとしている場所を探したり、本を読んだりけんかしたりしながら、長くけだるい一日を過ごした。ようやく午後が終わって日が沈み、イラは鎧戸を開けた。窓の下の道路にのろのろと進む車の列を見て、イラは薬でも飲んだみたいに元気になった。

さあ、と彼女は僕の手を引っ張っていった。どこかに行きましょうよ。こんなふうに　日中ごろごろしているわけにはいかないわ。それにロビは明日は行ってしまうんだもの。ロビのためにパーティーをしなきゃ。

ロビは床の上でゆっくり身動きし、読んでいた本をおいた。パーティーだって？　と彼はいった。この暑さの中で？

そうよ、とイラが答えた。どこかに遊びにいきましょうよ。

ロビと僕はいぶかしげな視線をじっと交わした。

お金が足りないよ、と僕がいった。

わたしがもってる、とイラは笑った。おごってあげるわよ。

でもどこに行くの？　ロビがたずねた。

あのね、とイラがいった。グランドホテルに行きましょうよ。ナイトクラブがあるそうよ。

ナイトクラブで何をするんだい？　とロビがたずねた。

ビールを飲むのよ、とイラが答えた。それからショーとかを見るの。

酒を飲む！　ロビが叫んだ。そんなところで？

何がいけないのよ？　イラはきつい声を出した。あなた、飲むんでしょ？　カレッジの仲間から送別にお酒をもらったっていう、あの話はなんなのよ？　たいした偽善家ね。

イラにとっては道徳は絶対的なものでしかあり得なかったから、こうした審判はお手のものだった。たとえば主義主張で肉を絶対に口にしない人間のことなら、理解も尊敬もできるのだが、家の中でだけの菜食主義者など、彼女にとっては最悪の偽善者だった。ロビがときどきカレッジ追放の危険を冒しては、ラムのボトルをこっそりと部屋にもち込んで夜中に友だちと飲んでいることをイラは知っていた。しかしイラにはわかっていなかったのだが、ロビがカレッジで飲むのは、カレッジという環境の中では飲酒は大それた行為であっても、そこにある純潔さがあったからなのだ。つまりは秩序のための規則を、破りながらも同時に尊重するという、修道院的な性格があったからにほかならない。だからロビはカレッジでは飲んでも、ナイトクラブで暗いどんよりした目の太鼓腹の男どもと飲むのは不潔に感じたのだ。だが、これはイラには理解できないことだった。イラが審判を下すときには、周囲の状況はいっさい考慮に入れられなかったから、ロビが本当のところなぜいい子ぶるのか、イラは理解に苦しんだ。

要するにプチ・ブルのいやらしさね、とイラはあるとき僕にロビのことをいった。あなたたちのカレッジでどうしてロビが伝説的人物になれたのか、わたしには謎だわ。学生は心の狭い人間には反発するものだと思っていたんだけど。でも大学生はきっと筋肉を信奉するのね。ロビは筋肉隆々だもの。

ロビがカレッジでどれだけ尊敬されているのかはじめて知ったときには、僕自身も当惑した。彼が敬意を集めているのを理解するのは難しかった。ロビはカレッジで栄誉と見なされるような活動のどれをとっても、たいしたことがなかったからだ。スポーツがとりたてて得意であるわけでもなくて、カレッジのクリケットチームのメンバー十一人にどうにかもぐり込める程度だった。勉強はできたけれど、ずば抜けていたわけではなかった。要領がいいわけでもなく、おしゃれでもない。

特別に才能にあふれているわけでもない。どんな点から見ても、彼ぐらいの人間ならばカレッジにはほかにいくらでもいた。それなのに、本人が求めてもなく、およそ気づいてもいないようなのに、ロビは最高のスポーツマンや一番できのいい学生でさえとうてい及ばないほどの大きな敬意を集めていたのだ。

ずいぶんあとになってから、僕はようやく理解した。実はこの敬意は、ロビの人間離れしたといえるほど単純な世界観に向けられていたのだ。ロビの判断にはいつもためらいがなかった。というのも、彼はどんなことについても行動規範をもっていて、そこでは議論の余地さえなかったのだ。しかも、たくましくて勇気にあふれていた彼は、恐れずにその規範を守ろうとした。たとえばある学生がちょっとした校則違反でカレッジを追放された事件で、カレッジ中が大騒ぎになったことがある。その学生は、女の子を自分の部屋まで、お茶か何かに誘ったのだ。学生組合は全員一致でストライキを呼びかけたが、ロビはカレッジ中でただひとり、ほかの学生と一緒に行動することを拒否した。もっとも反論したり演説したというわけではない。単に会合に出席するのを拒んだのだ。学生組合のリーダーたちからたたきのめしてやると脅されると、ロビはただの力比べで決着がつくのをかえって喜んだので、相手はびっくりした。カレッジでのロビの影響力ゆえに、次第にリーダーたちも折れて、ストは中止になった。

あとになって僕はロビにたずねた。どうしてストに参加しようとしなかったの？　参考までに教えてよ。

彼が答えようとしないので、僕は質問をくり返した。彼はしぶしぶ答えた。規則は規則だからさ。

規則を破る者は、その代償を払う用意がなけりゃいけない。

でもその規則は本当にいい規則なの？　と僕はたずねた。彼は微笑んだだけだった。どれだけがんばっても、それ以上の答えは引き出せなかった。

そのとき僕は、ロビは答えないのではなく答えられないのだとわかった。彼の権威は、われわれが「道徳」と呼んでいる内面の判断力から生まれていた。これがうまく機能するには、そこで下された決定はいかなるときでも再考されてはならないのだ。彼の意見がつねに仲間の意見を抑えるわけが僕にはわかった。彼の仲間は、ごく普通にあれこれと頭を悩ませながら答えを探さなければならなかったのに、ロビはどんな困難な状況にあっても、直感によってなすべきことがすぐにわかるのだ。たとえなぜそうすべきかわからないときでさえも。仲間が彼に従ったのは、ロビがほかの人間とちがって、良心のとがめなどという、不便で、多くの場合馬鹿げていて、ふつうの人ならすぐに忘れてしまおうとするものを、進んで守ろうとしていたからだ。だからロビは仲間から尊敬され恐れられたのだ——そして僕からも。だからこそ彼の勇気は、それが暴力となって出現したときにも、まったくもって道徳的だったのだ。

まあ、たまには楽しみなさいよ、とイラがいった。どのみちすぐに行っちゃうんだし、あとになったらこんなこと全部忘れてしまうわよ。

でもどうしてグランドホテルに行きたいんだい？　とロビがたずねた。

もちろん、街で一番おしゃれなところだからに決まっているじゃない。つんとあごを上げてイラがいった。これって、すごくもっともな理由でしょ？

あんなところには行きたくない、とロビがいった。

だがいったん決心すると、イラは自分の思い通りにしなければ気がすまなかった。彼女はロビの前にひざまずき、彼の足に額をつけていった。

お願い、ロビ叔父さま。お願い、一回きりだから。お気に召さなかったらすぐに出るから。約束するわ。

そこで僕たちは出かけた。絹のブラウスにスカート姿のイラは輝いていた。ロビと僕は、学生風のいつもの身なりを断固として変えず、長袖シャツ《クルター》を着てくしゃくしゃのズボンをはいていた。

グランドホテルの入り口に着くと、ターバンをつけたドアマンが、死んだ魚のような目で軽蔑するように僕たちを見下ろした。ロビと僕だけだったら、そのままホテルを通り過ぎてチョウロンギ通りを歩き続けただろう。しかし僕たちのすぐ後ろにいたイラは、絹の服をさらさらといわせながら廊下を通り抜け、シャンデリアのあるホールまで僕たちを連れていった。彼女は受付カウンターに行き、思いきり気取ったイギリス英語で、ナイトクラブはどこかとたずねた。もちろん彼らはかしこまり、制服姿の係員を案内につけてくれた。係員は僕たちが今通ってきたのとは別の廊下を通って、仰々しく飾り立てられたドアまで僕たちを案内した。そしてドアを開け、イラの渡したチップをポケットに突っ込みながら、横に立って頭を下げた。

洞窟みたいな部屋の暗闇のどこかから、反響するエレキギターの音がきこえる。

僕はいやだね、とロビがいった。彼はイラの手を振りほどいた。イラは汗ばんでいる。

あら、何いってるのよ、とイラは怒っていった。行きましょ、ロビ叔父さま。叔父さまの主張はわかったわよ。あなたは貧しい農民で、大都会の悪にぞっとしているんでしょ。だからもうリラックスして、楽しみなさいな。

部屋は暗かった。

イラにもう一度手をとられて、ロビはそのまま中へと引っ張られていった。ウェイターは懐中電灯を使って、いくつもの空のテーブルの間をすり抜けながら僕たちを案内した。そのとき、奇妙な何か毛のようなじめじめしたものが僕の顔に触れた。僕は本能的に腕を振り上げて、それを払いのけた。すると今度はそれが前腕に触ったので、僕は後ろに飛びのいていすを引っくり返した。

こいつ、なんなんだ？　と僕は叫んだ。皮膚がちくちくしていた。何かが触ったんだけど。

ただの飾りです、とウェイターがいった。彼はあいたテーブルの前で止まり、イラのためにいすを引いた。僕たちは腰かけた。目が暗闇に慣れてくると、いたるところにゆらゆらと椰子の葉が揺れているのが見えた。壁にはいかだ舟の絵が描かれていて、ココナッツが天井から鈴なりにぶら下がっている。イラは踊り場の横の舞台にいるバンドを指さした。黒いスーツに蝶ネクタイ、麦わら帽子姿の男四人組だ。

イラはくすくす笑った。ビーチのつもりなんでしょうね。

彼女は手をたたきながら、僕たちふたりを見てにっこりした。さあ、ビールを頼みましょうね？

イラが振り向いたとき、僕はうなずいたけれど、ロビは何もいわなかった。

カレッジにいるとでも思ってくれないかしら、とイラがいった。そうすれば少しは偽善家じゃなくなるんじゃない。

ロビは突然手を上げ、ウェイターに合図を送った。ウェイターが来ると、彼はいった。ビールを三つください。

ロビはテーブルの上に手の平を置き、大きな力強い肩を回しながらイラのほうを振り向いた。革命のためにデモをしていないときにきみが何をしているのか、トロツキストの同志たちは知っているのかい？

イラはにっこりしながら、人差し指で彼の頰をつついた。革命のためのデモなんてないわよ、馬鹿ね。それにね、みんなは知っているし、気になんかしていないわ。トロツキストは未来のあなたみたいな、退屈でつまらないお役人じゃないんだから。

彼女はすぐに、こんな言葉を口にした自分自身に腹をたてた。

ねえ、ロビってば、と彼女は訴えた。あなたのカルカッタ最後の晩なのよ。けんかはやめましょうよ。

これをきいたロビはさらにむっとした。だが彼は本当に怒ったときには言葉が出ないたちだった。ちょうどそのときビールがきたので、彼はそれを注ぐことに集中した。グラスがいっぱいになると、彼はグラスを上げ一気に半分まで空にした。そして背もたれによりかかって口を拭い、荒々しい息をしながらグラスの中を見つめた。

このとき、大きなドラムの音とともにバンドリーダーがマイクに向かって話しはじめたので、僕はほっとした。さてみなさま、ジェニファー嬢の登場です。みなさまのために歌ってくれます。さあ、どうか拍手をお願いします。

ジェニファー嬢が暗闇の中から浮かび上がり、腰をかがめてぴょこんと頭を下げた。紙のように色白の貫禄たっぷりの女性で、深紅の布地に銀のスパンコールをちりばめた、体にぴったりしたドレスを着ている。

ハーイ、みなさま。彼女は細くて甲高い声を震わせて、歌手らしい華やかさをいっぱいに漂わせながらいった。ハーイ！　じゃあ、始めるわよ。準備、いいわね。今夜は思いきり楽しむわよ。

スポットライトがくるくると回り、彼女はスパンコールをきらきらと光らせながら、気取った足取りで僕たちの隣りのテーブルに近づいた。

さあ、と彼女はマイクに向かってハスキーな声でいった。ここにいらっしゃるのはどなたかしら？

テーブルに座っていたふたりの中年ビジネスマンは、照れながらうれしそうに身をよじらせた。ジェニファー嬢は彼らの頰を軽くつついたけれど、ふたりが触ろうとして手を伸ばしてくると、その手をぴしゃりとはたいた。そして踊りながらその場を離れ、大きな音で舌うちをした。

あら、あら。彼女はまつげの向こうから彼らを見ながらいった。今日はあたしたち、悪い子じゃないこと？

あの女がここに来たら、とロビはグラスに向かっていった。歯をへし折ってやる。

だが、ジェニファー嬢はこちらに来るかわりにダンスフロアの中央へ歩いていって、飛び込み台の上のダイバーのように大げさに腕を広げて叫んだ。さあさあ、みなさん、フランク・シナトラにあわせて踊りましょう。今夜は知らない人と踊りましょうね。

そうよ。あえぐようにイラがいった。そうよ、踊りましょうよ。そうすれば楽しくなるわ。ほら、とイラは僕の手を引っ張りながらいった。立ってよ。踊るわよ。

しかし僕は踊りときたら、どんなに調子のいいときでも、ぎこちなくて足元ばかりが気になるのだ。空っぽのダンスフロア、その中央で体を揺らしている大柄のジェニファー嬢、それを飢えたような目で見つめるビジネスマン。そんな中でフロアに出ることなど、できるわけがなかった。

だめだよ。僕は首を横に振った。無理だよ、こんなところじゃ。

彼女はがっかりして反対側に顔を向けた。ロビ？と彼女はたずねた。踊りたくない？

僕は踊れないんだ。ロビは頭を上げて彼女を見ながらいった。それに踊れたとしても、こんな場所では踊らないね。きみも座るべきだ、きみも踊らないんだから。

はじめ、イラはただ単純に驚いていた。

わたしが踊らない？どうしてよ？

僕が許さないからだ、と冷静な声でロビがいった。

許さない？そういいながら、イラは徐々に顔をこわばらせた。

許さない？おやまあ、自分をなにさまだと思ってるのよ？

ロビは腕組みした。僕がなにさまかは関係ない。とにかく、きみが踊るのは許さない。

イラは振り返って、今度は僕を見た。唇の色はあせ、血の気がなくなっている。この人は、と彼女は僕に向かっていった。わたしがカレッジの新入生か何かだと思っているのかしらね？筋肉隆々だから、わたしを止められるとでも思ってるわけ？このわたしが、カレッジの親分を怖がるとでも？　いいわよ、止められるかどうか見てやろうじゃない。

彼女はいすを後ろに蹴って立ち上がった。

僕は手を伸ばして、彼女のスカートをつかみながら頼んだ。イラ、お願いだからやめてよ。きみはロビのことを知らないんだ。お願いだから座ってよ。もう家に帰ろう。

彼女は僕の手を思いきり引っぱたいた。見てやるわよ、どうやってわたしを止めるのか。

僕は跳び上がって、彼女の前に立ちはだかった。イラ、お願いだから。どうしようっていうの？

彼女は僕を押しのけた。教えてあげましょうか。あそこのふたり連れのビジネスマンのところに行ってね、やせたほうに、わたしと踊ってくださいって頼むの。

彼女はくるりと僕に背を向けると、向こう側へ歩いていった。

ロビはいすの上で上体を回し、イラがふたり連れのビジネスマンのところへ歩いていくのをじっと見つめた。イラは彼らに微笑みかけ、優雅に首を傾げながら、やせたほうに話しかけている。やせた男が、突然いすから跳び上がった。顔中皺くちゃにして微笑み、それから欲張りで疑いぶかげないやらしい表情を浮かべた。イラがもう一度微笑むと、彼は熱心にうなずいて、彼女の手をとろうとした。

ロビのいすのきしる音がした。僕は止めようと横に跳び出したが、彼は僕を肘で押しのけると、大またで三歩進んでイラたちの前に立った。そしてまず片手でイラのブラウスの襟をつかんで彼女をビジネスマンから引き離し、次に平手で男の胸のど真ん中をどんと突いたのだ。肩を後ろに引いて突然ものすごい力で殴りつけたから、男はよろよろしながら、いすもろともたっぷり五フィートぐらい後ずさりした。

歌手はマイクをとり落とした。バンドは銀色のスポットライトの下で絵のように凍りついている。一瞬、あたりは静まり返った。それから止まっていた映画のフィルムが回りはじめるように、全員息を吹き返し、僕たちはウェイターの一群に取り囲まれた。

ロビはただひとり、完璧な冷静さを保っていた。彼は両手を胸の前で広げ、静かな穏やかな声でいった。触るんじゃない。お金を払ってすぐに出ていくから、触るんじゃない。

彼は財布を取り出してウェイターのひとりに五十ルピー札を手渡した。それからイラに腕を回し、僕たちを引きつれて外に出た。ウェイターは僕たちが歩道に出るまであとをついてきた。

博物館のところまでイラは一言も口を開かなかった。そこの角で彼女は立ち止まり、鉄柵によりかかった。

気でも狂ったの？ 彼女は、歯の間から言葉を吐き出すようにロビにいった。自分のしていること、わかってたの？

もういいよ、とロビはいった。終わったことだ、忘れよう。

忘れっこないわ、と彼女はいった。それは叫び声だったけれど、女性に特有の細い叫び声だった。忘れっこないわよ。これだけは教えて。自分のしていること、わかってたの？

いいか、イラ。ロビは首を横に振りながらいった。あんなことをすべきじゃなかったんだ。わきまえているべきだよ。ここでは女の子はああいう振る舞いはしないんだ。

いったい、何がいいたいのよ？ と彼女は吐き出すようにいった。「女の子」ってなんなの？

わたしは好きなときに好きなところで、好きなことをするわ。

いや、できないね、とロビがいった。僕の前ではね。女の子はここではああいう振る舞いはしないんだ。

なんでよ？　と彼女が叫んだ。いったい、何がいけないっていうのよ？

イギリスでは好きなことをしていいさ、と彼はいった。でもここではやってはいけないことがある。それが僕たちの文化で、僕たちの生き方だから。

イラは言葉を失い、大きな目で彼を見つめた。それからくるりと僕のほうを振り向いた。わかったでしょ？　と彼女は叫んだ。彼女は唇を強く噛み、うるんだ目からは涙があふれ出ている。

僕は腕を彼女に回して、自分のほうへ引き寄せた。彼女は僕の長袖シャツ《クルタ》で涙を拭い、むせび泣きながら、何度もくり返し、こういった。わかったでしょ？　はっきりしたでしょ？　僕は理解できなかった。何がわかったって？　何がはっきりしたって？　僕は彼女の言葉をおうむ返しにしながら、手の甲で彼女の流れ落ちる涙を拭ってやろうとした。

そのとき彼女は僕を押しのけて、タクシーに手を振った。タクシーが止まると、彼女は中に駆け込み、窓を開けて叫んだ。わたしがなんでロンドンに住むことにしたのか、わかった？　わかったでしょ？　ただただ、自由になりたいからなのよ。

自由になるって何から？　と僕はきいた。

あなたたちから！　彼女は叫び返した。あなたたちのいやらしい文化とか、あなたたちみんなからよ。

タクシーが走り出したので、僕はその横を走りはじめた。

僕から自由になることなんて絶対にできないよ、と僕は開いた窓に向かって叫んだ。もし僕が明日死んだって、きみは僕から自由になんてならないよ。だって、僕はきみの中にいるんだから……きみが僕の中にいるのと同じようにね。

タクシーは速度を上げ、やがてチョウロンギ通りの向こうに消えていった。


それが、病床の祖母のにらみつけるような視線を前に、僕が話したことだった。僕は祖母に、イラは自由になりたいからロンドンに住んでいるのだといった。

だが僕はその瞬間、自分の過ちに気づいた。祖母にとっては、航空券の代金を支払えれば買えるような自由など軽蔑すべき以外の何ものでもないと、わかっているべきだった。なぜって、祖母もかつて自由になりたいと願ったのだから。自由のためには人殺しすら考えたのだから。

イラがほしいのは自由じゃないよ、と祖母はいった。血走った目が、しぼんだ顔のくぼみの中でぎらぎらと光っている。好き勝手なことをしたいから、ひとりになりたいのさ。あばずれにとっちゃ、それが望みのすべてなんだ。あっちでは簡単なことだろうよ。そういう場所だからね。でも自由の意味はそれとはちがうよ。

そこまできいて僕は立ち上がり、自分の部屋に戻った。窓の外に広がる湖の暗闇を見つめながら、僕はふたたび、あの晩のタクシーの中にいたイラの顔を思い浮かべていた。涙に濡れ、怒りと憎しみでゆがんだあの顔を。人はみな、どれほど強烈に、必死に、自由を求めるものなのだろう――束縛されるのがいやではない自分のほうがおかしいのだろうか、と僕はいぶかしんだ。自分の中のさまざまな声のどよめきなしに生きられないと感じているのは、僕だけなのだろうか、と。

翌朝、僕はふたたび祖母に会いにいった。

このとき部屋には看護婦がいた。僕が部屋に入ってくるのを見たとたん、祖母は看護婦に頼んで、僕から顔をそむけられるように体の向きを変えてくれといった。僕は祖母の背中に向かって、ありきたりの言葉をいくつかかけてみたけれど、答えはなかった。

看護婦はどぎまぎした。そして祖母に精いっぱい明るい声で話しかけた。さあさあ、どうしてお答えにならないんです？　お孫さんじゃないですか。

看護婦にそういわれたときの祖母の表情は、見えなくても想像できた。祖母はベッドわきの低いテーブルに置いてあった便器に手を伸ばすと、それを看護婦に投げつけようとした。力が足らず、それを床に放り出すのがやっとだったが。

看護婦は怯えた。祖母に付き添ってまだ二、三日しかたっていなかったので、祖母のことをやさしいおばあちゃんだとばかり思っていたのだ。もうお引き取りください、と彼女は僕にいった。患者さんが興奮してますから。

僕はすばやく見つからないように部屋を横切った。だがドアを開けたとき、ベッドから祖母の声がしたのだ。それは僕の記憶にあるような昔の力強い声で、病気になってからの声ではなかった。

どうしておまえはいつも、あのあばずれをかばうんだね？　と彼女はたずねた。

僕はくるりと祖母のほうを振り向いた。だれのことをいってるの？　僕は彼女の後頭を見ながらいった。

あのあばずれのイギリス婦人《メムシャヘブ》のことだよ、と彼女はいった。イラのことだよ。どうしていつもあれをかばうんだい？　おまえにとってあの女はなんだっていうんだい？

祖母の口のまわりの唾を拭き取ろうと看護婦が駆け寄った隙に、僕は部屋を抜け出した。

その晩、祖母の病状は悪化した。一晩中、部屋の壁を通して、祖母が必死に息をしているのがきこえた。翌朝僕が顔を見にいくと、くたびれはて、枕の上で小さな塊のようになっていた。部屋に入るやいなや、祖母は目の縁を赤くしてこちらを見据えながらいった。どうして答えないんだい？いってごらんよ、おまえにとってあのイギリスのあばずれはなんだっていうのかい？

僕が口を開く前に、看護婦が走ってきて僕を部屋から追い出した。

それから数日の間、祖母の病状はますます悪化した。ベッドに酸素テントを取りつける手はずが整えられ、家には看護婦ばかりか医者も泊まり込んだ。日中には看護婦はときどき、酸素テントの中で祖母が必死に息をしているのを見せてくれた。だが話しかけることはだれにも許されなかった。医者は祖母を病院に移したがったが、病人には病院ではなく家で死にたいと伝えるだけの力は残っていた。

ところが、それから祖母はゆっくりと回復したのだ。酸素テントは片付けられ、母はたくさんの時間をベッドのそばで過ごすようになった。しかし父と僕は部屋に入ることを許されないままだった。

僕の休日はもう残りわずかだった。祖母の具合がよくなったので、父と母は僕をデリーに帰すべきだと判断した。卒業試験まであと三か月しかないのに、休暇中ほとんど勉強していなかったのだ。引き続き家に残る心づもりはあったものの、僕は喜んで両親の助言を受け入れた。

デリーへ戻る汽車に乗る日、母は別れのあいさつをさせようと、僕を祖母の部屋に連れていった。祖母はベッドに起き上がっていて、久しぶりに元気そうだった。そして僕のカレッジや今度の試験のことについて明るい調子で話したので、僕はほっとした。出かける時間になって祖母の足に触ってあいさつをすると、彼女はいつものように僕の頭を自分の胸もとに引き寄せて祝福してくれた。きき慣れた祖母の静かなささやき声がする。それから彼女は僕の耳元に唇を近づけたので、熱い息が僕の顔にかかった。

どうして、あのあばずれのわなにかかったんだい？ と祖母は小声でいった。わかってるんだよ。おまえはデリーで売春婦のところに通っているがね、ああいう女たちの腕の中におまえを送り込んだのは、イラなんだよ。わたしが知らないとでも思ってるのかい？ わたしが許すとでも思ったのかね？

僕は頭を祖母の手から振りほどいた。祖母は僕と視線をあわせて微笑んだ。このしおれきってやせ衰えた、弱々しい女性が、僕があれほどまでに愛し、恐れていた人物だとは、とうてい信じられなかった。

それから二か月の間、両親は一日おきに祖母の消息を知らせてよこした。僕がカルカッタを出発してしばらくの間は、彼女の具合はよくなっていった。その後、医者にもわからない理由で、一週間ほど病状が悪化した。ところがもう一度奇跡的に回復して、読み物をしたり手紙を何通か書けるまでになったのだった。

その後、まるまる一週間両親の手紙が止まった。ちょうど僕はインド史以外のことは考える余裕もないという有様だったので、たまに思い出しはしたものの、気にはとめなかった。

両親の次の手紙には、祖母が死んだこと、死んだ翌日に火葬に付されたことが書いてあった。僕がカルカッタに飛んで帰ってくるといけないので、電報を打たないことにしたのだ。試験が間近にせまっているときに、僕の邪魔をしたくないとの配慮だった。

僕はその日、ロビがまだカレッジにいてくれたならと痛切に思った。彼が去ってから、もう一年近くがたっていた。ほかに話したい相手を思いつかなかった僕は、カレッジを出て、モーリス・ナガルのバス停までの道を下っていった。しばらくしてがらがらの二一〇番のバスがやって来たので、それに乗り込み、窓側の席に座って外を見つめた。環状道路沿いの公園やレッド・フォートの壁が視界を通り過ぎていく。バスがセントラル・セクレタリアートに着いたところで、道の向こうに渡って、逆方向の二一〇番のバスで引き返してきた。マール・ロードで僕はバスを降りて歩くことにした。あたりはもう暗くなっている。道路には人気がなく、大学全体が試験期間の重苦しさに静まり返っている。

人気のない道を歩きながら、気がつくと僕は泣いていた。それは悲しみのためというよりも、両親が知らせてくれなかったせいで祖母の火葬に立ち会えなかったことに腹がたったからだ。だが、丘の上の記念碑まで続く急な坂道をのぼり、そこの草の上に座っているうちに、僕の怒りは和らいでいった。結局のところ、祖母の死を知るにはこのような形がふさわしかったのかもしれない。祖母はつねに情熱の人だったから、僕のいる現代のこぎれいなブルジョワ世界に真の居場所を見つけるのは不可能だった。なにせ僕が引き継いだその世界では、試験のほうが死よりも重要なのだ。

その二日後に、カレッジの学生監が使いをよこした。至急会いたいというのだ。僕は教科書を置いて、急いで彼の部屋へ向かった。学生監はだれからも好かれていない、偉ぶったつまらない人間だったが、だれひとり、彼を嫌っているのをことさら示そうとはしなかった。そんなことは許されそうになかったからだ。

僕が部屋に入ると、彼はいすに座るように合図した。腰かけると、彼は机の上にある目の前の紙をこつこつとたたいてこういった。こんなときに邪魔をして悪いがね、たいへん深刻な問題が出てきたんだよ。停学処分か、あるいは放校処分も考えられる。非常に深刻な問題だ。そもそも、医学的見地も考えねばならないからね。

彼の様子は滑稽だったが、その声の調子に僕は不安になった。彼の権力は学問の世界において僕のあらゆる可能性を破壊できるのだ。

いったいどういう問題なんですか？　と僕はたずねた。

われわれのところに情報が入ったんだがね、と彼はその紙をふたたびこつこつとたたきながらいった。君がいかがわしい場所の売春婦のところに通っているという情報をね。それによると、即座に君を追放してカルカッタに送り返すのが、君自身のためだということなんだが。

僕は仰天して、しばらくの間、口もきけずに彼をじっと見つめた。それからかろうして口を開いてこうたずねた。だれがそんな情報をよこしたのですか？

君自身のおばあさんだ、と彼はいい、僕にその紙を手渡した。自分で読んでみるといい。

手紙はたった三行の長さだった。ずいぶん震えた筆跡だったが、間違いなく祖母のものだ。そこにはこうあった——自分は孫がデリーの売春婦のところに通っているのを知っている。本人にそのことを話したが、後悔する様子がまるで見られなかった。自分自身が学校教師だった立場から申し上げるが、カレッジに少しでも自尊心があるならば、孫を家に送り返すべきだ。

祖母は死んでからも、その蘇った手を伸ばし、子どものころとまったく同じように僕をつかまえようとしているのだ。僕はその光景に震え上がってしまい、気持ちを落ち着けて学生監に釈明できるまでに若干の時間が必要だった。僕は相手の目を見ながらいった。カレッジ入学以来行ったことのあるいかがわしい場所といったら、チャーナキヤ・シネマとカシミーリー門のカイバル・レストランぐらいです。その手紙を書いたときの祖母の病状は本当に重くて、そのせいで妄想に取りつかれていたんです。

状況があまりに奇抜だったので、学生監はまもなく祖母の手紙を信じなくなり、僕を解放した。だが彼はカレッジ卒業までの最後の数週間、僕の行動に目を光らせておくと警告した。

帰ろうと立ち上がったときに、僕はちらりとその手紙に目をやった。祖母はいつものように、右上の隅にきちんと日付まで書き入れていた。あとで振り返って日付を勘定すると、それは死の前日に書かれていた。
友人たちと一緒にあの女性たちのところに何度か通ったことを祖母がどうやって知ったのかは、最後までわからずじまいだった。それに、僕自身が自覚するずっと前に、僕がイラに恋をしていることをどうやって見抜いたのかも、わからないままだ。

イラに恋しているという事実を、僕が自分に隠しきれなくなったのは、ロンドンで過ごすはじめての秋が半ばを過ぎたころだった。エンバンクメントの木々はもうすっかり葉を落としていた。そのころ僕はよく、気がつくとソーホーやトラファルガー広場のあたりを歩き回っていた。単に歩くのが楽しいからだとか、街を開拓しているのだとか、僕は自分に言い訳をした。だが、少したつと、なぜかエンバンクメント沿いを歩いているのだった。柵によりかかりながら、暗いテムズ川をはさんだ向こう岸にそびえるコンクリートの山のようなサウス・バンクを見つめる。あるいは立ち止まって、街灯の鉄柱や魚の彫刻のとがった唇をなでてみる。そんなときはよく、われながら驚いたことに、どこか喉の奥で古いヒンディー映画の歌のメロディーをそっと口ずさんでいるのだった。「みじめなあたしをおいて行かないで……《ベーカラール・カルケー・ハメー・ユーン・ナ・ジャーエーン》」。どうしてそのメロディーだったのだろう。映画を観たこともなかったし、レコードすらもっていなかったのだが、出てくるのはいつもそのメロディーで、ほかのではなかった。それははっきりした理由もなく突然現れ、いつも同じメロディーなのに、時にはひどくちがってきこえるのだった。たとえば、幸せそうな軽快なメロディーのときもあった。そんなときには、じめじめした寒い夜でも、ひんやりと身の引きしまるような夜でも、僕は気がつくと人気のないエンバンクメントを元気よく闊歩していた。車の大群が大声で歌う僕のそばを音をたてて通り過ぎていく。あるいは、僕は川を渡って反対側の歩道に行き、ポケットから鉛筆を取り出して体のわきで握りしめた。するとひと足ごとにその鉛筆が柵にあたり、メロディーにあわせてカンカンと音をたてるのだ。けれど、そのメロディーがぞっとするほど陰気にきこえるときもあった。そんなときの僕は、歩道に散らばっている影から知らず知らず逃げ回っていた。エンバンクメントに並ぶ高いビルの暗い塊も、なぜかこちらを威嚇しているように見える。僕は街灯の下の明るみにしがみついて、テムズ川の黒く滑らかな川面から目をそむけた。そしてマフラーにあごをうずめ、頭を下げて急ぎ足で歩くのだ。わきを通り過ぎていくコート姿の人々を見ようともせずに。そんな夜は、このメロディーがどこかに消えて、ひとりにしてほしいと心から祈った。時とすると、メロディーをついに克服したぞ、メロディーが消えた、とも思えた。ところがベンチにどさりと腰を下ろし、確かめようと耳をすませると、必ず喉の奥でそのメロディーがそっと鳴り続けているのがきこえるのだ。

そんな晩には遅かれ早かれ、気がつくとランベス橋に立っていた。橋の向こうに見える宮殿の風化がすすんだ赤煉瓦の城郭に目をやると、僕は純粋にびっくりして、頭の中でつぶやく。おや、ランベス橋まで来ていたのか。ここまで来たんだから、ついでにストックウェルまで行ってイラに会ってこようか。

それから僕は橋を半ば渡って、柵にもたれ、行くのをやめる理由を考えた。遠すぎるとか、着く前に雨がもっとひどくなるだろうとか、今週はもう二回も行ったじゃないかとか、イラはどのみち家にいないかもしれないとか……。僕はまるでふたりの旧友同士の会話を盗み聞きしているような気持ちで、この明らかに自分に不正直な議論を続けた。その間ずっと、僕の中のだまされにくい部分、自分がどうしてランベス橋にいるのかを十分にわかっている部分は、沈黙していた。僕は自分にその声をきかせまいとした。

でもいったん行こうと決めると——とりわけ、うまい具合に三日以上ストックウェルから遠ざかっていられたあとなどは——心の大きな重しがとれて、僕は急いで橋を渡った。そしてどんどん歩く速度を上げながら、最後はほとんど走りながら、ストックウェルにあるイラの家に向かうのだった。

歩いているとき、あのメロディーの響きをかき消すために、僕はよく頭の中で数遊びをした。ここまでに何マイルを歩き、どれだけ時間がかかったのか計算しようとしたのだ。六・五マイル、と僕は計算を始める。つまり、一万一四四〇ヤードか。フィートにするともっとすごくて、三万四三二〇フィート。メートルなら、一万と四六一メートルだ……。頭の中が数字でいっぱいになって疲れてくると、僕はなんともいえない幸福感に身をまかせ、速度を上げて駆りたてられるようにストックウェルへ向かうのだった。

あとになって、ときどきイギリスの日曜新聞に載っているダイヤモンドや宝石の広告を見ながら、あるいは映画スターのロマンスについてのお話を読みながら、不思議に感じたものだ。人はなぜこの愛とよばれる状態にあるとき、これほどまでに数を数えたり量をはかったりしたがるのだろう。

愛自体は、少なくともこれらの読み物によれば、数だの量だのの観念とは正反対のものなのに。この人間はどういうわけでジャーナリストに向かって、愛する女性のために車や島を買うのに費やした金額を、一ポンドとか一ドルの単位まで正確に話すのだろう。こうした広告はなんだって、ガールフレンドや恋人に宝石を贈りましょうとすすめるときに、こうも念入りに値段をほのめかすのだろう。どうしてこの娘は、愛する男を取り戻すために、九回も自殺を試みたのだろう。どうして僕は、イラに会いにいくときに歩いた距離を数えようとしたのだろう。僕が思いついたただひとつの答えはこうだ。愛という感情は、人間として生きる上で欠かすことのできない別の観念、公平という観念と、まったく相いれないものなのだ。愛のあまりの理不尽さを前にして、僕たちの心はその真の姿にぞっとして縮こまる。そして、これを正反対のものと結びつけることでなんとかその理不尽さを抑えこもうとするのだ。あたかも自分自身にこういいきかせているかのようだ——彼は彼女のためにこれだけの値打ちのダイヤモンドを買ったのだから、きっと……とか、彼女は彼のためにこれだけ有望なキャリアをあきらめたのだから、必ずや……とか。そうやってあらゆる一般的なたとえを使えば、それらをうんと高くまで積み上げれば、ついには愛に近づくことができるのではないか、と期待するのだ。だが愛とたとえとの関係は、マットという言葉とその実物との関係と同じものでしかない。つまり両者はまったく無関係なのだ。だから、ダイヤモンド、自殺、マイル、苦しみといったたとえを限界ぎりぎりまで積み上げたところで、愛の痕跡ひとつ得られずに終わるかもしれないし、その逆かもしれないのだ。

おそらくあのマイルやヤードは僕自身の必死のたとえであり、公平な自分の取り分を主張しようとするあがきだったのだ。なぜなら、僕はすでに自分のもつすべてを、はかりの上に投げ出してしまったからだ。それらは決して中味がないというものではなかった。だって、僕も人間なのだし、それなりの価値も重みもないわけでなく、醜くもないし、空っぽでもなく、そのうえ教養もあった。そのほかにも、忍耐やユーモアのセンスといった資質だってもっていた。公平に見て、人間として何が欠けているというのだろう。僕はそのすべてを、もっているすべてをはかりの上に投げ出したというのに、はかりは微動だにしなかったのだ。

だからこそ僕はあれほどの距離を歩き、マイル数の力がイラにすべてを伝えてくれることを願ったのだ――彼女の友情まで失うのが怖くて、とても口に出していうことはできなかったから。そしてなんとかして、加算されたヤード数の重みによって、あの不可解なはかりが僕のほうに傾いてくれることを願ったのだ。だがイラはたまたま家にいると、ドアを開けてこういうのだ。あら、うれしい、入って。でも夕飯は期待していないわよね。すると僕は明るく微笑んでこう話す。八マイルも歩いたんだ、ちょうど二時間十分かかったよ。すると彼女は驚いて眉をつり上げながらいうのだった。どうして？　それって何かの健康法？

イラと同じ家に住んでいる人たちは、家にいる晩はいつも台所で過ごした。鬚を生やしたアイルランド人のコンピューター技師。レスターの出身で、ノース・ロンドン専門学校《ポリテクニク》を二年生のときにやめてしまって、第四インターナショナルで働きはじめた女の子。反ナチズム連盟で活躍している気むずかしいガーナ人の若者。彼らは台所にあるモミ材のテーブルを囲んで、お茶や、お金のあるときにはビールを飲みながら、夜を過ごす。会話はたいていはひどく実務的だった。ポスターを描くにはどの種類のペンがいいか、今度のピケのときのランチやお茶をどう手配しようか、何時間もかけて話しあっていた。カルカッタやデリーでは、似た考えの者同士が議論すると、激しい口論や怒鳴り声が飛びかうものだが、ここではそういったことはまったくなかった。彼らの交わす議論といえばいつも、方法や戦術の細かな点についてだ。しかもその議論はたいていの場合、進むうちに発言がどんどん遠回しになり、これまでの政治的決断についての長い個人史ばかりが語られるのだ。あまりにおとなしい調子なので、最初のうちは、それが議論であると気づかなかったくらいだ。だが実際は、そこには恐るべき性質がひそんでいた。真剣さは静かであるときこそよけい凄みを増すのだ。

彼らの議論の背景について、イラがどうやら僕と同じぐらい無知で無関心らしいこともしばしばだった。まもなくわかったのだが、彼らの集団的政治生活の中でイラの役割はあまり大きくなかった。イラの意見をきくよりもずっと前に決定ずみ、という場合も多かった。イラは明らかにみなから好かれていたけれど、お客さん、あるいはほとんどお飾りと見なされているようだった。イラのコスモポリタンふうの兆候さえ、彼らはとがめなかった。彼ら自身やほかの同志が相手のときには、いつもあれほどすぐに批判をするというのに。ある意味では、イラは彼らの誇りだった。彼らはよく彼女の家族の財産や、インドの「実家」で働いている使用人の数などをたずねていた。そしてたいていは誇張だらけの彼女の答えを、熱心にきくのだった。イラは彼らの間で、「われらが同志、アジアの上流階級出身のマルクス主義者」と呼ばれていた。この点こそが彼らの気に入ったのだろう。鋭い歴史感覚を有していた彼らは、イラを自分たちとフェビアン主義者たちとのかけ橋として見ていたにちがいない。あるいは彼ら自身の生き方や考え方が、別の大陸に影響を及ぼすかもしれないと思うことによって、自国での無力感の埋めあわせをしていたのかもしれない。いずれにしても、ふつうなら愛想のよくない彼らが、イラの友だちに対しては寛大で、歓迎のそぶりさえ示していた。ふだんは部外者を軽蔑したり疑ぐったりするくせに、「イラのお友だち」については例外だった。たとえそのお友だちそのものにあまり関心がなくても、お友だちが台所のテーブルに座っていることは、少しもいやではないようだった。

イラの家を訪ねると、よく台所にニック・プライスがいた。彼はいつもとてもいい服を着ていた。服選びの成功の秘訣をたずねると、シャツはターンブル&アッサー、ジャケットはアルマーニなのだと教えてくれたが、そうした名前が僕にはぴんとこないのがわかると微笑んだ。ニックはこの台所と不釣合いに見えそうなものだったけれど、実際には僕よりもさまになっていた。彼の性格には、実務的で日曜大工向きの側面があって、それがこの家の雰囲気とうまく調和していたのだ。たとえば彼はポスターの塗料や印刷インクに純粋に興味を抱いていた。彼らの会話から、ニックがよく一日中この家で過ごしているのがわかった。確かに彼には時間があった。まだ仕事についておらず、仕事を見つけてすらいなかったのだ。ニックは彼らのためにときどき使い走りをしてやったし、彼らのしていることをなんでも手伝っていた。パンフレットの校正、ポスター描きなど。そのうえデモにもついていき、一緒にピケを張ったりした。僕の見るところ、ニックは彼らの間でちょっとした名士になっていた。いつもスーツにネクタイ姿だったから、人に好印象を与え、問題が起こって警察に対応するときはしばしば代理に立たされていた。しかもイラの家では、僕が考えるような意味での政治はまったく話題にのぼらなかったから、ニックが彼らの意見に異を唱える理由はひとつもなかった。

ある晩、僕がチャリング・クロスからストックウェルまでの道のりを延々と歩いてたどり着いたとき、ニックの隣りに座っていたイラは、僕をじろじろと見回した。そして、僕の汚れたブルーのアノラックと色あせたコーデュロイのジーンズのにおいをかいで、鼻に皺をよせ、こういった。あなた、まともな服を買わなきゃね。

僕の奨学金は必要経費は十分にまかなえるけれど、新しい服を買うほどの余裕はない。イラにそれをわからせようとしたが、彼女は僕の反論を無視した。あなたの買い物にちょうどいい場所を思いついたわ。

どこ？

きっと知らないわよ、と彼女はいった。安いお店がいっぱいあるところよ。インド人やバングラデシュ人経営のね。

どこにあるの？

ブリック・レーンっていうの。

僕の表情に気づいて、イラは話を止めた。

どうしたのよ？　彼女は眉をつり上げた。きいたこと、あるの？

僕はあわてて首を横に振ると、いつ行けるのかとたずねた。僕たちは二日後のお昼に、おなじみのパブ、ケンブルズ・ヘッドで会うことにした。

僕は待ちあわせ時間に遅れた。店の奥のほうの隅にいるイラの姿がすぐに目に入った。隣りにはニックが座っている。彼はツイードのジャケットに絹のネクタイをしていて、イラはセーターにジーンズ姿だ。イラに何か話しかけられているのに、ニックは小さく四角に折り畳んだフィナンシャル・タイムズを読んでいた。彼がほんのわずかに顔をそむけると、イラはまた背もたれによりかかり、天井を仰いだ。彼らは木の長いすの両端にかなり離れて座っていた。知らない同士といってもおかしくなかったし、むしろそう思うほうが自然だろう。しかし彼らの周囲にいる人々の位置を見れば、赤の他人でもこのふたりが一緒に来たのが推測できるのだと一目でわかった。僕はカウンターに立って、一分間どころか何時間でもふたりを見ていたかった。ふたりの親密さがどんなふうに表れているのか、知りたかったのだ。だがそのとき、カウンターの向こう側から注文をたずねられた。そして、なまぬるい黄褐色のビールが真鍮の口からしたたり落ちてグラスをいっぱいにする前に、イラが僕を見つけてしまったのだった。

テーブルに近づくと、イラがいった。どこにいたのよ？　一方のニックは、きれいな金髪の頭を振って目の上から髪の毛を払いのけると、にっこりしながら手をさし出した。言い訳しようとする僕を、イラがさえぎった。

ニックも一緒に来ることになったのよ。イラの声にはかすかにわびるような調子が混じっていた。どうしてだか、わかる？

彼女は一瞬まじめに僕を見つめ、それから表情をくずして笑い出した。ニックはね、ビジネスの世界に入ろうと思ってるの。輸出入業よ。インド製の既製服を輸入しようっていうの。

彼女は自分の横に僕のための場所をあけた。それから十五分間、ニックはこと細かに計画について説明し続けた。ほとんどきいていなかったが、イラと家族がインド側で投資して、ニックがロンドンで卸売りをしようという話らしいと見当がついた。

イラは僕が退屈しているのに気づいたのだろう。しばらくしてニックをさえぎって僕に話しかけた。本当に興奮しているのね。ブリック・レーンに行くからなの？

僕はうなずいた。イラは不思議そうに僕を観察した。どうして？ ブリック・レーンのどこがそんなにおもしろいわけ？

着いたら話すよ、と僕はいった。さあ、行こう。

待っていた最初の衝撃は、それがおよそ「小道《レーン》」と呼べるものではないことだった。僕は、長くて狭い、曲がりくねった道を想像していた。それはオックスフォードの路地にちょっと似ていて、つる草に覆われた灰色の石の壁が両側に続いている。だがそこにはもちろん車やネオンの明かりもあれば、ブティックも何軒かあるのだろう。小さな赤煉瓦の家々が路地に詰め込まれ、ひしめきあっているが、一応どの家にもハンカチみたいな小さな庭があって、窓辺には花が飾られている。そんな光景を僕は想像していたのだ。

だから、僕は目の前の場所がそのブリック・レーンだととうていわからなかった。それまで行ったことのあるどの場所ともちがうのだ。僕は恍惚としながらイラとニックの前を歩いた。路地に並ぶ店々のベンガル語で書かれたネオンサイン。ベンガル語の最新の映画雑誌が並んだショーウィンドウ。ロンドンの古い煉瓦壁に貼りつけてあるポスター。玉虫色の左翼が出した人種主義反対のいかめしい灰色のポスターが、最新のヒンディー語映画の派手な宣伝ポスターの下敷きになっている。僕の横を足早に通り過ぎる人たちは、何種類ものベンガル語方言でまくしたてていた。笑ったりしゃべったりしながら、寒い冬の朝にゴリハトに集まる買い物客のように、折った指をアノラックの袖に引っ込めている。僕は立ち止まってお菓子屋から漂うロショゴッラの香りをかぎ、イラとニックに早く早くと手で合図した。物欲しげに店の中をのぞき込む僕を見て、イラは笑った。ゴール・パークの角のお菓子屋にそっくりでしょ。まったくその通りで、薄い板のカウンターやプラスチックのテーブルまでそっくり同じだった。だがこの店は十八世紀に建ったさびれたロンドンの建物の並びにあって、角にはパーン屋もないしナトゥ・チョウベイもいない。そのかわり、ニックが指さしたところには、ホークスモア設計によるスピタルフィールズ・キリスト教会の大きな尖塔が突き出ていた。

ほらね、とイラが笑いながら僕にいった。あなたには何もかもが新鮮でしょ。わたしがいつもいってるじゃない、あなたはロンドンのことを何も知らないんだって。

ニックは、ロンドン金曜モスクという看板のかかった大きなチャペルのような建物を指さした。あそこにモスクがあるだろう？ もとはシナゴーグだったんだ。戦前はもちろん、戦後も、ここがユダヤ人地区だったときはね。

そのころ、君の叔父さんがここに住んでいたんだよ！ と僕はいった。君の叔父さんのアランがね。

叔父が？　ニックはびっくりしていった。ここに住んでいたのかい？

そうだよ、と僕はいった。どこに住んでいたのか、教えるよ。

道沿いの壁の隅に表示されている通り名を見上げながら、僕は早足で彼らの前を歩いた。大きなビール醸造所からは、土曜日の晩のパブのように、新鮮なビールの香りがわずかに路地に流れ出ていた。僕たちはブリック・レーンの向こう端の高架線の下をくぐった。そこは静かで、それまで通ってきたところのような騒音やざわめきが少しもない。歩道に沿った店はほとんどが板を打ちつけられたり、廃屋になっていた。割れた窓ガラスから崩れかけた建物の中をのぞくと、ばらばらになったベニヤの仕切りや、割れたボトルや、ぼろの段ボール箱などが散らばっていた。まだそこに残っている店の大半は、インド製の革製品を売っていた。黒革ジャケットやスエードのハンドバッグ、ベルトなど、デリーのジャンパト通りで観光客が売りつけられる類のものだ。

ついに僕は探していた通りの表示を見つけた。

あそこだ、といいながら、僕は通りの角の家を誇らしげに指さした。あれが、君の叔父さんのアランが、戦争が始まったときに住んでいた家だよ。

崩れかけた石の建物と、一階のタージ旅行代理店の看板をしげしげと見つめながら、ニックはとても信じられないというように表情を険しくした。

ねえ、と彼はいった。君は勘違いしているよ。そんなわけないよ。叔父は貧乏じゃなかったからね。祖父はかなりの額のお金を残したんだ。どこでも好きなところに住めたはずだよ。

た。僕が悪意で彼の家族に汚名を着せたとでもいうように、ニックは顔をしかめた。僕は肩をすくめた。たぶんアランはそこに住まなければならなかったのではなく、住みたかったのだ。たぶん彼は自分のお金を、車や家にではなく、得体の知れないちっぽけな雑誌のために使いたかったのだ。だがそんなことを説明しても無意味に思えた。僕でさえ、そういった人々の存在について信じがたい思いがあったから。

その家の二階には大きな窓がふたつだけあった。ひとつは厚い木板でふさがれていたが、もうひとつは開いていて、ビロードのような合成繊維でできた明るい色のカーテンが端をのぞかせていた。あれがダンの寝室の窓にちがいない、と僕は思った。窓ガラスが黒く塗った新聞で覆われていた様子が容易に想像できた。ダンはこの窓を、一九四〇年九月のあの晩に開けたのだ。このとき彼は、ほかの人たちと並んで階段の下に敷いたマットレスの上で眠ろうと努力をするのに、もううんざりしていた。不眠症気味で、自分のベッド以外のところではいつもなかなか寝つけなかったのだ。もちろん階段の下のほうがずっと安全だったが、その晩の彼には睡眠が必要だった。その週はほとんど寝ていなかったし、翌日にはいつものように新聞社の仕事に戻らなければならなかった。

だが二階の状況もたいしてよくはなかった。そこでは爆撃機の音がずっと大きくきこえ、爆弾がどこか近くに落ちるたびに、鉄製ベッドのゆるんだねじが不気味な音をたてた。そのねじのことを仲間たちにも話し、ある朝みなでその古ベッドを解体したのだが、どのねじが原因かはわからずじまいだった。だから問題のねじは相変わらずどこかでがちゃがちゃと音をたてている。彼はベッドから這い出し、たばこに火をつけると、ほんの少しだけ窓を開けた。火のついたたばこの先端は、背中でしっかりと隠しておいた。暑く静まり返った夜に、外の新鮮な空気は救いだった。

階下では全員が眠っている。くたびれる一日が終わったところだった。彼らはサヴォイホテルの外でデモをして、ホテルの地下倉庫をイーストエンド地区の住民の空襲避難所にすることを要求したのだ。達成感で心も軽く、誇らしい気持ちでいっぱいになりながら、彼らはブリック・レーンに帰ってきた。しかしそのあと、夕食のときにダンがラジオをつけると、国民の祈りの日の放送がきこえてきたのだ。彼らは一瞬無言になって耳をすませたが、フランチェスカが泣き出したのでダンはラジオを消した。その晩、彼らのうちの三人は、階段下に敷いたマットレスの上で、ぐっすりと眠っていた。そのとき空襲が始まったのだ。

空中を突き抜けるような甲高い金属音がして、ダンはたじろいだ。だがあたりはまた急に静まり、彼はほっとしてたばこを一服した。もしこれがもう少しあとの大空襲の時期であったならば、その静けさからこそ、ダンはすぐ近くが爆撃されることを予知しただろう。そのころまでには、この都市の人々は空襲について集団的知恵を蓄えるようになっていたからだ。そうしたら、ダンは床に平らに身を伏せただろうし、そうしていれば、たとえ爆弾が彼のいる窓の真下の歩道に落ちて、十フィートの深さの穴をあけたうえに、家の前面を大部分――今、タージ旅行代理店のショーウィンドウがあるところだ――を破壊しても、なんとか生きのびられたかもしれない。けれども空襲が始まったのはほんの数日前のことで、時期があまりに早かった。ダンは窓の真横に立ったままだった。そこへ爆風で割れた窓ガラスが、細かく鋭い破片となって、部屋中に針のカーテンのように吹き込んだのだ。特別救助隊の人たちがダンを運び出したとき、その体の全面には、メスの刃先のように鋭いガラスの破片が細かくくっきりと埋め込まれていた。爆風が体中にたたきつけたのだ。

家の中で最初に崩れたのは階段だった。爆風が家の土台を揺らしたとき、木が折れ曲がるような長いぎいという音がした。その一瞬をぬって、アランはマイクを階段から押し出し、フランチェスカの上に自分の身を投げ出した。そのとき梁が落ちて彼の背骨を砕き、彼は即死したのだった。

救助隊に掘り出されるまで、フランチェスカは彼の体の下にはさまったまま、ショックのあまり硬直していた。しかし怪我はなかった。それから一か月ののち、彼女はワイト島に設けられた敵国人収容所へ送られた。それ以降の消息について、プライス夫人は何もきいていない。マイクは生きのびたが、すでに海軍に登録していて、一か月後に召集された。一九四三年、プライス夫人はタイムズの戦死者名簿の中に彼の名前を見つけた。あとからわかったことだが、マイクが乗っていた掃海艇はローストフト港からさほど遠くないところでUボートの攻撃を受けたのだった。

空襲の二日後、アランの所持品を引き取るためにマヤデビとプライス夫人がブリック・レーンにやって来たとき、一緒にいたトリディブは台所の壁に貼ってあった四人の写真を見つけた。公園で撮ったもので、四人とも笑っている。ダンが少し離れたところに立ち、マイクがアランとフランチェスカに腕を回していた。

悲しいお話ね、とイラがいった。その家の中はすばらしく幸せだったのに。

どうしてわかる？　と僕はたずねた。彼女が確信をもっていうので驚いたのだ。

だって、わたしたちもそういうふうに暮らしているもの、と彼女はいった。ストックウェルでね。

はじめは、イラが冗談をいっているのだろうと思った。しかし彼女を見たとき、言葉通りそう思っているのがわかった。イラは、自分の経験のほうがあとから起こったというだけで、過去の瞬間は自分の経験のどこかにあてはまるものと信じていた。それに、空港ロビーのように、同じように見えるものは、時代や場所がちがっても同じだと思っていた。僕はこの安直にして傲慢な発想に唖然とした。

ああいう時代に、「すばらしく幸せ」な人間が本当にいたと思っているのかい、と僕はイラに厳しい口調でいった。彼らはしょっちゅうけんかしていたかもしれないだろう？　独ソ不可侵条約のことなんかでさ。

イラはびくともせず、落ち着きはらっていた。もちろんけんかはしたわよ、と彼女は笑った。けんかはそういう生活の楽しみの一部だもの。あなたは、まじめすぎるからわからないのよ。どのみち、あなたはそんなふうに生きたことがないものね。わかりっこないわよ。

僕がどうやって生きてきたかなんて、きみに何がわかるっていうんだい？　と僕はいった。

そうね、と彼女は静かに返した。たとえばね、あなたはこれまでずっと、デリーやカルカッタの中流階級ばかりの住む郊外で安全に暮らしてきたでしょ。わたしたちみたいに生きることの幸せがどういうものか、わかりっこないわ。自分が歴史の一部だって知るだけでぞくぞくするものよ。ストックウェルのちっぽけな家ではたいしたことはできないかもしれないけど、それでもわかるのよ。将来、政治に関心をもつ世界中の人たちが、わたしたちのほうを見るだろうって。ナイジェリアでも、インドでも、マレーシアでも、どこででも。アラン・トレソーセンや仲間たちだって、同じだったんだわ。少なくとも彼らは、自分たちが当時の一番大事なできごとの一部なんだってことはわかっていたの。戦争とか、ファシズムとか、今、歴史の本に載っているようなあらゆるできごとのね。だから彼らの無意味な死にも、一種のヒロイズムがあるんだわ。だからこそ彼らは記憶され、あなたはわたしたちをここに連れてきたのよ。そんな事件に立ちあえる興奮、あなたにはわからない。だってあなたのいるところじゃ、本当に大事なことなんて何も起こらないんだから。

本当に大事なことが何もない？　僕は信じられない気持ちできき返した。

まあ、もちろん飢饉とか暴動とか災害なんかはあるわよ、と彼女はいった。でも結局ね、そういうのは地方の話よ。革命や反ファシズム闘争とはちがうわ。世界に向かって政治の先例を見せるわけでもないし、本当に記憶されるようなことでもないもの。

このとき、僕にはイラが途方もなく遠い存在に感じられた。彼女は、自分の経験こそ重要で意味があるという揺るぎない確信を抱いていた。そして、僕のようなつまらない人生、声にならないできごとしか起こらない、後れた世界で沈黙したまま終わる人生に対して、ひそかに同情していたのだ。

僕は彼女に向かって怒鳴った。そっちこそ笑わせるよ。きみも、きみの友だちの、救いがたい左翼くずれの連中もね。きみは勇気についても政治についても、全然わかっていないんだ。本当は僕のほうが、アラン・トレソーセンのような人たちのことをよっぽど理解できるんだよ。だって僕には、政治が真剣勝負だった時代が想像できるからね。

真剣勝負？　イラは声をとがらせた。あらあら、あなた、本当にものを知らないのね。三〇年代の左翼がベルリンのバーで何をしていたのか、だれでも知ってるわよ。きっと四六時中、ベッドのことで争っていたんでしょうよ。独ソ不可侵条約のことじゃなくてね。でもあなたには思いもつかないわよね。

僕はあきらめた。イギリスのことを何も知らないんだから。彼女のいうことはもちろん正しかった。僕の知っているイギリスは、頭の中につくられたものでしかなかったのだ。だが僕は、自分と同年代の、六〇年代や七〇年代のカルカッタの「大恐怖」を生きのびた人たちを知っていた。そして、彼らの勇気を、少なくとも実際の目撃者として知っているという自負があった。それは、いい服を着て爪にマニキュアをほどこしたイラには、けっしてわからないことなのだ。

だが、これもまた真実ではなかった。イラと一緒にいたときにこんなことがあった。イラは美容院で髪の毛をカールしてきれいに整えると、友だちと小さな隊伍を組んで、ブリクストンに向かってまっすぐに行進していった。そしてそこで、自転車のチェーンで武装し軍隊用のブーツをはいた人種主義者たちに立ち向かったのだった。

僕にはそんなことをする勇気はとてもなかった。

ニックは僕たちの不毛な議論にうんざりしていた。

さあさあ、と彼はいった。あの家を見にいこうじゃないか。

彼は僕たちの先に立って道を渡り、タージ旅行代理店のつるつるしたガラスドアを押した。ドアの向こうはだだっ広く湿っぽい部屋だった。その広さから、壁を壊してふたつの部屋をつなげたのが一目でわかった。フォーマイカの長いテーブルが部屋の片側に置いてあって、その向こうに女の子たちが並んで腰かけている。細身のズボン《チューリーダール》姿の子もいれば、スカート姿もいる。ニックがドアを押したとたん、小さなベルのチリンチリンという音が響いた。中に入った僕たちがある女の子のデスクの前でいすを指さすと、彼女は顔をしかめた。僕たちが腰かける前に、部屋のもう一方の側から、茶色のスーツを着た中年の男がベンガル語で叫んだ。ジーナト、その人たちはこっちへ。わたしが相手をするから。

彼は自分のデスクまで歩いてくる僕たちをじろじろと見回した。そして僕たちが座ると、かすれるようなロンドン訛りの英語で無表情にたずねた。何かご用でも？

イラは本能的に、インドの上流婦人の口調で答えた。ちょっと教えていただきたいんですけれど。

デスクの向こうの男は、これをきいても態度を変えなかった。彼はイラをながめ回してたずねた。ご旅行は何人で？　われわれは団体しか扱いませんのでね。

カルカッタに行くんです、と僕はベンガル語で話しかけ、機嫌をとろうとしてできる限りの笑顔をつくった。ちょっと教えていただけないかと……。

ここでは取引はすべて英語です。彼は厳しい口調でいった。それに、何人でのご旅行かを教えていただかないと、何もお話しできません。

あまり愛想よくないね、とニックがいった。そうじゃない？

愛想よくするのが仕事ではありませんから、と彼はいった。

教えてほしいんですけど、と僕は静かにいった。ここにかつて階段があったでしょうか？

何だって？ 彼は怒鳴った。

ここに昔、爆弾で吹き飛ばされた階段があったかどうか、知りたかっただけなんですが。

出ていけ、と彼はいった。こっちの時間をずいぶんと無駄にしてくれたもんだ。

おいおい、ちょっと待ってよ、とニックがいいかけた。

さっさという通りにしないなら、と彼はいった。放り出してやる。

このお店、気に入らないわ。イラがすましていった。どのみち出ていくところよ。

僕たちはいっせいに立ち上がり、背中に彼の視線を感じながら、ドアに向かって歩いた。二階に低賃金労働者を使っている工場でもあるのさ。ニックが出ていきざま、わざと大声でささやいた。

きこえたぞ、という怒鳴り声がしたが、次の言葉がきこえる前に僕たちは外に出た。道を横切ってから僕は振り返り、最後にもう一度その家をながめた。そしてトリディブが見たときのように、家の横壁に大きな穴がえぐり取られた光景を想像しようとした。

ニックも立ち止まってタージ旅行代理店を振り返った。でも、ああいう連中はたいしたもんだよ。ほとんど無一文でやって来るのに、知らないうちにちょっとしたビジネスで大成功するのさ。少しばかり資産が入ったら、先物市場に手をつけてみようと思うんだ。僕の友だちはそれで大もうけしてね。問題はいつ何を買うかを知るってことだけなんだ。

このときはじめて、僕はいらだちをあらわにした。

まず仕事を見つけることを考えるべきじゃないのかい？ 先物市場でもうける前に。

ニックは僕の質問をまじめに受け取った。少なくとも、まじめに受け取るふりをした。

問題はね、と彼はいった。ここでの仕事はたいした金にならないんだ。本当に馬鹿げてるよ。公認会計士は一万五千ポンドかなんかから始めないといけないからね。アメリカやクウェートじゃ、その二、三倍だ。

それなら、どうしてクウェートの仕事をやめたんだい？　と僕はたずねた。

あきあきしたんだ。彼は鼻に皺をよせながら答えた。ちゃんとしたプロの組織じゃなかったんだよ。時代遅れの経営でね。自分で何か始めようかと思ったんだけど、難しいのはさ、アラブ人のビジネスパートナーがいないとだめなんだ。しかも連中、いつも邪魔をするのさ。

それじゃ、何かい、君はある晴れた朝、不意に仕事を放り出してここに帰ってきたってわけ？と僕はたずねた。僕が不審げな声できいたからだろう、ニックは振り返って、長々と冷たい視線をこちらに投げかけた。

そうだよ、と彼はいった。その通りだ。

本当に？　と僕はいった。それならね、僕が君なら、先物市場の前に、まず仕事を見つけることを考えるけどね。

そのとき突然、イラがニックの腕をとった。すばやく彼女のほうを盗み見ると、彼女の唇は色を失い、ひどく怒っているようだった。

ニックとわたし、もう行かなきゃ、と彼女はいった。あなた、もう大人なんだから、自分の買い物ぐらいできるわよね。

彼女はくるりと僕に背を向け、ニックを連れて歩き出した。残された僕は呆然とその場に立ちつくした。百ヤードぐらい行ってから、イラはニックをそこに残したまま、僕のところへ走って戻ってきた。

わたしの友だちに失礼なことはしないでほしいわ、と彼女は僕を真正面から見ていった。今度、ストックウェルに来るときは事前に電話することね。いないかもしれないから。

次にイラに会ったのはその二週間後だった。

僕たちはクリスマスイブに、リミントン・ロード四十四番地で顔をあわせた。プライス夫人がイラと僕とを、ニックとメイと一緒のこじんまりとした家庭のディナーに招待してくれたのだ。

イラはかなり遅れてやって来た。ちょうどプライス夫人とメイが食事を出そうとしたときに、突然現れたのだ。笑顔を浮かべ、生き生きした様子で、膝まである革のブーツに短いスカートをはいている。イラはみなに順番に簡単なお詫びをいうと、ほっとしたことに、僕のところにもやって来て、にっこりと微笑んだ。

このところずっと、どこにいたのよ？　と彼女はささやいた。どうして会いにこなかったの？

それから彼女は振り返ってテーブルをほめた。テーブルは美しく飾られていた。銀とガラスの食器がろうそくの炎にきらきらと輝き、大きな果物皿が中央で柔らかな光を放っている。僕たちが席につき、メイがスープをよそい、ニックがワインを注いだときだった。興奮ではちきれそうなイラが、両手をたたきながら叫んだのだ。いいニュースがあるの、信じられないみたいな話よ。

彼女が紅潮した顔をニックに向けるのを見て、僕の心は冷えきった。

仕事が見つかったの、とイラは叫んだ。

すばらしいわ！　とメイがいった。どこの？

児童救済基金よ、とイラは答えた。たいしたお金にはならないけど、でもともかく仕事よ。

息が止まると思うほどほっとして、僕はいった。でもきみは子どもが嫌いだと思ってたけど。

あのね、あの小さな生き物をわたしが実際に見る必要はないのよ、とイラはいった。子どもたちを救わなければいけないっていうだけの話よ。それがつまり、帳簿に書き込んだりファイルを扱うだけのことなら、そんなに大変じゃないでしょ。

僕たちは笑い出した。ニックが乾杯の音頭をとり、僕たちは全員グラスを干した。それからプライス夫人が震える手でグラスをもち上げ、小さな皺がいっぱいの顔をくしゃくしゃにして笑みを浮かべながらいった。わたしみたいな年よりを勘定に入れなければ、今ここにいる人たちはだいたい同じ年ごろだから、わたしたち、チョンドロシェコル・ドット・チョウドリ裁判官とわたしの父のライオネル・トレソーセンに乾杯すべきだと思うわ。だって、あのふたりがいなければ、わたしたちが今ここに一緒にいることはなかったわけですからね。

僕たちはもう一度、今度は厳粛にグラスを上げた。ニックはふたたびグラスを干すと、それを指の間でくるくる回しながら、しどろもどろの口調でいった。トレソーセンのおじいちゃんはよかったさ。あんなふうに世界中を動き回れるのって、すばらしかっただろうな。ディケンズ風の壮大なお芝居みたいにさ。あんな時代はそれまでなかったし、これからも二度とないだろうね。

彼は僕のほうを向いて肩をすくめて悲しげな顔をした。

で、僕には何があったと思うかい？　と彼はいった。ただのくたばったクウェートだけさ。生まれるのが遅すぎるとこういうことになるのさ。

あのね。メイが僕たちの皿に手を伸ばしながら軽く口をはさんだ。トレソーセンのおじいさんなら、クウェートでね、あなたよりも、もうちょっとうまくやったかもしれないじゃない。

クウェートでね！　ニックは鼻を鳴らした。あそこがどんなところなのか知ってたら、そんなことはいわないだろうよ。もういつはじけてもおかしくない、泡なんだよ、あそこは。だから出てきちゃったのさ、まだ引き出せるものはあったけどね。

メイはテーブルの上にがちゃんと皿を置いて、彼をじっと見つめた。ずいぶん長い時間がたったように感じられた。それから彼女はニックのほうへ身を寄せていったのだ。ニック、クウェートのことで嘘をつくのはもうやめたほうがいいんじゃない？　ほかの人に説明するための嘘のときには、わたしもあわせてあげるつもりだったわ。でもあなた、自分からその話を信じるようになってるでしょ。それはいけないわ。絶対にだめ。あなたは立ち上がって真実を話せるはずよ。だってあなたはわたしと同じで、真実を話すように教えられて育ったんだから。ちゃんと相手の目を見ながら、わたしたちに話してくれたことを人に話すことができなければね。あなたを気に入らなかった上司が、横領の罪をでっち上げたんだってね。もし彼がでっち上げたのならば、の話だけど。

ニックは怒りで身を震わせながら立ち上がった。そしてテーブルの上にナプキンを投げつけると、メイを罵りはじめたのだ。

この嘘つきの雌ぎつね。おまえが結婚しなかったのも無理はないよ。毎日朝ご飯のときにさ、おまえの偽の誠実さとかじろじろした目つきとか、そんなものを我慢できるやつなんて、いるわけないだろ？

それから彼はプライス夫人のほうを向いて、自分の部屋に引っ込むからディナーはいらない、といった。だが夫人は、あごを首に埋めて熟睡していた。彼はほかには一言もいわずに部屋を出ていき、すぐにそれを追って、イラが駆け足で出ていった。

メイは周囲に気づかぬ様子で、ぼんやりろうそくの炎を見つめていた。ああ、まったく、と彼女はつぶやいた。なんてことをしちゃったのかしら？

十五分してニックとイラがテーブルに戻ってきた。僕たちはプライス夫人を起こし、メイが七面鳥をもってきて切り分けた。プライス夫人はしばらく、僕に向かってカルカッタの話をしていたけれど、彼女のほかにはだれも一言も口をきかなかった。七面鳥を食べ終えると、メイが儀式の中で催眠術にでもかけられた人のように、夢うつつでろうそくを吹き消した。それからクリスマス・プディングをもってきて火をつけたのだが、ブランデーの鮮明な青い炎が燃え上がったときに手をたたいたのは、僕だけだった。

それぞれが食べ終わって皿を片付けたあと、プライス夫人は僕たちをふたたび応接間に集め、全員のグラスにブランデーを注いだ。僕はできるだけ早くグラスをあけると、帰ろうと立ち上がった。

どうもありがとうございました。僕はプライス夫人に、不自然にきこえないように気をつけて礼をいった。すばらしい晩でした。本物のイギリス式のクリスマスを過ごせるなんて、最高でした。本当によかったです。でももう帰らなければならないんです。地下鉄の最終電車に乗りそこねてしまいますから。

プライス夫人はにっこりした。そして近視の人がよくするように目を細めて僕を見ながら、手をさし出した。楽しんでくださってよかったわ。またいらしてね。

僕がマフラーとコートをとっているとき、メイは窓のそばに行って庭をながめた。

今、帰るのは無理よ、と彼女はいった。外の様子、見た？　すごい吹雪よ。凍っちゃうわよ。

僕はマフラーとコートをつけたまま、彼女のわきに立った。雪が渦を巻いて窓に吹きつけられ、あまり遠くまで見えなかった。

泊まったほうがいいわ、とメイがいった。みんな泊まらなきゃならないと思うわ。嵐の中をイズリントンに帰るなんて無理だし。

彼女は懇願するように僕を見た。まるで僕が帰ってしまったら、自分はとても泊まれないのだとでもいっているみたいだった。

わかったよ、と僕はいった。泊まるよ。

でもあなた方全員、どこに寝てもらったらいいかしら？　とプライス夫人がいった。メイ、あなたのもとの部屋にはふたり分の寝場所はないでしょう。ニックの部屋にもないし。

そうだわ！　メイが明るい声を出した。イラたちふたりは地下の物置で寝るといいわ。古いキャンプ用ベッドで。あそこには古いヒーターもあるから、寒くはないでしょ。ニックとわたしが寝袋を貸してあげる。すごく快適なはずよ。

それでいいわ、とイラはいった。そしていわくありげに、張りつめた小さな笑みを僕に向けたのだ。期待で胸を躍らせながら、僕もうなずいた。

それならそうなさい、とプライス夫人がいった。わたしはもう八十なんだから、先に休ませてもらいますよ。

メイが急いで部屋を出ていくと、僕たちもそのあとについていった。彼女は階段の後ろに隠れたドアを勢いよく開けて、明かりをつけた。いくらか湿っぽいにおいがしたけれど、かびくさくはなく、思ったよりもずっときれいだ。物置の片隅にはペーパーバックの本の山があり、別の片隅にはスーツケースやトランクがうず高く積まれている。メイがスーツケースの陰に隠れているキャンプ用ベッドを指さしたので、ニックと僕とでそれを引きずり出した。ベッドを組み立てるコツをつかむのには少々時間がかかったが、いったんきちんと広げてみると、とても快適そうだった。ニックとイラが寝袋とタオルと寝間着を上からもってきたので、まもなく物置は暖かくて魅力的な場所に変身した。それからメイとニックはおやすみをいって出ていった。

彼らが行ってしまうと、イラは振り返って僕を見た。

ねえ、わたしたち、と彼女はにっこりしながらいった。古テーブルの下のおままごとに戻ってきたわけね。

僕はうなずいて片方のベッドの端に腰を下ろした。膝が震え、手の平は汗でじっとりしている。イラは僕に背中を向けた。そしてジャケットとセーターを脱ぎながら、メイのことや、メイがその晩を台無しにしたことなどを、低い声で話し続けた。

彼女が身につけているのは薄いブラウスだけになった。彼女の胸の輪郭が透けて見える。乳首の上にあるほくろの影まで。

ここは実は暑いのね、といいながら、彼女はブラウスのボタンをはずした。寝間着なんていりそうにないわ。

彼女は振り向いてタオルに手を伸ばした。そのとき彼女の視線が、キャンプ用ベッドの端にうずくまっている僕の上に落ちた。

あら、見てたのね、と彼女はびっくりして笑った。それじゃあ、もう一度あなたに背中を向けなきゃね。

彼女は後ろを向き、上半身を揺らしながらブラウスを脱いだ。彼女のにおいがする。石鹸と新鮮な汗のにおいだ。腰の上の柔らかな肌は、ベルトのほうに向かってゆるやかな線を描いている。彼女はタオルを体に巻きつけて、足で蹴るようにしてスカートを脱いだ。その足には、斜めの木目のようにうぶ毛が走っていた。

その瞬間、わきからももまでをタオルに包んで、片足立ちで、柔らかな黒い絹のような肌を光らせているイラは、僕が友人たちと一緒に通った女性たちとはまったく別の人種に見えた。それは、これ以上あり得ないほど完璧な人間の姿だった。

僕はもはやじっと座っていられなかった。彼女の背中に忍び寄り、そのむき出しの肩に手をかけた。

手をどかしてよ。イラはくすくすと笑い出した。冷たいわ。

くるりとこちらを向いた彼女は、僕の顔に何を見たのだろうか、その唇から笑いが消えた。

あら、どうしたっていうの？ と彼女は叫んだ。どうしてそんなふうにわたしを見るのよ？

彼女は後ずさりして僕を見つめた。それから僕の腕に飛び込み、僕を抱きしめた。

かわいそうに、と彼女はいった。

彼女の声には憐れみの気持ちがあふれていた。

かわいそうに、かわいそうな子。

彼女は手を伸ばし、僕の顔の上に走らせた。僕はそのときはじめて、自分の頬の上を涙が流れているのを感じた。

知らなかったのよ。彼女はいった。わたし、弟がいなかったから、あなたはいつもわたしの弟だったの。ごめんなさい。知っていたら、こんなことはしなかったわ。本当よ、信じてね。

かまわないよ、と僕はいった。

彼女は僕の横に座り、僕の首や背中に指を走らせた。ごめんなさい、と彼女はいった。本当に、心から謝るわ。

謝ることは何もないよ、と僕はいった。だれのせいでもないよ。僕がいけないんだ。

そのとき、どこか上のほうでドアの閉まる音がした。イラはさっと立ち上がった。

ちょっと行ってこなきゃ。ほっとしたような明るい声でイラがいった。ニックとしゃべってくるわ。彼、とても怒ってるから。

彼女がかがんで僕のあごにキスをしたとき、彼女の体温が僕の体に伝わってきた。

先に寝ていて、と彼女はいった。二、三分で戻ってくるわ。

すぐに、彼女が階段をつま先立ちでそっと上がっていく音がきこえた。

僕は仰向けになって天井を見上げた。それから何時間も、十八年前にゴール・パークで車から出てきたときのイラを、くり返し思い浮かべていた。あの朝、彼女は僕に、僕たちが互いを必要とする度合いがちがうことを、はじめて、そして永遠に見せつけた。あの瞬間、僕は大人の世界へとね じ込まれたのだ。そしてこの晩も、地下の物置に戻ってこなかったイラは、ふたたび僕の人生をさらっていってしまったのだった。僕の人間としての生の一部が終わりをつげ、自分がもはや過去の記録にすぎないことを、僕はそのとき感じていた。

帰郷 *Coming Home*

一九六二年、僕がちょうど十歳になった年、祖母は六十で学校を退職した。一九三六年以来ずっと祖母は女子高で教鞭をとってきた。はじめて学校に赴任したときには、生徒はたったの五十人、校内にはブリキ屋根の小屋が二棟あるだけだった。モンスーンの時期にはしばしばくるぶしまで水につかって教えなければならなかったそうだ。祖母がいうには、あるときなど、幾何の授業中に生徒がコンパスで魚を突きさせるような有様だったのだ。だがその後の二十年間に学校は成功を収め、大きくなっていった。そしてデショップリヨ・パークのそばに大きな建物を手に入れたのだった。

退職前の最後の六年間、祖母はこの学校の校長だった。

二十七年を過ごした学校に強い愛着があったとはいえ、祖母は退職の日を楽しみにしていた。職員室の陰謀とか教育委員会との対立なんか、もううんざりなんだよ——年も年だし、もう休んでもいいくらい働いたよ、とよく僕の両親にこぼしていた。それに、そのころには僕の父の仕事も順調だったから、祖母には心配しなければならないことなど何もなかったのだ。

学校に出るのはこれが最後という日に祖母のお別れの式が開かれて、両親と僕も招かれた。厳かに進んだ式は、心打たれるものだった。カルカッタ市役所をはじめ、会議派や共産党も代表を派遣してきた。たくさんのスピーチがあって、各クラスの生徒代表が花輪を贈った。そのあと、生徒会長をつとめる祖母の大のお気に入りの少女が、祖母のために生徒たちがお金を出しあって買ったというお別れのプレゼントを披露したのだ。それは大理石でできたタージ・マハルの大きな模型だった。中に電球が入っていてテーブルランプのように明かりがつく。祖母もスピーチをしたのだが、きちんと終えることができなかった。締めくくりに入る前に泣き出してしまい、スピーチを中断して涙を拭った。祖母が大きな緑色のハンカチで目がしらを押さえたとき、僕は目をそらした。すると驚いたことに、僕の周りに座っていた少女たちの多くも目元を拭っているのだ。僕は今でもあのときに感じた強い嫉妬を覚えている。祖母を愛するのは自分だけの特権と僕はいつも当たり前のように思っていたのだ。自分の権利が学校中から侵害されているのを目のあたりにして、どうすればいいかわからなかった。

式がすむと、僕たちは職員室で食事を振る舞われた。先生たちは祖母をびっくりさせる計画を立てていた。

校長時代、祖母はある決まりを作っていた。それというのは、家庭科を選択した生徒はだれでも、自分の出身地以外のインドのどこかの地方の名物料理を最低でもひとつは学ぶ、というものだった。この国の多様性と広大さを教えるのにぴったりの方法だと思ったのだ。家庭科の先生たちは、お別れのびっくりプレゼントに、僕たちが祖母の思いつきの成果を試食できるように用意してくれていた。

僕たちが職員室に案内されたあとで、少女たちがひとりずつ料理ののったお盆をもって入ってきた。祖母は大喜びだ。何が出てくるのかすぐにわかったからだ。この構想に熱を入れていた祖母は、生徒の一人ひとりの名物料理をそらで覚えていた。彼女たちが部屋に入ってくると祖母は手をたたいた。ほら、ロンジョナ（あるいは、マトンギニ）だよ。ロンジョナはケーララ料理を作るから、アヴィヤルがくるよ。あれはショノヨナで、今学期はタミル地方を担当しているんだ。あの子のウプマをまあ食べてごらんよ、自分もタミル人になりたくなるから。でもそのとき、祖母は興奮のあまり、へまをしでかしたのだ。ほらほら、グジャラートのすばらしいマトン・コールマーだよ、といってから、祖母は跳び上がってこう叫んだ。ああ、わたしの大好きなダヒー・ワラーだよ。まあ見てごらんよ、このパンジャーブ生まれのふっくらとしておいしそうなこと！

運悪く、ダヒー・ワラーを作った少女は並はずれて太っていた。泣き出してしまった彼女は、ダヒー・ワラーの皿をとり落とし、中味をサンスクリット語の先生の絹のサリーにぶちまけた。少女はそのまま部屋から駆け出していった。

そのあと僕たちは、しんとしながら食事をした。

だが失敗といえるのはそれだけだった。家に帰るとき、タクシーではタージ・マハルが入らないだろうというので、校長先生は僕たちにスクールバスを貸してくれた。バスが煙をはき出しながら校門を通り抜けるとき、学校中が一列に並んで手を振った。手を振り返す祖母の頬には、涙が流れ落ちていた。

祖母の引退生活第一日目のことはよく覚えている。祖母は午前中いっぱいをかけて、自分の部屋に長年のうちに積み上がった古いファイルや書類をすべて処分した。夕方、僕たちは祖母に部屋を見にくるようにいわれた。そこは一変していた。ファイルや書類は跡形もなく、タージ・マハルの白い柔らかな光が部屋中を包んでいる。その夜の祖母は幸せいっぱいだった。夕食のときには、唇を固く閉じた校長先生らしいおなじみの笑顔ではなくて、暖かでいたずらっぽい本物の笑顔を浮かべていた。そして、学校に勤めはじめた当初に起こったおもしろおかしい話を僕たちに話してきかせたのだった。

しかし幸せは長くは続かなかった。

それから数日たったある日の午後、僕が学校から家に帰ると、祖母も母もそれぞれの部屋に引っ込んでいた。僕はその晩、父に向かって泣きながら訴えている母の声を盗み聞いた。祖母は一日中、料理のことや、服のこと、家の管理について、母に小言をいい続けたのだ。以前なら祖母はそうしたことにはまったく無頓着だった。

やがて、祖母はほかのことについても心配するようになった。

ある日の午後、僕が友だちのモントゥと、ゴール・パークにあるスクールバスの停留所から家に向かって歩いていたときのことだ。モントゥが通りに突然ぴたりと立ち止まり、僕のアパートを指さしたのだ。見てよ、と彼は叫んだ。君んちのおばあちゃんの部屋に、ターバンをした男の人がいるよ。

その当時、モントゥは僕の一番の親友だった。彼の一家は僕たちの隣りの建物に住んでいたが、ふたつはとても近かったから、僕たちはそれぞれのバルコニーに出ておしゃべりすることができた。彼の名前は本当はモントゥではなくマンスールといった。出身はラクナウだが、カルカッタ育ちで、父親はバリガンジ・サイエンス・カレッジの教師だった。一家がパーク・サーカスからゴール・パークに引っ越してきたとき、だれかが彼の名前を短くしてモントゥにしたのだった。僕とモントゥは互いの家族のことをほとんど何もかも知りつくしていた。だから彼にはわかっていたのだ。祖母が男を、ましてターバンを巻いた見知らぬ男を部屋に入れるなどいうのは、およそ考えられないことなのだ。

嘘をつけ！　と僕はいった。でも上を見ると、彼のいった通りだ。祖母の部屋の窓の向こうに、間違いなくターバン頭が見える。

僕は通りを全速力で走って階段を駆け上がった。そして母がドアを開けるまで、指でドアのベルを押し続けた。

おばあちゃんの部屋にいるの、だれなの？　僕は息を切らし、小声でたずねた。母は唇に指をあて、警告するように僕の肩を軽くたたいたけれど、僕はそれを無視して祖母の部屋にそのまま駆け込んだ。

祖母は濡れたサリーで頭をくるみ、開いた窓の前のいすに座っている。

僕は絶句して一歩ずつ後ずさりすると、部屋から逃げ出して母を探した。

おばあちゃん、何してるの？　と僕は叫んだ。おばあちゃんの頭、どうかしたの？

母は僕を座らせると丁寧に説明しはじめた。おばあちゃんはね、アーユルヴェーダの治療コースを始めたの。お医者さんがいろんなハーブ油をくれてね。午前中ずっと頭を縛っておきなさいっていったのよ。

でも、なんで？　と僕はたずねた。頭がどうかしたの？

母はいかめしいしかめ面をして、僕を見てこういった。

おばあちゃんはね、自分がハゲになると思ってるのよ。

それから母は表情をくずし、笑い出した。そして笑い声が祖母にきこえないように、あわてて枕を顔にあてたのだった。

その晩、僕はバルコニーに出なかった。祖母がハゲを心配して頭を縛っているなんて、モントゥにどうやって説明できただろう。

幸運だったことに祖母の治療は長くは続かなかった。祖母の虚栄心は、頭を濡れたサリーでくるんで何時間もいすに座り続けるほどには強くなかった。そもそも、祖母の頭には銀髪がふさふさしていたのだ。

そのかわりに祖母はふたたび学校に行くようになった。午後、家を出て、二、三時間して戻ってくると、職員室できいてきた恐ろしい話を次から次へと話すのだ。たとえば、新しい校長は、こともあろうにバスケットコートをつくるために、祖母が植えたバラの花壇を掘り返そうとたくらんでいた。そのうえあのいじわる女ときたら、職員会議の席で、かわいそうな某先生を侮辱したのだ。

このような学校訪問が十何回かくり返されたところで、新しい校長が父の職場に電話をかけてきた。そして、祖母をなんとか学校から遠ざけておく方法をそちらが思いつかないのなら、門番に命令して、次から祖母を校内に立ち入れないようにしますよと警告したのだった。

父が祖母に何を話したのか知らないが、祖母はその後、創立記念日まで学校に足を向けなかった。事件のあとの数週間、祖母はずっと部屋にこもり、ひとりだけで時間を過ごした。あるとき祖母の部屋のドアを開けると、彼女は窓際に座って自分の手の平のくぼみをぼんやりと見つめていた。僕はあわててドアを閉めた。あの手の中に何があるのかがわかったのだ。それは時間だった。青黒くなった時間の大きな塊だ。そこからはくさい臭いが出ているようだった。

僕たちは祖母をしばらくそのままにしておいた。するとまもなく、祖母は以前より多くの時間を僕たちと過ごすようになった。晩になると、膝のうえに本や書きかけの手紙をおいたまま、僕たちのわきに座って、親戚のことや父の仕事のこと、僕の宿題の話などを、以前と同じように話すのだ。だが僕にさえはっきりとわかった。今の祖母は話そうと努めているだけで、もはやこうしたことへの関心を失っていた。

僕は祖母の変化に戸惑ったし、心配にもなって、どうにかしようと僕なりの努力を始めた。それまで僕は、学校の勉強のこととなるとすぐに独裁的になる祖母にいつも腹をたてていた。ところが、今度は自分のほうから宿題を手伝ってほしいと頼むようになったのだ。うまく説得できて、祖母が以前みたいに一緒に机に座ってくれたときには、ちょっとした策略をめぐらして祖母の注意がそれないように努めた。たとえば教科書にインクをこぼしてみるとか。時には僕のたくらみがあたって、祖母は夢うつつの状態から抜け出すと、ものさしの細い先端で僕の指の関節をとんとんとたたいた。しかしまもなく祖母の心はふたたびさまよいはじめるのだ。祖母が窓の外をじっとながめている間、僕は座ったまま練習帳にいたずら書きをした。だがこんな変化があっても、祖母の目には相変わらず輝きがあったし、その歩き方には昔のままのリズムとエネルギーが残っていた。

ある日、目を細めて祖母を見ていた母が僕にささやいた。おばあちゃんの頭の中で何かが動き出しているわ。表情からわかるのよ。気をつけないと。

一九六二年は僕たちにとってわくわくする年だった。祖母が退職して二、三か月して、父が会社の総支配人になったのだ。会社にはもっと年配で経験を積んだ幹部がたくさんいたから、予想外の任命だった。父が夢にも見ていなかった出世だ。しかし、以前ならば父の仕事上のどんなささやかな成功についてもすぐに親戚に報告していた祖母は、この予期せぬすばらしい昇進のことをほとんど気にとめていない様子だった。一度だけ、二、三電話をかけているのをきいたけれど、それだけだった。父が人事部の部長補佐からマーケティング部の部長へ昇進したときには、祖母は何時間もありとあらゆる知りあいに電話をかけていた。今回の電話はそれに比べてあまりにあっけなかった。

父が昇進してまもなく、僕たちは湖の真向かいにあるサザン・アベニューの新居に引っ越した。ゴール・パークの狭苦しいアパート住まいのあとでは、新しい家は途方もなく広く見えて、スペースが余ってしまうと思ったほどだ。上にも下にも部屋があって、ベランダがいくつかと、庭がついていた。屋根などはクリケットができそうなくらい大きいのだ。だが僕にとって一番うれしかったのは、新居がゴール・パークから歩いてたった数分のところにあって、相変わらずモントゥやほかの友だちの近くにいられることだった。

祖母を新居に案内する役目は僕が引き受けた。隠れた屋根裏部屋、思いがけないところにあるドアや通路……そういったものを指さしながら、僕は幾度も祖母を案内して回った。祖母は時には相づちもうったけれども、それがいつも同じ調子だったので、僕のために興味のあるふりをしているだけなのだとすぐにわかった。

新しい家に落ち着くにつれて、家の中のバランスに、微妙とはいえ後戻りできないほどの変化が起きたことが次第に明らかになった。以前のアパート時代は、所帯のやりくりについては祖母が名目上の支配権を手放すまいと注意を怠らなかった。だが今となっては、そんなことはもうどうでもよさそうだった。それからは、おなかがすいてダルムトがしまってある戸棚の鍵がほしいとか、湖のほとりでピーナッツを買うためのお金がいるとかいうとき、僕は母のところに行くようになった。

家中をすっぽり包み込み、まるで家族を支える胎盤のようだった祖母の存在は、ゆっくりと家のあちらこちらから退いていき、自分の部屋を囲む四方の壁の中に収斂していったのだ。

祖母の部屋は、家中で一番いい部屋だった。広々としていて、壁には鎧戸のついた大きな窓が並んでいる。部屋の大きな空間の中に、祖母が長年かけて集めた家具がいくつか、湖面に浮かぶ葉っぱのように漂っていた。僕は以前のように、ときどき祖母のもとに宿題をもっていった。部屋に入ると祖母はたいてい開いた窓のそばの肘掛けいすに座って、縮こまったはかなげな小さな姿で湖の向こうをながめていた。僕はいすを引っ張ってきてその隣りに座り、注意を引こうとしてわざとがりがりと音をたてながら練習帳に書き込むのだった。

ある晩のことだ。祖母がいつも以上にぼんやりしているのにいらだった僕は、練習帳を投げ出して叫んだ。おばあちゃん、なんでいつもそんなふうに窓の外を見てるの、この家が嫌いなの?

祖母は驚いてこちらを見ると、僕の肩を軽くたたいて、にっこりしながらいった。いい家だよ。おまえみたいな子どもにはいいところだね。

だがそれから祖母は額に皺をよせ、唇を噛んでこういったのだ。でもね、マヤやわたしが育った家とはひどくちがうんだよ。

どんなふうに？　と僕はたずねた。

これをきっかけに、以後、同じような晩のたびに、祖母はダッカにある自分の育った家のことを僕に話すようになった。

それはとても奇妙な家だった。ボース家が世代ごとに階層をつぎたし、建て増していったので、家はハチの巣のように徐々に進化していった。そして最後には、いびつな巨大ピラミッドのようになったのだ。家にはボース一族のいくつもの家族が住んでいたから、その中の一番の物知りでさえ、詳しい親戚関係がよくわからなくなってしまう有様だった。

祖母たちが住んでいた部分はずいぶん大きかったけれど、祖母が思い出せる最も古い記憶によれば、ひどく混みあっていた。そのころは大合同家族だったから、全員が生活も食事も一緒にした。家族の構成は、祖父母、両親、祖母自身とマヤデビ、伯父と伯父の家族——同い年ぐらいのいとこが三人いた——と、独身の二人の叔母だ。祖父のことは、彼女がたった六歳のときに死んでしまったというのに、しっかりと記憶に残っている。やせ型でいかめしい顔をした人で、額にはいつも皺が刻まれていた。祖父の前ではだれもが、父や伯父でさえも、顔を伏せ視線をじっと床の上に落としたまま小声で話した。だが祖父が弁護士の仕事で県の裁判所へ出かけてしまうと、家の中では五人のいとこ同士がやかましく遊びはじめるのだった。毎晩この五人の子どもたちは、それぞれの母親によって祖父の書斎まで連れていかれた。そこでは一人ひとりが手の平を下にして両手を前に突き出したまま、まずベンガル語、続いて英語のアルファベットを暗唱しなければならない。子どもたちが間違えるたびに、祖父は傘の柄で指の関節をこつんとたたいた。泣き出そうものならば、今度は向こう脛をぶたれた。

祖父は恐ろしかったけれども、家族をどうにかひとつにまとめておくことができる人だった。だが祖父の死後、長男として祖父の位置を引き継ごうとがんばった伯父のほうは、そうはいかなかった。この伯父は奇妙な人物だった。ある面ではひどく愛すべき人間だったが、別の面では死んだ父親以上に恐ろしかった。第一に父親よりやせていて、正直なところまるで死人みたいだったのだ。明るい突き刺すような目が、面長のやつれた顔の深いくぼみで光っている。食事について奇妙な「観念」をもっていて、たとえば、立ったまま食べたがった。そのほうが消化にいいと信じているからだ。牛より立派な消化機能をもっている動物はいないじゃないか、とよくいっていたものだ。牛を見てみろ。立ったまま食べているじゃないか。彼は間違いなく奇人で、子どもたちはおよそ彼の言葉をまじめに受け取ることができなかった。たとえば彼は、父親の死後も子どもたちが、毎晩自分の前で同じようにアルファベットを暗唱するようにと主張した。そして暗唱の間、父親とそっくり同じように、傘の柄を子どもたちの手の上に構えて座っていた。しかしこの伯父は、どこをとっても父親と同じぐらいいかめしく見えるのに、どういうわけか、耳を傾けているときに、まるで疲れた馬車馬のように唇の隙間から息を吹き出すおかしな癖をもっていた。これを見ると、僕の祖母やマヤデビは、しばしば暗唱の途中で笑い出してしまった。彼は激怒して、祖母やマヤデビの指の関節にくり返し激しく傘の柄を振り下ろす。するとふたりは思いきり大きな悲鳴を上げたから、伯父のほうはすっかり癇癪を起こし、今度はふたりの向こう脛を蹴るのだ。子どもたちはふだんはこの茶番劇を大いに楽しんでいた。伯父のおしおきは実のところ、本当に痛いというほど強くはなかったし、真剣になって怒っている顔はとてもおかしかったのだ。だがもちろん祖母とマヤデビの母親はかんかんだった。伯父に悪意はなく、ただ癇癪を抑えることができないというだけのことだったのだが、母親にはそれがわからなかった。よく伯父は、癇癪を起こしたあとでおわびがわりに子どもたちにこっそりハルワーやションデシュを買ってくれた。だがそれを知らなかった祖母とマヤデビ姉妹の母親は、義父の死から一か月がたつかたたないかのうちに、義兄やその妻、家族と、口もきかない仲になってしまった。

反目がさらにつのるのに時間はかからなかった。両家の母親は互いに相手のことを、自分の子ばかりえこひいきして、とか、共同の食品貯蔵庫から一番いいところを盗み取っているんだわ、などと疑った。そしてそれぞれの部屋で、こっそり夫を叱りとばすのだった。男のくせに自分の子の利益も守れないなんて、と。まもなく兄弟ふたりもけんかを始めた。どちらも弁護士だったから、けんかは法的観念にのっとった格別にたちの悪いものになったが、実際の中味はほとんど空っぽだった。彼らのとった手段は、法的手続き用の紙で手紙を送りつけあうことだった。長女だった僕の祖母は、いつもこうした手紙の運び役をさせられ、このお使いをひどく怖がるようになった。なぜなら、伯父が手紙を何度も読み直し、額の静脈を怒りで震わせるのを見ても、そのいすのそばでじっと待っていなければならなかったからだ。

子どもたちにとっては悲惨な日々だった。彼らは隅のほうで縮こまり、母親たちが鍵のかかったドアの向こうで小声で言い争ったり、寝室で横になって泣いているのに耳をすませるのだった。今ではいとこ同士で遊ぶには、一緒にいるのを両親に見つからないように隠れてしなければならなかった。

まもなく事態はさらに深刻化し、家は木の壁でふたつに分割されることになった。ほかに選択肢は残されていなかった。だが壁をつくることはおよそ簡単ではなかった。というのも、ふたりの兄弟は、弁護士らしい厳密さでそれぞれの権利を主張したからだ。つまり、細かい部分にいたるまでぴったり二等分にしなければならない、というのだ。やがて壁ができてみると、それは二つの玄関口の真ん中を突き抜けていて、もはやだれも玄関を使うことができなくなった。さらに壁はトイレの真ん中を通り、古い便器を二等分した。兄弟は父親の古い表札まで二等分した。細い白線を引いて真ん中で切断し、半分ずつになった表札のそれぞれに自分の名を刻み込んだのだ。当然、文字はとても小さくなり、だれにも読めないくらいだった。

彼らは訴訟好きで悪名高い一族の血筋だったのだ。

反目が頂点に達したときにはだれもが家の分割を望んだのに、実際に分割され、それぞれの家族がそれぞれの持ち分に移ってみると、家の中にはあれほど待ち望んだ平和ではなく、奇妙で不気味な沈黙がたちこめていた。そのあとは、二度と昔の状態に戻らなかった。それまでの生活はすっかり姿を消してしまったのだ。祖母のほうがマヤデビよりつらい思いをした。そんなふうでなかった時代のことを覚えていたからだ。向こう側に住むいとこたちをながめたり、彼らのことを考えたりしたけれど、二つの家族の間には強い憎しみがみなぎっていたから、実際にいとこたちに声をかけることなどとてもできなかった。

祖母はあとになっても、「われわれは兄弟同然ですよ」などとだれかがいうのをきくと、いつもいくらか神経質になるのだった。

どういう意味かね？ 友だちだってことかい？ と祖母はせくようにたずねるのだ。あまりに若い身空で兄弟愛がなんたるかを知らされてしまった祖母は、僕の父に兄弟を与えるような危険は冒さなかった。

だが奇妙なことに、祖母にとって母と伯母にあたるこのふたりの女性は、争いの間に積もりに積もった怒りのためにおそらく数年は寿命を縮めたにちがいないのに、娘の結婚のことになると、無言のうちにも強力な協力者になったのだ。たとえば伯母は、マヤデビとシャヘブの結婚のさいに重要な役割を演じた。あのドット・チョウドリ裁判官が息子（当時、まさに適齢期の十八歳の若者）を連れてダッカにやって来るということを最初にききつけたのは、実はこの伯母だった。自分のところの娘はすでにかたづいていた伯母は、マヤデビ（その美貌はすでに街で評判だった）の噂が裁判官の耳に確実に届くように仕組んだ。そこまでいけば、あとは簡単だった。ふたりのホロスコープもその他の条件も何もかもぴったりだった。すばやく結婚の取り決めがされ、六か月後にマヤデビは結婚した。マヤデビが家を離れるとき、母親は、カルカッタから伯母さんにサリー六着を忘れずに送るようにときつくいいきかせたのだった。

そんなことがあっても、ダッカの家では相も変わらず二つの家族は壁をはさんだまま、一度として一言だって言葉を交わそうとしなかった。

祖母のほうはマヤデビの四年前に結婚していた。夫は鉄道技師でビルマにいた。結婚生活の最初の十二年間、祖母はモールメインとかマンダレーといったおとぎ話に出てきそうな名前のついた町の鉄道敷設地を転々とした。だがあとで彼女が覚えていたのは、病院、鉄道の駅、ベンガル人協会ぐらいだった。あの魅惑のパゴダの地に、祖母の記憶に残るほど現実的なものは、ほかに何もなかったのだ。

僕の父は一九二五年にマンダレーで生まれた。祖母は毎年二、三か月は息子を連れてダッカに戻り、自分の両親のところで過ごすようにした。そのころまでには、いとこたち（全部で三人、男の子が二人、女の子が一人いた）はすでにインド亜大陸のあちらこちらに散らばっていたから、伯父たちの一家が住んでいた部分は以前に比べてがらがらになっていた。マヤデビが結婚してカルカッタで暮らすようになると、四人の老人、つまり祖母の伯父と伯母、父と母だけが家に残された。もう争うべきことなどほとんど何もなかったのに、時を経てもあの昔の敵意は消えないのだった。祖母は四人が過去のいきさつを忘れてくれるようにできるだけのことはしたが、何十年分もの憎しみはすっかり習慣化され、だれひとりとしてそこを抜け出して和解へ向かおうとしなかった。今や壁は彼らのお気に入りだった。彼らの一部になっていたのだ。

父が六歳ぐらいになったとき、祖母の両親が数か月のうちにたて続けに死んだ。それ以来、祖母は二回しかダッカに戻っていない。そのとき、自分とマヤデビが相続した部分がそのまま残されていることを確かめた。一度目の訪問のときも二度目のときも、壁の向こう側を訪ねて伯父や伯母と話してこようと思ったのだが、家にはあまりに痛ましい思い出があふれていたから、ダッカで一日を過ごすのが精いっぱいで、逃げるようにマンダレーに帰ってしまったのだった。

ところがその後、一九三五年に、僕の祖父はアラカン山脈のどこかで暗渠の工事を監督している最中に風邪をひいて、マンダレーに連れ戻される前に肺炎で死んでしまったのだ。

夫が死んだときには祖母は三十二歳だった。蓄えもなかったし、生まれてから一度として働いたことがなかったが、祖母はむしろそれだからこそ、息子を学校にも大学にも通わせるのだと固く決心した。幸いなことに、祖母はダッカ大学で歴史の学位を取ったのを証明する巻物をいまだにもっていた。そのおかげで、彼女に同情した鉄道の役人が、カルカッタの学校の教職を斡旋してくれたのだった。祖母は結局この学校で二十七年間働くことになる。

カルカッタに移ったあとの数年間は、ダッカに戻る時間などなかった。そうこうしているうちに、一九四七年のインドとパキスタンの分離独立の結果、ダッカは東パキスタンの主都になった。それ以降は里帰りなど論外だった。伯父や伯母の消息をきくことも二度となかった。

それからの長い年月、カルカッタのボバニプルに借りた一部屋に暮らしながら、祖母はよくダッカのことを思い返していた。昔の家、両親、伯父、幼いころのこと……。人生の最もいい部分はすでに過ぎてしまったと感じている人のように、あれこれと過去に思いをめぐらしたのだった。

でもね、と祖母は湖の向こうをながめながら、半ば微笑んでいった。あのころずっと、ダッカのことで本当に後悔していたのは、唯一あのことだけだったんだよ。

あのことって？　と僕はたずねた。

祖母は微笑んだ。さかさまの家を一度も見なかったってことさ。

なんの話？

祖母は笑って、それから話しはじめた。

家が真っ二つに分けられたときにはマヤはまだすごく小さかったから、向こう側のことをちっとも覚えていなかったんだよ。だからあとになって、マヤを怖がらせようと、よくあっち側の家のお話をこしらえてやったのさ。あの子が寝ようとしなかったりしたときにね。こういったのさ。あっちじゃね、何もかもがさかさまなんだよ。ごはんはお菓子で始まってダールで終わる。本は後ろから前にめくっていって最初のページでおしまいになる。寝るのはベッドの下で、食べるのはシーツの上。料理にほうきを使って、掃除は大さじでするんだよ。書くときは傘、散歩のときには鉛筆……。そうしたらマヤはこんな話をひどくおもしろがってね、毎晩新しいのを作ってやらないと寝つかなくなったんだよ。たとえばある晩の話はこうだ。その日は、お茶がカップに入って出てきたんで、伯父さんは癇癪を起こしたんだよ。唇をつぼめ、隙間から息を吹き出して叫んだのさ。なんで茶をこんなものに入れてきたんだ、茶はバケツから飲むものだってことも知らないのか？　次の晩にはまた新しい話を作らなきゃならなくて、こんな話をしてやったよ。その日の伯父さんは、男の子のひとりが水浴びをうっかり台所でしなかったもんだから、彼を怒鳴りつけたんだって。馬鹿げたお話さ。それでね、話し終わると、おっかない顔をしてマヤにいうのさ。たった今、ただちに寝なかったら、中庭の塀の向こうに投げて落としちゃうからね。そうしたらあんたもさかさまになっちゃうんだよってね。たいていはこのおどしが効いて、マヤは目を閉じてすぐ寝たもんだ。でもね、おかしいのは、マヤが大きくなるにつれて、わたしのほうまで自分たちでこしらえたお話を信じるようになったってことだよ。ずっと大きくなって、学校に行ったりなんだりしてるころ、マヤとふたりで、よくあの人たちの住んでいるほうに面した庭に座ってね。伯父さんの家のドアを見ながら、その向こうで何が起こっているのか想像しようとしたもんだ。午後になったから、きっと朝ご飯を食べているわね、とかなんとか、くだらないことをマヤがいってね。ふたりして相手の首にしがみつきながら、おなかを抱えて笑ってさ。でも時には、親に怒られたり、気分が晴れなかったりすると、そこの場所に座ってあっちの家を見つめたもんだよ。そんなときにはあっちのほうがいいように思えて、自分たちも逃げ込めたらって思ったね。

でももう、と僕の髪の毛をいじりながら祖母は寂しそうに続けた。みんな昔のことさ。あの人たちはみんな死んでしまったし、わたしには作り話をするところも逃げ込むところも、今となってはないわけだ。

まもなくカルカッタの短い冬が始まった。冬の湖はすばらしい。僕が夕方クリケットにいくときには、祖母もついてくるようになった。幸い祖母には分別があったから、いったん門を通ると、僕をおいてひとりでどこかへ歩いていった。ときどき、クリケットの試合中にファイン・レッグやディープ・スクウェア・レッグの守備位置についていると、湖のはるか向こうにいる祖母の姿が白いペンキを小さく塗りつけたみたいに見えた。元気よく歩き、たまに立ち止まっては、夕方の散歩中の年配の人たちと言葉を交している。父と母は祖母が散歩に出るのを喜んでいた。祖母が定期的に外出して同年代の人たちと会うようになったおかげで、前よりも扱いやすくなった、とふたりが話しているのをわきできいたことがある。やがて祖母は僕のクリケットの試合が終わったあとも、長い時間公園に残っているようになった。家に帰ろうとして祖母を探すと、たいてい湖ぞいの大きな木の下でベンチに座って新しい友だちとおしゃべりしていた。

夕食のとき、父は上機嫌に微笑んで、公園でどんな話をしていたのかを祖母にたずねたものだ。最近の中国との戦争について何かおっしゃっていたんですか？

おやおや、わたしたちはそんな近ごろのことになんか興味がないんだよ、と祖母は答えた。わたしたちが話すのは昔のことだね。

実は公園を訪れる年配の人々の多くは、やはり東ベンガルの出身で、インドとパキスタンの分離独立の最中かその直前に国境を越えてこちらにやって来た人たちだった。ほとんどは祖母と同じように、カルカッタの市内で僕たちが住んでいたあたり、つまり当時まだ未開発だった土地に住居をかまえた。だから祖母が湖に散歩に行って、ダッカでの顔見知りや名前はきいたことがあるという人たちによく出くわしたのは、まったくの偶然ではなかったのだ。

そんなある晩、職場で長い会議がいくつも続いてくたびれ果てた父が帰宅した。父がこれほど疲れているのは珍しかったから、そうした事態になると、いつもわくわくするような緊張感が家の中に漂った。あとで振り返って思ったものだが、両親が日常の中で一番待ち望んでいたのはこういう瞬間だったのだ。慣習から少しもはずれることなく暮らしていた父は、そうした自分の人生に対するささやかな褒美を、くたびれ果て、ちやほやと世話を焼かれるときに、ほかのどんなときよりも豊かに思いきり味わった。母のほうとしても、自分が一家をきりもりするわざをなんなく身につけていることを、こうした機会に最大限に見せびらかすことができた——たとえば母は、家のリズムを乱さずに、その音量やハーモニーを絶妙のタイミングでささやき声に変えることができるのだ。ちょうど偉大な指揮者が、曲の大きな盛り上がり部分に完璧な沈黙の瞬間をつくり出すように。

そんな晩には、母は父が車から降りたとたんに、そのやつれた顔に表れているサインを読み取った。すると母は、すぐさま二階の夫婦の部屋に父を連れていき、もう一度一階に下りてくると、すばやく家中あちこちをつま先立ちで動き回る。使用人たちは台所のトランジスターラジオを消すようにいわれ、道路側の部屋の窓は急いでそっと閉められる。僕はおもちゃのピストルで遊ばないように注意された。そうやって家中が静まり返ると、母は二階に戻って、きれいな新しい長袖シャツ《クルター》とパジャマ一式とを広げ、やさしく父を風呂場まで連れていく。父が水浴びをしている間に母は急いで台所に入り、彼の好みにあわせて甘くてミルクたっぷりの熱いお茶を入れた。そしてそれを庭を見下ろす二階のベランダに運んで、父の安楽いすのわきのテーブルに置くのだ。水浴びをおえてさっぱりした父がお茶を飲んでいるとき、母はそばに座って、心安らぐ静かな穏やかな声で、その日、家で起こったできごとを何から何まで話すのだった。

そんな晩のことだった。祖母が突然、僕たちのところにやって来て、こう叫んだのだ。今日、公園でだれに会ったか、きいてもきっと信じないだろうよ！

母はこの突然の侵入を喜ばなかった。なんの話にせよ、夕食のときまで待つようにと伝えようとしたけれども、祖母を止めることはできなかった。

ミナディに会ったんだよ、と祖母は息を切らしていった。知らないだろうけど、ミナディの家族はダッカでわが家からちょっと行ったところに住んでいたんだ。いつも世の中のできごとをなんでも知っていてね。学生のころからそうだった。とにかく、あれこれ積もる話をしたんだよ。ずいぶん長いこと会わなかったからね。そうしたら、急にこっちの手をたたいていったんだ。あんたのいとこ、あの伯父さんの息子のひとりが、ここカルカッタに家族と一緒に住んでるのは知ってるかい？　確か、ゴリアのあたりだったかね、ってね。もちろん、ミナディはわたしが知らないってわかってたんだよ。あの人はだれのことでもすべてご存知だからね。でもとにかく、わたしはこう答えたよ。いや、連絡が絶えているから、どこにいるのかまるで知らないよ、どうやって見つけたんだい、って。ミナディの話じゃ、ずっと前、一年かそこら前に、ミナディのところの召使があの名前を口にしたんだそうだ。当然ミナディのことだから、三つ四つ質問して、すぐにわたしのいとこだって、伯父さんのところの息子だってわかったんだよ。でもミナディが新聞みたいによそ様のことをなんでもかんでも知っているってのは、こっちにとっちゃ幸いだね。だって次は、いとこがどこに住んでいるのかを調べてくれるらしいよ。そうしたら訪ねていけるからね。

息が切れて、祖母は話を止め、熱のこもったきらきらした目で僕たちを見た。

祖母が何をいいたいのかわからなかった父は、やさしくいった。こんなに長い時間がたつと、お互いに会ってもわからないかもしれませんね。

祖母は顔をしかめた。そんなことはどうでもいいんだよ。祖母ははねつけるようにいった。お互いがわかるかどうかなんてのはどうでもいいんだ。わたしたちは同じ血と肉、骨でできているんだから。こうしてようやく、こんなに時間がたってから、きっとあの苦々しいことや憎みあった何もかもの埋めあわせができるんだよ。

　それから彼女は久しぶりに、あのだれも反論できないような独特の口調で父にいった。日曜日には車を用意するのを忘れないようにしておくれ。いとこの家まで案内させるために召使をよこしてくれるって、ミナディが約束したんだから。

　母は小さな驚きの声を上げた。そして口を開いて何かいいかけたが、父が首を横に振ったので言葉を引っ込めた。

　母は祖母がしようとしていることに反対なのではなかった。逆に、もし祖母の立場だったら、同じことをむしろもっと早くしていたことだろう。母にとって親戚や家族というのはこの世界に形と意味を与える中心的要素で、道徳秩序の基盤だった。だが祖母のほうは家族愛があるふりすらしたことがなかったのだ。祖母はつねに学校教師らしく、より大きく抽象的な存在に自らの道徳の基盤を築いていた。そして数人の例外を除けば、親戚の人たち全体をひどく警戒していたのだ。彼女にとって親戚は猜疑心や義務だらけの監獄の壁だった。親戚のことを話すときは、たいていの場合、僕たちに何かを思い出させるためだった。こんな具合だ――だれそれおじさんが今じゃ会うたびににっこり笑いかけてくるのは大変結構なことさ。だがね、こっちが苦労していた時代には、さっと背を向けたというのも忘れちゃならないよ……。その一方、祖母は当時の自分の振る舞いについては忘れることにしていた。実のところ、自尊心の強い祖母は、あのころ自分のほうからほとんどの親戚とのつきあいを絶っていたのだ。そして妹のマヤデビも含めて、親戚からのあらゆる援助を拒んでいた。祖母は手ごわい女性で、頼んでもいない援助を彼女に押しつけることは難しかった。そのうえ祖母には自分から助けを求めるようなおおらかさはこれっぽっちもなかった。自尊心のために高い代価を払わなければならなかった祖母は、頭の中に一連の侮辱と冷遇の記憶をつくり上げていった。祖母によると、親戚一統はぐるっと壁のように彼女を取り巻いて、彼女のことをおもしろがって見物することで、さらなる侮辱を与えたというのだ。

そんなわけだから、祖母から突如として噴き出したこの家族愛に、母がびっくりしたのも無理はなかった。自分の両親が世界中のだれよりも憎んでいた人物の子どもたちのことを話しているというのに、そのときの祖母の声には宣教師のような暖かさがあった。親戚のほかの者の話をするときには、たとえ愛するマヤデビのことでも、こんな調子になったことは一度もなかった。

おばあちゃんの頭にいったい何が取りついちゃったのかしら、と母はあとから心配そうにいった。でも絶対にいとこには関係ないと思うわ。何か別のことが、おばあちゃんの中でがたがた騒いでいるのよ。

日曜日、予定通りに車が到着し、すぐあとで僕たちを祖母のいとこの家に案内してくれるはずの女性もやって来た。ずんぐりした中年女性で、大きい丸い顔に目が突き出て見えた。

名前はなんていうんだね。祖母はどうでもよさそうに彼女をながめ回しながらきいた。

ムリンモイ、と答えながら、その女性はパーンの塊を口の中で片方の頰からもう片方へと移した。

へえ、「ムリンモイ」ねえ？　祖母はあごを前に突き出し、その口まねをした。召使の名前が身分不相応でもったいぶっていると思うと、いつも恐ろしく辛辣になるのだ。

父があわてて割って入って、僕たちが探している相手がだれなのか、間違いなくわかっているかとムリンモイにたずねた。彼女を見据えながら、父は祖母のいとこの名前を大声でいった。

ムリンモイはパーンをゆっくりと噛みながらうなずいた。ええ、と彼女は強いノアカリ訛りで答えた。ええ、その人ですよ。よくニドゥ・バブーって呼ばれてましたけどね。うちの弟の住んでいた近所の、ショナルプル駅の切符売りだったんです。でも退職してから、ゴリアに移りましたよ。

彼女はそこで口を閉じ、長いこと考え込むように父をながめていた。そしてこういったのだ。もちろん、あの人が去年、胸の病で死んだのは知ってますよね？

祖母は息をのみ、呆然といすに座り込んだ。だが明らかに、悲しんでいるというよりはがっかりしていた。しばらくの間、黙ったまま両手を目にあてていたが、立ち上がってこういった。かまわないよ。とにかく行くよ。奥さんが、家族のほかの人たちのことを教えてくれるかもしれないからね。

いや、お母さん、いいですか、と父がいいかけると、祖母はその言葉をさえぎった。さあ、行くよ。そうだよ、決めたんだから、といいながら、祖母は僕たちを外へ連れ出した。

そこで父はしぶしぶ車を出し、僕たちは全員でそれに乗り込んだ。

サザン・アベニューを曲がると、ゴール・パークのところで、いつものようにダクリアにある鉄道の踏み切りが閉まっていた。踏み切りがふたたび開くまでの三十分の間、僕たちは真昼の暑さの中で苦しんだ。それから車はスピードを上げてジョドプル・クラブの近くに広がる原っぱを通り過ぎ、ジャドウプル大学のキャンパス沿いの並木道を進んだ。だがその直後、道幅が次第に狭まり、混雑しはじめたのだ。のろのろと進むうちに、道の両側に掘っ立て小屋の列が現れてきた。ちっぽけで今にも崩れそうだ。そのいくつかは低い支柱の上に建てられ、竹編みの壁に、波形鉄板をなんとか継ぎあわせた屋根がのっている。掘っ立て小屋の向こうにコンクリートの家がごつごつとした姿で並んでいたが、ほとんどは未完成だ。

祖母は窓の外をながめながら、驚いて叫び声を上げた。十年前に最後にここに来たときには、道路わきに田んぼが広がってたんだよ。カルカッタの金持ちが庭付きの別荘を建てるような場所だったんだ。それが今じゃあ、まあ見てごらん。バブイ草でできた巣みたいに汚くなって。みんな難民のせいだよ。あんなふうに押し寄せてきたんだから。

私たちみたいにね、と父が挑発するようにいった。

うちは難民なんかじゃないよ、と祖母は、思った通りはねつけた。インドとパキスタンが分離するよりずっと前にやって来たんだから。

突然、ムリンモイが車の窓から頭を突き出し、二階建てのコンクリートの建物を指さした。あれですよ、と彼女はいった。あそこに住んでいるんです。

父は徐々にスピードを落とし、車を狭い道から砂利の上へと注意深く進めて止めた。それから降りようとドアを開けたが、両わきの掘っ立て小屋やあばら家をいぶかしげにながめ、それから自分は車に残るといった。こういう場所ではよく車がばらばらにされて車台だけにされてしまうことがあるときいていたからだ。

父は僕のほうを振り向いた。ここに一緒に残っていなさい。おまえをあそこには行かせたくない。

父の声は厳しい命令口調だった。父は僕を連れてきた自分に腹をたてていたのだ。でも絶対に行くと決心していた僕は、父の目を盗みこっそり車を抜け出した。

ムリンモイは僕たちの先に立って中に入り、暗い階段をふた続きのぼっていった。途中、子どもたちの集団に道をあけてやるために、僕たちは何度か立ち止まらなければならなかった。彼らは群れをなして僕たちのわきを通り過ぎ、追いかけっこをしながら、階段を上へ下へと走り回っている。子どもたちの叫び声や笑い声が階段の吹き抜けにこだましている。階段は埃で滑りやすく、むき出しのセメントの壁はすすと煙とで黒ずんでいた。電線が色鮮やかな飾り紐のように張りめぐらされ、結合部分の絶縁テープが磨り切れたところから銅線がのぞいていた。建物は細長いマッチ箱のようで大きくはなかったが、ベランダ廊下に並んでいる兵舎のような仕切りから察するに、明らかに数十家族は住んでいるようだ。

ムリンモイは二階の、あるドアまで僕たちを連れてくると、だれかいますか？　と叫んだ。中から足音がきこえて、次の瞬間にドアがさっと開いた。

母と祖母は、出てきた女性の姿を見てびっくりした。相当の年の、おそらく背も曲がり、干しぶどうみたいな皺だらけの顔をした人が現れると思っていたのだ。しかし僕たちの前に立っている女性はせいぜい中年といったところで、ぶ厚いめがねをかけて、あごはがっちりして、髪の毛は真っ黒だった——あまりの黒さに、あとで祖母は、きっと化学染料を使っているんだね、といっていた。

彼女は驚いたようにこっちを見つめ、ムリンモイに気づいてから、また僕たちのほうを向いて戸惑ったように眉をつり上げた。

奥さんに会いたがっていたんですよ、とムリンモイが落ち着いた声でいうと、祖母がすばやく割り込んで、僕たちが親戚同士であることを説明した。

その女性はすぐに、僕たちがだれで、死んだ夫とどんなつながりにあるかを理解した。僕が母にせかされて、かがんで彼女の足に触れるあいさつをすると、にっこりしながら僕の頭をなでた。だがすぐに自分のくしゃくしゃのサリーに目をやって、親指と人差し指をあわせながらいった。ちょっと待っててくださいね。

ドアが閉まり、彼女は中に消えた。五分後にふたたびドアが開いたときには、厚くおしろいを塗り、真っ白なナイロンのサリーを着ていた。

彼女は僕たちを部屋に招き入れると、狭いことやいすのないことを大声で詫び、もうすぐ息子と一緒にもっと広くていいアパートに引っ越すのだと説明した。こんなときにいらしたなんて残念ですわ。ちょうど引っ越しの荷造りの最中なものですから……。

部屋はずいぶん暗くて、昼間なのにネオン灯が光っていた。ロビンドロナト・タゴールの大きな額入りの絵が一方の壁に掛かっている。その下には部屋の隅から隅へ張りわたされたロープに、乾きかけのサリーや、汚れたペチコート、洗っていないズボンや下着が、くしゃくしゃのカーテンのようにつり下がっていた。母と祖母は、部屋の奥の壁にくっつけるように置かれたベッドの端に恐る恐る腰を下ろした。親戚の女性はその横に座って、ムリンモイに床に座るように合図した。

座る場所がなかったので、僕はそこを抜け出し、ベランダになっている長い廊下に出た。そして、廊下の低い手すりに、つま先立ちしながらよりかかって下を見た。道路は見えなかったが、それは廊下が別の方角に面していたからだ。僕たちがいるこの建物の裏側には家がなく、地面は建物の端のところから急角度に傾斜している。その先は平地になっていて、よどんだ水溜りがパッチワーク模様をつくり、低く盛り上がった地面が島のように点々と見えた。島々にしがみつくように小さなあばら家の固まりがあって、うち延ばされたブリキ屋根が真昼の日の光を受けて鈍く光っている。水溜りには厚い泥が詰まり、真っ黒で、いたるところに広がる水生ヒヤシンスまで打ち負かされてしまいそうだ。水溜りのふちに女の人たちがうずくまっている。積み重なった泥を両手で飛び散らして取り除きながら、下のほうのよりきれいな水をすくい上げて、赤ん坊の体を擦ったり衣類や料理の道具を洗ったりしていた。さらに奥には高い塀で囲まれた工場があったが、見えるのは鉄の長いのこぎりの歯のような屋根と煙突だけだ。下に広がる泥と同じぐらい黒い煙を吐いている。工場の塀ぞいは何かのごみ捨て場だった。黒い砂利のようなものの堆積した小さな山々が、泥だらけの水溜りに向かって斜面をなしている。そのとき僕の目に、斜面の上を無数の人影が点々と動いているのが映った。人影はこの距離から見るとひどく小さかったが、彼らが肩に袋をかついでいるのが見えた。斜面からがらくたを拾い集めては、袋の中に入れているのだ。だが彼らの姿が見えるのは動いているときだけだった。止まっているときにはカメレオンのようにすっかりあたりに溶け込んで、まるっきり見えなくなる。彼らの服も袋も肌の色も身につけているものの何もかもが、水溜りの泥と同じような、つやのない黒ずんだ色をしていた。

親戚の女性は僕が手すりによりかかっているのを見つけると、家から飛び出してきた。あっちを見ちゃだめよ！と彼女は叫んだ。ばっちいからね！彼女は僕を家の中に連れ戻した。僕はすなおにその場を離れた。目をそらすというお上品な作法をすでに教え込まれていたからだ。

でもひそかに思っていた――僕をあそこから離そうとしても無駄なのに、と。もちろんああした光景やあれに似たものが自分の部屋の窓から見えないのは事実だ。だがあの存在は僕たちの家のいるところに現れていて、僕はそれとともに成長したのだった。試験にそなえて僕に勉強をさせるときの母の声は、まさにあの光景のために、ヒステリックに高まるのだ。母はああいう斜面を指さしながらいった。一生懸命勉強しないと、おまえもあそこに行くことになるのよ。わたしたちのような人間のたったひとつの武器は頭なの。だから、つかんだものにしがみつくかぎ爪みたいに、しっかり頭を使わないと、あそこに行くことになってしまうの。あの中に置き去りにされるのよ。そんなわけで、僕はちゃんとわきまえていたのだ。二回か三回試験に落ちるだけで、僕も親戚の女性のように、永遠にあの黒い世界の隣りに住む羽目になるのだ。あの光景は、僕たちの家のぴかぴかみがかれた床の下に流砂のように逆巻いていた。あの泥の世界があったからこそ、僕たちは上流の振る舞いをしようと懸命になったのだ。

親戚の女性は僕たちにお茶を入れ、薄焼きビスケットを花形にかわいらしくのせた皿を出した。僕たちがお茶をすすっている間、彼女と祖母は延々と話し続けていた。彼女は祖母に、亡き夫が死の数年前にダッカへ里帰りしたことを話した。インドに来るように父親を説得できるかもしれないと考えたのだ。

それじゃあ、そのとき伯父さんは、まだあっちにいたのかね？　祖母は身を乗り出して叫んだ。

親戚の女性はうなずいた。ええ、あの古い家にまだ住んでいたんですよ。

彼女の夫は、年老いた父親をインドに連れてこようとして、きょうだいたちにも一緒にダッカに行こうといったのだが、彼らはあまり関心を示さなかった。そもそも彼ら自身、あちこちに散らばっていた。ひとりはバンガロールに、ひとりは中東に、もうひとりはどこにいるのかすらわからなかった。そういうわけで、夫は単身でダッカに戻ったのだ。父親を説得してカルカッタに連れてくれば、あいた家を売ってちょっとしたお金が入るかもしれないとも考えていた。ところが行ってみると、家はすべて、インドから、特にビハール州や連合州から国境を越えてきたイスラーム教徒の難民に占領されていたのだ。

祖母は衝撃のあまり息をのんだ。

わたしたちの家が？　わたしたちの家が、難民に占領されていたっていうのかい？

そうですよ、と親戚の女性はやさしく微笑みながらいった。確かに今、そういったんですよ。家はインドとパキスタンが分離したあと、空っぽだったんです。お義父さんを残してみんな出ていってしまいましたからね。お義父さんは難民を追い出そうとしなかったんです。どのみち、ほかにどうすることもできなかったでしょうよ。ダッカに着いてすぐに、夫は家を取り返すのは無理だってわかったんです。パキスタンの裁判所がこういう難民を立ち退かせるわけがありませんからね。それに、あのご老人はどのみち気にしていなかったんですよ。そこに住んでいたある家族が面倒をみてくれていたんで、それで十分だったんです。あの人は……その……ちょっとおかしくなっていましたからね。何が起こっても、あまり気にしなかったんですよ。

気の毒に、と祖母は声を震わせていった。考えてもごらんよ。よその国で、置き去りにされて、年とってひとりぼっちで死ぬなんて。

あら、まだ死んでないかもしれませんよ、と親戚の女性が明るい口調でいった。わたし、そういませんでした？

どういう意味だい？　と祖母がたずねた。まだ生きているかもしれないっていうのかい？　もう九十は過ぎているだろうに……。

親戚の女性は微笑んだ。そして薄焼きビスケットをかじると、手の甲でお行儀よく口を隠しながらそれを嚙みくだいた。

ええ、先月は確かに生きていましたけど、と彼女はいった。ほら、手紙をよこしたんですよ。絵葉書ですけどね。でも間違いなくあの人の筆跡でした。夫が死んだあとで、念のためと思って、古い住所に手紙を出してみたんです。それまで何年も便りがなかったんですけどね。でも、何か月たっても返事がないんで、やっぱり、と思っていたら……なんと先月来たんですよ、絵葉書が……。

見せてもらえるかい？　祖母は身を乗り出した。

親戚の女性はうなずいて、棚の上の絵葉書を取って祖母に手渡した。

絵葉書が供え物のように手の平に置かれると、祖母はそれをじっと見つめた。

住所が書いてある、と祖母は小さく独り言をいった。ジンダバハル・レーン、一の三十一。昔と同じだよ。

祖母は、頰を流れ落ちる涙を手で払わなければならなかった。あの人の筆跡だ！　と祖母はいった。「彼はここに残るべきだった」とあるよ。

深呼吸をして祖母は絵葉書を返した。そして立ち上がって親戚の女性にお礼をいい、もう帰る時間だ、僕の父が外で待っているのだと説明した。親戚の女性はもう少しいてはどうかと丁寧に引きとめたけれど、祖母はにっこりと断った。すると親戚の女性は僕たちを見送りに一緒に下まで行くといい、階段を下りる途中で母の腕をとり、ふたりでゆっくり歩きながら何かを小声で話しはじめた。ふたりがなかなか下りてこないので、父はいらいらしていた。だが車を発車させる前に、彼は親戚の女性に厚く礼をいい、僕たちのところに遊びにくるようにいった。車が動き出してから後ろを振り返ると、彼女はコンクリートの建物の入り口に立って手を振っていた。

階段のところで何をいってきたんだい？　と祖母が母にたずねた。

母が困ったように笑いながら説明したところでは、僕たちはこれまで一度も彼女に会ったことはなかったのに、明らかに彼女のほうは僕たちのことを何もかも知っていたようなのだ。僕の父の仕事のことも、どこに住んでいるのかも、正確に知っていた。彼女は母に、彼女自身の息子の話をしたのだった。彼はもう二十五で、大学入学試験も通っているのに、仕事を見つけられずにいる。悪い仲間のところに行ってしまい、ごろつきたちと通りをうろついているほかには一日中何もしないのだ。だから彼女は、僕の父が彼に仕事を見つけてやれないかと頼んできたのだった。

かわいそうに、なんとか助けてあげなきゃ、と最後に母はいった。

なぜだい？　と祖母は反論した。わたしがあんなふうに暮らしていたときに、だれかが何かしてくれたかい？　そういう話にだまされるんじゃないよ。ああいう連中は一度ねだりはじめると、絶対にやめないんだ。それに、あの人は十分自分でやっていけるように見えるがね。

母は黙っていた。この話題については祖母と争わないほうがいいと知っていたからだ。

わたしが心配なのはあの人のことじゃないよ、と祖母は首を強く振りながらいった。心配なのは伯父さんのほうだよ、憐れな老人のほうだよ。ひとりっきりで、あの国に置き去りにされて、周りにいる人たちといったら……。

祖母の言葉はそこで途切れた。彼女がふたたび口を開いたのは、ほとんど家に到着しようというときで、うっとりとしたようなやさしい声だった。

今、わたしの人生で残されている大事な仕事はたったひとつだよ、と祖母はいった。あの老人を家に連れて帰ることだ……。

伯父を敵から救い出し、彼の帰属するところへ、祖母がつくり上げた国へと連れて帰ることを想像して、祖母は目をうるませたのだった。

メイがトリディブから四通目の手紙を受け取ったのは、ちょうどこのころだったにちがいない。カレッジから帰って表玄関のドアを開けた彼女は、手紙がガス料金の請求書と一緒に絨毯の上に落ちているのを見つけた。切手ですぐにトリディブからのものだとわかった。しかし切手を除くと、それは彼からもらったほかの手紙とまったく似ていなかった。それまでの手紙はごく薄くて、実際のところ絵葉書も同然だった。だがこの手紙は、封筒の重さからして数ページ分はありそうなのだ。かすかに興味はそそられたが、中味を見るのはあとにとっておくことにした。そしてそのまま封を切らずに台所へもっていくと、ガスの請求書のほうを母親に渡した。プライス夫人が封筒に気づいたようだったので、メイは、トリディブがまた書いてよこしたことをつぶやいた。プライス夫人はそれにこたえてちょっとうなずくと、火にかけたやかんのほうに顔を向けた。パニックがおもてのドアの鍵を開ける音がしたので、メイは手紙をもって自分の部屋へ駆け上がった。その日の朝、彼らはいつものように、皿洗いか何かをめぐってけんかしたのだ。ここでまたけんかをしてくたびれるのはご免だった。その晩は、キルバーンにある教会で友だちが集めた五重奏団とリハーサルをすることになっているから、最良のコンディションにしておかなければならないのだ。メイはドアをぴしゃりと閉めてベッドの上に倒れ込み、歯で封筒の上部を食いちぎった。手から滑り落ちた手紙は、思っていた以上に長かった。

読み終わるころには、メイの顔は汗だくになっていた。拳を顔にあてると、頬は熱があるみたいにほてっている。彼女はベッドから飛び下りてバスルームに走った。隠れるようにそっとドアを閉め、ドアの内側によりかかって息をついた。

メイの写真を机の上に置いている、とトリディブは書いていた。彼女に手紙を書くときにはいつも目の前に置いておきたいからだ。だがそうやってメイに正面から見られると、困惑する。書きたいことはたくさんあるのに、写真と視線があうたびに、リミントン・ロードとハムステッドのことを考えてしまうのだ。けれどこのいい方もあまり正確でない。本当の意味で的確な表現ではない。リミントン・ロードのことを「考えて」いるのではない。むしろあの通りがはっきりと見えるのだ。まるで自分がそこにいて、メイとともに庭の桜の木の下に座っているような気がする。

たとえば場面は九月の夕方。上々のお天気の一日が終わろうとしている。その日は日中に、一度だけ短い空襲警報があった。お昼ごろだ。だがもうたそがれどきで、太陽はすでにウェストエンド・レーンの向こう側の家々の背後に沈みかけている。まもなく四十四番地に戻らなければならない。でもまだ少し早い。だから今のうちに通りの角まで行って、昨日爆破された家をちょっとのぞいてこよう。

その家というのは、リミントン・ロードとウェストエンド・レーンのぶつかる角にあるアパートで、リミントン・マンションと呼ばれている建物だ。切妻屋根になっていて、正面が赤煉瓦で明るい雰囲気をかもし出している。前々からずっと気に入っていた建物だ。しかし爆弾に直撃されて建物の大部分、特に上部は消滅してしまった。二階の窓が一枚、そよ風にぱたぱたしている。まるで窓枠全体がちょうつがいを軸にはためいているように見える。だが瓦礫はすっかり片付けられていて、きれいになくなっていた。

もう四十四番地に戻らなければならない。遅くなってしまう……。

あわてていたので、つい教わったように左右を見るのを忘れたまま、道路を走って渡る。すると案の定、右のほうからタイヤのきしむきいっという音がして、そのあとで怒ったように警笛が鳴った。だが、向こうの歩道の安全な場所にたどり着くまで振り返らなかった。大きな顔を真っ赤にした男が、小さなモリス車を降りて、こちらをにらみつけながら拳を振り上げている。

男に背を向け、そのまま振り返らずに全速力で駆け出す。別の大きな道路を横切ったところに、身を隠せそうな狭くて人気のない路地がある。どこにいるのかわからないけれど、ブロンデズベリー駅は通り過ぎただろう。とにかくウェストエンド・レーンからはずいぶん離れたところまできたはずだ。もうモリス車の男につかまる心配はない。

塀によりかかりながら、一休みする場所を探す。道のあちら側には小さな店が並んでいるが、どこもすでに閉まっている。こちら側は高い塀だ。いや、正確にいえば、塀ではなくて大きな建物の一部だ。赤煉瓦づくりで、ただのっぺりと横に延びている。座るところもなければ、出入り口もない。だが、来た道をとって返そうとしたときに、目が何かをとらえたのだ——路地のはずれ近くの壁が、一箇所だけ黒くなっている。何かの入り口のように見えるが、ドアでないのは明らかだ。むしろ、穴のように見える。

実際に何かわからないので、ちょっとのぞいてみることにした。

やはり予想した通りだ。壁の一部がぶち抜かれ、そのあとに三角形のぎざぎざした割れ目ができているのだ。内部は暗く、埃のにおいがして、ちょっと好奇心をそそう。すばやく路地を見回して、だれも見ていないのを確かめてから、よじのぼって中に入った。入るのを見られてはいけない理由などないが、どことなくそんな感じのする場所だったのだ。

高い倉庫のような建物だ。どういう建物なのか知りたくて、戸惑いながらあたりを見回す。いすが長く曲線状に、すべて同方向に並んでいる。映画館だ。だが、空っぽの座席が向いている先は壁の穴だ。かつてスクリーンだった建物の前部はほとんど吹き飛ばされ、その穴からは二つの屋根がのぞいていた。おそらく爆弾はどこかスクリーンの近くで爆発したのだ。もしかすると映画の一部のように見えたのかもしれない。床には深い穴が穿たれ、いくつかの座席が穴のふちに恐ろしく傾いだ状態で止まっている。まるでちょうど今、そこに座っていた観客を穴の中に投げ込んだみたいだ。

振り向くと二階席が見えて、一階の後部座席の上に突き出していた。ここの部分は爆撃前のままで、まったく損傷を受けていないようだ。気がついたら僕の足は本能的にそちらに向かっていた。映画館では二階席が大好きだから、このホールに二階席があるのはうれしい。館によってはないこともあるから。ねじ曲がった座席が通路を塞いでいるのを、軽々と跳びこえる。瓦礫はない。すべてきれいに隅に吹き飛ばされている。

通路にそって進むと、ホールの後ろのドアにたどり着いた。ドアに耳をあててみても、向こう側からはなんの音もきこえてこない。恐る恐るドアを押してみる。ここはロビーだ。チケット売り場はそのままで、今にも明かりがつきそうだ。手を放すとドアは元通りに閉まり、たそがれの光をさえぎったので、あたりは急に真っ暗になる。しかたなく、二階席に向かう階段がありそうな場所まで、壁にそって手探りで進んだ。階段は思っていたよりもずっと遠くにあるようだ。迷子になってしまったのかもしれない。だがそう思った瞬間に、足が階段にぶつかった。四つん這いになり、前が安全かどうか手で確かめながら階段をのぼる。階段の途中にぽっかり開いた穴から下に落ちるといけないから。階段の曲がった角を探りあてて、さらにのぼり続けると、ちょうど二階席の入り口に出た。ここで、またあたりが見えるようになった。スクリーン近くの穴から、たそがれの光がやさしくさし込んでいる。二階席は無傷のままだ。床はなだらかに傾斜して、たそがれの中で座席の青いクッションがビロードのように光っている。いすのひとつに腰かけて、体を中にはさみ込んだまま座席を折りたたんでみた。映画館ではこれをするのが楽しみなのだ。時には鼻と膝をくっつけることだってできる。でも今日はやめておこう。そのかわりに、背もたれによりかかって上を見上げてみる。たそがれの空に見守られながら、映画館で豪華ないすにふんぞり返るなんて、妙にうきうきする気分だ。

次に立ち上がって二階席の一番前まで下りると、鉄の手すりの間から腹這いになって下をのぞき込んだ。一階のねじ曲がった座席は実に奇妙な様子をしている。太陽の光を求めて反り返った植物のようだ。後ろを振り返ると、僕がもぐり込んだ壁の穴ごしに歩道が見える。

横になってそっと口笛を鳴らしながら道路をながめていると、外壁の穴の向こうに人影が横切るのが見えた。びっくりして口笛をやめ、逃げ出せる態勢で警戒しつつ外を見張る。青いスカートをはいた女が通り過ぎた。だがすぐに戻ってきて、ちょうど壁のぎざぎざの穴の向こうでじっと立ち止まっている。いらだった様子で足元に目をやっているので、その視線の先を追ってみると、ひもにつながれた白と黄褐色の小さなスパニエル犬がいた。犬は止まって歩道におしっこをしているのだ。女は顔をしかめてハンドバッグに手を伸ばし、たばこを取り出して火をつける。たばこを強く吸い込んで煙を頬にため込み、それから頭をのけぞらせると、鼻の穴からそっと煙を吐き出す。

女がもう一度たばこを吸い込んでいるところへ、もう一組の足が、今度は男の足が、路地の反対側の歩道から現れた。だがこの角度からは、絵に描いた雲さながらに、弓形の穴のてっぺんにつり下がっているように見える。足は静止し、ためらっている様子だったが、向きを変えて通りのこちら側にやって来た。ようやく男の姿が見えた。青い制服に帽子をかぶっていて、どう見ても航空兵か何かだ。パイロットかもしれない。薄く髭を生やしていて、火のついていないたばこを口にくわえている。

女は男がやって来るのを見て、急いで向きを変えた。犬のひもを引っ張るのだが、犬は動こうとせず、歩道にふんばって吠え出す。男は気にもとめない。近づくと、かがんでその頭をなでた。それからまた立ち上がって、微笑みながら女に向かって何かいい、火のついていないたばこを指さす。女はうなずいて、ハンドバックの中を手で探ってライターを取り出し、彼に手渡した。男は手で覆うようにしてたばこに火をつけると、ライターを女に返す。そして口からたばこを取り出し、にやりとして映画館の壁の穴の方向を見てうなずきながら、女の耳元で何かをささやいたのだ。はじめ女はさっと頭を後ろに反らし、怒りと驚きのあまり口を開いたのだが、それから男をもう一度しっかりとながめて表情を和らげた。女は男を見つめたまま頭を軽く振り上げ、笑い出す。制服姿の男も笑い、自分の腕を女の腕に滑り込ませる。女は犬を抱き上げ、彼らは路地にすばやく目をやると、穴をくぐって中に入ってきた。

そこは暗く、彼らは一瞬目が見えなくなって周囲を見回し、闇に目を走らせた。ふたりの顔がはっきりと見えた。女の顔は真っ白で、唇の色は鮮やかな赤だ。男は女よりもずっと背が高くがっしりとした体格だが、女のほうが男よりかなり年上に見える。

男は女の腰に手をあて、通路の向こう側を指さしている。この二階席のほぼ真下だ。女はまた笑い出し、首を横に振ったのだが、男に肘をとられるとそのまま歩き出した。女はかかとの高い靴を履いていて、通路のぼろぼろになった絨毯やねじ曲がった座席に何度も足をとられたけれど、男はこのホールには詳しいとみえて、女が転ばないように支えている。

ふたりは通路の絨毯の汚れがない部分にやって来た。僕のいる二階席の真下だ。どちらも息遣いが荒くなっている。男は突然女の腕を放し、女を振り向かせると、その額の真ん中にキスをした。そして彼女の手から犬を受け取り、座席の上に置いてひもを肘掛けの周りに巻きつけた。

男が振り向いたとたん、女は襟をつかんで男の頭を自分のほうへ引き寄せ、唇を彼の唇に押しあてた。指の関節が白くなるほどきつく男の頭を抱きしめる。だが男は頭を引き離し、微笑みながら一方の手で女を自分の胸に押しつけ、もう一方の自由な手を下に動かして女のスカートを引っ張る。女は両足を開いてつま先立ちになり、唇を男の耳に押しあてた。男は笑い出し、今度は大きく肩に力を入れて、女を地面から数インチほどもち上げた。そして女のももに手をあててそっと上に向かってはわせ、スカートの中に入れていく。女は男の耳をなめ、それに答えて男は手をスカートの奥のほうまで動かし、そこで止める。女は小さな叫び声を上げて、歯を食いしばり、背中の真ん中がぴくぴくと震え出す。男は女を地面に下ろし、手をスカートから引き抜いて、自分の鼻のところにもっていき、指を擦りあわせた。指先をかぎ、にやにやしながらそれを女の鼻先にもっていく。女がしかめ面をして顔をそらすと、指先にキスをして笑い出す。女も一緒に笑い、男は女を引き寄せて自分の唇を彼女の唇に押しつける。女は男と自分の体の間に割り込ませた手を、男のベルトの下からズボンの中へと押しこもうとする。男は肩を後ろに引いて一瞬女の手をつかんだが、それをズボンの中に入れたままその位置で握りしめた。それから後ろに下がってベルトをゆるめ、女の肩に腕を回しながら床に押し倒したのだ。

突然犬が吠え出した。甲高いいやな声だ。急いで壁の穴に目をやると、黒い帽子をかぶった男が通り過ぎるところだった。帽子の男は犬の鳴き声をきくと立ち止まり、中をのぞき込んだ。制服姿の男と青いスカートの女が見つからないか心配だ。どうかふたりが犬の鳴き声を止めてくれますように。

女は起き上がって犬の鼻をぴしゃりとたたいた。犬は鼻を鳴らして吠えるのをやめ、黒い帽子の男は首を傾げながら遠ざかっていった。

女はせいている。彼女の息遣いからわかるのだ。セーターの裾にすばやく手を伸ばし、ブラウスと一緒に肩から脱ぎ捨てる。そして少しだけ上体を起こし、背中に手を伸ばす。突然、ブラジャーが下に落ちた。重くふくよかな乳房が腹部に向かって垂れている。肌は白く、いくらか皺があって、まるで海で何時間も過ごしたあとのようだ。乳首も見える。茶色で丸くて、毎朝雑貨店にお使いにいくときにもたされる二ペンス硬貨みたいだ。真ん中が硬く突き出し、黒々としていて、乾しブドウを思わせる。手を伸ばしてそれに触り、指の間で転がしてみたい気がする。

制服姿の男が両手を女の胸に置くと、女は体を震わせたようだった。体が弓なりに反り返っている。女はもう微笑んでいない。汗が噴き出し、その粒が白く化粧した顔にすじをつけていく。

女はスカートのホックをはずし、それを男が脱がせた。それから男は女の白い下着も脱がせて、手で女の足の間の湿りに触れ、微笑みながらその上にそっと親指を走らせる。女はうめき声を上げて腰を男の体に押しつける。しかしその体は冷えきっていて、胸と腹部に鳥肌がたっているのだ。女は急いで男を自分の上に引き寄せようとする。けれど男は体をよじって逃げ、床につま先と膝をつけて立ちながら足首までズボンを下ろしていく。

女が男のほうに手を伸ばしている。二階席から女の伸びた腕を見下ろしているうちに、それがこちらに向かって伸びているような錯覚にとらわれた。そして気がつくと、二階席の木の床に腹這いになりながら、自分自身も突如もだえていたのだ。

もう一度見下ろしてみると、男は女の体の上に乗っていて、その腰を女の開いたももの間に置いていた。相変わらず帽子とジャケットをつけたままで、露出しているのは尻だけだ。男のももを汗が流れ落ち、両ももの間に見える黒い毛が汗で光っている。

そのとき犬がふたたび吠えはじめたので、急いで壁の穴に目をやった。今度は二組の足が路地の反対側を通り過ぎていく。思わず息をのむ。犬の鳴き声や、男と女のたてている音が、そこを行く人々の耳に届かないわけがない。ふたりの愛しあう音が途方もなく大きく響く。荒々しいあえぐような音。ふたつの体が、一定のリズムで汗臭くぶつかりあう音。こちらの膝が震えているのがわかる。不安、わけのわからないあこがれ、全身を駆け抜けて股間に集まる破裂しそうな荒々しい痛み……。とにかく、外にいる人たちにこのふたりを見てもらいたくないと思う。僕はこの男と女の味方なのだ。ふたりに注意をうながす方法はないものだろうか。

歩道の二組の足はそのまま止まらずに遠ざかった。ふたりのために、そして僕自身のためにほっとして、笑いがこみ上げそうになった。するとそのとき、下から、男がむせている声がしたのだ。男は全身を硬直させている。女はか細い叫び声を上げ、足で宙を蹴ると、背中を床から起こして男の体をもち上げた。

僕はこっそりと立ち上がり、どうにか見つからずにホールを抜け出した……。

メイは顔に水をかけ、洗面台にその水をぽたぽたと落としながら、自分の顔を見つめた。トリディブの手紙には、こう書いてあった。もうずっと昔のことなので、本当に起こったことなのか、想像しただけなのか、今となってはわからない。

けれどわかっているのは、メイ、きみとは、こんなふうに廃墟の中で、見知らぬ者として出会いたいということだ。僕が望んでいるのは、ふたりが全くの他人として、海の向こうの他人として、すでに互いを知っているからこそより一層束縛のない他人として会うことだ。友や親戚から遠く離れたところで、過去も歴史もなく、自由な、真に自由な場で出会いたい。他人同士、完全な自由をもつふたりの人間として。

だがもちろん、これを実現するには、きみがインドに来なければならないだろう。そんな場所はきっとどこかに見つかる。なんといっても僕は廃墟の専門家なのだから。

メイはバスタブのふちに腰かけると、もう一度自分の顔に触れてみた。まだほてっている。怒っているからだわ、とメイは自分にいいきかせた。それに、怒るのも無理ないじゃない。一度も会ったことがないし、これからも会うことがない男の人から、ポルノめいた手紙をもらったら、だれだって怒るわよ。メイは今度は怒りで震えた。いったいなんの権利があってこんなものを書いてよこしたのかしら？　本当に、どうして？　プライバシーの侵害よ、冒瀆だわ。だからこんなふうに震えているのよ。露出狂を見てしまったようなものね。信じられない。おかしいんだわ。狂人でもなければ、こんな手紙を書くなんて思いつくわけがないもの。

ニックが階段を駆け上がって、バスルームの前を通って自分の部屋に入るのがきこえた。バスルームにいると、家中のありとあらゆる音が、不自然なほどはっきりときこえてくるようだ。お母さんにどうにかするようにいっておかなきゃ、とメイは独り言をいった。うちのような家で、これはないわよ。品がないわ、本当に……。

メイはバスルームのドアを開けて、自分の部屋に戻った。手紙は封筒の中に押し込み、引き出しの洋服の下に突っ込んだ。それからベッドの上に倒れ込み、どうしてわざわざ隠したりするのかしらと考えはじめた。知らない人間がわいせつな手紙をよこしてきても、自分が悪いわけでは全然ないのに。どうしてお母さんに見つかってはいけないのかしら？　だれのせいでもないし、ましてわたしのせいじゃないわ。

時計を見ると、リハーサルに出かける時間だった。メイは出がけに応接間に行って、外出することと、夕食に遅れることを母親に告げた。

プライス夫人は肘掛けいすに座って本を読んでいた。夫人は眼鏡を取ってメイを見ながらうなずき、それからぼんやりしたふうにいった。あんまり遅くならないようにね。

もちろんよ、とメイは答えた。わかってるでしょ。

部屋を出ようとしたとき、プライス夫人がたずねた。ああ、そうそう、トリディブは手紙でなんていってきたの？

メイは無意識のうちに答えていた。あら、たいしたことじゃないわ。わたしにインドにいらっしゃいって。

プライス夫人は夢でも見ているように微笑みながら、本から顔を上げた。そうね、いい考えね。

行ってみるといいわ。

メイはちょっと微笑むと急いで家を出た。自分のいったことを考えはじめたのは、リミントン・ロードを歩き出してからだった。お母さんに嘘はつかないことにしているのに、どうしてわざわざ嘘をいったりしたのかしら。

リハーサルは永遠に続くかに感じられた。

終わってからお茶を飲んでいるときに、クラリネット奏者で、近代フランス音楽について何か調べている人が、メシアンとその音楽におけるインドの影響について話をはじめた。メイはびっくりした。メシアンの音楽はすべて鳥の鳴き声やそれに似たものだと思っていたのだ。それは、どこか不気味な暗合のような気がした。

そのあとメイは家へ帰る途中、キルバーン・ハイ・ロードを歩きながら、気がつくとまたメシアンのことを考えていた。家にはメシアンの曲は何もなかった。明日レコード店に寄ってみようかしら。

さらに少し先で通りを渡ろうと待っている間、メイはふと気づくとインド料理屋の外をうろうろしていた。タージ・マハル・カレー・パレス。窓にはタージ・マハルの写真があった。写真を見つめながら、結局、お母さんのいった通りかもしれない、と彼女は考えていた。そんなに悪い考えじゃないかもしれないわ。メシアンのことがわかるし。トリディブとは無関係よ。

自分の顔に触れてみると、また熱くなっていた。メイは勢いよく向きを変えて、急いで道路を渡ったのだった。

少し子どもっぽいところのある僕の父は、良い知らせを人に伝えるときには、ことのほかはしゃぐ癖があった。チョコレートを手にした子どもみたいに、相手をからかうような質問をしてみたり、なんの話だったか忘れたよ、というふりをしたりして、少しでも楽しみを長引かせようとするのだ。そうしたあとで、不意にその驚くべき知らせを口にして、身を反り返らせ両手を擦りあわせながら、喜びの瞬間をたっぷり味わうのだった。父はこの大好きな瞬間を欲するあまり、時には本当に良い知らせとただ単に意外なだけの知らせとの区別ができないことすらあった。

一九六三年三月のある晩、仕事から帰ってきた父は、あの見るからにいたずらっぽい表情を顔いっぱいに浮かべていた。明らかに楽しみを待ち構えている様子だ。母がお茶を運んだときに気づいて、何があったのかとたずねたが、父は首を横に振って謎めいた笑いを浮かべ、待ちなさい、夕飯のときにわかるから、といったのだった。

その晩、祖母は夕食の時間に遅れた。公園に散歩に出かけていたのだ。僕たちは、祖母が帰ってきたら家に入って夕食を始めようと、庭で待っていた。父はその間に見るからにいらいらしはじめた。ようやく門がぎいと開く音がして、祖母が小道を歩いてくるのが見えると、父はいすから跳び上がって自分の母親を叱りつけた。こんなに遅くまで公園に残っていてはだめですよ。安全じゃないってことぐらいご存知でしょうに……。祖母はびっくりしていい返した。それじゃ、おまえは知らないのかね、わたしは昨日生まれたわけじゃないって。

夕食のテーブルを囲むころには、父はいつものあてっこゲームをするほどの忍耐力をなくしていた。

お母さんにお知らせがあるんですよ、と彼はいった。

知らせ？　祖母は怪訝そうな声を出した。なんの知らせかい？

父は両手を擦りあわせながら、シャヘブが新しいポストに昇進したことを祖母に告げた。彼のついている職業の中ではもっともやりがいのあるとされるポストのひとつだ。

祖母は鼻を鳴らして、ダールに手を伸ばした。

あり得ないね、と祖母は軽く頭を振り上げていった。

どうしてですか？　父はむっとしていた。

だれがあれを昇進させるものかね？　祖母の横顔は、軽蔑のあまり険しい表情になっていた。あれは飲むじゃないか。大酒飲みだよ。

父はかんかんになって、首を振り振り反論した。お母さんはご自分が何をいってるのか、わかっていないんです。叔父さんは大酒飲みなんかじゃありません。ときどき飲むというだけですよ。あいう職業では、ごく当たり前のことです。なにしろ非常に優秀な人材としてよく知られているんですからね。まだ本来の地位にまでのぼっていないとすれば、それはただ単に役所の中の一部の批判者が、叔父さんを昇進させまいとしているからで、お酒を飲むこととはまるっきり無関係です。お母さんの意見は完全に見当違いですよ。

父の反論はまだ続いた。

だが祖母の顔には、父の主張に納得していないことがありありと表れていた。驚くほどのことではない。父は思い違いをしていたのだが、祖母のシャヘブに対する評価の低さは、酒とはおよそ関係がなく、祖母の鉄のごとく公正な判断基準によるものだった。校長になったときに、一番親しい友人のひとりで、心根はよいが怠け者という女性を解雇したのも、同じような公正さからだ。祖母は心の底で、シャヘブはこの仕事に向いていないと考えていた。祖母によれば、彼は軟弱で、基本的になよなよとした腰抜けだった。脅威に断固として立ち向かったり、困難で危険な事態に対して抑えのきいた暴力を的確に用いて対応するなどということを、彼に期待するのはおよそ無理なのだ。だが国事に携わる人間に対して祖母が何よりも求めたのは、まさにそういう資質だった。祖母の直感では、実はマヤデビこそが、シャヘブに代わって決断を下し、実質上夫の仕事を代行し、そのキャリアを救うためにあらゆる手をつくして政治活動をしたり策略をめぐらしたりしていた。だから、自分の妹のおかげでどうにか光っているにすぎないシャヘブについては、いくぶん軽蔑せずにはいられなかったのだ。

もっとも祖母はシャヘブを嫌っていたわけではない。ただ単に不信を示したり軽蔑したりしていただけで、それをちょっとおもしろがっていさえした。シャヘブが何かもう少し重要でない別の仕事についていたら、こんなふうに思わなかったのに、と祖母はよくいっていた。といってもその「何か」というのがなんなのか、僕にはわからないままだった。シャヘブが学校教師や税務調査官だったとしても、祖母が寛大になることはまずなかっただろう。おそらく一番いいのは、ホテルの経営者とか芸術家になることだったのかもしれない。祖母の考えでは、こうした職業こそが、コスモポリタン主義の最も忌わしい代表にほかならなかったからだ。

父はたっぷり三十分もかけて、シャヘブはとても有能で、彼のような職業のトップの地位に立つにふさわしい人物なのだということを、祖母に納得させようとねばった。父がついにあきらめたとき、祖母は静かにいった。あの人がどこに配属されたのか、まだ教えてもらっていないんだがね。

父は額をぴしゃりとたたいて叫んだ。ああ、そうだ。忘れていましたよ。それが本当のお知らせだったのに。

どうしてだい？　と祖母がたずねた。どこに行くんだね？

わかりっこないですよ、と父がいった。

どこだい？

ここからあまり遠くないところですよ、といいながら、父はいたずらっぽく目を光らせた。

祖母は自分の皿をわきにやった。動揺し、ちょっと怯えているように見える。

どこなんだい？　教えておくれ。彼女は懇願するようにいった。

ダッカに行くんですよ。父は勝ち誇って告げた。あそこの副高等弁務官事務所の参事官になったんですよ。

祖母は長い間、無表情に父を見つめた。それからいすを後ろに押して立ち上がり、ゆっくり自分の部屋へ上がっていった。少しあとで祖母の部屋に行ってみると、ドアに鍵がかかっていた。

次の数日間、だれも祖母の前でダッカのことを口にしなかったけれど、あるとき母が父に向かってねだるようにいっているのがきこえた。おばあちゃんがダッカに遊びにいってくれるといいんだけど。その間、みんなが休めるもの。

一週間後、祖母宛ての手紙がきた。マヤデビからだ。父は封筒の裏を見ると、母と視線を交わした。それから僕に手紙を渡して、祖母の部屋にもっていくようにいった。

僕は封筒を旗のようにひらひらさせながら、階段を駆け上がって祖母の部屋に行った。おばあちゃん、おばあちゃん、手紙だよ。

祖母は額に皺をよせ、心配そうに顔をしかめた。そして自分の金の鎖に手をやってから手紙を受け取った。僕は前に座って、祖母が眼鏡をかけて封筒を開けるのを見つめていた。だが祖母はふと顔を上げて僕を見つけ、手紙を下に置いて、部屋から出ていくようにと厳しい口調でいい渡したのだった。

その晩、夕食の席で、父と母は手紙のことを口にしないように気をつけた。しばらく祖母は落ち着きなく政治や教育の現状、国会の首相演説などをとりとめなく話していた。それから間をおかずに、同じような平板な声でいった。マヤがダッカに来るようにといってよこしたよ。

父と母はにっこりして顔を上げた。父はほっと息をついた。そうですか。もちろん、叔母さんが招待するのはわかっていましたよ。

祖母は唇を嚙んだまま自分の皿を見下ろして、静かな声でいった。行くべきなのかね。

父と母は驚いて視線を交わした。

もちろん行かなきゃいけませんよ、お母さん、と父がいった。

どうしたんですか、と母がいった。ほんの数か月前には、本当にしたいのはそれだけなんだって、おっしゃってたじゃないですか。

わかってるよ、と祖母は不安そうにいった。でも今は……わからないんだよ。怖くてね。こんなに何年もたってから行くなんて、賢明なことかね？　もうふるさとみたいじゃないだろうよ。

チョムチョムもほかのお菓子も昔のままでしょうよ。母が励ますようにいった。それにお魚もね。それに、あの素敵なダッカ・サリーが買えるじゃないですか。

考えてもみてくださいよ、と父が言葉を添えた。はじめて飛行機に乗れるんですよ。きっとすばらしい休暇になりますから。

この言葉は祖母を刺激した。祖母は父をにらんだ。もし行くんだとしても休暇なんかじゃないよ。わたしがそんな贅沢など考えないのは知っているだろう。これまでの人生、休暇なんてとったことがないし、今さらとる気もないよ。もし行くとしたら、伯父さんのためにだよ。家族の中で心配しているのはわたしだけなんだから。あのかわいそうな老人を連れてこられるかどうか試すのは、わたしの義務なんだよ。

それじゃ、やっぱりいらっしゃいますね？　母が期待をこめていった。

すると、祖母の態度はまたあやふやになったのだ。わからないんだよ、と彼女はいった。本当にわからないんだよ……。

それからしばらくの間、父と母はたびたび祖母にそれとなく決意させようとした。だがふたりがその話題をもち出すたびに、祖母はいつも首を横に振るか、ただ立ち上がって部屋を出ていくのだった。

やがて三か月が過ぎ、六月に入ったある日の夜遅く、家の電話が鳴った。受話器を取った父は、相手の話をきくと、僕に祖母をつかまえておいでといった。デリーから祖母への長距離電話だったのだ。かけているのはマヤデビだ。

別の都市からの長距離電話というのは、とてもわくわくするものだ。ちょっとした奇跡が起きたみたいで、だが同時に、いい知らせか悪い知らせかわかるまではらはらする。僕はかなり勢いよく階段を駆け上がったので、祖母の部屋に着いたときには息切れで口がきけなかった。だから黙って祖母の手をつかむと、階下まで引っ張っていった。

父と母と僕があたりをうろつく中で、祖母は震える指を片方の耳に突っ込み、もう片方の耳に受話器をあてた。祖母はこういっていた。ああ、そう、わからないんだよ。決心がつかないんだ。いつ出発するんだね？　そのあと、祖母がマヤデビの返事をきく間、短い沈黙があった。それから祖母は声を張り上げていろいろなことを話しはじめた。祖母とマヤデビの伯父がまだ生きていること。まだダッカにいて、あの昔の家に住んでいること。ダッカに着いたらすぐに伯父を訪ねてほしいこと。伯父をインドに連れてくるために何か手段を講じる必要があること……。そこで祖母は息が続かなくなって、少しの間、ふたたびきき手に回った。わからないんだよ、と彼女は相手の問いに答えていった。いや、本当に、決められないんだよ。自分のためじゃないよ。伯父さんのことが心配でね。それから祖母はもう一度マヤデビの話をきくと、笑みを浮かべ、ようやくこういったのだ。

わかった、行くよ。約束するから。

マヤデビとシャヘブとロビが先週デリーに帰ってきたんだよ、と祖母は受話器を置いてから父と母に話した。二、三日後にダッカに発つそうだ。カルカッタに寄るのは無理だね。時間がないからね。

でも、お母さんもダッカに行くんでしょう？　と父がたずねた。大事なのはそこですよ。

祖母はしかたないというように肩をすくめた。ほかにどうしようもないだろう？　もうどうしようもないよ。何もかも、そっちの方向に動いているみたいだからね。

それで、いつ行くんですか？

行くとしたら、と祖母はいった。来年の一月だよ。あの人たちが新しい住居に落ち着くまで待たないといけないからね。

数週間後、夕食の席で、父は満面の笑みを浮かべながら、テーブルにおいた封筒を祖母のほうに押しやっていった。これは、お母さんに。

なんだね？　祖母は不審げに封筒をながめた。

いいから、中を見てくださいよ、と父はいった。

祖母は封筒を取り上げ、ふたの部分を開けて中をのぞいた。わからないね。なんなんだい？

父は笑い出した。お母さんの飛行機のチケットですよ。ダッカ行きのね。日付は一九六四年一月三日ですよ。

その晩、祖母は数か月ぶりに心から興奮しているように見えた。寝る前に祖母のところに行ってみると、顔を紅潮させ目を輝かせながら、部屋中を歩き回っていた。僕はうれしくなった。僕のそれまでの十一年間の人生で、祖母が僕にも完璧に理解できるような反応を示したのは、これがはじめてだったからだ。飛行機に乗ったことがなかった僕には、はじめて飛行機に乗ると思っただけでわくわくするというのは、世界中で一番自然なことに感じられた。でも僕は同時に、祖母が心配でしかたなかった。僕とちがって祖母は飛行機のことを何ひとつ知らないのだ。だから、その晩眠りにつく前に僕は決心した――出発の日までに僕がちゃんと教えてあげるんだ。だがまもなく、祖母に教えるのは容易でないのがわかった。祖母が父にたずねる質問の方向からして、そのままにしておいたら飛行機のことなどまったく理解しそうにないのだ。

たとえば、ある晩、僕たちが庭に座っていたときのことだ。飛行機からインドと東パキスタンの間の国境が見えるのだろうか、と祖母がたずねたのだ。父は笑っていった。おやおや、お母さんは学校の地図みたいに、国境が長い黒線で、その片側は緑色、もう片側は緋色になっているなんて、本当に思っているんですか。祖母はこれをきくと、怒るよりも戸惑った。

いや、そういう意味じゃないよ、と祖母はいった。もちろんそんなことじゃないよ。でも何かはあるんだろう。ほら、塹壕とか、兵隊とか、向かいあわせの鉄砲とか、ただの何もない土地とか。そういうのを中間地帯とかいうんじゃなかったかい?

すでに旅なれていた父は吹き出した。いえいえ、雲のほかは何も見えませんよ。運がよければ、緑の原っぱが見えるかもしれませんがね。

祖母は父の笑い声にむっとして、とがった口調になった。まじめに答えなさい。会社で秘書を相手にするような調子で、わたしに話すんじゃないよ。

今度は父が怒る番だった。自分の息子の前で母親にきついものいいをされるのがいやだったのだ。

お話できるのはそれだけですよ、と父はいった。それしかないんですから。

祖母はしばらく考えてからたずねた。でも塹壕も何もないなら、どうやってわかるんだい？　つまりね、それならどこがちがうんだね？　もしも違いがなかったら、国境の両側は同じってことだろう。昔とまるっきり同じじゃないか。昔はダッカで列車をつかまえて、翌日カルカッタで降りるまで、だれも止めやしなかったよ。でも、今でも両側が同じで、国境に何もないっていうなら、あれはみんな、なんのためだったんだい？　インドとパキスタンの分離とか、殺しあいとか、ああいうのは。

お母さんが何を期待していらっしゃるのか知りませんが、と父は憤慨したようにいい返した。ヒマラヤを越えて中国に行くのとはちがうんですよ。それに今の世の中では、国境は辺境にあるんじゃなくて、空港の中にあるんです。行けばわかりますよ。国境を越えるのは、入国カードやら何やらを書き込むときなんですから。

祖母はいすの上で不安げに体を動かしながらたずねた。なんの用紙だい？　そういうのを書かせて何を知りたいんだい？

父は額を搔いた。そうですね。国籍とか、出生日とか、出生地、そういったことですよ。

祖母は目を大きく見開くと、ぐったりといすの背にもたれかかった。

どうしたんです？　と父が驚いてたずねた。

祖母はなんとかまっすぐに座りなおすと、髪の毛をなでつけた。なんでもないよ。祖母は首を横に振っていった。本当に、何でもないよ。

このとき僕は、このままでは祖母は手のつけられない混乱に陥ってしまうだろうと思った。そこで、空の旅や飛行機について祖母が知っておくべき不可欠な情報を、僕から父に何もかもたずねておくことにしたのだ。僕が警告しておかなければ、祖母はきっと、上空にいるときに窓を開けてしまうにちがいなかったから。

あのときの祖母を理解できるようになったのは、それから何年もあとのことだ。祖母は、あのとき突然、用紙の出生地の欄に「ダッカ」と書かなければならないと気づいたのだ。そしてそう考えたとたんに、汚れた教科書を目にするのと同じような不安に襲われたのだった。祖母はものごとがきちんと決まった場所にあるのが好きな人だった。あの瞬間、どうして自分の出生地と国籍とがこんなに混乱してしまったのか、よくわからなかったのだ。

父は祖母が何かを心配しているのを感じとった。でもお母さん、と彼はからかうようにいった。どうしてこんな小旅行のことを心配しているんですか？　長い間、国と国の間を動き回っていたじゃありませんか。ビルマを行ったり来たりしていたときのことを覚えていないんですか？

ああ、あれかい、と祖母は笑った。これとはちがうよ。用紙だのなんだのはなかったし、なにしろあのころの旅は簡単だったからね。帰りたいときはいつでもダッカに帰れたし。

僕は祖母の間違いに気づいて、跳び上がって喜んだ。二十七年間も学校で教師をしていた祖母が間違えたのだ。

おばあちゃん、おばあちゃん、と僕は叫んだ。ダッカに「帰る」わけがないでしょ？　帰ると行くの区別もつかないんだ！

それ以降ずっと、僕はこの表現のことで祖母をからかった。たとえば祖母がベンガル語文法を教えようとしたりすると、笑っていい返すのだ。でも、おばあちゃんに、どうして文法を教えられるっていうの？　おばあちゃんは、帰ると行くの区別もつかないんだから。この表現はだんだんと家族中に伝わり、家族内の隠語のひとつになった。それは他人を寄せつけないためのフェンスの有刺鉄線と同じ役割を果たした。たとえばイラと僕が十代のとき、イラがカルカッタにいて、だれか知りあいに会ったとする。そしてその知りあいが、今度はいつロンドンに行くの？　とでもきこうものなら、僕たちは早速この隠語をいいあうのだ。でもさ、イラはまず、カルカッタに行くんだよね。もしもわたしがロンドンに帰るのでなければね。それにもしきみが、カルカッタに帰るのでなければ……。やりとりが終わるころには、笑いすぎてあえぐほどだった。はたできいていた者はわけがわからず、病気みたいに思ったにちがいない。そこで僕は説明するのだった。あのね、僕たちの家族は、帰ると行くの区別がつかないんだよ。みんなおばあちゃんのせいなのさ。だがもちろん、それは決して祖母のせいではなかった。いけないのは言葉なのだ。どの言語でも、固定された定位置として、ある中心が想定されていて、そこから出ていきそこに帰ってくるようになっている。祖母が探していたのは、帰るのでも行くのでもない旅を表す言葉だった。それは、動きに関する動詞を適切に使えるようになるための、定点を探し求める旅なのだ。

　十一月に入って、祖母が早くも旅行の準備に追われていたとき、別の知らせが入った。マヤデビがよこした手紙によれば、彼女の旧友エリザベスの娘であるメイが、十二月に休暇でインドに来ることになったのだ。メイはまずデリーとアーグラーへ行き、それからカルカッタに来て何日か過ごしてから、祖母と一緒にダッカに飛ぶ予定だった。マヤデビは、メイがカルカッタにいる間、僕たちのところに泊まれるかどうかを知りたがっていた。バリガンジ・プレイスにあるマヤデビたちの家は、トリディブの寝たきりの祖母が留守を預かっていたから、そこよりもこちらの家にいるほうがよく面倒をみてもらえるだろうと考えたのだ。

祖母が父にこの手紙を渡すと、父はすぐに返事を出し、喜んでメイを迎えると伝えた。

二週間後、トリディブが僕たちに会いにきた。彼はしばらく僕の両親ととりとめのない会話をしてから、自分もメイや祖母と一緒にダッカへ行くつもりだと告げたのだった。

ちょうどいい機会みたいですからね、と彼はいった。みんなが行くわけですから。

それから彼は僕のほうを振り向いていったのだ。十日後にメイが到着するとき、駅に迎えにいくんだけど、一緒に来るかい？

メイがカルカッタを訪れたときのことを、僕とメイがはじめて話しあったのは、イラの結婚式の翌日だった。

ロンドンでのイラの結婚式は、とても簡素だった。彼女とニックはどこかに行って登録簿に署名をした。そしてその晩プライス夫人が、僕も含め何人かを夕食に招待したのだ。ニックとイラは翌日カルカッタに発つことになっていた。それというのも、ニックが「正しい」ヒンドゥー教式の結婚式をあげるのはおもしろかろうと考えたからだ。カルカッタではすでに準備が進行中で、母に電話できいたところでは、母がそれまでに見たうちで一番お金のかかった結婚式になりそうだとのことだった。式の準備を取りしきっているのは、カルカッタにいるイラの両親だ。彼らはその前にタンザニアからインドに向かう途中、ロンドンに立ち寄った。イラの父親が結婚祝いとしてロンドンにマンションを買ってやることにしたからだ。彼は実用的なことがらについてのイラの判断力をあまり評価していなかったから、購入前に自分で家を検分したがった。ニックがかなりの予備調査をしていて、結局クラパム・コモンの寝室がふたつあるマンションに決まった。ニックはすっかり満足していて、本当はイラもそうだったのに、彼女はあくまで関心がないといい張っていた。イラは仕事をしていて時間を取れなかったから、ニックがカーテンや家具を買い入れてマンションを整えた。ハネムーンから帰ったらすぐに入れるように、というわけだ。ハネムーンはアフリカに行く計画だった。イラの両親と一緒にダルエスサラームに一週間ぐらい滞在し、そのあとはイラの父親の車でケニヤやタンザニアをドライブするらしかった。

その晩のプライス夫人の家でのことはほとんど覚えていない。プレゼントをもっていったのは記憶にある。それは小さな銀の塩入れで、僕が自分で色紙に包んだ。買ったのはいかにも英国風の店で、黒い看板にきちょうめんなタイムズローマン書体の文字と小さな金のモノグラムの表示があり、「何某様御用達」とあった。店内で一番安い品物だったが、それでも二十ポンドしたから、イギリスに来てからの六か月分の貯金はすべて空になった。ところが僕は、プライス夫人の家に行く途中、あやうくそれをなくすところだったのだ。

地下鉄のウェスト・ハムステッド駅に早く着いてしまった僕は、時間つぶしにパブを見つけ、ビールを半パイント注文した。そして、そこで会ったレバノン人のジャーナリストとおしゃべりを始めた。互いに何度かビールをおごりあっているうちに、ふと時計を見ると、すでに一時間以上も遅刻していた。大慌てでパブを飛び出し、リミントン・ロードに向かって走り出したところ、まだ遠くまで行かないうちにどしんどしんと後ろから追いかけてくる足音がする。振り返るとレバノン人のジャーナリストが、手を振り息を切らしてこちらに向かって走っていた。僕は立ち止まった。彼は僕に追いつくと、紙に包んだ小さな物体を僕の手の中に落としてこういった。灰皿の中に転がってたよ。

プレゼントを渡したとき、イラはひどくおもしろがった。何かしら？　あててみましょうか……ダイヤモンドが散りばめられた小型のネクタイピンね。ううん、そうじゃない。ペットのアリにえさをやるための金のお皿。それともそうだ、赤ん坊の小指にはめる指ぬきかしら。

部屋にだれか入ってきたので、イラはそちらへ歩いていった。僕は壁によりかかりながら彼女を見つめた。彼女は輝くような笑顔を浮かべている。そして、光る深紅の絹に身を包み、あのすばらしい鈴をころがすような笑い声をたてて、部屋中を歩き回り、客に話しかけていた。その晩ほど幸せそうなイラは見たことがなかった。

しばらくして、メイがやって来て僕にワインのグラスを渡し、応接間へ案内した。そこは僕の知らない人たちであふれ返っていた。メイは何かいいかけたけれども、そのとき台所で何か一大事が起こったと呼びにこられた。僕はもう一杯ワインを取ると、肘掛けいすに身を沈めて目をつむった。

次に気づいたときには、メイがこういっているのがおぼろげにきこえてきた。起きて、起きてちょうだい。もう帰る時間よ。彼女の手が僕の腕に触れたのがわかった。目を開けると、メイが心配そうに僕を見下ろしている。部屋にはほかにだれもいない。

僕はふらふらしながら立ち上がった。何かいいかけたが、喉は紙やすりのようにがさがさし、声はかすれていた。イラはどこ？　僕はどうにか声を出した。どこにいるの？

メイは、落ち着きなさい、というように僕の肩に手を置いていった。イラはニックと一緒に家に帰ったわよ。明日の支度をしないといけないでしょ。お母さんは寝てしまったし、わたしも家に帰るところよ。

僕は肘掛けいすにもたれて指の関節を嚙んだ。イラが帰る前に、彼女に何かいうつもりだったはずだ。その言葉を何日間も頭の中で練習していたのに、なんだったのかも思い出せない。

あなたはどうするの？　とメイがたずねた。

フルハムに戻らなきゃ、といいながら、僕は必死に立ち上がった。

僕がコートとマフラーを取っている間、メイは腕組みして、黙ってこちらを見つめていた。僕がさよならをいうと、彼女は皮肉っぽくいった。あなた、今、おうちに帰るのは賢明かしらね。その様子からすると、とてもそうは思えないけどね。

僕は暖炉につかまった。大丈夫だよ、本当に。

提案があるんだけど。いくつかの点で、こっちのほうがあなたの案よりもいいと思うのよね、とメイは微笑みながらいった。一緒にイズリントンにいらっしゃいよ。あなたのために寝場所をつくって、何か食べさせてあげるから。そうしたら明日の朝には、すっかり元気をもり返したベンガル男子って感じで家に帰れるでしょ。お願いだから、ちょっとこっちの可能性を検討してくれないかしら。だって、あなたが今フルハムに向かうとしたら、わたしの明日の朝が台無しになるだけだもの。明日、何時間もかけて、あらゆる病院に電話をかけることになるわ。あなたがどこかに運び込まれていないかどうか、確認するためにね。

僕は反対意見をいおうとしたが、内心ほっとしたことに、何も思いつかなかった。

わかったよ、と僕はいった。きみのいう通りにする。本当に迷惑でなければ。

よかった、とメイはいった。聞き分けのいい子になってくれて、うれしいわ。

すでに地下鉄の最終電車を逃してしまっていたので、メイは無線タクシーに電話をかけることにした。タクシーは数分で到着した。メイは僕を連れて家の外に出ると玄関に鍵をかけた。

タクシーに乗ったとたん、僕の息遣いは荒くなり、ヒステリー状態を呈する前の一種の呼吸困難で喉が締めつけられるようだった。僕は窓を下ろし、頭を外に突き出した。空気は冷たく、深夜営業のお持ち帰り専用の店から酢をかけたチップスとフィッシュフライのきついにおいが漂ってくる。耳の感覚はうせ、目には涙があふれたけれど、突き刺すような空気が僕を刺激した。冬の朝にマスタードオイルのマッサージをしたあとのように体中がひりひりしている。陰嚢やももの皮膚や毛が生き返ったような感じだ。まるでイラの結婚を悲しむ方法を見つけようとするうちに、僕の体の一部が酔いにまかせて自らを刺激する手だてを発見したみたいだった。

腕に何かが触れた。メイが心配そうに僕を見ている。大丈夫？　と彼女はたずねた。止めてほしいっていう？

いや、と僕は首を横に振った。それから、腕に置かれた彼女の手を取って、自分の手の間でさすった。

あらあら、とメイは冷たくいって、手を引っ込めた。

僕は身を乗り出した。そして腕を彼女の肩の回りに滑り込ませ、彼女にキスして、耳たぶの上に舌をはわせたのだ。

一瞬、メイは驚きのあまり声も出なかった。息を止め、全身を硬直させている。それから彼女は僕の胸を両手で押し返した。

お酒の臭いがするわ、とメイは顔をしかめていった。面倒を起こさないでくれるといいけど。

ミラーの中で僕と運転手の目があった。西インド諸島出身の若い男だ。彼は無表情のまま、目を道路からミラーへ、それからまた道路へと、めまぐるしく動かしながら僕を見ている。僕の視線をとらえたとき、彼はダッシュボードのほうへ手をくねくねと伸ばした。そして何かをいじってから、それをかちんと音をたてて下に落とした。金属製の拳あてだ。次に僕と目があうと、彼はにやりとした。

家に着くころには、メイは不安そうだった。運転手に料金を払っているときの身振りがいかにもぎこちないのだ。でもそれを見ても、僕はどうしたんだろうと思っただけだった。彼女が怖がっていて、しかもその原因が僕だなどとは、これっぽっちも気づかなかった。

階段を上がるとき、音をたてないようにね。メイは一言ひとこと区切りながら、ゆっくりいった。大家さん、起こされるとものすごく怒るから。

静かにするよ、と答えながら、僕は手を伸ばして彼女の髪に指を走らせた。

やめて！と叫んで、メイは頭を僕の手から振りほどいた。どういうつもりなのよ？

シーッ！と僕はいった。大家さんが起きちゃうよ。

彼女はつま先立ちで階段をのぼってドアを開け、僕が入ったところですばやく閉めた。

さあ、あそこに行って、と彼女はベッドを指さした。ベッドに入ってすぐに寝なさい。悪いけど着替えはないから、そのままで寝るしかないわね。

今すぐに？僕はにやにやしながらいった。そんなつもりないよね、本当は。

お願いだから、と彼女はいった。声がかすれている。お願いだから、寝てちょうだい。

僕はベッドのほうを振り返った。幅の狭い小さなベッドに掛け布団と毛布がうず高く積まれていて、緑色のカバーがかかっている。

突然、僕はあることに気づいた。

でも僕があそこに寝たら、きみはどこに寝るの？僕は酔いにまかせてずるがしこくたずねた。

わたしは大丈夫、と彼女は急いで答えた。こっちのことは心配しないで。

でもさ、心配しないわけにはいかないよ、と僕はいった。どこに寝るの？

メイはベッドのところに行ってカバーをめくった。ベッドはすっかりきれいに整えられ、清潔な新しいシーツと枕カバーがかかっていたけれど、奇妙なことに使われている形跡がまるでなかった。掛け布団の下にはポプリの袋がいくつも入っていて、シーツは古くなったラベンダーとバラの香りがする。

どのみちベッドには寝ないのよ。メイはポプリの袋を取り出しながらいった。

へえ、本当に？　と僕はいった。それじゃあ、ここじゃなくて、だれのベッドで寝るの？

彼女は僕にちらりときついまなざしを向け、部屋の向こうの床を指さした。わたしはあそこで寝るの。

どこ？

メイは僕の問いには答えずに、戸棚を開けて薄いマットレスと毛布二枚とシーツを取り出し、部屋の向こう側まで運んだ。そして膝をつきながらマットレスを転がし、床の上に広げた。シーツとあまり変わらないような薄いマットレスだ。

そこに寝るなんて無理だよ。僕はびっくりした。まさか、信じられるもんか。それならどうしてベッドがあるんだい？

ああ、あれはね、と彼女はいった。人に見せるため。変に思われないようにね。

でも枕もないじゃない、と僕がいった。

ないわよ。メイは顔をしかめた。それに慣れるのが一番難しかったわね。

どうしてそんなことするの？　と僕はたずねた。ひどい寝心地だろうに。

それほど悪くはないのよ、と彼女は元気よく答えた。テレビでよくいうじゃない、「たいしたことじゃない」って。そもそもね、世界中のほとんどの人たちはこうやって寝ているんだから。大多数の人たちと運命をともにしてみようかなって思っただけよ。

彼女は立ち上がって手をはたいた。これでよし。さあ、ベッドに入って。お願いだから。

僕も苦行に加わってもいい？　と僕はたずねた。一緒にあそこで寝てもいい？

メイは笑い出したが、その顔には緊張の色が浮かんでいた。

明日の朝には、本当に馬鹿だったたって思うでしょうよ、と彼女はいった。思い出したとき、あなたがどんな顔をするか、楽しみだわ。

メイ、お願いだよ、と僕はいった。

馬鹿ね、と彼女は笑いながらいった。ただ単に酔っ払ってるだけよ。本当はそんなこと、したくないはずよ。わたしはあなたの独身の叔母さんでもいいくらいの年なんだから。

でもそうしたいんだ、と僕はいった。本当だよ。

さて、しらふのときにその台詞がいえるかしらね、と彼女はいった。今のところは、あきらめてもらわないとね。

メイは僕をそっとベッドのほうへ押しやった。さあ、お願いだから寝てちょうだい。

僕のこと、笑ってるんだね。そういいながら、僕は彼女の手を払いのけた。笑わないほうがいいよ。

僕は手を伸ばし、両手で彼女の頭をはさむと自分のほうへ引き寄せた。

お願いだからやめて。彼女は恐怖で目を大きく見開いた。お願いよ。

なんで？　といいながら、僕は彼女の開いた口にキスした。そして右手を首筋からブラウスの中へ、そしてブラジャーの肩紐の下へとすばやく滑らせた。

やめて！　メイは叫びながら僕の顔を引っかいた。

どうしてさ？　と僕はいい、左手で彼女を自分の体に押しつけてぎゅっと抱きしめ、両手が動かないようにした。それから右手を彼女の服の奥深くまで突っ込み、乳房を触った。

メイは歯を食いしばって必死にもがき、僕の手から逃れると、そのまま後ろに倒れてマットレスの上に仰向けになった。彼女の服がびりびりと裂ける音がして、僕の手は空をつかんでいた。見下ろすと、メイはマットレスの上にうずくまっている。服の裂け目から垂れ下がった乳房が、体にあたるように揺れていた。

この人でなし！　と彼女は叫んで、飛ぶように部屋の向こう側へ走っていった。電気が突然消えた。彼女が部屋を横切ってバスルームへ行く音がしたので、僕はそっとベッドへ向かい、その中にもぐり込んだ。

そのまますぐに眠ってしまったらしい。

翌朝目がさめると、頭はずきずきと痛み、口の中は胆汁の酸っぱい味がした。台所から皿のがちゃがちゃという音がきこえる。頭を起こすと、メイが流しに立っているのが見えた。色あせた茶色のコーデュロイのジーンズと白のセーターに着替えていて、白っぽい毛の交じった髪は輪ゴムでポニーテールに結ばれている。マットレスと毛布はきれいに丸められ、隅に立てかけられていた。

彼女に呼びかけようとしたとき、マットレスにうずくまって、あらわになった胸を隠そうとしていた彼女の姿が目の前に浮かんだ。僕は枕によりかかって目をつぶった。すると次第に、前の晩に自分がしたことやいったことのすべてが、ぞっとするほど詳細に蘇ってきたのだ。

メイは僕が起きたのがわかったのだろう。僕の顔ににじんだ汗も見たにちがいない。上のほうから低い声が重々しくこういうのがきこえた。どう？　何か食べられる状態かしら？

目を開けると、静かで威厳に満ちたメイの顔が僕を見下ろしていた。

メイ……と僕はいいかけたが、彼女のほうを見ることができなかった。僕は黙ってうなだれた。

なあに？　彼女は冷たい声で答えた。明らかに僕が何かいうのを待っている。

どうしたらいいのか……ともう一度いいかけてから、僕はやっとの思いで顔を上げた。メイはまだ僕を見つめたままで、そのまなざしは微動だにしなかった。

なんとかして言葉にしてもらわないとね、と彼女はいった。最低限、そのくらいはしてもらわないと。

ごめんなさい、と僕はいった。ほかになんていえばいい？　どれくらい反省しているか、どうやったら証明できる？

メイはまだじっと僕を見つめていたけれど、その口元がぴくぴくと動いていた。

もうマッチョ気分じゃないっていうことかしらね？　と彼女はいった。

そうだね。

メイの口元がゆがんで、笑みが浮かんだ。彼女は手を伸ばすと、僕の頭の後ろをたたきながらいった。

さあ、ベッドから出て顔を洗いなさいな。そうしたら朝食を作ることを考えてあげるから。

バスルームから出てきたときには、目玉焼きとトーストとオレンジジュースがテーブルの上に並んでいた。おなかがぺこぺこだった。前の晩に何も食べていなかったのだ。だがメイがまだ台所で忙しそうにしているので、僕はいすの後ろに立って彼女を待った。

待たないでいいわよ、と彼女が叫んだ。いいから、食べて。あんなに運動したんだから、おなかがすいているでしょ。

でもきみは？　と僕はぎこちなくたずねた。きみの朝ご飯は？

わたしがあなただったら、そんなことは心配しないわね、と彼女は答えた。実際、わたしがあなただったら、冷えてべたべたになる前にトーストと卵に取りかかるわね。そのパン、例の全麦パンなのよ。これを食べるといいんだって、最近いわれているじゃない。でも問題はね、一分以上置いておくと、またパン生地に戻っちゃうことなのよね。

それ以上言い争わずに僕は腰かけて食べはじめた。まもなくメイは皿を片付けおえ、立ったまま壁によりかかって僕が食べるのをながめた。

トースト、もう少しいる？　と彼女はたずねた。

うん、と僕は答えた。きみは？　何か食べないの？

彼女は僕にトーストをもう一枚渡して、首を横に振った。

じゃあ、朝ご飯はもうすんだの？

いいえ。

わけがわからなくて、僕はたずねた。それじゃ、どうするの？

今日は、朝ご飯を食べないの。

なんで？

メイは笑いながらいった。どう見てもカルカッタでは、好奇心は身を誤るっていう古いことわざは知られていないようね。ご質問への答えはね、今日は土曜日だから、朝ご飯を食べないってこと。

どういう意味？僕は煙にまかれたような気分になった。

土曜日は何も食べないの、と彼女はいった。断食日とでもいうのかしらね。

断食日？と僕はきき返した。つまり、毎週土曜日に断食してるってこと？

彼女はうなずいた。まさにそういうこと。

でも、なんで？

教義問答みたいになってきたわね、といって、メイは説明をはじめた。あのね、断食は、数年前に急にこう思いついたからなの。ときどき普段あるものをなしですますっていうのは、悪い考えじゃないかもしれないって。わたしやあなたに、あるいは人類に、といってもいいけど、将来、何が起こるかわからないじゃない。それならあらかじめがんばって準備しておいてもいいでしょ。わたしの場合は、一週間のほとんどの日はどれも似たようなものだから、土曜日にしてもいいかなと思ったの。ねえ、忠告しておいたほうがいいみたい。トーストがまた冷めちゃうわよ。

わからないな、と僕はいった。冗談なんでしょ。

ああ、お願いだから、と彼女はいった。この話は止めましょうよ。騒ぐほどのことじゃないもの。

彼女は台所へ行ってオレンジジュースのパックを取ってきた。

あなたの今日の予定は知らないけど。メイは僕のグラスにジュースを注ぎながらいった。わたしはね、街頭に出て大事な活動のための資金集めをしなきゃいけないの。割りあてられたのは、オックスフォード・ストリートとリージェント・ストリートのぶつかる角なんだけど、ここはね、わたしたち「グッド・ワークス」のメンバーの間では評判がいいのよ。実はね、ここが一番稼げるの。よければ一緒にいらっしゃいよ。

なんのための資金なの？

飢餓救済よ、と彼女はいった。主にアフリカのね。でもわからないじゃない？　あなただって、いつか恩恵を受けるかもしれないわよ。

うん、いいよ、といいながら、僕は唇についた蜂蜜とバターをなめた。一緒に行くよ。あまり役にはたたないかもしれないけど、行ってみたいから。

すごい人込みよ、と彼女はいった。それに忠告しておくけど、あまり快適でもないわよ。

ああ、人込みには慣れてるよ、と僕はいった。

さて、どうかしらね、と彼女はいった。この手の人込みには、ちょっと圧倒されるんじゃないかしら。

実際、彼女の予想はあたっていた。ポスターをわきに抱え、手に募金箱をもって地下鉄の駅からオックスフォード・ストリートとリージェント・ストリートの交差点に出るやいなや、僕は早くも人波にもまれていた。そして気がついたときには、ビニール袋や包みをどっさり抱えて足早に通り過ぎる買い物客の流れの中で、懸命にもがいていた。僕はいつの間にか人波に押し流され、周囲を見回したときには、照明とマネキンがきらきら光っているデパートの大きなショーウィンドウと、通り中を埋めつくしている買い物客の流れしか見えなかった。そのときメイの声がした。角に立ち、僕に向かって笑いながら手を振っている。メイのところに戻るには少し時間がかかった。僕は背中をショーウィンドウにくっつけるようにして、人の流れの中を必死に進んだ。

そうね、あなた、人込みに慣れてるわね、と彼女は笑っていった。

彼女は道路と歩道の間の柵にどうやってポスターをつるすのかを教えてから、僕の募金箱をたたいていった。行ってらっしゃい。いい収穫をね。

僕は人波の端に立って、期待をこめて募金箱をさし出した。だが十五分たっても、だれひとり立ち止まって箱の中にお金を入れようとしないのだ。いったい人々にはこっちの姿が見えているのだろうか、といぶかしみながら、僕はがっくりと柵によりかかってメイをながめた。

彼女がこの仕事に熟練しているのはすぐにわかった。普段のためらいがちでいくぶん恥ずかしがりやのメイはすっかり消え、声も大きくて堂々としている。彼女は人込みの中からひとりを選び、その人の目をとらえると、近寄って箱を突き出していた。すると相手は必ず箱にお金を入れるのだ。

僕はもち場に戻って彼女のやり方を試してみた。まもなく、人々は僕の箱にも硬貨を入れるようになった。二、三時間して箱が半分くらいまでいっぱいになると、僕はメイのそばに戻って募金箱の上に腰を下ろした。

もう疲れたの？　とメイがいった。

休憩、と僕は答えた。どこかでコーヒーでも飲めない？

だめよ、と彼女はいった。仕事しなきゃ。

教えてほしいんだけど、と僕はいった。「グッド・ワークス」の序列の中で、きみはかなり上のほうにいるよね。ヘリコプターをどこに飛ばすかだとかいったことを決める立場なんじゃないの？　絶対に、もうこんな肉体労働はしなくてもいいはずだよ。これは新米の仕事でしょ。

わたしはこの仕事が好きなのよ、と彼女はいった。だって、なんだか役にたっている気がするじゃない。

メイは僕を見下ろして微笑んだ。しかめたようなやさしい微笑みが、彼女の顔のきつい輪郭を和らげた。

あのね、と僕はいった。僕がはじめてきみに会ったとき、ちょうどそういう顔をしていたよ。覚えてる？　僕はあのとき、今みたいに、きみを見上げていたんだ。

あのころのあなただったら、相手がだれであれ見上げなきゃならなかったわよ、といいながら、メイは募金箱を紫色の帽子をかぶった女性に突き出した。

でも、覚えてる？　僕はたずねた。

ええ、もちろん、と彼女は答えた。ハウラ駅でしょ？

メイはフロンティア・メール号で到着した。父とトリディブと僕が彼女を迎えにいった。ハウラ駅に向かう途中、心配のあまり僕はトリディブに何度もたずねた。どうやってメイだってわかるの？　今、どんなふうになっているのかも知らないのに。ちっちゃな赤ちゃんだったときから会っていないんでしょ。だがトリディブは心配していなかった。なんとかわかるよ、と彼はいった。まあ見ていてごらん。

もちろん、僕は心配だった。彼らが写真を交換していたとは知らなかったのだ。

それでもひそかに僕は、メイを最初に見つけるのは僕だと確信していた。その名前からある推理をめぐらせていたのだ。僕ははじめメイという名前に戸惑った。どうして「五月《メイ》」なんていう、月の名前をつけられたのだろう、と思ったのだ。そのころ僕は何かで、イギリスのキンポウゲは五月に咲くという話を読んだ。となればあとは簡単、もちろんキンポウゲみたいだから、メイという名前がついたのだ。僕が最初に彼女を見つけるに決まっている。何を探せばいいのかわかっているのは僕だけなのだ。

僕たちがホームで待っていると、フロンティア・メール号が煙を上げて駅に入ってきた。おびただしい人込みが列車から飛び散り、ホームを埋めつくした。三十分待っても、メイの姿は見えなかった。自信をなくしかけたトリディブは、指の爪を噛みはじめた。僕は泣き出しそうになった。しかし結局は予想通りだった。僕が最初に彼女を見つけたのだ。彼女は両足の間にスーツケースをはさんで、お茶売りの横に辛抱強く立っていた。僕は呆然とした。彼女は想像していた人とはこれっぽっちも似ていなかったのだ。僕が自分を見つめているのに気づくと、メイはためらいがちに手を振った。それから父も彼女を見つけ、手を振り返した。

彼女はスーツケースをもち上げて、こちらに走ってきた。そしてホームの上に荷物をどさりと落とし、父と握手して、それから僕を見下ろした。彼女の顔は僕のずっと上のほうにある。メイはその位置でにっこりと微笑んで、僕の髪の毛をいじった。青い瞳がそよ風に波立つ水面のようにきらきらと光っている。

僕はもうがっかりなどしていなかった。彼女がおよそキンポウゲのようでないのも、気にならなくなった。彼女は十分にエキゾチックだった。

メイは背筋を伸ばして僕の頭上を見たときに、ちょっと後ずさりした。その視線の先にいるのはトリディブだと知っていたから、僕は後ろを振り向かなかった。トリディブにあいさつをする彼女の顔を見たかったのだ。最初、メイは相手がトリディブだとわからなかった。というのも、彼女の顔にはごくありきたりの笑みが浮かんでいたからだ。まるで、この人はこの坊やたちと一緒に来たのだから、とりあえず礼儀正しく微笑んでおきましょう、とでもいうように。それからその笑みが消えていき、目が大きく見開かれた。片手を上げ、トリディブのほうを指さしながら、メイはいった。まさか、あなたじゃないわよね、あなたじゃ……。

僕はふたりをもっとよく見るために、するりとわきへずれた。

トリディブは恥ずかしげにうなずいた。彼がどうにか微笑もうとしているのがわかる。責める気にはなれなかった。その瞬間はあまりに強烈だったから、僕が彼の立場だったら、やはり微笑むことなどできなかっただろう。

次にメイがとった行動は、スローモーションの映画みたいに今でも頭の中に再現できる。せわしないホームの騒音やざわめきが、一瞬、蒸発してしまったようだった。お茶売りの男は口をぽかんと大きく開け、父は信じらないというように目を見開いている。

メイはトリディブに近寄り、彼の左右の頰にキスしたのだ。

ホームのあらゆる方向から口笛が吹き鳴らされ、もう一回、もう一回、という大声の合唱が起こった。トリディブの眼鏡は曇り、彼は恥ずかしさで張り裂けんばかりだ。

あら、ほんとにごめんなさい、とメイがいった。顔を赤らめている。明らかに、ここではしてはいけないことのようね。

いや、いいんだ、とトリディブはどもりながらいった。どうもありがとう……。

何を見てるんだ。父はきつい声を出して、僕たちの周りに集まってきた人々を手で追い払った。それからメイのスーツケースをもち上げ、僕たちを駅の外まで誘導した。

家までの道すがら、トリディブは、大昔にロンドンにいたときのことを話した。ある朝、庭に座っていたトリディブは、家の中からプライス夫人に呼ばれた。応接間に行ってメイを見ていらっしゃいといわれた彼は、戸惑いながらゆりかごのところへ行って中をのぞいた。メイの姿を見たとき、彼の髪の毛はいっせいに逆立ち、もう少しでズボンをおしっこで濡らしてしまうところだった。彼は部屋を飛び出しながら叫んだ。メイが虫になっちゃった。顔は真っ黒でぴかぴかしているし、鼻は黒くてとがっていて、豚みたいだよ。

あとでみんなが笑いながら説明してくれた。あれはただの防毒マスクで、赤ちゃん用のものなのだ、万が一、ドイツが毒ガスの爆弾を落としたときにメイを守ってくれるんだよ、と。けれどもトリディブはその説明をきいても、マスクがはずされて、いつもの柔らかいピンク色のメイの顔が見えるまで、納得しなかったのだった。

僕はちらりとメイを見た。彼女が笑っているのを見て、僕の心はひきつけられた。

メイはしかし、トリディブがこの話をしたのを覚えていなかった。興奮のあまりきちんと話をきいていなかったのだ。

メイは横を通り過ぎていく買い物客の流れを見ながら、顔をしかめた。今日はもう十分ね。この残りの連中の魂は、さしあたり自己満足の世界に放っておくとしましょう。さあ、角を曲がったところにある小さなお店に連れていってあげる。そこでコーヒーが飲めるから。

きみも断食を破るってこと？ と僕はたずねた。

ものすごく誘惑されるけど、と彼女はいった。でももうちょっと我慢するわ。

僕たちはポスターを巻くと、激しい人の流れの中を突き進んだ。ようやくリージェント・ストリートのわきの小さな路地にたどり着き、メイはサンドイッチバーに僕を案内した。曇ったショーウィンドウの向こうに、サラダやえびやサラミの皿がずらりと並んでいる。中に入るとパンとマヨネーズのにおいがした。片隅にカウンターがあるだけの小さな狭い店だが、奥の壁が大きな鏡になっていて、棚のような薄いテーブルがその中に埋め込まれているせいで、実際よりも広く見える。メイが高いスツールを二脚見つけ、僕たちは店の奥の棚までそれを運んでいった。それから僕はカウンターに戻ってサンドイッチを選び、自分用のコーヒーを買った。テーブルに戻ると、メイは鏡をのぞき込んで声をたてずに笑っている。

どうしたの？ と僕はたずねた。

彼女は首を横に振った。あの馬鹿げたお話のことを考えていたのよ。わたしが赤ん坊のとき、防毒マスクをかぶっていたっていうお話。

メイは、あのときトリディブの話をきいていたわけではないのに、とにかく笑ったのは覚えていた。笑ったわけは、ほっとして気持ちが軽くなったからだ。列車の中では一日中怯えていた。本当のところ、デリーに到着して以来、ずっとそんな状態だった。なぜなのかは思い出せない。実際には理由などなかった。でもあの恐怖感、ホテルの部屋に閉じこもっていたときの気持ちは、記憶に残っている。幼いころ、プールの水深のあるところでひとりきりになってしまったときのようだった。怯えていたのは、自分がひとりきりだったし、何をすればいいのかわからなかったからだ。ある朝は、手のない女性にお金をせがまれて、どうしたらいいのか悩みながら、麻痺したようにその場に立ちつくした。できることといったらお金をあげることぐらいだが、それでは何もしていないのと同じことだ。それは無力さを意味する行為だった。メイは無力であることに慣れていなかった。そのときまで彼女はつねに、何かをするということに慣れていたのだ。

メイはまずデリーとアーグラーに行くのがいいだろうと思っていた。そうすればトリディブに、彼の呼び出しにこたえてインドに来たのでないと知らしめることができる。でももうアーグラーに行く元気はなくなっていた。彼女はデリーのホテルの部屋に閉じこもって、ベッドに横になりながら、どうして来てしまったのかと考えていた。もちろん、好奇心ということを除けば、まともな理由などひとつも思いつかなかった。つまりウェスト・ハムステッドの向こうに何があるのかを知りたいという好奇心で、それは会ったことのないこの男性に集中していた。でもホテルのベッドに怯えながら横になっていると、好奇心ではとても五千マイルを旅する理由にはならない気がするのだ。好奇心などというのは、何をする理由にもなりそうにない。そもそも、好奇心ってなんなのかしら？　彼女はどうして自分が好奇心をもったのかを考えようとして、懸命に努力したけれど、どうしても思いつかなかった。好奇心がなんなのか、もうわからなくなっていた。それはすっかり消え去っていた。

そのかわり、気がつくとトリディブのことを考えていた。カルカッタの駅で待っている彼を想像しようとしたけれど、駅がどんな様子なのかもまるでわからない。ロンドンのパディントン駅がもっと混みあっている状態を想像して、新聞売り場で待っているトリディブを思い浮かべてみた。自分は彼のほうへ歩いていき、手をさし出して、すました調子であいさつをする――はじめまして。でも彼は答えない。こちらを向いてかすかに微笑んで、明るい突き刺すような視線で自分を見回している。トリディブは、彼自身が送ってよこした写真とそっくりだ。強烈で、陰気で、かなり奇妙な人物だ。するとメイは本当に怖くなった。知らない国でそんな男性と、ひとりきりで会いたくはなかった。だからメイは僕の父に電報を打って、駅に迎えにきてほしいと頼んだのだ。

でもあのとき、彼女が僕の頭越しに見たトリディブは、写真の人物とは似ても似つかなかった。不器用そうで、笑ってしまうほど若くて、どこか人を安心させるところがあった。それに、眼鏡のせいでうんと大きく見える目を、不安で恥ずかしげな様子でしきりにぱちぱちさせているのはちょっとおかしかった。メイは思わず彼に腕を回していたのだ。ただ純粋に、ほっとしたからだ。彼女はどうしてここにやって来たのかをようやく理解した。うれしかった。好奇心とはなんの関係もなかったのだ。

メイは僕たちの家の客間をあてがわれた。庭に面した風通しのいい大きな部屋だ。僕はベッドに座って、彼女が手紙を書いたり、リコーダーを吹いたり、髪の毛をとかしたりするのを観察したものだ。彼女のにおいが大好きだった。シャンプーと石鹸のほかに、何かのにおいが混ざっていたけれど、僕は香水のにおいが嫌いだったから香水ではない。涼しげなそよ風のような香りだった……。

僕は身を乗り出してメイのセーターをつまみ、そのにおいをかいだ。彼女は驚いて後ろに身を引いた。

今度は何？　と彼女はいった。何をしようってわけ？

今でも同じにおいがするかと思って、と僕はいった。

それで？

うん、するよ、と僕はいった。同じにおいだ。なんなの？

彼女は自分でもセーターのにおいをかいで、顔をしかめた。汗？　あか？

ちがうよ。何か別のもの。

わかったわよ、と彼女は笑いながらいった。白状するわ。ラベンダー水よ。

あとになって、思春期に入ったとき、僕はメイをあんなふうに見つめたり、においをかいだり、彼女の服にこっそり触っていたことを思い出し、恥ずかしさで穴に入りたいほどだった。自分のしていたことを思うといてもたってもいられなかったが、そんなときには自分自身に反論して、平衡を取り戻そうとするのだった。メイは気にしなかったんだから、と僕はいいきかせた。きっと注目されて悪い気はしなかっただろう。気づいてもいなかったかもしれない。そもそも、彼女にとって僕は火星人の少年みたいなものだったんだから。しかしそこで、僕はまた恥ずかしくなるのだった。真実でないとわかっていたからだ。本当のところは、メイはやさしい心のもち主で、僕がじろじろ見るのを許してくれていたにすぎないのだ。

ある晩、僕とメイは散歩に出かけた。僕は彼女をサザン・アベニューを通ってゴール・パークのほうへ連れていった。昔住んでいたアパートを見せたかったし、モントゥに見せつけてやりたかったのだ。というのも、学校でわが家のお客さんのことを自慢したら、モントゥは笑って僕のいうことを信じようとしなかったから。

道の途中で僕たちは「綿男」に出くわした。彼はいつものように、自分の商売道具を指ではじいていた。長い弓のような形をしていて弦が一本。古いマットレスや掛け布団の綿をふくらませるのに使うものだ。メイは彼を見ると、歩道にじっと立ち止まって僕にたずねた。あの楽器は何？　僕が答えを探しているうちに、彼女はいった。ハープの一種じゃない？　ハープがなんなのかはわからなかったけれど、彼女があまりに熱心な表情をしていたので、僕はとにかくうなずいた。彼女は予想があたったと喜んだ。ねえ、お願い、と彼女はいった。ちょっと止まって、わたしたちのために演奏してほしいって頼んでくれない？

もう選択の余地はなかったから、僕は彼のところへ行くと、こういった。この外国人のご婦人が、その道具の音をききたがっているんだ。歩道に座って、ちょっと鳴らしてもらえない？　彼は仰天したけれど、うなずいた。そして道端にしゃがみ込むと、弦をきちんとかき鳴らした。僕たちはしばらくの間、その深くて単調なブーンブーンという音に耳を傾けた。メイはちょっとがっかりしたようだ。この楽器の音は限られているわね、と彼女はいった。そう思わない？　それでもメイは綿男に五ルピーを渡し、彼は大喜びで弦を鳴らしながら去っていった。

そのあとで結局ゴール・パークに行ったのか、モントゥをへこましてやったのかは記憶にない。

覚えているのは、家に帰ったときには、すでに両親がこの話を知っていたことだ。綿男が立ち寄って、僕とメイに会ったときのことを話してしまったからだ。父は笑いすぎて、しゃっくりまでしていた。僕はなんとか黙らせようと父に向かってしかめ面をしたが、効果はなかった。秘密はばれていた。はらはらした。メイは事実がわかったら、僕に腹をたてるだろう。もう部屋の中に座らせてくれないにちがいない。ところが、彼女は怒らなかった。ただその青い目を輝かせ、僕の髪の毛をくしゃくしゃにして、こういったのだ。じゃあ、わたしをからかっていたってわけね？

彼女は僕の心を勝ち取った。

何年もたってから、メイと綿男の話をイラに話すと、彼女は口元をゆがめていった。まったく彼女らしいわね。ロンドンにいても、素朴そのものって感じの人だもの。小さな町からロンドンまで週末の往復切符でやって来るご立派なご婦人たちみたいにね。

でも、それは僕のいいたかったこととはまるでちがった。僕には、メイの好奇心は無邪気さから生まれているように思えた。その無邪気さのせいで、メイは、僕の知っているほかのあらゆる女性とまるで異なっていたのだ。それは無知からくる無邪気さではなくて、まっすぐで浮世離れした無邪気さ、僕がそれまでどんな女性の中にも見出さなかったものだ。母や親戚をはじめ僕の知っている女性たちは、どんなに世間から隔絶されていようと、大家族と折りあっていく中で養われる独特の世俗的な如才なさを例外なく身につけていた。しかもそうした性格は、世間から隔絶されればされるほど顕著になるようなのだ。

メイは、カルカッタにいる間、特に最初の数日間は、トリディブと外出するときには僕も一緒に連れ出した。ある朝、トリディブは僕たちを青の古いスチュードベーカーに乗せて、メイがとりわけ見たがっていたヴィクトリア記念堂に連れていった。僕も一緒に行かなければいけないといい張ったのはメイで、もちろん僕は喜んだ。ヴィクトリア記念堂のあたりでチャートやアイスクリームを食べるのが好きだったのだ。行きの道で、前の座席によりかかりながら、僕はそこで売っているあるとあらゆる素敵な食べ物のことをメイに話した。彼女はいう通りにした。巨大な大理石の建物がちょうど目の前にきたときだ。僕は叫んだ。メイ、見て！ ロウアー・サーキュラー・ロードとチョウロンギ通りの角に着くと、僕は彼女に目を閉じるようにいった。

まあ！ メイがものすごい大声で叫んだのを思い出す。トリディブはびっくりしてブレーキを強く踏み、スチュードベーカーはヴィクトリア女王の巨大な黒い彫像の足元で突然止まった。僕たちは王様に謁見するときのようにヴィクトリア女王の像をながめ、それからトリディブと僕は笑い出した。というのも、イラの母親が、まさにその彫像にちなんでヴィクトリア女王と呼ばれていたからだ。ちょうどその彫像と同じように、堂々と手をいすの肘掛けに置き、コップを笏のように握りしめて座るものだから。僕たちはメイに、家族の間の冗談を説明しかけたが、途中で何を話しているのかわからなくなってしまった。そのときトリディブと僕は同時に、メイが頭をそむけて、彫像と建物から目をそらしているのに気づいた。

彼女は僕たちに見られているのがわかると、車のドアを開けてこういった。さあ、あの記念堂を見ましょうよ。

僕たちは鉄の門のところまで行き、奇妙な小型のドームと縮こまったミナレットを見つめた。それからメイは僕の肩に手を置いていったのだ。お願い、もう行きましょうよ。我慢できないわ。

彼女の顔は真っ青だった。トリディブが彼女の体に腕を回して車まで戻り、彼女が中に入るのを助けた。彼は僕に車に乗るように合図して、自分もハンドルの前に座った。そしてぼんやりしながら車のキーに手を伸ばしたが、そのまま手を下ろし、メイを振り向いた。メイは放心状態でダッシュボードを見つめ、座席にうずくまっている。

トリディブは手を伸ばして彼女のあごを手の平で包み、その顔を自分のほうに向けた。メイ？

彼はささやいた。どうしたの、メイ？

彼女は歯を食いしばったまま、彼を見ようともしない。

どうしたの？　教えてよ。

ここにあるべきじゃないわ、と彼女は思わず口を開いた。暴力的だわ。いやらしい。

トリディブは笑い、彼女の顔を仰向けさせた。大きく見開かれた目が、まっすぐに彼を見つめている。

いや、そうじゃない、と彼はいった。これがまさに僕たちの廃墟なんだよ。僕たちが探していたものなんだ。

すると彼女も笑い出した。そして自分の手を彼の手の上に置き、その手の平を裏返すと、そこにキスしたのだ。

ええ、と彼女はいった。わたしたちの廃墟はこれでいいわね。

それからトリディブは僕に五ルピー紙幣を渡し、どこかで好きなものを食べてくるように、自分たちは待っているから、といった。
ほかのことはずいぶん忘れているのに、どうしてこのできごとは覚えているのだろう？　わからないけれど、たぶん彼らがあんなふうに見つめあったからなのだろう。あんなふうにトリディブがメイに触れ、メイがトリディブの手の平にキスし、微笑みを交わしたからなのだろう。まるでふたりの間には、僕には絶対にわからない秘密があるとでもいうように。僕はあのとき、子どもだけが感じることのできる、痛いほどの嫉妬を覚えた。なぜならトリディブのことを理解するのは、いつも僕だけの特権だったはずなのだ。ところがあの日、ヴィクトリア記念堂で、僕はその特権を失ったのだとわかった。いつの間にかメイに盗み取られてしまったのだ。

　僕がこのできごとを覚えているのにはほかにもわけがある。あの日、メイは僕にとってのあの場所をちがうものにしてしまった。あれ以来、そこに行っても、二度と昔のような期待に満ちた明るい気分にならなかった。あの建物には何か別のもの、別の意味があると知ってしまったからだ。僕には理解できないが、僕にはおかまいなしに、あそこにはある意味が存在しているのだ。ヴィクトリア記念堂は何かに取りつかれた場所になった。そこに行くと必ず、トリディブのやさしい声がこうささやくのがきこえる。これが僕たちの廃墟だ、僕たちが出会う場所なんだ。僕は何度もこの言葉に思いをめぐらし、この言葉は僕の頭の中に鳴り響いた。言葉を分解し意味を考えてみたのだが、いつも何もわからずに終わってしまうのだった。そう、メイがイラの結婚式の翌日の午後、サンドイッチバーで鏡をのぞき込みながら、トリディブが書いてきた廃墟についての手紙のことを話してくれるまでは。

ある晩のことだ。父はメイにダイヤモンド・ハーバーを見せなければいけないと思いたった。暇がなかった父はトリディブに、日曜日に僕とメイのふたりを連れてドライブに行ってはどうかと提案した。トリディブがどう答えたのか覚えていないが、僕を連れていくのに乗り気でなかったのは確かだ。

僕は行くからね、と僕は叫んだ。僕抜きで行くなんて、だめだからね。

するとメイは、僕を腕の中に引き寄せて抱きしめながらいった。もちろん、あなたも一緒に来るのよ。あなた抜きで行こうなんて、夢にも思わないわよ。

トリディブはうなずくしかなかった。

日曜日の朝、トリディブが僕たちを迎えにきた。彼はうわの空で、なんだか様子が変だった。家を出て何分もしないうちに、曲がるところを間違えたのだが、それに気づきもしない。僕が間違いを指摘しなかったら、ダルハウジー広場に行くはめになっただろう。

ほらね。メイがご褒美にぽんと僕をたたいていった。あなたがいなかったらたどり着けないところだったわ。

まもなく僕たちは街を抜け、おんぼろのスチュードベーカーの出せる最大の速度でがたがたと進んだ。トリディブとメイはあまり話さなかったから、ひたすら僕が話した。モントゥやほかの友だちのこと。今、学校で僕たちが計画していること……。でもふたりとも僕の話になどおよそ関心がなさそうだった。メイは窓から顔を出し、風に髪をなびかせ、そよ風の中で波打っている美しい緑の水田に歓声を上げた。トリディブは古いスチュードベーカーの固いハンドルとせわしなく格闘していた。

一時間ぐらいたっただろうか。車が堤の上の道を水田を見下ろしながら走っていたときだ。前方に、小さな正体不明の物体が道の真ん中に投げ出されているのが見えた。スピードを上げて運転していたトリディブは、とっさにハンドルを切り、メイと僕は窓から首を伸ばした。胴体のよじれた血まみれの動物の姿がちらりと目に映り、僕は急いで目を閉じた。メイがこう叫ぶ声がした。犬よ！　まだ生きてるわ！

えっ？　トリディブはミラーに目をやりながらいった。車はスピードを上げている。僕には見えなかったな。

車を止めないつもり？　とメイが甲高い声を出した。

車を止める？　トリディブは戸惑いながらいった。なんで？　なんのために？

まだ生きているのよ、とメイは「生きて」の部分で声を張り上げた。あの犬のために戻らなきゃ。

どうして？　とトリディブがたずねた。僕たちにはどうしようもないよ。

車はそのままスピードを上げ続けた。

メイは膝の上で手を組むと、一眠りするかのように座席に深く腰かけた。そしてトリディブのほうを向き、落ち着いた声でこういったのだ。今すぐ車を止めないんなら、ドアを開けるわ。

トリディブは肩をすくめて車を止めるとUターンさせた。ありがとう、といってメイは彼の腕に手をおいたが、彼は無表情にその手を振り払った。

車は犬から数フィートのところで急に止まった。メイは飛び降り、道路を駆け足で渡った。トリディブと僕がそのあとを追った。

犬は横向きに転がり、背中が真ん中のところで直角に折れていた。くんくんと鳴いている口元から、血がゆっくりとひも状に流れ出ている。

背骨が折れている、とメイが重い口調でいった。全身に震えが走ったようだった。車にはねられたんだわ。

メイは顔をゆがめて目をそむけた。それから深呼吸し、自分を奮いたたせて犬をもう一度調べると、車に戻って、いつももち歩いている大きな革のハンドバッグを取ってきた。そしてバッグを開けてペンナイフとハンカチを取り出したのだ。

どうするつもりなの、と僕はうろたえながらトリディブに大声でいった。やめさせて。やらせちゃだめ。

トリディブの手がすっと伸びて彼女の手首をつかんだ。だめだ、と彼はいった。危険すぎるよ。こいつはまだ嚙みつけるんだ。狂犬病にかかっているかもしれない。

メイは何もいわずに彼の手を払いのけた。ハンカチを広げて自分の左手に巻き、犬の横にひざまずいた。犬は彼女に嚙みつこうと、血走った目を激しく動かし、飛びかかれる高さまで頭をもち上げようとしている。メイはハンカチで包んだ手でその鼻先をすばやく突いたが、犬は突然頭をもち上げ、口から泡を吹きながら彼女の手に飛びつこうとした。メイは間一髪で手を引っ込めた。ハンカチの端は犬の歯で引き裂かれている。彼女は震え出し、顔から汗を出したまま、尻もちをつきはあはあと息をした。犬はふたたび道路の上に頭をどさりと落としたが、そのまま彼女をじっと見据え、喉の奥から、唸り声というにはあまりに弱々しい小さなグルグルという音をたてた。

そのままにしておこうよ、メイ。トリディブが頼むようにいった。僕らには何もできないよ。

彼女はちらりとトリディブに目をやった。

ちょっとは手伝えないの？　と彼女はいった。あなたは口だけなのね。実際には何もできないわけ？

トリディブは立ち上がり、犬に姿を見られない位置に回った。それからしゃがみ込んで、犬のほうへ蟹のようにじりじりとにじりよった。犬は彼の足音をきいて頭を動かそうとしたが、思うようにならず、小さな声で鳴きはじめた。トリディブは犬に突進し、その首と頭を両手でぎゅっとつかむと、タールで舗装された道路の上に押しつけた。トリディブの手から逃れようとして犬は前足を激しく動かしたが、すでにかなり弱っていたから、トリディブに難なく押さえ込まれた。

メイは前かがみになり、破れたハンカチに包まれた左手を使って犬の口を閉じた。それからぱちんと親指でペンナイフを開き、犬の頭を後ろへ押すと、ナイフの刃を頸静脈にあてて皮を切り裂いていった。ナイフが犬の堅い毛を擦るとき、のこぎりを引くような鈍い音がした。犬の上半身は狂ったようにけいれんし、その足はメイの足を引っかこうともがいている。メイはペンナイフで最後の致命的な一突きを加え、後ろに飛びのいた。犬の首のぎざぎざした切り口から血が噴き出す。犬のよじれた全身は激しくけいれんし、それからじっと動かなくなった。

メイはペンナイフを地面に落としてそのまま立ちつくした。彼女の手と腕は血だらけだ。彼女は堤を下りて水の張った水田まで行き、つけ根まで腕を水に浸した。そして長い間そこに座って、手や腕や顔を洗っていた。

トリディブと僕が車の中に座っていると、メイが堤をよじのぼって戻ってきた。彼女は車に乗り込んでドアをそっと閉めていった。ごめんなさいね。メイは明るく元気に振る舞おうとしたけれど、その声には緊張が残っていた。トリディブが車のエンジンをかけたとき、彼女はいい足した。とにかくもうすんだことだもの。さあ、あなたの港に行きましょうよ。

トリディブは彼女を見ずにいった。謝ることはないよ。正しいことをしたんだから。

彼は車のキーを回した。そして車ががたがたと動きはじめたとき、咳払いをしてからいったのだ。きみに約束してほしいことがあるんだ。

何を？ メイは明るい声でたずねた。死にかけている犬をこれ以上殺さないってこと？

いいや、そうじゃなくて、と彼は微笑んだ。彼はあごを上げて、床屋がかみそりの刃をあてるように人差し指を自分の首に走らせた。

約束して、と彼はいった。いつか、もし必要になったときには、僕にも同じことをしてくれるって。

あのときメイは笑ったと思う。不安げに。

カルカッタに戻ったときには日が暮れていた。トリディブは、僕を門のところで降ろしていった。メイと僕は外に食べにいくからって、お父さんとお母さんにいっておいて。あとでメイを家まで送るから……。

わたしもコーヒーがほしいわ、とメイがいった。今日の断食はもう十分ね。

彼女はカウンターに行き、コーヒーとサンドイッチを買って戻ってきた。

わたしたち、彼のあの古いお家に行ったのよ。メイはコーヒーをかきまぜながら、鏡の中の僕に向かっていった。

まっすぐ彼の部屋に行ったの。本当にふたりっきりになったのは、あれがはじめてだった。彼は電気をつけて、部屋の真ん中に突っ立って、ただじっとこっちを見ていたの。なんだか奇妙な修道院みたいな部屋でね。裸電球がぶら下がっていて、床には本が古新聞みたいに積んであって、マットと枕が散らばっていて――大人の男が安らぎを求める場所にはとても見えなかったわ。

彼は窓のところへ行って、そわそわと掛け金をいじってみたり、窓を開けたり閉めたりしてね。それからこっちを振り向いたの。少年みたいだった。とてもやせていて、角張った小さな顔でね。髪の毛を短くして、黒い目を輝かせて……。悲しそうな表情で、何かいっていたわ。この時をどれほど長いこと待ち望んでいただろう、とかなんとかって。

わたしは何もいえなかったの。彼のそばに寄って、肩に手をおいたわ。彼の背の高さはわたしとそれほど変わらなかったのよ。それからわたしたち、長い間、見つめあっていた。彼って恐ろしく恥ずかしがりやで、本当にかわいそうなくらいだったわ。何かいいたかったのね――愛とかなんとかいうことを――でもわたしはいわせなかった。ききたくなかったから。

それで、きみは？　と僕はたずねた。

彼女はプラスチックのスプーンをカップから取り出し、指の間でくるくる回した。わたしが何なの？　と彼女はたずねた。

彼を愛してたの？

わからないわよ、と彼女はいった。わかると思う？　あなたにそんなことをきく権利なんてあるかしら。この十七年間、わたしがずっと何を考えてきたと思っているの？　わからないのよ。少しでも本物だったのか、愛していたのか、それとも彼の周りに漂う敗北感にひかれただけなのか。わからないのよ。そのあとで起こってしまったことは何もかも、わたしのせいなのか。本当に彼を愛していたら、別の行動をとっていたのかしら。あれ以来、わたしが何をしてきたと思う？　ずっとあの罪の意識と闘ってきたのよ。わからないわ。ただただ、わからないのよ。あんなに短い時間の中で、あんなにわからないことばかりあって、どうすれば答えが見つかったっていうの？　わたしは若かったのよ。自分に何が起きているのかもわかっていなかった。

それで？　と僕はたずねた。

彼女は鏡の中の僕と目をあわさないように顔をそむけた。

覚えているのはね、と彼女はいった。彼がこういっていたことよ。愛しい人、心から愛しい人、海の向こうの愛しい人。きみを僕のところにとどめておくにはどうすればいいんだ？　でも、それはただのささやき声だったわ。

彼女はポスターと募金箱を拾い上げて立ち上がった。もっていって、と彼女は手つかずのサンドイッチを僕にさし出した。包めば家にもって帰れるでしょ。わたし、もう行かなきゃ。もう遅いし、ミーティングに出ないと。それに、このお金を渡さないといけないでしょ。

僕たちは一緒にバーを出て、無言で路地を歩いた。彼女の態度はぎこちなくて、僕といるのが落ち着かないようだ。リージェント・ストリートの人込みの中に戻ったとたん、彼女は僕をおいてさっさと前を歩いていった。僕は地下鉄の駅の入り口で彼女に追いついた。

メイは立ち止まって僕を探していた。募金箱が手の中でがちゃがちゃと音をたてている。彼女は、手にしている巻いたポスターが、地下鉄の駅に下りようとわきを通り抜ける人たちの胸元にあたるたびに、ごめんなさいという奇妙な笑みをかすかに浮かべた。不安そうで、何かに気をとられているようだ。しかしその青い瞳に光があたって、白っぽい毛の交じった髪が風で顔に吹きつけられたとき、メイは急にずっと若がえって見えた。それは僕が昔、ハウラ駅のホームで見上げたときのメイによく似ていた。

どうしてあなたに何もかも話しちゃったのかしら。メイは近寄ってきた僕にいった。これまでだれにも話さなかったのに。

もちろんそうだろうね、と僕はいった。ほかに話せる相手なんて、いなかったんだから。僕くらいトリディブを知っている人間はいないもの。

彼女の腕からポスターが落ちたので、僕はそれを拾ってもう一度彼女のわきに押し込んだ。

さて、とメイは動揺しながらいった。もう行かなきゃ。遅れちゃったわ。ミーティングはたぶんもう始まってるわね。

待って、と僕は呼びとめた。すぐに次の言葉が出なくて、僕は咳払いをした。

メイ、と僕はいった。昨日の晩のことだけど、本当にごめん。ほかになんていえばいいのかわからないけど。

いいのよ。彼女はぶっきらぼうにいった。あのときはちょっと怖かったけど、本当はね、そんなには気にしちゃいなかったのよ。実をいえば、びっくりしたの。だれかがこのわたしのことをあんなふうに思うなんてね。

本当に？　と僕はたずねた。

ええ、本当に、とメイはにっこりした。

メイは募金箱をがちゃがちゃさせながら僕の手をぎゅっと握りしめ、去っていった。

デリーに戻る数日前、僕はプライス夫人に最後のお別れをいうためにリミントン・ロードを訪れた。

その週の前半のある朝のことだ。夜が明けてまだ間もないうちに、だれかが僕の部屋のドアをたたいた。

イギリスですでに二度目の九月を迎えていた。短いイギリスの夏はとうに終わりを告げている。僕はフルハムのぼろ家に部屋を借りていて、そこの朝はとても寒かった。ノックの音は何層も重なった毛布の向こうからきこえてきたが、僕は無視したまま寝返りをうち、自分の手足をひんやりとしたベッドの隅から引っ込めようとした。僕の部屋の小さなガスヒーターは何時間も前に消えていた。それは五ペンス硬貨を入れると動くしくみで、僕の蓄えは夜中の三時ごろにつきてしまったのだ。ノックの音がやまないので、とうとう僕はベッドから起き上がった。部屋は冷蔵庫のようで、笑ってしまうほど寒く、窓は製氷皿みたいに霜で覆われている。僕はコートを羽織り、足を引きずるようにしてドアまで歩いていった。

そこにいたのはケリーだった。隣りの部屋に住むアメリカ人の女の子だ。シアトル出身で美術の勉強をしていて、ロンドンで六か月間過ごしたあと、ローマとパリに行くことになっていた。僕たちはその家で数か月間一緒に暮らすうちに仲良しになったのだった。この家にはいろいろな種類の学生や放浪者が五、六人いたけれど、ほとんどは他人と交わろうとしなかったし、一か月以上滞在する者もまれだった。ケリーと僕がはじめて会ったのは七月のある日の夜遅くで、階段の踊り場でだった。僕たちのいた階の三つ目の部屋で続けざまにどたんどたんという大きな音がしたので、ふたりとも自分の部屋を飛び出したのだ。そこには鬚を生やした若いスカンジナビア人が最近入ったばかりだった。むちを鳴らしているような音で、妙に心をかき乱し、どこか不吉な感じがする。しかも音と音との間に長くて低いうめき声がするのだ。僕が医者を呼ぼうというと、ケリーはこっちを向いて賢こそうな笑みを浮かべながら、首を横に振った。必要ないわよ、と彼女はいった。あそこでお楽しみみたいだから。もう一度きいて、彼女の言葉が正しいとすぐにわかった。そこで、医者を呼ぶかわりに、ケリーと僕は台所へ下り、そこで彼女がバラの実のお茶を入れてくれたのだった。最初、彼女は僕のことを、たぶん僕の目のせいだろう、中国人だと思っていた。インド人だというと、彼女は興奮したふりをしたのだが、見るからにがっかりしていた。あとでわかったのだが、彼女は食事療法で牛乳と乳製品の摂取を禁じられていたせいで、中国に興味をもっていた。中国人は牛乳を好まないとどこかで読んだ彼女は、即座にこの国に親近感をもったのだ。やがて僕は彼女に、自分も牛乳が好きではないと納得させることができたので、僕たちは仲良しになった。

その朝、ケリーは藍色のスウェットの上下を着ていて、僕の部屋のドアをたたく合間に踊り場でジョギングしたり、にぎり拳でももをたたいたりしていた。彼女は僕よりも八インチ以上背が高く、はるかに頑丈な体格で、角張った大きな顔をしている。

おはよう、と彼女はいった。下の電話、あなたによ。女の人から。

コート姿の僕を見て、彼女はくすくすと笑った。あらまあ！ と彼女はいった。かわいそうに。本当に寒いのね。

彼女は一瞬ジョギングをやめて、僕を抱きしめた。

こんな原始的な国に住んじゃだめなのよ。どこか集中暖房とお湯のある場所でなきゃ。アメリカみたいにね。

そうだね、と僕はいった。そして、彼女が「気取り歩き」で階段を下りて台所へ入っていくあとをついていった。公衆電話はそこの壁にあった。ところで、この「気取り歩き」というすばらしい言葉はケリーから教わったものだ。今でも彼女のことを思い出すと、シアトルに近いどこかの海岸を気取り歩きしている彼女の姿がいつも目に浮かぶのだ。

電話はイラからだった。電話をくれたのは、彼女とニックが三か月ほど前にハネムーンから帰って以来、はじめてだった。

なんでこんなに時間がかかったのよ？ と彼女がいった。

説明しかけたが、すぐにさえぎられた。

あのね、と彼女は声を和らげていった。昨日、目が覚めて、あなたが一週間かそこらでインドに行くんだって気がついたんだけど、そうよね？

そうだよ、と僕はいった。それから「行く」と「帰る」の冗談を始めた。

そんなのはいいから、とイラは息を切らせながらいった。荷造りはした？　いろんな手配はみんなすませたの？　やることが恐ろしくたくさんあるでしょ。何かできることはないかしら？

彼女の声の切迫した調子に僕は思わずむっとした。僕が来週帰国するのは、何か月も前からわかっていたじゃない、何をそんなに驚いているの？

それはそうね、と彼女は認めた。知っていたはずね。でもこれがあなたにとってどういうことなのか、ちゃんと考えていなかったのよ。昨日目が覚めて、ふと思い出してね。それから、自分がインドに行くんだとしたら何をしなきゃならないのか、あれこれと考えてみたの。考えているだけでパニックになっちゃって、何がなんでもすぐにあなたに電話しなきゃって思ったのよ。でも昨日はあなた、家にいなかったでしょ。それで、今日の朝早くに電話しようって思ったの。

僕は吹き出さずにはいられなかった。彼女は確かに本当のことを話していた。イラはごくまれに、自己中心的世界を覆う雲が晴れたときには、他人の生活に起こっている現実の切迫した問題を驚くほど鮮明に感じることができるのだ。そしてしばらくの間、その問題が彼女の頭の中で、自分の身に起こったと同じくらいの強い緊迫感を帯びるのだった。イラがその朝、僕の出発を心配するあまり、ニックの卵を台なしにしたばかりか、自分用の甘味のシリアルに砂糖をかけてしまったことだろうと、僕は簡単に信じられた。

ブッククラブの支払いはすっかりすませたの？　と彼女はたずねた。クレジットカードはみんな返した？

僕は笑った。僕がクレジットカードをもっていないのを、イラは間違いなく知っているはずなのだ。

船便で送る荷物は？　彼女はたずねた。それも全部手配した？　手伝うわよ。どうすればいいのか、ちゃんとわかってるから。

たいして荷物はないんだ、と僕はいった。

あら、と彼女はいった。それじゃ、わたしにできることは何もないの？

そのとき僕の目に、手に受話器を握りあごを掻きながら、意気消沈しているイラの姿が浮かんだ。すると、彼女を少しでも傷つけてやるために、出発前の最後の私用は彼女抜きに行うのだという僕の決意は、急に崩れさった。それまでに彼女への報復として考えた計画も、すべてこうして失敗に終わっていた。

そうだね、と僕はいった。実はきみにできることがひとつだけあるんだ。お別れをいいにプライスさんの奥さんのところに行きたいんだけど、手配してもらえないかな。できれば、一緒に来てくれるといいんだけど。イラは安堵のため息をついて答えた。ええ、もちろん。わたしも行きたいし、すばらしい考えだわ。プライスさんと話してから、また電話するわ。

そんな次第で、イラと僕は、僕のイギリス最後の土曜日、デリー行きのタイ航空に乗る三日前に、プライス夫人のところへお茶を飲みにいくことになった。イラがこのことで電話をかけてきたとき、僕はニックはどうするのかとたずねた。ニックも来たいんじゃない？　イラもそれをとうに考えていた。ニックはあとからリミントン・ロードに来るわ、と彼女はいった。あっちで会うことにしたの。そして笑いながらつけ加えた。だんな様が来る前に、ほんのちょっとの間、あなたをひとり占めしたかったから。

それじゃ、どこで会う？　と僕はたずねたけれど、彼女が待ち合わせ場所を考えている途中で、急に思いついていった。トラファルガー広場のセントマーティン・イン・ザ・フィールズ教会の階段はどう？　イラは吹き出した。だれがきいても、できそこないの映画の台本でも書いているんだと思うでしょうよ。だがすぐにこういった。いいわよ、そこで会いましょう。

僕は早めにセントマーティン・イン・ザ・フィールズ教会に着いた。トラファルガー広場を最後にゆっくりとながめて、その光景をずっと記憶にとどめておきたかったのだ。僕は観光客が僕に蹴つまずかないように、柱のそばの汚れていない場所を探して、そこの階段に腰かけた。とたんに、僕が命令したように、空の雲の裂け目からすばらしい黄金色に輝く日の光が広場に降り注いだのだ。白いカンバスのような広場やその中に浮かぶ色とりどりの服を着た観光客を、ぼやけて見える車の流れが額縁のように取り囲んでいる。観光客は、ネルソン提督記念碑の下に座ってサンドイッチを食べたり、ハトに餌をやったり、大きなライオンの石像の上に群がったり、噴水のふちで踊ったりしている。セントマーティン・イン・ザ・フィールズ教会のオルガンが、バッハのトッカータの最初の高音部を歓喜の声のように響かせたちょうどそのときだ。遠くにイラの姿が見えた。彼女はナショナル・ギャラリーの階段に群がっている人込みをかき分けながら歩いている。着ているのは厚手で丈の長い毛皮コートで、その毛先は銀色だ。頭を後ろ襟のほうに反らしているので、ちらちらと光る銀色の中に、顔が黒く浮かび上がっている。下を向いて歩道を見ながら、ゆっくりと歩いている。心ここにあらずといった感じで、周囲の人々が立ち止まって自分を見つめているのに気づきもしない。僕は彼女に見つからないようにと祈りながら、柱にぶつかるまで後退した。彼女が人目を気にせず歩いているところを、できるだけ長く見ていたかったから。イラは横断歩道の前で止まり、髪の毛を虹色に染めたパンク風の若者たちの横に立って、何かを思い出したようにポケットの中を探った。そしてサングラスを取り出してそれをかけると、両手をコートのポケットに深く突っ込んだまま、ゆっくりと道路を渡った。イラは教会を見上げ、僕を見て微笑んだ。その笑顔に、僕のわきに立っていた観光客ふたりが思わず息をのんだ。彼女は嘘みたいに、おかしいぐらい美しくて、僕は思わずにっこりした。僕はそのまま笑いながら階段を下り、彼女の姿をちゃんと見たかったから、手をさし伸ばして彼女を押さえ、そのサングラスを取った。

彼女はサングラスを奪い返そうとしたが、間にあわなかった。その前に僕は彼女の目を見てしまったのだ。まるで一晩中泣いていたみたいに、腫れ上がり縁が赤くなっている。

どうしたの？　僕は驚いて叫んだ。何があったの、イラ。

何でもないわよ、と彼女はきつい声でいった。さあ、行きましょ、もう遅れているわ。

リミントン・ロードまでは四十五分かかった。プライス夫人はドアを開けて僕たちを迎えいれた。この前会ったときよりさらに小さくかぼそくなったみたいだ。プライス夫人が僕を応接間に案内している間に、イラはお茶を入れようと台所に行った。湿らせた布巾に包んだサンドイッチが用意されていて、ケーキもある。ケーキは自分で焼いたの、とプライス夫人はいった。コーンウォル地方のずっしりしたケーキで、彼女の父親のお気に入りだったものだ。僕のためにケーキを切り分けながら、プライス夫人はマヤデビやシャヘブのことをたずねた。僕に話せることはあまりなかったが、マヤデビがライバジャルの古い家にひとりで戻るつもりらしいという話をした。ひとりで、というのは、シャヘブにはクラブをやめたりカルカッタの外に住んだりする気がまるでないからだ。プライス夫人は注意深くきいていたけれど、早くもくたびれているのが見てとれた。どうやってあと三十分も僕たちの相手をしていられるかしらと思っているのが、僕にもわかったし、お茶をもって入ってきたイラにもわかった。それぞれ一杯ずつ飲み終わるとすぐに、イラは機転をきかせて僕にたずねた。最後にもう一度、お家とお庭とをぐるっと回ってきたいんじゃない？　僕が急いでうなずくと、プライス夫人はほっとしながら、手を振って僕たちを部屋から送り出した。

ホールのところでイラは、庭に出てみたいかとたずねた。

だが僕には自分が行きたい場所がどこか、わかっていた。

いや、と僕はいった。地下の物置に行ってみようよ。

イラは無言のままホールを横切り、地下の物置につながるドアを開けて明かりをつけた。キャンプ用ベッドは、クリスマスのときに出した場所にそのまま残されていた。帰りぎわに片付けるのを忘れたのだ。今やベッドは細かな埃の膜に覆われている。イラはベッドのひとつに腰かけて足を組み、横に座るように合図した。

わたしたち、と彼女はいった。ライバジャルに戻ったわけね。

僕はキャンプ用ベッドの固いへりに座って物置を見回した。古いトランクやスーツケースの山。

うず高く積まれたペーパーバック。部屋の隅に転がっているさびついた庭いじりの道具。あたりを見回しているうちに、だんだんとそれらの散らばった物体が、裸電球のどぎつく単調な光のもとでぼやけてきた。三次元の物体から一次元がなくなり、壁にぺしゃんこに貼りついたような感じだ。たとえば、トランクは壁に絵のようにぶら下がっている。何もないはずの部屋の隅々は、思い出の姿形をとったもの、時を越えて僕のところに送り込まれた幽霊たちであふれ返っていた。九歳のトリディブの幽霊は、ちょうど僕と同じようにキャンプ用ベッドに腰かけ、その小さな顔を緊張させながら爆弾の音をきいている。向こうの隅では、薬箱のそばでスナイプの幽霊が入れ歯のことを心配している。八歳のイラの幽霊は、ライバジャルの巨大なテーブルの下で、僕と一緒に座っている。彼らはみな僕の周りにいるのだ。僕たちはとうとう一堂に会したのだ。ここではだれも幽霊ではない。幽霊の特徴は、ただ時間と距離をもたないということだけだ。別の時代に移動した存在、というのが、幽霊の正体のすべてなのだ。

だからイラがこちらを振り返り、その顔を僕の肩にうずめたとき、彼女はあの八歳のイラだった。そして僕もあのときの僕だ。僕たちふたりは、ライバジャルのテーブルの下に座っている。イラはちょうどニック・プライスとマグダの話を話し終わったところで、僕に腕を回して泣いている。彼女は激しく泣き続けているのだが、僕にはそのわけがわからない。僕たちの秘密の地下室につながるドアが開く音がして、僕は彼女に泣きやむよう頼む。そうしないと、みんなが僕たちを見つけてしまうだろう。だがいくら頼んでも、彼女は涙をこらえることができない。するとそのとき、怪しげにドアが閉まったので、イラは怖くなって泣きやみ、僕たちは互いにしがみつく。というのも、だれかが一緒に部屋にいるのはわかるのに、それがだれか、何ものなのかまるでわからないのだ。そこにいたのはトリディブだった。彼は僕たちを見下ろして微笑み、そんなところで埃まみれになって何してるんだとたずねる。僕は説明しはじめた。おままごとをしていたんだ。ここはライバジャルじゃなくてロンドンで、リミントン・ロードのプライスさんの奥さんの家にいるんだよ。僕は彼に、庭から桜の木を横に見ながら家に入る道を教える。トリディブは家に入るのにちょっと手こずる。でもいったん表玄関から中に連れてきて、応接間に案内すると、どこにどう行けばいいのかちゃんとわかっていた。当たり前だ。彼は僕よりずっとよくその家のことを知っているのだ。小さいころ、そこに住んでいたのだから。

応接間に入るとイラがまた泣き出した。どうしたの? とトリディブがたずねる。けれど彼女は答えようとせず、拳で目を擦りながら泣きじゃくったままだ。そこでトリディブは僕たちに腕を回し、僕たちをふたたび庭に連れ出し、桜の木の下の芝生に足を組んだ姿勢で座らせる。もう大丈夫だよ、イラ、と彼はいった。どうして泣いているのか、話してごらん。

しかしこの言葉をきくと、イラはさらに泣いた。彼女に我慢できなくなって、僕はトリディブにわけを話しはじめる。イラが自分で作ったくだらない話のせいなんだよ。人形のマグダとかニック・プライスとかが出てくるんだ。僕は彼に、イラからきいた話をそのまま伝え、泣きやまないイラのほうを振り向いて、静かにしてよと怒鳴った。馬鹿なことはやめてよ。たかがちっぽけなつまらない人形の話じゃないか。すると彼女は、まるで自分はその話の中に生きているのだというように、さらに激しく泣くのだ。

トリディブは笑った。そして僕の首元をつかんで揺さぶりながら、イラを叱るな、という。人はだれでもお話の中に生きているんだよ。おまえのおばあちゃんも、父さんも、僕の父さんも、レーニンも、アインシュタインも、それからおまえの知らないたくさんの人たちもね。みんな、お話の中に生きているんだ。なぜならね、お話というのは、人がその中で生きるために存在するものだから。問題は、自分がどのお話を選ぶかというだけのことなんだよ……。

けれど、この言葉もイラには慰めにならなくて、彼女はもっと激しく泣き出した。

トリディブは頭を掻きながら、どうすればいいんだろうと考えてから、急にこういう。そうだ。おい、防空壕に下りて、みんなで一緒にお話をきこう。素敵なお話だよ。実はね、世界一のお話なんだ。

イラは好奇心をそそられ、ようやく愚かなむせび泣きを忘れる。僕たちは立ち上がって、トリディブのあとについて表玄関から家に入った。歩きながら彼は、今日はなんといっても特別な日で、一九四〇年九月二十五日、自分の九歳の誕生日なのだと説明する。だからお話をきかせてもらえるのだ。というのも、このお話はスナイプからの誕生日プレゼントで、トリディブがウェストエンド・レーンの薬局に何度もお使いに行って、デンテシヴやサナトジェンやレニーズ胃腸薬を買ってきたご褒美に、スナイプが約束してくれたのだ。だがその日が特別なのには、ほかにもわけがある。トリディブと両親は、翌週にはカルカッタに戻るのだ。トリディブの父親の経過は良好で、すっかり回復していた。彼らは翌週にはここを離れて家に帰るのだ。トリディブにとってロンドンを離れるのは耐えがたかったけれど、それが現実だった。

でも、少なくとも今夜は楽しみなスナイプのお話がある。スナイプは、長くて素敵なお話をしてくれると約束していた。本物のイギリス中世のいいお話だ。この話のことはよく知っているんだ、と彼はいっていた。長年、学生に教えてきたからね。

トリディブは、そのお話をしてもらうぐらいの権利はあると思っている。というのも、この日は彼にとってあまりよい日ではなかったのだ。

その日の朝早く、母親が、今日は何があっても家から出てはいけないと命令した。だがわけをきいても、説明しようとしなかった。いいからいう通りにしなさい、というのだ。あまりに理不尽だった。一日中何もせずに家にいろなんて、本気でそんなことができると思っているのだろうか？ましてや、こんなにいろいろなことが外で起こっているときに。

朝食後まもなく、母親が父親の髭そりを手伝いに立ったとき、彼は表玄関からこっそりと抜け出した。そして小さな木戸を出て左に曲がり、アルヴァンリー・ガーデンズのクリケット場めがけて走っていった。投手がパビリオンの側に立っているときにスクエア・レッグの守備位置にあたる場所に、砲床が置かれている。爆撃機撃墜用の巨大な高射砲を担当している人たちの中に、かつて軍隊でインドに駐留していたという人がいた。彼はタミル語の単語をいくつか知っていたけれど、意味を知らなかったし、どうやってその言葉を覚えたのか、トリディブに教えようとしなかった。彼は自分やほかの人たちが高射砲を磨いているとき、ときどきトリディブにもそれを見せてくれた。それは巨大な青みがかった灰色の物体で、木と同じぐらい大きいのだ。ところが二日前の夜、爆弾がクリケット場の砲床からたった五十ヤードのところに、十五フィートの大きな穴を掘りあけた。

打者がパビリオンに向かいあって立っているとすれば、その穴はエクストラ・カバーの守備位置にあった。

トリディブは腹這いになって塀の下をくぐり、クリケット場を横切って穴のところまで走った。穴は一晩のうちにすっかり変わっていた。雨水がふちまで達し、あちらこちらに山盛りになった土が泥になっている。彼は四つん這いになって、穴のふちまで進んでいった。穴の中をのぞいて、びっくりして危うく落ちそうになったが、すぐにわけがわかって笑い出した。自分の顔が、水の中からこちらを驚いたように見返していたのだ。

そのとき母親が、トリディブ、トリディブと叫びながら道を駆け下りてくるのがきこえた。彼は思わず返事をしてしまい、すぐに後悔した。というのも、母親は走ってきて彼をつかまえると、耳をつかんで家まで引きずり戻したのだ。そのうえドアを閉めてから、振り向いて彼の頬を思いきりたたいた。それまで一度も彼をたたいたりしたことはなかったというのに。トリディブは呆然として泣くことさえできずにいた。

トリディブの頬がぴしゃりとたたかれる音をきいて、プライス夫人が台所から飛び出してきた。まあ、かわいそうにトリディブ、とプライス夫人は頬をさすっている彼を見ていった。そして彼を台所へ連れていき、耳元でこうささやいたのだ。お母さんはあなたをたたくつもりじゃなかったのよ。でも、今日はすごく心配しているものだから。

これからの旅行のことが心配なのよ、と夫人はいった。でももっと心配しているのは、タフィーの缶のことなの。タフィーの缶？　とトリディブはきき返した。そう、タフィーの缶、と答えて、プライス夫人はわけを話してくれた。その前の日にスナイプはみなに空襲警戒のビラを見せた。それには、敵機がタフィー缶をばらまいたらしいとあった。ハンドバッグみたいな形をして、色とりどりのタータンチェック模様のものもあって、ふたにはなぞなぞが書いてある。ライオンズ社のタフィーと「スコッチ」の詰め合わせ、とあり、J・ライオンズ社の名前が入っているのだ。

これが空襲警戒のビラでなかったら、彼らはたいして気にとめなかっただろう。だが、日ごろは噂に否定的なスナイプでさえ、空襲警戒のビラを笑いとばすことはできなかった。しかも、子どもたちをねらうことで人々の士気を挫くというのは、ある意味では合理的なやり方だと彼は指摘した。一方マヤデビは、トリディブはそのタフィー缶を見つけるにちがいないと思っていた。リミントン・ロードに残っている子どもはほとんど彼ひとりといってもいいほどで、ほかの子たちはみなロンドンの外に送り出されていた。マヤデビは心配だった。彼のように一日中そこらを歩き回っていたら、きっとばらまかれた缶のどれかに突きあたるにちがいない。だから彼女は、缶のことをあえて彼に注意しなかったのだ。知ったら最後、トリディブは必ずや外に探しにいくだろうと思ったからだ。

そういうわけで、トリディブはその日は家の外に出られなかった。スナイプは仕事に出かけ、トリディブの父親は専門医に会いにガイズ病院に出かけていった。その後、プライス夫人まで外出した。夕食用に何か特別なものが手に入るかどうかを見にいこうとしたのだ。

一時間後に、彼女はくたびれ果てて戻ってきた。なんとか買えたのは、パン一斤、卵一ダース、子羊のレバー一ポンドだけだった。彼女はいすの背もたれによりかかりながら、台所のテーブルの上にどさりと置いたバッグをながめた。

あなたのお誕生日のごちそうは、いったいどうしたらいいのかしらね？　と彼女はいった。これじゃあ、まともな食事にもならないわ。

いいよ、とトリディブは答えた。どのみち、スナイプが素敵な誕生日プレゼントをくれるんだもの。

プライス夫人はそのプレゼントのことを知らなかったので、トリディブは、スナイプがお話をしてくれると約束したことを教えた。

だがもちろん、結局は誕生日のごちそうも食べられたし、ほかのプレゼントももらえたのだ。プライス夫人は自分の貯蔵庫を調べて残り物いくつかを見つけ、それらを使ってとても心のこもった料理（ほら、今日はゆでたカリフラワーの葉っぱがないでしょ）をこしらえてくれた。そのうえ、コーンウォル地方のずっしりしたケーキ（灯火管制中だから見えないろうそくつきだね、とスナイプ）まで作ってくれたのだ。そしてトリディブは、両親からジャケットとシャツを、プライス夫人からは飛行機観察用に、真鍮でできた古い素敵なオペラグラスを、そして何よりもうれしいことに、スナイプから真新しいバーソロミューの地図帳をもらった。だから全体としてみれば、お話をきく前に、すでにかなりの収穫があったのだ。しかし、もっと長くプレゼントの興奮に浸っていたかったのに、夕食も終わらないうちに警報が鳴ったのだった。

最初の爆撃機の音から、いやな晩になりそうだとみなは直感した。爆撃機が家の上を飛ぶ音でわかるのだ。複数の機体が固まってシューという工ンジンの規則正しいリズムを響かせている。それに続いてアルヴァンリー・ガーデンズのクリケット場にある高射砲が発射されて、まもなく壁の額縁やテーブルの上のカップががたがたと揺れはじめた。すぐにスナイプはメイを腕に抱え、みなを地下の物置へ誘導した。彼らはそこでベッドに腰を下ろし、石油ランプの光に照らされた天井を見ながら、空襲はどのくらい続くのだろうと思っていた。そのときどこか近くで、かなり大きな爆発音がした。物置の床が揺れ、石油ランプが危うく棚から落ちるところだった。メイが泣き出してしまい、トリディブも、あとどのくらい泣くのをこらえられるかしらと思いはじめていたちょうどそのときだ。彼はスナイプの約束を思い出した。ねえ、スナイプ、あのお話をしてよ。約束してくれたじゃない……。

それで、どんなお話なの?

地下の物置の中で、僕を取り囲んでいる幽霊たちの口がいっせいに語り出す。トリディブに語っているスナイプの口。ライバジャルのあの地下室で、イラと僕に語っているトリディブの口。その三年後、まだ若かったメイをライバジャルの家に連れていく僕自身の姿も見える。彼女が祖母とトリディブと一緒にダッカへ発つ前日のことだ。僕はあの古い家の地下室へメイを案内して、イラがはじめて僕にニックを紹介したときに僕たちがもぐっていたテーブルを見せている。そしてメイに、イラがあの日、マグダの話をしたあとでどれほど激しく泣いていたかを話す。すると今度は、メイが僕にニックの話をする。それが終わると、僕がメイに説明しはじめるのだ。イラが僕の肩で、メイの弟のニックのせいで泣き続けていたとき、トリディブがこの部屋に入ってきたこと。イラはなぜ泣いているのかと僕にたずねたこと。僕がわけを話すと、トリディブはイラを泣きやめさせようと、リミントン・ロードの家の中に四つん這いになって入ってきたこと。そして、僕たちをその家の地下の物置に連れていって、昔スナイプが彼にしてくれたお話をきかせてくれたこと……。

なんのお話だったの？ とメイがたずねた。僕は思い出そうと懸命に考えたけれど、どういうわけか思い出せなかった。だがその日、僕たちがカルカッタに戻ってバリガンジ・プレイスのトリディブの家に行ったとき、ライバジャルではメイに何を見せたのかとトリディブがたずねたので、僕はこういったのだ。地下室に連れていったんだよ。覚えてる？ あそこで……。

イラが泣いていて、おまえがその隣りに座っていたところだろう？

それでね、イラを泣きやめさせようとして、お話をしてくれたんだよ。覚えてる？

どんなお話だったの？ とメイがたずねた。知りたいわ。話して。

トリディブはマットの上に座って足組みした。

小さな悲しいお話だけど、すばらしいんだ、と彼はいった。話してもらっている間、空襲のことなんてすっかり忘れていたよ。

どこの話？ と僕はたずねた。どこの国なの？

ああ、とトリディブがいった。それが大事なところなんだよ。あらゆるところで起こったことなんだ。どこでも好きなところでね。スナイプによれば、このお話はヨーロッパに昔からあった最高のお話で、ヨーロッパが今よりよかった時代に語られていたんだ。国境も国もなかった時代にね。だから、今ドイツと呼ばれているところではドイツのお話だし、北欧では北欧の、フランスではフランスの、ウェールズではウェールズの、コーンウォルではコーンウォルのお話なのさ。主人公はトリスタンっていって、すごく悲しいお話なんだよ。国をもたない男が、海の向こうにいる女性に恋をするんだ……。

それは彼らがダッカへ発つ前日のことだ。そのお話が、トリディブが僕にしてくれた最後のお話になった。

そして僕はその地下の物置で、ふたたび彼の声をきいた。僕の横で、イラがキャンプ用ベッドに並んで腰かけながら泣いている。

泣き声はかなり激しかった。イラがそんなふうに泣くのを見たことがなかった。身もだえるようにして泣いている。ハンカチの中にもどしてしまいそうに見えるときもあった。

僕は腕を回して、彼女をしっかり抱きしめた。僕にはわかっていたのだ。トラファルガー広場で彼女の目を見た瞬間から、僕に何か話したいことがあるのだとわかっていた。僕がたずねるのを彼女が待っていることも、でも僕にはたずねるつもりがないこともわかっていた。知りたくなかったのだ。自分が感じてもいない同情を示したくなかった。

しばらくして彼女は泣きやんだが、それからもしゃっくりをしながら、何もいえずに頭を僕の胸にあずけていた。

ごめんなさい、とようやくイラが口を開いた。どうしちゃったのかしら。

僕は黙って次の言葉を待った。

ニックのことなの、と彼女はいった。

わかったよ、と僕はいった。ほら、話してごらん。何をしたのさ、きみにバラの花を買うのを忘れたのかい、それとも朝のお茶をこぼしたとか？

この人でなし、とイラは上体を起こしながらいった。わたしに向かってよくそんな口がきけるわね。

ほらほら、と僕はいった。片付けてしまおうよ。さっさと話したら。どうしたのさ、昼間の静かな時間にこっそり家に帰ったら、彼がほかの女の人と寝ていたとか？

彼女はびっくりしたように僕を見つめ、ふたたび顔をそむけて、自分の指の爪に目を落とした。こんなこと、想像できたかしら、と彼女はいった。自由な女であり自由な魂であるはずのわたし、イラ・ドット・チョウドリが、こんなみじめな境遇に陥るなんて。自分の生活の中で起こる実際のできごとが、まるでくだらない連続テレビドラマの予告編みたいに、人にいいあてられるなんてね。とてもあらかじめ想像できたとは思わないけど、でもそういうわけよ。あなたのいったことはだいたいあたっているわ。もうテレビで全部見てしまったものね。ほぼその通りのことが起こったってわけよ。

アフリカのハネムーンから戻ってまもないある日の午後、イラは家にいるニックに電話した。事務所にいる間は、彼がひどく恋しかった。一日中一緒にいられなくて寂しかったし、彼の声やにおいが懐かしかった。それでもあまりしょっちゅうは電話しないことにしていた。独占欲が強すぎると思われたくなかったから。

けれどその日の午後は誘惑に負けてしまった。ほかの人たちがちょっと外出している隙に、イラは事務所の電話を取って、ニックが家にいますようにと願いながらダイヤルを回した。彼はまだ働いていなかったから、たいていは家にいた。少なくともそういっていたのだ。しばらくベルが鳴って、もう切ろうかと思ったちょうどそのときだ。女性の声がきこえた。その声は、ちょうどじゃれあっていたばかりだというように、息を切らせながらモーシモーシといった。フランス語風のイントネーションだ。仰天したイラは、思わずいっていた。ニック・プライスとお話ししたいのですが。まるで銀行支配人の秘書に面会の約束をお願いしているみたいに。相手はくすくす笑っていった。ドチラサマデスカ?

彼の妻です、とイラは答えて、電話をがちゃんと切った。

僕は意に反して、思わず笑ってしまった。ああ、かわいそうなイラちゃん、と僕はいった。きみの犯した罪が、ついにきみ自身にはね返ってきたんだね。

本当にそうだったらって思うわ、といいながら、イラは疲れたように軽く頭を振った。自分にこういえたらってね、あら、わたしだって同じようなこと、していたじゃない、どうってことないわよって。でもわたしはそんなこと、一度もしなかったわ。ねえ、あなたは少しもわかっていなかったのよ。カレッジにいたころ、あなたはいつも、わたしのおしゃべりにだまされていたんだわ。ただ単にあなたをびっくりさせたくて、あんなふうにしゃべっていたの。だってあなたは、なんだかわたしがそうするのを期待しているみたいだったから。わたしはああいうことは一度もしなかった。わたしなりに純潔だったのよ。あなたが出会うどんな女性と比べても負けないぐらいにね。

僕は恥ずかしくなって、床に視線を落としたままたずねた。このこと、彼とは話したの?

ええ、と彼女はいった。家に帰ると彼はわたしを待っていたの。ひどく落ち着きはらって、ひどく冷たかったわ。明らかに、じっくりと考えてあったみたい。わたしにばれるのをどこかでは望んでいたのかもね。たぶん電話はわたしからだと思ったんで、彼女に出るようにっていったんでしょう。彼ははっきりさせたかったのよ。わたしの父が買ってくれたマンションに住んでいるからって、わたしに仕事があって彼にないからって、それだけで、何かを当たり前みたいに思うのは間違いだってことをね。

イラは振り返って僕を見た。その目は狂ったように光り、口元はゆがみ、笑みが浮かんでいた。

彼によればね、と彼女はいった。電話を取った女性はマルティニーク島の出身なんですって。パブかどこかで出会って、もう一年ぐらいつきあっているらしいわ。つまりわたしたちが結婚するずっと前からね。どこかにインドネシア人の女性もいるそうよ。それにもちろん、わたしもね。

どうしてそんなことをするんだろう？　と僕はたずねた。

彼女は歯を食いしばるようにして笑い、頬に涙がこぼれ落ちた。

わたしがきいたのもまさにそれなのよ、と彼女はいった。彼がいうにはね、ちょっとしたバラエティがほしいだけなんだって。そうやって旅をするんだそうよ。

僕にはいうべき言葉がなかった。彼女は発見してしまったのだ――彼女自身があれほど嫌っていた、お上品でつまらない生き方のもついやらしさは、実は彼女が自分のために築こうとしていた自由な世界のうちにも存在していたのだ、ということを。僕はそんな彼女を、どういって慰めればいいのかわからなかった。

イラ、彼と別れなよ、と僕はいった。

無理よ、と彼女はいった。そんなの無理だってわからない？

どうして？

彼女は笑い出した。イラのいつもの元気のいい笑い声につられて、僕も思わず笑った。わからないかしら、と彼女はいった。彼がバンコクからマッサージパーラーをまるごとうちまでもち込んできたって、わたし、彼から離れないわよ。彼にはよくわかっているの。わたしが彼をものすごく愛していて、絶対に離れられないんだってね。

だが、まもなくわかった。彼女は彼女なりに彼を罰する手だてを考え出していたのだ。

ニックが三十分後に到着して、プライス夫人の応接間に入ってくると、イラは笑いながら僕とプライス夫人に告げた。あのね、ニックが今度は何を思いついたと思う？　うちの父に卸売り業を共同経営するお金を出してもらおうとしているのよ。

彼女はニックをじっと見つめた。その顔には、僕がそれまで見たことのないような固い表情が浮かんでいた。もちろん、と彼女はいった。そっちで成功するには、よほど一生懸命働かないといけないけど、ニックときたら、ねえ……。

ニックは顔をゆがめ、うなだれて絨毯に目を落とした。

僕は彼を見ながら、彼の目に映るこれからの人生を想像しようとした。無力な依存状態と、かすかな絶望的反抗。僕はそのとき、立ち上がって胸と胸、肩と肩をあわせて彼を抱きしめたくなった。だがもちろん、そんなことはしなかった。彼が僕の人生の中で演じた役割を、彼自身は知らないのだ。僕の少年時代、彼は鏡の向こうで、いつも僕の横に立っていた。そんなことは彼にわかりっこないと僕は知っていた。

ライバジャルの地下室で、メイが彼についていっていたのを思い出した。彼はちがうのよ、わたしたちとは似ていないの。

あれはトリディブたちがダッカへ発つ前日のことだった。

一九六四年一月二日、ダッカへ発つ前日、祖母は手紙を受け取った。マヤデビからだ。手紙は外交官用郵便袋に入ってデリーを経由してきたために、カルカッタに着くまでに十日かかっていた。マヤデビの書いてきたところによれば、彼女はまだ昔の家を訪れることができずにいた。あれやこれやでとても忙しかったし、今住んでいる家は、ジンダバハル・レーンからずいぶん遠いのだ。それにご存知のように、インド人外交官として、彼らの行動は制限されている。しかし彼女は調べを進めているうちに、思いがけない幸運に出くわした。高等弁務官事務所の運転手のひとりが、マヤデビたちの昔の家に住んでいる人を知っていることがわかったのだ。それはサイフッディーンという名の修理工で、昔の家の中庭に作業場をつくったのだ。

作業場！　祖母はあえぐようにいった。わたしたちの中庭に！　古いジャックフルーツの木はどうなったんだろう？

運転手はサイフッディーンを連れてきて彼女に会わせた。いい人で、言葉遣いがとてもきれいで礼儀正しかった。ビハールのモーティーハーリーの出身だ。大家族のほかには何ももたずに東パキスタンへやって来たのだが、ちょっとした商売を始めて成功を収めた。運転手によれば、彼はダッカで最高の修理工のひとりなのだそうだ。

マヤデビはサイフッディーンに、ゴシュトビハリ・ボース氏のことだが、といって、年老いた伯父のことをたずねた。はじめ、サイフッディーンは彼女がだれのことについて話しているのかわからなかった。どうやら伯父はウキル・バブー——弁護士の旦那——の呼び名で知られているらしいのだが、それは彼がごく最近まで遺言や供述書の草案を書いたり、時には高等裁判所に行ったりしていたからだ。しかしサイフッディーンによれば、今ではまったくの寝たきり状態で、頭のほうもかなりとりとめがなくなっていた。長年つきあいのある人たちのことがわからないというのもしょっちゅうだ。幸い、何年も前に彼に避難場所を与えてもらった家族が、彼の世話をしている。けれどどこの家族はとても貧乏だ。収入はサイクル・リキシャーの稼ぎしかない。おそらく、もうあまり長いことは老人を養うことができないだろう。彼の親戚が今ダッカに来たというのは、まさに神意によるものだ、神が仕組まれたことの一部なのだ、とサイフッディーンはいっていた。おそらくこれで老人は、最後の日々を自分の親戚とともに、彼の享受すべき平和と安らぎの中で過ごすことができるだろう。

つまり、とマヤデビは書いていた。祖母の直感は正しかったのだ。老人のために何かしなければならないのは明らかだ。でも、どうするかについては、ダッカで会ったときに決めればいいだろう。

とりあえず、よく手伝ってくれたサイフッディーンのために、ちょっとしたプレゼントをもってきてくれないだろうか。たとえば、彼の奥さんのために、インドのいいサリーなどはどうだろう。

祖母は、自分はとっくのとうに知っていたといわんばかりに、冷静沈着に勝利を噛みしめつつ、手紙をほかの人たちに見せた。だが、みなが自分の声の届かないところに行ってしまうと、大喜びで僕の体を揺さぶって叫んだのだ。ああ、まだマヤが昔の家に戻っていないなんて、本当にうれしいよ。一番乗りされたくなかったからね。

その晩遅く、祖母はみなに向かって、今夜は僕を自分の部屋に寝かせるのだと告げた。僕に会えなくなると思うと今から寂しい気がする、というのだ。祖母にそう頼まれるのを僕も願っていた。祖母と同じベッドに寝て、お話をきくのが好きだったし、そのうえ今夜はもっと大切な用事もあったからだ。祖母とふたりっきりになったら、もう一度飛行機についての注意をすべておさらいするのだと決めていた。彼女が前回は僕の話をきいていなかったような気がして心配だったのだ。

だから、祖母がベッドに上がって僕の隣りに横になったとたん、リストの一番上からおさらいを始めた。シートベルトを締めるの、覚えてる？　飛行機酔いのための袋をそばに置いておくのは？　パイロットのいすの下にあるパラシュートのことはいいよね。覚えてるでしょ？　祖母は笑って、僕に寝なさいといったけれども、僕は首を横に振り、お話なしで寝るもんかといった。そこで彼女はダッカの思い出話のひとつを話しはじめた。昔の家と、そこの路地に住んでいた人たちのことだ。だが彼女の声は次第に途切れ途切れになり、カナ・バブーのお菓子屋の話になったころには、僕のことなどすっかり忘れていた。そして、ベッドにつった蚊帳から出ると、お気に入りの肘掛けいすを窓際まで引っ張っていった。僕が眠りについたとき、祖母はまだそこにいて、にじんだような湖の暗闇をじっと見つめていた。

僕が目を覚ましたときには、すでに家中、出発の準備で大騒ぎだった。母は台所にいて、祖母たちにもたせる三種類のションデシュを詰める作業をしていた。祖母はすっかり興奮の態で、サイフッディーンの妻のためのサリーを選んだり、戸棚に鍵をかけたり、自分の薬を全部もったかどうか確かめたりしている。メイだけがそうした興奮と無縁のようだった。どうしてふだんの日の朝みたいに、自分の部屋に座ってあんなふうにリコーダーを吹いていられるのか、僕にはわからなかった。

僕たちは正午にダム・ダム空港に向けて出発した。トリディブを迎えにバリガンジ・プレイスに寄るとき、祖母は女学生のようにくすくすと笑い出した。本当に空を飛ぶなんて、信じられなかったのだ。

ダム・ダム空港で祖母たちにさよならをいい、一行が出国管理・税関の部屋へのみ込まれたあとで、僕たちは飛行機の離陸を見ようと屋上にのぼった。三十分待ったところで、ようやくタールで舗装された滑走路の上に彼ら三人の小さな人影が見えた。僕たちに見られているのがわかっていたから、彼らは大舞台に登場したアマチュア俳優さながらに、意識しながら照れくさそうに飛行機に向かって歩いている。真新しいフォッカー・フレンドシップ機に乗るためのステップにたどり着くと、祖母は振り返って僕たちのほうに手を振った。白いサリーが黒いタールの滑走路ににじんだように浮かび上がっている。見えないのはわかっていたけれど、僕たちは手を振り返した。そのとき、スチュワーデスが出入り口らしき扉の向こうから、彼らに向かっておじぎをした。三人の姿が視界から消えた。だがそれから数分後、ぼやけたカメオみたいに窓のひとつに顔が現れたのだ。僕は祖母にちがいないと思って、思いきり手を振った。扉がぴしゃりと閉まり、ステップが運び去られてから、機体が動き出した。ゆっくりと回転し、よたよたとしたぎこちない動きで滑走路を進んでいく。僕は手を振るのをやめた。この見苦しいのろのろした物体が、実際に空に向かって突進する大胆さをもっているとは、とても信じられなかったのだ。飛行機は広々としたエプロンまでくると、もう一度回転して、機首を滑走路に向けた。そこに長い間止まっていたので、エネルギーがなくなってしまったのかと思ったほどだ。静けさが飛行場を覆った。それからふたたびプロペラが動きはじめた。プロペラは瞬時に回転速度を大きく上げて、タールの滑走路のぎらぎらする熱さの中に溶け込んでいく。僕は祖母のいる窓をずっと見つめ続けた。後方の扉から三つめだ。祖母が笑って窓の中から手を振っているのが間違いなく見える。そのとき飛行機全体が、まるで機体に震動が駆け抜けていったかのように揺れた。飛行機はエンジンの音をとどろかせ、銀色の機体を真昼の太陽の光にきらめかせながら、滑走路を走りはじめた。それまでの見苦しさは跡形もなく、長い機体がエンジンのパワーによって、空飛ぶ鷺の首のように細く力強く引きしまっている。飛行機は今度は滑走路を勢いよく走っていく。祖母のいる窓は横に延び、長くて白いしみのように見える。機首がそっともち上げられた。すると突然、信じられないことに、その巨大な鉄の機体全体が空を飛んだのだ。

飛行機が僕たちの上を旋回したとき、母はようやく気を緩めて、深々と長い安堵のため息をついた。母はその瞬間まで、祖母が本当にダッカに行くのだということを、心の底では信じられずにいたのだ。

父もため息をついたが、それは母とはちがうため息だった。彼はいった。そうだな、行ってくれてよかったよ。

父の声の調子に気づいて母がたずねた。どうして？　何か特別なことでも？

父は耳を掻きながらいった。騒ぎが起こるだろうっていう話だからね。みんながよその国に行ってくれてよかったよ。特にメイがね。あそこにいれば騒ぎから遠ざかっていられるからね。

何の騒ぎ？　と僕はたずねた。

母は父に向かって顔をしかめ、すばやく首を横に振った。父は僕の体をくるりと回すと、飛行機を指さした。なんでもないさ。おまえにわかるようなことじゃないからね。

僕たちが見つめる中、飛行機は地平線の向こうへ消えていった。

それから何年もたってからロビにきいた話では、祖母は空港でマヤデビに会うと、最初にこういったそうだ。それで、ダッカはどこだい？　どこにも見えないがね。

そのとき僕は、祖母があの晩、窓際に座りながら頭に浮かべていたダッカを想像しようとした。けれど僕はダッカに行ったことがなかったし、いずれにしろ彼女のダッカはとうの昔に過去のものとなっていた。手がかりになるのは彼女の記憶だけで、それをかき集めても、何十年も前に彼女がダッカに到着したときの光景はおぼろげなセピア色がかった映像にしかならなかった。その映像の中ほどには、黒い蒸気機関車や、そこから噴き出す煙、右隅に消えていく長い車両の列がぼんやり見える。前景にあるのは、暗く影になったプラットホーム、荷運び人、物売り、出迎えにきた親戚たちだ。親戚たちは、車両から現れる新たな到着客たちに会おうとひしめきあっている。背景にはきっと、モスクのミナレットがちらりとのぞいているのだろう。祖母の頭に残っているイメージの輪郭は想像できるけれど、彼女が記憶していた音やにおいはまるでわからない。きっと、インド亜大陸に散らばる何千もの駅のどれと比べても変わらないのだろう。その一方で、ダッカの駅では、ここの方言で人々が話す声がするし、一マイルもの幅のある広大な河のにおいがしている。それらが錬金術のように独特に混ざりあってはじめて、祖母はあの心地よい脱力感、ふるさとに帰ったという感覚を味わうことができるのだろう。

いずれにしても祖母は、このガラスとリノリウムだけの空港に到着するとはまったく予想していなかった。つい先ほど出発した空港とそっくりではないか。シャヘブの家に向かう途中の光景も、祖母には意外だった。道はまっすぐで、そのわきにはユーカリの高木が並び、ところどころに郊外の大邸宅が建っているのだ。

メイはこれが気に入った。彼女はいった。いい道ね。カルカッタよりもずっと開けているのね。でも祖母はいい続けていた。こんなの、一度も見たことがないよ。ダッカはどこだい?

彼女が考えていたダッカは、自分たちの昔の家を取り囲んでいたあの街だったのだ。

祖母が昔の家と路地のことをしょっちゅう話してくれたから、僕は自分自身でもそこの様子を思い浮かべることができた。ただしそれは継ぎはぎの形でだが。祖母の記憶は、灯台の光のように途切れ途切れに部分を照らし出す。だから、たとえば路地の端にあるカナ・バブーのお菓子屋はこのうえなく鮮明に見える。お盆に山積みになったピンクのチョムチョム。押し固められたばかりのションデシュ——ひびが入って変色したガラス張りのカウンターの中で、きれいな山をなしている。ハエのぶんぶんうなる音。現金箱の向こうでは、カナ・バブーが背中を丸めて座りながらおなかを掻いている。このカナ・バブーは、あるとき祖母のいとこがロショゴッラを盗んでいるのをつかまえると、彼の半ズボンの正面にべたべたのシロップを壺いっぱい浴びせたのだ。僕にはそういったものが何もかも見えた。祖母のようにふるさとを記憶の中にしかもたない人たちは、思い出話をするのがとても上手になる。僕にとって、路地の端にあるカナ・バブーのお菓子屋は、僕たちのいる路地のお菓子屋と同じぐらい現実のものだった。でも、それでいて僕は、その路地自体については、舗装されていたのかどうか、まっすぐだったのか曲がっていたのか、道沿いに排水溝があったのかさえわからなかった。

マヤデビの新しい家は、街の反対側のダンモンディという場所にあった。

ロビからいろいろな話をきいたせいで、ダンモンディという地名は、少年時代の僕にとって秘密の響きをもつようになった。ちょうど猿まわしの太鼓の音や、暑く静まり返った午後にきこえてくるマグノリア・アイスクリーム売りの押し車と同じように。ダンモンディは僕だけの秘密の世界地図の一部になった。その地図を読むための記号は僕しか知らなかった。だから、それは銀行員にとっての金庫の暗証番号と同じぐらい現実味をもっていたのだ。

だが実際には、ダンモンディは避けたくても避けられない地名だった。この名前は七〇年代はじめ、本にも新聞にもあらゆるところに現れた。新生国家バングラデシュの首都で起こるできごとは、すべてダンモンディで起こっているのではないかと思うときさえあった。大臣たちが声明を発表したのも、名前を伏せてはいるが、信頼すべき欧米外交筋が報道関係者に情報を流したのも、そこでだった。シェイク・ムジブル・ラフマンが暮らしていたのも、そして死んだのもダンモンディだ。ある朝、ラフマンはバルコニーに出て、軍服姿の暗殺者と向かいあった。彼自身が与えた軍服に身を包んだ者たちが、彼らの「解放者」であるところの自分に銃を向けるなど、ラフマンにはとうてい信じられなかったのだ。僕はこれらの報道を新聞で読みながら、思いをめぐらせた。もし十三歳のロビがまだあそこにいたら、シェイクのボディーガードが撃たれたときの最初の銃声をきいて、すぐに屋根に駆けのぼったんじゃないだろうか。そして、年取った男の体が敷地内の車道にばたりと倒れ、血を流すのを目撃したことだろう。すると後ろから、ニッタノンドか母親が階段を駆け上がってくる。彼らは手でロビの目を覆い、息を切らせながら耳元でこうささやくのだ。だめだめ、見ちゃだめ。ただのゲームだからね。

だが一九六四年のダンモンディは、後年のようなしゃれた郊外ではなく、せいぜいその青写真程度だった。ほとんど何もない荒地が広がっていて、家の土台のために掘られた溝は水浸しになっていた。家々の境界を示す塀の内側にあるのは、土ぼこりと草だけだ。だが大きな塀に囲まれた家も何軒かあり、棺台のように通りにそびえたっている。通りを周りの原っぱから区別するものは何もない。ただ単に通りであるという共通の認識によって存在しているだけだ。こんな中で、祖母はきっと、お菓子屋や路地を探していたのだろう。だから、ダンモンディのシャヘブの家を見ると、彼女は思わず驚きの声を上げたのだった。でもこれは外国人のものだよ。ダッカはどこだい？　するとトリディブはつい我慢できなくなって、喜びながら意地悪く指摘したのだ。でも伯母さんは今では外国人なんですよ。ここではメイと同じように外国人なんですから。メイよりもっとですよ。だってほら、メイはここに来るのにビザすらいらないんですから。

トリディブの言葉をきいて、祖母は考え込むようなまなざしでメイを長々と見つめると、こういった。そうだね。ここではわたしは本当に外国人なんだね。インドにいるときのメイとか、アルゼンチンにいたときのタゴールみたいにね。それから祖母はもう一度家をちらりと見て、首を横に振った。でもなんといわれようと、これはダッカじゃないよ。

だが、ここは十三歳の子どもが住むにはいい家で、ロビにとってはすばらしいところだった。大きな屋根の上にはそよ風が吹き渡り、凧上げに絶好だ。屋根の上で凧をかざすだけで、風が手から凧を奪い取り、ガラスの粉をまぶした糸が歌い出すのだ。凧は一瞬のうちに遠くまで飛んでいってほとんど見えなくなり、凧上げをしている者は糸をつかんでいるのが精いっぱいで、凧のゆくえを探している余裕などなくなるのだった。

ダンモンディにあるほかの家々と同じように、ロビの家も周りを高い塀にぐるりと囲まれていた。裏手には、塀のすぐ外側に池があり、午後になると釣り人たちが運だめしにやってきた。普段は静かで穏やかな小さな池だが、モンスーン期にベンガル湾の大サイクロンがダッカに来襲するときは、空の色が水面に映って池は紫色になった。そして、水が風と一緒になって家に襲いかかり、敷地内の車道を猛烈な勢いで駆け抜けながら、その先の通りまで流れていくのだった。こんなとき、コックのニッタノンドは、古いサリーを手に水浸しの車道へと駆け出していった。そこで魚を車庫の水溜りに追い込んではすくい上げるのだ。時には彼は、素焼きの壺の中に魚を入れて何日もそこに置いておいた。ほしいときに車庫に駆けていって、新鮮な魚をつかんでくるというわけだ。

家の裏には塀に囲まれた中庭があり、ココナッツとパパイヤの木が塀ぞいに並んでいた。ニッタノンドはそこにあひるとにわとりを何羽かずつ飼っていて、一週間に一度、中庭でロビのためのお芝居をするのだった。今週はこいつが悪い子だった、とニッタノンドはにわとりの首をつかみながらいう。それからかまを振り上げると、祈りの言葉を叫ぶのだ――「この世の母なる女神よ、万歳《ジョイ、マー、ジョゴドジョノニ》」。かまの歯が光ったと思うと、にわとりの頭は胴体から勢いよく落ち、驚いたようにくちばしを開けたままロビの足元に転がった。ロビは階段を駆け上がったけれど、好奇心を押さえきれずに、家の裏側のベランダの手すりから頭を突き出した。そして、中庭でばたばたと羽を動かしている首なしのにわとりを、魔法にでもかかったみたいに見つめるのだった。ニッタノンドはロビが見ているのを知っていたから、体の重心を後ろに移して地面にぺたりと座ると、髭をなでながらたばこを吸った。しばらくしてからロビを見上げ、明るい黒い目を光らせながら、動き回っている死骸を指さしてこういうのだった。わかったかい。悪い子はこういうことになるんだぞ。

ロビにおもての庭のおもしろさを教えてくれたのもニッタノンドだ。カンナの茎から水気たっぷりの蜜を吸い取るにはどうすればいいのかを見せてくれたり、トンボをつかまえるときには親指ともう一本の指で羽をまとめてはさむというコツを教えてくれたりした。けれど一番の収穫は、庭の真ん中のマンゴーの木の登り方を教わったことだ。それは大木で、そうとう登りづらかった。まっすぐで滑らかな幹が地面から伸びていて、枝に分かれるところまでたっぷり八フィートかそこらあるのだ。ずいぶん練習しなければならなかったけれど、ロビはちょうどタイミングよくこの技術を習得できた。だからあの日、両親やお客さんたちと一緒に空港から帰ってきたとき、彼がまず最初にしたのはこの木によじ登ることだった。一番高い枝まで登ると、彼は下にいる僕の祖母に向かって叫んだ。ほら、伯母さん、僕がどこにいるか見てよ！

祖母は上を向いて彼を見つけると、うらやましそうにいった。わたしにも登れたらいいんだが。あそこからならダッカが見えるかもしれないよ。

その晩、夕食前に庭に座りながら、祖母はマヤデビに、いつ伯父を連れ戻しに昔の家に行くのかとたずねた。

いつでもお好きなときに、とマヤデビがいうと、祖母は身を乗り出して叫んだ。明日だね。明日行くとしよう。早ければ早いほどいいからね。

だがそのとき、驚いたことにシャヘブが口をはさんだのだ。だめですよ、と彼はいった。あそこに行くには時期がよくありません。あの家は旧市街のど真ん中にあって、高等弁務官事務所の政治部の噂では、あそこらへんで騒ぎがあるだろうという話ですからね。今は行くべきでないと思いますよ。

シャヘブのいうことをきいたりしたら、祖母は自らを軽蔑したにちがいない。祖母は身を乗り出し、膝を揺すりながらいった。あそこで騒ぎがあるっていうことなら、ますますもって、まだ時間があるうちに老人を救い出さなきゃならないよ。あの人のためにはるばるダッカまで来たんだからね。ちょっとの遅れだって我慢する気はないよ。つまらない騒ぎなんか、怖くないね。できるだけ早く片付けなきゃならないからね。

でも、本当なんですよ。興奮してウィスキーをこぼしながらシャヘブがいい返した。本当なんですから。今、あそこに行くのは安全じゃないんです。許可できません。数日、お待ちなさい。

彼はマヤデビのほうを向いて、祖母を説得してほしいと無言で訴えた。

もちろん近いうちに行くわよ、とマヤデビは穏やかにいった。何日かしてからにしましょう。一週間遅れたって、だれも困らないでしょ。

祖母はこの提案をじっくり考えた。来週まで待つとしよう、と彼女はいった。木曜日までね。木曜日ってのはいい日だ。でもそこまでだよ。そのあとは一日も延ばせないからね。

あれは、祖母たちが出かけてから何日ぐらいあとだっただろう。ある朝、僕はカルカッタで騒ぎが起こったことを知った。

その朝、母が忙しくしていたのを覚えている。きっと父が朝早く仕事に出かけなければならない日だったのだろう。理由はなんにせよ、母は時間がなくて、ラジオの朝のニュースをききそこねた。だからいつもと同じく、学校鞄と水筒をもたせて僕をスクールバスがくる通りの角へと送り出したのだった。

僕はずっとあとになってから、母と母の小さなトランジスターラジオの間の奇妙な関係について、あれこれ思いをめぐらせたものだ。ラジオは母の部屋の中で格別の名誉を与えられていて、彼女の死んだ両親の写真が入った写真立てと同じ棚に置かれていた。母は可能な限り、朝のニュースを逃さなかった。ニュースはわが家では、朝食の席でのお祈りの儀式だったのだ。カレッジで僕はよく友人たちに自慢げにいったものだ。うちの母は政治にすごく関心があってね。ずっと朝のニュースを逃したことがないんだ。もちろん僕はただ単にみなを感心させようとしていただけだった。ラジオが話題にしている政治について、母にはまるっきり関心がないのは、当時でもよくわかっていた。ただあのころは、そうした資質を美徳と認めることができなかったのだ。それに、僕と同類の人たちもそうだったように、お役所的な進歩の観念をしっかりとすり込まれていたから、母にとってニュースをきくのはただ単に生き残りのための鉄則だという事実を認めることができなかった。だが母はその朝、ニュースをきき逃した。だから僕はいつものように家を出てバスを待ったのだった。

僕はずいぶん待たされた。いつも一緒にバスに乗る少年ふたりが現れないので、嫉妬を感じたのを覚えている。といっても驚いてはいなかった。マドラスで一九六四年度最初のクリケットの国際試合、対イングランド戦が開幕する日だったからだ。ふたりはまんまと両親を説得して、家に残ってラジオで実況をきいているにちがいないと思った。母がそんなことを許すわけはなかったから、僕は頼みもしなかった。

バスを待ちながら、僕は歩道を行ったり来たりした。試合のことが気にかかる。朝刊にはファルーク・エンジニアが怪我のせいでプレーしないと書いてあった。代わりに出ることになったのはブッディ・クンデランという名前の選手だが、これは不安なニュースだ。エンジニアはわれらがヒーロー、われらが暴れん坊だった。ところがクンデランの名前などきいたこともない。エンジニア抜きでは、チャンスはまるきりないだろう。友だちと試合のことを話したくてたまらなかった僕は、いらいらしながらバスを待った。

そのとき、僕たちの青い大きなスクールバスが見えた。サザン・アベニューをこちらに向かって重々しく近づいてくる。いらいらしていた僕は、水筒を振り回しながらバスへ向かって走り出した。けれどバスが近づくにつれて、何か妙な気がして、僕は足を止めた。確かに僕の乗るバスだった。学校名がわきにはっきりと書いてあるのが見える。だが、明らかにどこかおかしいのだ。そのときはたと気がついた。普段なら僕のところに来るまでに、バスはぎゅうぎゅうになっていて、窓という窓から頭や腕が突き出ている。ところがこの日、バスは妙に空っぽだった。窓から飛び出している頭はひとつもない。

バスが停車して、僕は乗り込んだ。車内には少年が十数人乗っているだけだ。がらがらのバスに負けまいと、後ろの座席に寄り集まるようにして座っている。その中に僕の友だちはひとりもいなかったのだが、彼らは僕を見てほっとしたようだった。普段は互いにあいさつすらしないのに、この日に限って僕を見たとたん、すぐに体をずらして自分たちの横に場所をあけてくれた。

腰を下ろすやいなや、周りの十数人の視線が僕の肩に向けられているのに気づいた。どうしたの？　僕は不安になってたずねた。何をじろじろ見てるのさ。すばやく後ろを振り返った僕は、みなの注目を集めているのが自分の水筒なのだとわかった。

僕の右側にいたのはトゥブルと呼ばれている太った男の子で、ときどき僕たちと一緒に公園でクリケットをしていた。どうしたの？　と僕は彼にきいた。水筒を見たことがないのかい？

トゥブルは馬鹿みたいに口をあんぐりと開けた。それじゃ、君ももってきたんだね？　僕が答えるより前に、彼は年下のひとりを指さしながら耳元でささやいた。あいつは今日、水をもってこなかったんだよ。お母さんがソーダボトルをくれたんだって。

トゥブルは縮こまっている少年をにらみつけると、なぜ水をもってこなかったのかを僕に説明しろと命令した。

あのときの少年の歌うようなもの悲しい声の調子を、僕は今でも思い出す。彼の話したのはこういうことだ。彼の母親は、その朝一滴も水を飲ませてくれなかった。彼らがタラ給水場に毒を注いだので、カルカッタ中の水に毒が入っているという噂をきいたからだ……。少年の話に僕たちが必死に耳を傾け、繰り返し同じ話をさせたのを覚えている。しかしあのときの記憶とともに掘り出された瓦礫の中には、もっと細かな別の事実がひそんでいる。あのとき僕たちは、少年に何もたずねなかったのだ。「彼ら」とはだれか、なぜ「彼ら」が彼ら自身も飲む水に毒を入れたのか。たずねる必要がなかった。僕たちは少年がそれをいった瞬間に、答えを知っていたのだ。それは言葉の中にだけ存在する現実であり、その言葉をだれかが口にするのをきいたときは、信じるか信じないかは重要ではない。だれかが口にした、という事実だけが重要なのだ。何もかもこれで納得がいった。通りが空っぽなのも、ほかの少年たちが乗っていないのも、すべてつじつまがあう。もうたずねることは何もなかった。

そのときトゥブルが大声でいった。ゴール・パークに着けばわかるよ。

なんで？　とだれかがたずねた。

だって、あそこでモントゥがバスに乗るだろ、とトゥブルが答えた。あいつなら知ってるよ。イスラーム教徒だからね。

彼は僕のほうを振り向いて微笑みかけた。そうそう、モントゥは君の友だちだよね？

なんと答えようかと考えているとき、喉が渇いていく感じがしたのを覚えている。

引っ越してからはちがうよ、と僕は嘘をついた。モントゥにはもう何か月も会っていないんだ。

ゴール・パークに着いたとき、僕は窓の外をながめ、普段モントゥがバスを待っている掘りぬき井戸の右側に目をやった。モントゥはそこにいなかった。彼のいる路地をちらりと見たときに、彼の部屋のカーテンの隙間に気がついた。彼は僕たちを見ていたのだ。

僕はモントゥが来なかったことに心からほっとした。

まもなく僕たちは一人ひとり水筒のふたをはずし、中の水をこぼした。

その朝、最初の授業は数学だった。先生は年配のアングロ・インディアンの女性で、アンダーソン先生といった。背が高くてやせていて、スカートをはき、髪の毛は短くて白髪交じりだ。教室には男の子が数える程度しか座っていなかったので、アンダーソン先生は出席をとるしきたりを省いた。またいつもとちがうことが起こって、僕たちは動揺した。というのも、みなはそのときまで、何もかもできるだけいつも通りにしておこうと、黙って神経を集中させていたのだ。だがアンダーソン先生が教卓を鉛筆でとんとんとたたいて眼鏡ごしに顔をしかめたので、僕たちは静まり、教科書を開いて気を落ち着けた。まもなく先生はいつもの穏やかな声で、「X」の文字を使ってどれでも好きな数を表せるということを説明しはじめた。しばらくの間は、その日もいつもとほとんど同じような日で、普段と変わらない授業を受けているみたいだった。

僕の机は窓際にあった。授業が半ばにさしかかったとき、どこか遠くから音がきこえたような気がした。かすかな音で、音と音の間に間隔があって、短波ラジオのたてるぱちぱちという音のようだ。本当にきこえたのかどうか決めかねていると、隣りに座っていたトゥブルも上を見ているのに気がついた。僕はささやいた。あれ、何？　だが、彼にもわからなかった。彼は顔をしかめて肩をすくめた。アンダーソン先生に見つからないように注意しながら、僕はこっそり頭をもち上げて窓の外を見た。音は前より大きくなった。たくさんの人の声のようにきこえるけれど、デモ行進のときの規則正しいどよめきとはちがう。学校のわきを通るデモ行進だったら、慣れっこだった。一日おきぐらいにあったし、一度も気にかけたことなどない。しかし今日のはちがう。叫び声が次々に、途切れながら不規則に続いたかと思うと、突然沈黙がくる。そして、これで終わりかと思ったとたんにまた声がして、そのまま次から次へと声が続き、それからふたたび沈黙の瞬間が訪れるのだ。

こういった声の音色には、何か独特の恐ろしさがある。怒っている群集のわめき声のような単純さや力強さはない。むしろ引き裂かれたような耳障りな音で、不協和音をどんどん大きくしていったみたいだ。人の内部にわけのわからない無形の恐怖を呼び起こし、耳にしたとたんに、正真正銘の混沌の音色であることがわかるのだ。

ほかの生徒たちも音に気づきはじめた。教室中の頭が外を見ようと窓のほうを振り向いた。

アンダーソン先生はがんばってその音をさえぎろうとした。大声で話し、僕たちの注意を引こうと教卓をとんとんとたたいたり、部屋いっぱいに声を張り上げたりしている。でも例の声はさらに大きくなり、学校の高い塀に押し寄せてきたのだ。

アンダーソン先生もこれ以上、外の声を無視できなくなった。先生は教科書を置くと、教室の中を回って窓を閉めはじめた。教室の窓ガラスは夏の太陽光を遮断するために緑色に塗られている。僕たちは緑がかった暗闇に閉じ込められ、代数の法則を説明するアンダーソン先生の声がその中に響き、こだました。

ベルが鳴ったとき、アンダーソン先生は見るからにほっとしていた。先生は厳しい声で、歴史の教科書を読んでいなさい、ちょっとでも音を出してはだめですよ、といい、急いで教室を出ていった。

先生がいなくなったとたん、僕たちは窓を開けた。高い塀のせいで遠くまでは見えなかった。群集は消え、すっかり静まり返っている。すると今度は消防車のサイレンの音がきこえて、一分後に僕たちの学校のわきを車がスピードを上げて走り過ぎた。だれかが指さした遠くのほうを見ると、灰色の煙の柱が空に向かって立ちのぼっている。火事の場所はわからなかった。

バッターは今、だれかなあ？　とだれかがいった。答える者はなかった。クリケット試合のことなど、僕たちはすっかり忘れていたのだ。

そのときアンダーソン先生の雷声がしたので、僕たちは机に駆け戻った。先生は手を腰にあてて僕たちをにらんだ。しかし、怒って当然の彼女が、実際には怒ってなどいないのは明らかだった。先生は教卓をたたき、今日の残りの授業は中止になったこと、僕たちはバスで家に送り返されることを告げた。

どうしてですか？　とだれかがたずねた。先生はその生徒を見て、顔をしかめた。お休みがほしくないの？

僕たちは何もいわずに教室から出て、列をなして校庭へ向かった。学校中の生徒が外に整列している。巨大な鉄の門が開いたとたんに、列の先頭でわーっというどよめきが起こった。前方の少年たちは、首を伸ばしてびっくりしたようにあたりを見回している。門のところまで来たとき、武装した警官隊が学校を取り囲んでいるのが見えた。

何をしているんだろう？　僕はトゥブルに向かってつぶやいた。

馬鹿だなあ、と彼はいった。わからないのかい、僕たちを守っているんだよ。

僕たちは恐怖のあまり、黙りこくってバスに乗り込んだ。今回はだれもが無意識のうちに窓際の座席を選んでいた。バスが学校から離れてすぐにわかったのだが、さっき通り過ぎてから二、三時間のうちに、通りの様子がどこか変わっていた。毎日行き帰りに見ている場所だというのに、どういうわけか見知らぬ場所みたいに見えるのだ。普段は物売りやら通行人やらでびっしり混みあっている歩道が不気味なほど空っぽで、そこにいるのはパトロール中の警官隊ぐらいだ。どこの店も閉まっていて、街角のパーン売りさえ姿が見えない。そんなところまで店仕舞いしているのなんて、だれも見たことがなかった。そのときバスは、僕たちの知らない別の狭い通りに入った。こっちの歩道は空っぽではなく、角に男たちの群れがうろついている。僕たちが通り過ぎたとき、彼らは探るようなまなざしをバスに投げかけた。口を結んで警戒の色を見せている。何かを待っているようだ。

ああ、よかった、と僕は心の中で思った。おばあちゃんとメイがここにいなくて。

トゥブルが僕の肘を揺さぶって、狭い路地の入り口に寄せかけられたリキシャーを指さした。ほかの少年たちも気づいて、振り返ってじっと見つめている。通り過ぎてからも僕たちはそのリキシャーからずっと目を離すことができなかった。見つめる理由はこれといってなかったはずだ。それなのに変な具合に立てかけてあるリキシャーなんて、外出すればいつだって目につくものだ。通りにそのリキシャーを見ずにはいられなかった。リキシャーの置かれていたその角度に、何か理解しがたい意味がこめられていた。イスラーム教徒を閉じ込めるために置かれたのだろうか、それともヒンドゥー教徒を路地に入れないために？　あの瞬間、放置されたリキシャーのどうということのない角度に、僕たちは自分たちの世界の混乱を読み取ったのだ。

それからバスは、パーク・サーカスのほうへ曲がった。すると突然、例の耳障りな炸裂音めいた声が、さらに大音量で僕たちを取り囲んだ。するとフロントガラスごしに前方を見ると、群集が散らばってパーク・サーカスの周辺にひしめいている。目の前で、群集の一部が大きな集団から分かれて僕たちのほうへじわじわと近寄ってきた。そのとき僕は不意に座席から投げ出された。バスがきいっと鋭いブレーキの音をたてて急に止まったのだ。

運転手はハンドルと格闘しながら、古いがたがたのバスを反転させている。バスはふたつの車輪を歩道に乗り上げ、少しよろめき、それからふたたび道路に戻った。ギアがかみあう金属の大きな音をたて、バスはゆっくりと進みはじめた。

僕たちを追いかけている男たちは、バスの後部からわずか数フィートのところにいる。窓に石があたる音がして、僕たちは座席の下にもぐり込んだ。だがそのときバスがスピードを上げたので、男たちはそこに置き去りにされた。立ち上がって振り返ると、彼らの何人かは肩を組みあって笑っていた。

次の角で運転手は、僕たちがだれも見たことのない通りに入っていった。運転手の一番近くにいたトゥブルは、立ち上がって運転手にいった。これ、僕の家に行く道じゃないよ。帰り道がわからなくなっちゃうよ。

運転手はスピードを緩めずに腕を突き出し、トゥブルを座席へ押し戻した。だれも目をあわせようとしなかった。バスが走り抜けていく場所がどこなのかも、家に向かっているのかどうかもわからなかった。

街の通りは一変した。僕たちの街が、僕たちの敵になったのだ。

トゥブルが泣き出した。ひとりずつ彼の周りに集まった。ほかのときだったら、僕たちは笑っていただろう。でもこのときは、背筋を凍らせたまま、無言で彼の泣き声をきいていた。本当に泣いているのは僕たちにもわかった。注意を引こうとか、怪我をしたとかいうのではない。彼の泣き声には、海のような途方もない心細さがあった。

トゥブルはそうやって家に着くまで泣き続けた。僕たちみんなのために。

あのときの状態は怖かったというだけではおそらく不十分だ。僕たちは恐怖のあまり意識を麻痺させていた。

あの独特の恐怖には、絶対に忘れることも説明することもできない、何かがある。それは地震の被災者が、地面が静止しているのが信じられなくなったときに感じる恐怖に似ている。だが同じものではない。あの恐怖は、ほかのどんなものにもたとえがたいのだ。自然への恐怖という、人間の最も普遍的な恐怖ともちがう。国家の暴力に対する恐怖という、近代の最も一般的な恐怖とも比べがたい。それは、いつもの状態というものはまったくの偶然から成り立っていて、自分を取り囲む空間や自分の住む通りが、突然の洪水に見舞われた砂漠のように、不意になんの警告もなしに敵対的存在になり得るとわかったときに生まれる恐怖なのだ。インド亜大陸に住む十億の人々を世界のほかの部分から区別しているのは、この点だ。言語でも、食べ物でも、音楽でもない。それは、自分自身と鏡の中に映る自分とがいつか戦いを始めるのではないか、という恐怖から生まれる特殊な孤独感なのだ。

木曜日の朝、目を覚ましたとき、ロビはしばらくベッドに横になったまま、マンゴーの木に止まっているスズメのさえずりや、空港へ続く道路の車の騒音、路地をゆっくりと進む牛乳売りの自転車につり下がった缶が鳴る音をじっときいていた。朝の音のメドレーはいつも通りで、不協和音は少しもきこえてこなかった。彼は起き上がると窓のところへ行った。もし騒ぎがあるのなら、真っ先に見つけたかったのだ。もっとも「騒ぎ」がどういうものなのかはよくわからなかった――北インドの寄宿学校のほかに、彼が住んだ土地で記憶にあるのはカナダとルーマニアの二箇所しかなかったが、そこでは騒ぎというものはあまりなかったのだ。北インドの寄宿学校でも、少なくとも学校の塀の内側ではたいした騒ぎは起こったことがなかった。

祖母たちの昔の家への遠征は、この日の朝、騒ぎの兆候があるかどうかにかかっていた。もちろんロビとしては、出かけようと家にいて「騒ぎ」を見ていようとどちらでもかまわなかった。どちらにしてもおもしろそうだ。けれど出かけるのだろうという気がしていた。噂にもかかわらず、この数日間、別に騒ぎはなくて、その間に伯母さんはますますいらだちを募らせていたからだ。昨日の夕食の席では、彼女にいい張られて、ロビの父親は降参するしかなかった。わかりました、行っていいですよ、と彼はいった。でも高等弁務官事務所の護衛をひとり、一緒に連れていってもらいますよ。

ロビは窓から身を乗り出して下を見た。庭には静かな冬の日ざしが降り注いでいる。トンボの羽根が、カンナとタチアオイの花びらの間できらきらと光っているのが見える。ロビは目の上に手をかざして通りをながめた。隣りのハクさんは紅茶のカップを手に庭に出てきて、いつものようにバラの香りをかいでいる。騒ぎと呼べるようなものの兆候はどこにもない。満足したロビは階段を下り、メイとトリディブに何もかも正常だと告げた。結局、出かけることになるだろう。

あとになってその日のことを振り返ったとき、ロビはあるささいなことを思い出した。それは、家を出る前に僕の祖母が二回もサリーを着替えたということだ。彼女はぱりっとしている質素な白いサリーを着て朝食に下りてくると、できるだけ早く出発したいと告げた。ところがいざ護衛と運転手を乗せたベンツが高等弁務官事務所から戻ってくると、祖母はじっくりとわが身を点検してから二階へ上がり、十五分後に緑色の縁のついた白いサリーに着替えて戻ってきたのだ。ようやく出発の準備が整って、一行は車に乗り込んだ。ところがそのときだ。祖母が、修理工の妻のためにもってきたプレゼントを忘れたと叫んで、家の中に駆け込んだのだ。ふたたび戻ってきたときには、赤い縁の白いサリーを着ていた。ロビによれば、祖母が車に乗り込むと、マヤデビは笑いながらいった。花嫁がはじめて嫁ぎ先に行くときみたいに、どきどきしているのね。ロビの記憶では、そのとき祖母は笑顔を返しながら反論したのだった。そうじゃないよ。わたしは未亡人になって以来、はじめてあの家に行くんだよ。

車が通りを駆け抜けるとき、ロビは油断なくあたりを見回して「騒ぎ」の兆候を探したが、じきにがっかりした。ニュー・マーケットの店はどこも開いていたし、通りはいつものように人間、サイクル・リキシャー、車で混みあっていた。外交官ナンバーをつけた車に振り返る人さえいないのだ。

運転手は街の名所を通り過ぎるたびに祖母に説明した。プラザ・ピクチャー・パレスという映画館――おもてには十五フィートもあるベン・ハーの看板が掛かっていた――グルシャン・パレス・ホテル、ロムナ競馬場……。

どれもけっこうだがね、と祖母はいった。でも、ダッカはどこだい？

ところが、車が橋を渡ってまもなく、徐々に風景が変化してきた。幅の狭い通り、人込み、崩れそうな古い家々。祖母は緊張し、座席の端に座って窓の外をながめ、空気のにおいをかいだ。活気にあふれた大きな広場の中へ入っていくと、祖母は突然、マヤデビの腕をつかんで叫んだ。見てごらん、ショドル・バジャルだよ。「ロイヤル文房具店」があるよ。覚えているかい？　マヤデビは祖母の体に腕を回し、ふたりは抱きあって、笑ったり涙を拭いたりしながらメイに説明した。学校に通っていたころには、ふたりはいつもあそこで教科書を買っていたのだ、と。車が店の横を通り過ぎたとき、マヤデビがいった。看板は変わったけれど、それ以外はあのころとまるっきり同じね。だが祖母は、そんな小さな変化さえ許さずに、頑としていい張った。いいや、同じ看板だ。わたしは覚えているよ。

　数分後、車は両わきに店が並んでいる狭い路地へ折れた。すると突然、あたりの光景が、古い写真みたいに記憶とぴったり重なりはじめたのだ。祖母はもうどこを見ればいいのかわからなかった。そして座席の上で身をよじり、あちらこちらを振り返りながら、目に入るものを次々と指さしはじめた。あそこで男の子たちがサッカーをしていたんだよ。あそこにシャム・ラヒリが住んでいたんだ。あれがリナの家。ほら、この前公園で会った人だよ。ノレシュ・バブーが座っていた場所はあそこだね。あの宝石屋の格子の向こうだよ。腰布《ドーティー》の裾で金粉をかき集めていたっけね。

　運転手は狭い路地の入り口で急に車を止めた。そしてマヤデビのほうを振り返って路地を指さし、こういった。あれがあなた方のお家ですよ。あそこにサイフッディーンの作業場があるんです。

　祖母はたちまちあわてふためいて、抗議した。そんなわけはないよ、と彼女は叫んだ。これがわたしたちのいた路地のわけがないよ。だって、カナ・バブーのお菓子屋はどこだい？　あそこはハンマーや金物を売っている店じゃないか。お菓子屋はどこに行ったんだね？

　運転手は悲しげに、手を宙にぐるぐると回した。ここにはお菓子屋はありませんよ。みんななくなってしまったんですよ。今ではこれだけです。

そのとき何かが突然動くのを見て、運転手はドアを開けて駆け出し、ベンツのボンネットについた星に触ろうとした少年を追い払った。少年は、車の周りに集まってきた若い男たちや子どもたちの群れにまぎれ込んだ。運転手は不安げに彼らに目をやり、護衛を手招きして、自分はボンネットを見張っているから、車の後ろのほうを見張るようにと命令した。

あそこだよ、と祖母が路地の向こうを指さして叫んだ。ごらん！ わたしたちの家だよ！

屋根の端はこけむし、その崩れかけたシルエットにインド菩提樹の芽がしがみついていたけれど、家の輪郭は覚えていた通りだった。大きく、暖かみがあって、どこかぎこちない。祖母は目を閉じ、動こうとしなかった。そこでロビが彼女の手を引っ張っていった。ほら、見に行こうよ。

しかし一行が歩き出すより前に、運転手がマヤデビのところへ息を切らしながら駆け寄ってきた。そしてマヤデビに二言、三言ささやき、ふたたび車のほうに走っていった。なんだって？ とトリディブはたずねたけれど、マヤデビはうっとり微笑みながら家を見つめているばかりで、彼はもう一度質問をくり返さなければならなかった。ああ、なんでもないのよ、と彼女は答えた。早く戻ってほしいんですって。騒ぎがあったときのためにね。

祖母たちが路地の奥へと進んでいくと、そのあとを好奇心いっぱいの子どもの群れがついてきた。ほとんどの子はメイにくっついている。彼らがメイについてひそひそと話す声がロビの耳に入った。群れの中の小さな女の子が、メイの手の中に自分の手をそっと滑り込ませた。

家がかなりはっきりと見えてきた。濡れたサリーが、こぼれたペンキのように色鮮やかにテラスから垂れ下がっている。鎧戸のない窓からは、すすで縞模様になった壁、蚊帳つきベッドのてっぺん、くぎにかかった服などが見える。最上階の窓の下に小さな看板が下がっていて、ルトフッラー・イスマーイール、学士・修士（パトナー大学）の名前で、タイプ・速記サービスの宣伝文句が並んでいた。

前を歩いていたロビが、門の外から内側をのぞいてから、みなのところに駆け戻った。オートバイだよ、と彼は怯えたようにいった。あっちにもこっちにも、オートバイがあるよ。

この知らせをきいたマヤデビと祖母が、びっくりして信じられないという顔をするところが目に見えるようだ。もちろん彼らは作業場のことは知っていた。けれども、まさかその小さな庭に、しょっちゅう伯父のさかさまの家のできごとを想像しつつふたりで座っていたあの場所にあるとは、思ってもみなかったのだ。

そんなはずはないよ、と祖母がいった。嘘だろう。

だがそのとき、門の前に立った彼女は、銀色の光に目がくらみ、その強い光線をよけようと腕をかざした。ロビのいった通りだったのだ。古い屋根つき玄関にはいつの間にかブリキ小屋が建ち、オートバイの泥除け修理のバーナーの炎に照らされていた。かつては庭と呼ばれていた小さな草地には、今ではあちこちに黒い油のたまったくぼみがあり、タイヤのチューブや排気管が散らばっている。

庭の様子は一変していたけれど、祖母にはもう気にならなかった。確かに記憶の通りの家ではないし、カルカッタで僕に話してくれた家ともちがったけれど、それらに十分近いものだったから。

そのときの祖母が目に見えるようだ。油のたまったくぼみや放り出されたタイヤをものともせず、中庭をうろうろする祖母。細い鉄の手すりのついたバルコニーを見上げる祖母。自分の母親が昔植えたライムの木を探すうちに、つぶれた車輪につまずき、ねじれたハンドルに膝をぶつけてしまう祖母。すると修理工のサイフッディーンが、そっと彼女をベンチまで連れていき、どうかお座りくださいと頼むのだ。祖母は彼の油で黒ずんだ顔をながめながら、見覚えのない顔をしたこの新しい親戚は、家のどの部分から出てきたんだろうと考える。そこでマヤデビが、戸惑う彼女に助け舟を出して、これが修理工のサイフッディーンで、伯父さんをインドに連れて帰るのを助けてくれる人なのよと、やさしい声で説明する。伯父のことなどすっかり忘れていた祖母はぎくりとする。だが驚くべき強靭な意志の力で、徐々に過去から現在に自分を引き戻し、なしとげるべき大事な仕事が自分にはあって、ただ郷愁に浸るためだけにわざわざ来たのではないことを思い出す。祖母は郷愁を憎悪しており、僕に向かって長年いい続けていたのだ。郷愁は弱さの証、時間の無駄だよ。人はだれでも過去を忘れて前を見つめ、未来を築かなければいけないんだ。だから祖母は今、そもそも自分をここに連れてきた仕事のことを徐々に思い出す。そう、彼女の務めは、伯父を過去から切り離して未来へと後押しすることにあるのだ。

ああ、そうだね、伯父さんのことだが、と彼女はサイフッディーンにたずねた。最近は、どんな具合かい？

サイフッディーンはずんぐりとした力強い体つきの四十代半ばの男で、早口のヒンドゥスターニー語訛りのベンガル語で彼女に説明した。あまりよくはないんです。できるだけ早くどうにかなさったほうがいいと思います。

祖母は重々しくうなずき、自分の手元を見下ろして、そこに茶色の紙包みが握られているのを見てびっくりした。そして、なぜこの包みをもってきたのかを思い出し、それをサイフッディーンの手の中に押し込んだ。あなたの奥さんのサリーだよ。

サイフッディーンは驚くと同時に喜んで、その油で黒ずんだ顔をにっこりさせた。こんなお気遣いはご無用だったのに、と彼はいい返したけれど、何度もお礼をいって、妻を呼び、インドからのお客さんにお茶をもってこいと命じた。

でも、伯父さんに話をしにいくべきじゃないかしら？　とマヤデビがいった。あんまり時間がないのよ。

まずここでお茶ぐらいは飲んでくださらなきゃ、と修理工は頑としていい張った。だってみなさんは、はるばるインドからいらしたんですから。それに、みなさんだけでウキル・バブーに会いにいってもしかたないですよ。ハリールをお待ちにならないとね。

ハリールってだれだい？　と祖母がたずねた。

ハリールと彼の家族がウキル・バブーの面倒をみているんですよ、とサイフッディーンは説明した。いいやつですよ。やっぱりインドから来たんです。ベンガルのムルシダーバードからね。ちょっと馬鹿ですが、心根はいいやつです。いつもわたしは人にこういってるんですよ。ハリールは馬鹿かもしれないが、心根がいいやつだ。そうでなけりゃ、このご老人を、しかもヒンドゥーの人間を、わざわざ世話したりしますかね？　ご老人を追い出して両方の部屋を自分の家族のものにするのなんて、やすやすできたのに。

サイフッディーンはトリディブのほうを振り向いてたずねた。だんなさん、ビハールのモーティーハーリーに行かれたことはありますかね？　わたしはあそこで生まれたんですよ。

トリディブは首を横に振った。

サイフッディーンはがっかりして唇をすぼめた。それは残念、と彼はいった。お戻りになったらモーティーハーリーに行かなきゃいけませんよ。いいところです。もちろん、今ではあそこでも何かと騒ぎがありますがね。

ハリールはなんで稼いでいるんだね？　と祖母がたずねた。

サイクル・リキシャーをやっていましてね、とサイフッディーンがいった。それにあちこちで片手間の小さな仕事をしてますよ。女房と子どもを養うのでぎりぎりです。ウキル・バブーが少しばかり稼いでいたころには、ちゃんとやっていけたんです。でもあの人は寝たきりになってしまいましたから、今はどうやってやりくりしているのか、見当がつきませんね。

サイフッディーンはもの思いにふけりながら、指であごをなでた。きっと今じゃ、モーティーハーリーにはホテルがありますよ、と彼はトリディブにいった。町には映画館も何十軒とあると思いますね。

ハリールの奥さんが彼のごはんも作っているのかね？　祖母が押し殺したような声でたずねた。

もちろんです、とサイフッディーンがいった。そうでなかったら、ご老人は何も食べられませんよ。

祖母とマヤデビは驚きの視線を交わした。知ってるかい、と祖母はロビにささやいた。この老人は昔はものすごく保守的だったんだ。イスラーム教徒の影が自分の食べ物の十フィート以内をかすめるのだって許さなかっただろうに。ところが今じゃ、ごらんよ。わが罪の償いをしているわけだ。十フィートだって！　ロビは数値の精密さに驚嘆して、メイに声をひそめて通訳した。どうやって計ったの？と彼は祖母にささやいた。食事のときにはポケットに巻尺をしまっておいたの？そうじゃないよ、と祖母はいらいらしていった。あのころは、そういう規則を守っていた人がたくさんいたんだよ。本能でわかるんだ。

三角法だ！　ロビはメイに向かって小声で勝ち誇ったように叫んだ。きっと三角法を知っていたんだね。計算問題みたいに解いたのかもね。もしイスラーム教徒が二十フィートの建物の下に立っているとしたら、彼の影はどこまで届くでしょうか？　メイ、僕たちはきみたちよりずっと賢いんだよ。きみのおじいさんは、いつドイツ人の影が自分の食べ物から十フィート以内を横切ったかなんて、絶対にわかりっこなかっただろうからね。

でもどうやって、ハリールがこの家に入ることになったんですか？とトリディブがサイフッディーンにたずねた。政府が家を接収して分割したとかいった話ですか？

ちがいますよ、とサイフッディーンは少し驚いて答えた。ハリールも、わたしたちと同じようにやって来たんですよ、あとからですけどね。ご存知ないんですか？　インドとパキスタンが分離したあと、ウキル・バブーはあちらこちらを回って、この家に入る人を探したんですよ。弟の家族が戻ってきて、分け前を主張するんじゃないかって恐れたんです。よく門のところに立って、人が入ってくるのを歓迎していましたよ。自分のお子さんはとうの昔に家を出ていて、どこにいるのかだれも知らないのでね。息子さんのひとりが一度戻ってきましたけれど、ウキル・バブーは追い返しましたよ。ハリールはわたしたちよりもずっとあとに来たんです。いきなり家族と一緒に現れたんですがね、ウキル・バブーが泊めてやったんです。そんなわけで、ハリールはそれ以来、あの人のお世話をしているわけですよ。

サイフッディーンは横目で祖母たちをちらりと見た。もちろん、と彼はつけ加えた。今じゃあ、ご老人にとって、かなり難しい状況になっていますよ。これ以上長くはやっていけないでしょう。かわいそうに。祖母が首を振りながらいった。今、あの人はわたしたちと一緒に帰るのにうんというと思うかい？

わかるもんですか。サイフッディーンは広げた手の平を天に向けた。ずいぶんのお年ですし、頭も確かじゃありませんからね。だれがだれやら、もうわからなくなってるんですよ。だからご老人に会うにはハリールを待たなきゃならないんです。あの人をここから離れさせるのは容易じゃないかもしれませんね。ここで年をとってきた人ですから。わたしも自分の父親に、モーティーハーリーを離れて一緒にパキスタンに来るようにっていったんですがね、説得できませんでした。父もあそこで年をとったものですからね……。でもがんばってやってみなきゃいけませんよ。ほかに道はないんですから。

外の路地からゴム製のホーンのプープーという音がきこえた。次の瞬間、リキシャーが大きく傾きながら門を通り抜け、勢いよく中庭に飛び込んできた。運転手はペダルの片方の上に立ち、飛び降りようと身構えた。

あれがハリールです、とサイフッディーンがいった。たいてい落っこちるんです、どさりと頭からね。でも、ハリールは石頭なんですよ。

ハリールはまだリキシャーが動いているうちに飛び降り、手足をついて地面に落ちると、赤面して起き上がった。ずんぐりした小男で、たくましい足に広い肩幅、年齢不詳の若い顔だちだ。かしこまって、はしょった腰巻《ルンギー》の裾を足元まで下ろし、足を引きずりながらサイフッディーンのところへ歩いてくる。何か御用で？　ハリールは敬意を払うように頭を下げた。見るからに修理工を恐れている。

ハリール、こちらはウキル・バブーのご親戚の方々だ、とサイフッディーンはいった。この方々のことは話しただろう。はるばるインドからあの人を迎えにいらしたんだ。できる限りのお手伝いをして、ここを離れるようにウキル・バブーを説得するんだぞ。

ハリールは祖母たちのほうに微笑みを向けた。前歯があるべきところは大きな隙間になっている。メイはあとになって、自分の心を一瞬のうちに勝ち取ったのは、あの大きな笑顔だったと思い起こした。照れたような素朴な笑顔だったけれど、メイはそれを見て、その表情の奥にあるのは愚かさではなく、ちょうどそれと正反対の優れた心ばえであるのを本能的に感じ取ったのだった。

首を横に振りながら、太く低い声でハリールはいった。あの人は行きませんよ。話しても無駄ですよ。行きませんから。

ハリール！　修理工がきつい声を出した。俺がいったことを覚えているな？　どうにかしてあの人にここを出るように説得するんだ。あの人自身のためなんだぞ。ここはあの人にはもう安全じゃないんだ。

ハリールは肩をすくめた。いいでしょう、と彼はいった。試してごらんなさい。でもいっておきますが、無駄ですよ。あの人は行きませんよ。

ハリールは祖母たちについてくるように合図すると、先頭に立って中庭を横切った。祖母がなかなか立ち上がれなかったので、トリディブが手を貸した。マヤデビと祖母は腕を組んで、ゆっくりと中庭を横切った。ドアまで来て立ち止まったとき、ふたりの頰には涙がこぼれていた。

さかさまの家のことがとうとうわかるんだ、と祖母がいった。

ハリールはドアを開け、彼らを中に案内した。

部屋は大きく、ひどく汚れていたけれど、それは怠慢のせいではなくて、あまりに人が混みあって住んでいるためだった。壁の漆喰のはがれた部分は、黒ずんだ渦巻きになっていて、天井から六角形のクモの巣がぶら下がっている。床には古いタイヤのチューブやさびたハンドルが散らばっていた。壁に並んだ本棚には、表紙のはがれた本や紐で綴じたファイルが詰まっている。

マヤデビと祖母は抱きあって笑い出した。さかさまのものなんて何もないね、と祖母がいった。

部屋の向こうの隅で、サリーで頭を覆った女性がカーテンのかかったドアの陰から祖母たちを見つめていた。膝には子どもがふたり、しがみついている。おい！　とハリールが彼女にいった。お茶をお出ししろ。早くするんだ。ウキル・バブーのご親戚で、カルカッタからおいでになったんだ。

カーテンがはらりと垂れ下がって女性の姿は消えたけれども、子どもたちはそこに残って、きらきらとした丸い目で彼らを見つめ続けた。

ハリールが部屋を横切ったときに、祖母たちははじめて老人に気がついた。部屋の一番奥に四本の高い柱に囲まれたベッドがあって、老人はその上に座り、一行がいるのにも気づかず外をながめていた。ロビはしりごみした。こんなに年とった人をそれまで見たことがなかったのだ。年をとりすぎて、かえって子どものように見える。小さく縮こまっていて、口の端から唾液が糸のように垂れている。

老人を見て祖母の目は涙でかすんだ。伯父さん、と彼女は叫んだ。ようやく帰ってきましたよ……。

老人は祖母に気づき、頭をゆっくりと動かして彼女を見た。

祖母は肩にかけたサリーの端で頭を覆うと、彼のそばに駆け寄った。帰ってきましたよ、伯父さん、と彼女はいった。その声はすすり泣きに変わっていた。わたしたち、伯父さんをお迎えにきたんですよ。

止まれ！　と老人は鋭く叫んだ。そして、自分の周りに散らばっている大小の汚れた枕の中で身を縮こまらせた。止まれ、止まれ、止まれ！　そこの女、何をしている？　止まれ！

祖母は混乱のあまり凍りついた。止まれってどういうことですか？　祖母は激しい怒りのこもった涙声でいった。わたしがおわかりにならないのですか？　わたしはあなたの……。

女、おまえがだれかはわかっとる、と老人は癇癪を起こし、か細い声を震わせた。だがわしは絶対に依頼人に体を触らせたりしないのだ。父はそんなことは絶対に許さなかったからな。汚い習慣だといっていた。さあ、あそこの腰掛けに座って、おまえのもってきた問題を話してみなさい。

祖母は驚きのあまり、おとなしく命令に従っていすに腰を下ろした。

老人はハリールに向かって小枝のような指で合図をしてから、残りの人たちを指さした。

この人たちに外で並んで待つようにいうんだ、と彼はいった。ひとりずつ会うからな。一度にひとり以上の依頼人には会えん。

ウキル・バブー、わたしのいうことをきいてください、とハリールが声を張り上げた。この人たちは依頼人じゃないんですよ、ウキル・バブー。あなたのご親戚なんです。

だが老人はきいていなかった。目はメイにくぎ付けだ。弛んだ口がぽかんと開き、歯の隙間から舌がのぞいている。

彼はメイに向かって、ふざけているみたいに頭を振った。彼女は微笑み返した。

この人は外国人ですよ、ウキル・バブー、とハリールは叫んだ。あまりの大きな声に、きいているロビの足が震え出したほどだ。あなたのご親戚と一緒に、カルカッタから来たんですよ。

わかっておる、と老人はいい、まばたきをしてメイを見た。わかっておる、何もかもわかっておる。クララ・ボウも、メアリ・ピックフォードもな。

ウキル・バブーの頭の中は、知識でいっぱいなんですよ！　ハリールは祖母に向かって誇らしげにいった。

はじめまして。老人は歯の隙間から息を吹き出し、英語でメイにあいさつした。はじめまして。

そのとき老人は何かを思いついたのか、頭を上げて壁を見渡した。黒い瞳が大きくなり、卵の黄身が割れたときのように白い部分へと広がっていく。探しものを見つけると、彼はマッチ棒のような細い腕をゆっくりともち上げた。

あそこだ、といいながら、彼は絵を指さした。われらが王にして皇帝。神の救い、われらが王にあれ。

絵は埃まみれだった。ロビの目には、額縁の下のほうにあるとがった鬚と、クモの巣の雲間に浮かぶてっぺんの王冠しか見えなかった。

老人は歌いはじめた。神の救い、われらが……。だがそこから彼はメロディーを忘れてしまい、楽しげなハミングに変えてごまかした。

メイは笑って一緒に歌いはじめた。神の救い、われらが……。

その通り、といって、老人は拍手のかわりに枕をたたいた。だがそこで不意に口を開き、心配そうに顔を曇らせたのだ。

ハリール！　と彼はささやいた。部屋中にその声がヒューとこだました。ハリール、急げ、急げ。急いでトイレットペーパーを買ってこい。

それはなんです？　とハリールがたずねた。なんでですか？

この人がくそをしたくなったらどうする？　と老人がいった。父がいつもいっていたんだ。外国人が家に来たら、第一に思い出さなければならんのは、トイレットペーパーを買うことだとな。本で読んで知っていたんだ。

ウキル・バブー、ご心配には及びませんよ。なだめるようにハリールが大声を出した。この人はもう、今朝すませましたから。

どうしておまえにわかるんだ？　老人は厳しい口調でいった。この人がおまえにいったのか？　おまえは英語を話すことさえできないではないか。

祖母はすっかり取り乱していた。もはやじっと座っていられなくなって、いすから跳び上がって叫んだ。伯父さん、わたしがだれかわからないんですか？

老人は顔をゆがめ、いらいらしたように顔をしかめながら、彼女のほうをゆっくりと振り向いた。女、座っていろといわなかったかな？　と彼はきつい声でいった。

祖母はもう一度おとなしく腰を下ろした。わからないんですか？　彼女はうめき声を上げて両手を握りしめた。わたしはあなたの弟の娘なんですよ。

よし、それでは女、と老人はいった。おまえのもってきた問題を説明しなさい。いったい、何についてだね？

そのときトリディブが割り込んだ。あのですね、きいてください、と彼は大きな声でいった。僕たちはあなたの親戚なんですよ。あなたを迎えにきたんです。家のあちら側に住んでいた弟のことは覚えていますか？

老人の顔がぱっと輝いた。やつらは死んだんだ！　老人は声を震わせて勝ち誇ったようにいった。やつらには娘がふたりいた。ひとりはハゲワシのような顔で、もうひとりはコブラみたいに毒があってな。見た目にはえらくかわいく、善良そうであったが。

トリディブは笑った。あのですね、今、ふたりはあなたを助けに帰ってきたんですよ。

ふたりともどこかに宴会に出かけてな、と老人は言葉を続けた。だから、わしはすぐに通りに出ていって、つかまえられるやつを片っぱしからつかまえて家に呼び入れたのだ。あとはただ、あいつらが帰ってくるのを待つだけだ。

老人はにやりと笑った。トリディブはたじろいだ。そのむき出しの黒い歯茎が、悪意でただれているように見えたのだ。

あとはあいつらが帰ってくるのを待つだけだ、と老人はいった。あいつらをここのあらゆる裁判所に引きずり出してやるのだ。最後は総督の参事会までな。「所有は法の十分の九にあたる」といっていたのはいとこのブロジェンだ。やつは知っていたわけだな。自分の叔父の家族を王国中のあらゆる裁判所に引きずり回したんだから。その理由というのはだな、この家族が、水路をはさんでやつの側にある土地から土を一握り盗んで、自分たちの土地に加えたことだったのだ。

その通りよ、とマヤデビはトリディブにいった。覚えているわ。彼は弁護士にお金を払うのに、自分の土地を売らなきゃならなかったのよ。

たった一握りの土のためにだ！　老人は驚嘆し、天井を見つめた。わしの体はそういうものでできている。あいつらにもわかることだろう。あとは帰ってくるのを待つだけだ。

その人たちは帰ってきたんですよ、と祖母がやさしくいった。でもあなたと裁判所で争うためじゃありませんよ。この家がほしいわけじゃありませんからね。あなたを一緒に家に連れて帰るためです。ここはあなたにとって、安全じゃないんですよ。もういつ騒ぎがあってもおかしくないんです。動けるうちに動かなきゃいけません。

動く？　老人は信じられないという顔でいった。どこへだ？

ここはあなたには安全じゃないんですよ、と祖母はしつこくくり返した。この人たちが、あなたの面倒をよくみているのはわかってますよ。でももう同じじゃないんです。おわかりになっていないんですよ。

よくわかっとる、と老人はつぶやいた。何もかもわかっとる、何もかもな。いったん動き出すと、もう止まらんのだ。息子どもが列車に乗ったときも、わしはそういった。このインドだかシンドだかいうのをわしは信じないとな。おまえたちは今、この土地を出ていく。おおいに結構だ。だがあそこに着いたときに、またどこかにもう一本国境線を引くことになったらどうする？　そのときは、どうするというのだ？　どこへ動くというのだ？　おまえたちのいられるところなぞ、なくなってしまうだろう。わしはここで生まれたんだ。だから、ここで死ぬ。

これをきいて祖母は説得をあきらめた。そしてため息をつくと、帰ろうと立ち上がった。これ以上話しても無駄だね、と彼女はいった。できるだけのことはしたよ。もう帰ろう。

そのとき、会話を注意深くきいていた修理工のサイフッディーンが、あわてて部屋の向こうからやって来ていった。ご老人に話しても無駄ですよ。いってることがわかっていないんですからね。ほとんど頭がおかしくなっているんです。連れていくには、何か別の方法をお考えにならなければ。

突然、ハリールが祖母のほうを振り返り、両腕を広げて訴えた。

この人のいうことをきかないでください、と彼は叫んだ。家の権利を全部自分のものにしたいから、こんなことをいっているんですよ。老人がまだここに住んでいるうちは、そうはいきませんからね。ウキル・バブーを連れていくことはできませんよ。ウキル・バブーは行きませんから。それに今じゃ、子どもたちにとってはおじいちゃんみたいなもんです。いなくなったら、子どもたちはどうなりますか？

修理工はハリールの体をくるりと回して、そのまま壁に押しつけた。

こいつのいってることは嘘です、と彼はいった。家の権利とは無関係ですよ。おわかりでしょう、ハリールは単純で、何もわかっちゃいないんです。わたしがご老人を連れていったほうがいいといってるのは、ご本人のためを思ってですよ。ご老人は長年の間に大勢敵をつくりましたからね。このまえ騒ぎがあったときは、必死で守りましたよ。でも次にあったら、どうなるでしょうね。

ウキル・バブーを連れていくことはできませんよ、とハリールは叫んだ。ウキル・バブーは死んでしまいます。

そのとき女の声が割り込んできた。ハリールの妻が、カーテンの陰に半ば隠れたまま口をはさんだのだ。

一緒に連れていってくださいよ。ハリールは自分がいっていることがわかっていないんですよ。自分じゃ、老人のためにごはんを作ったり食べさせたりしなくていいですからね。子どもがほかにふたりもいるんですよ。これが、あとどのくらい、もつっていうんです？　お金はどこからくるんですかね？

祖母たちがそこに凍りついたように座ったまま、決断を下せずにいたとき、車の運転手がドアのところまで走ってきた。

奥様、どうぞ早くいらしてください、と彼は叫んだ。もう行かなければなりません。外で騒ぎがありそうです。

運転手はくるりと後ろを向き、姿を消した。

祖母は心を決めた。

いいかい、ハリール、と彼女はいった。こうしよう。わたしたちはとりあえず老人を連れていって、騒ぎが収まるまで何日間か預かることにするよ。そのあとで彼が戻りたいっていうなら、またここに連れてくるとしよう。それでどうだね？

ハリールは敗北したようにうなだれた。いいでしょう、と彼は不機嫌そうにいった。でも、ウキル・バブーはあなた方の車では行きませんよ。わたしのリキシャーで連れていかないとだめでしょう。裁判所に行かなければならないとでもいいますから。そうでないと家を離れないでしょうからね。わたしがあなた方の車を追いかけますよ。

修理工は馬鹿にして笑った。どうやってこの人たちの車についていけるんだ？　と彼はいった。見たのかい？　ベンツだぞ。

ご心配なく、とハリールは彼をにらみつけた。なんとかしますよ。ちょっとゆっくりめに走ってもらえればね。

それからハリールは老人に近寄り、耳元で何かいった。老人は顔をそむけ、空中で両手を激しく振り回した。だがしばらくハリールといい争ったのちにようやくうなずき、腕を前方に伸ばした。

ハリールは黒い木綿のガウンをくぎからはずすと、老人がそれを着るのを手伝った。それからベッドの下に手を伸ばして靴を引きずり出し、老人の足にはかせ、靴紐を結んだ。

よし、と老人はいった。出かける準備はできたぞ。

ハリールは老人に杖を渡し、両肩を抱くようにして、彼がベッドを下りるのを手伝った。

お先にどうぞ、とハリールは祖母にいった。ご自分の車にお乗りください。

部屋から出ていく祖母たちの後ろを、ハリールと老人がついていった。中庭に着くと、トリディブはハリールを手伝って老人をリキシャーに乗せた。

修理工は門のところまでついてきた。

正しいことをなさってるんですよ、とサイフッディーンはマヤデビと祖母にいった。ほかにどうしようもありませんでしたよ。

祖母たちはそれを無視したまま、最後にもう一度振り返って家をながめた。バルコニー。地面から階段状にせり上がったテラス。昔、伯父の家のお話を作りながら幾晩となく過ごした庭。

それから祖母たちは門を出て、路地を進んでいった。

そこには子どもたちが待っていて、笑ったりしゃべったりしながら、路地を歩く彼らのあとをついてきた。メイと友だちになった小さな女の子がまた姿を現し、メイの手を握った。子どもたちの何人かはリキシャーと一緒に走りながら、ハリールに話しかけたりハンドルに跳びつこうとしたりしている。

運転手は車から祖母たちに向かって狂ったように手招きしていた。運転手と護衛がドアを開け、一行をせかしながら車に乗せた。

奥様、お急ぎください、と運転手は唇を噛んでいった。さあ、早く。

ロビは群集が自分たちを待ちかまえていると思っていたのだが、道路は空っぽで人気がなく、店はどこも閉まっていた。

騒ぎなんてないじゃない、とロビは運転手にいった。何をあんなに心配してたの？ ちょっとお待ちなさい、といいながら、運転手は手の甲で額を拭った。もうすぐですからね、ロビ坊ちゃん。

運転手は車を発車させ、すぐ後ろにリキシャーをしたがえながら、空っぽの道路をゆっくりと走りはじめた。

最初に彼らを見つけたのはロビだった。最初の角を曲がった直後だ。そこは祖母がよく覚えていた場所で、昔、原っぱで男の子たちがサッカーをしていたところだった。

何十人もの人間が道幅いっぱいに広がっている。道の真ん中で、壊れたいすや木片に火がつけられていた。火の周りにうずくまる者もいれば、街灯や店の正面によりかかっている者もいる。道路を見張る彼らの様子から、ロビは直感した。彼らはロビたちの車を待ちかまえていたのだ。

ロビのみぞおちから寒気がぞくりと全身に広がった。彼はそのとき、ついに騒ぎが目の前にやって来たのを知った。

一九六四年に起きたできごとについての僕の言葉は、一言一言が沈黙との戦いから生まれている。この戦いでは、僕の敗北はすでに決まっている。あるいはすでに敗北しているのかもしれない。というのも、あれから長い年月がたったというのに、僕はいまだに自分の中のどこに、自分の世界のどの部分に、この沈黙が存在するのかわかっていないのだ。わかっているのは、その沈黙が何とちがっているのかということだけだ。たとえば、その沈黙は記憶が不完全だから生まれたものではない。無情な国家によって押しつけられたものでもない。そんなものとはまるっきりちがうのだ。境界がどこかを教えてくれる有刺鉄線もないし、検問所もない。僕の理解の範囲を超えているし、言葉では表しがたい。だがそのほかには、僕はこの沈黙のことを何も知らない。だからこそ沈黙は必ず勝利し、間違いなく僕を打ち負かすのだ。それは姿も形もない、単なる隙間、穴であって、言葉のない空っぽの空間なのだ。

沈黙の敵は話すことだが、言葉がなければ話せるはずはないし、意味をもたない限り言葉は存在しない。そこで、三段論法によって出される必然的な結論はこうだ。僕たちは自分自身、意味がわからないできごとについて話そうとするとき、言葉と世界の間に横たわる沈黙に迷い込むしかないのだ。この沈黙を前にしては、軽蔑も、勇気も、僕たちが思いつくどんな行為も効果がない。対抗すらできない。そもそも意味がわからないことに向かって、僕たちはどんな手段で対抗できるというのだろう。意味がわからないというのは、それがあまりにありふれているからだ。つまりこの沈黙は、まさに平凡さの中に存在する。だからこそ打ち負かされることがない。それは、絶対的な、理解しようのない平凡さから生まれている。

この沈黙はこのうえなく強い。だから、僕はなんと十五年もたって、ようやく発見したのだった——僕が下校途中のバスで経験したあの悪夢のようなできごとと、ダッカでトリディブたちに降りかかったできごととは、実はつながっていたのだ、ということを。しかもこの発見は、単なる話のはずみで偶然出てきたものにすぎなかった。その衝撃的な発見をしてから、長い間、僕は自らの愚かさが許せなかった。だがもちろん、ある意味では、許すべきことなど何もなかったのだ。あの当時、僕は幼かったし、ほかの子どもたちと同じで、自分を取り囲む規範は正しいと信じるように育てられていた。だから僕は、空間は実在すると信じていたし、距離とはものを分かつ物理的実体だと信じていた。国家と国境は実在し、国境の向こうには別の実在があると信じていた。僕の語彙に照らせば、そうした異なる実在と実在との関係は、戦争もしくは友好のどちらかだけだった。そこにはほかのものの入る余地はなかった。そして、僕の語彙で表せないことがらは、ただあの沈黙の裂け目の奥に押しやられていったのだった。

カルカッタでバスの窓からわずかに垣間見たできごとと、ダッカで起きたできごととの間に、偶然という以上のつながりがあることに気づかなかった理由はただひとつ——ダッカが別の国にあったからだ。

一九七九年のある日の午後、博士論文に取りかかってまもないころのことだ。僕はニューデリーのティーン・ムールティハウス図書館に、ある講演を聴きにいった。講演者はオーストラリア人のアジア情勢専門家で、テーマは一九六二年の中印戦争についてだった。彼は話すのがとりわけうまくもなかったし、何か新しいことをいったのでもなかったが、それでもその話は僕たちの記憶を呼び覚ました。だから講演のあと、友人たちと食堂に下りていったとき、話題はいつの間にか当時のことになっていたのだ。

驚いたことに、僕たちはみなあの月、つまり一九六二年十月のことをかなりよく覚えていた。たとえば僕は、戦争が始まったときに、サザン・アベニューの新しい家に引っ越したばかりだったのを思い出した。あれはプジャの祭りの直後のことだ。ある日の晩、プジャ用の新しい服を着た母と僕は、親戚を訪ねるために、父の帰宅を待っていた。だが父がなかなか帰ってこなかったので、ようやく表門がぎいと開く音がしたとき、母はすぐさま僕を庭に連れていき、ふたりして父をにらみつけようとした。しかし、そこに現れた父は、僕たちのしかめ面にまるで動じなかった。目はぼんやりしていて、顔には大きな笑みが浮かんでいる。父は僕を頭上に抱き上げ、にやりとしながら(彼の息はウィスキーくさかった)、こういった。何が起きたか、知っているか? ネルーが軍隊に命令したんだよ。あの中国野郎どもをわれわれの国境の中から追い返せとね。戦争が始まるんだよ。

僕は父の腕を飛び出し、歓声を上げながら祖母の部屋に行こうと階段を駆け上がった。おばあちゃん、と僕は叫んだ。戦争だよ。中国と戦争するんだ。

それをきいた祖母が笑ったのを思い出す。祖母が笑うのは久しぶりのことだった。そして彼女は僕を抱きしめて、こういった。やつらをこらしめてやれるように祈るとしよう。

僕たちは食堂でポットに入ったお茶を飲みながら、いろいろなことを思い出した。戦争が始まってすぐ、中国の飛行機とこちらの飛行機との形を区別できるようになったこと。母親たちが戦争のために腕輪やイヤリングを寄付したこと。僕たちも街角に立って、募金活動をしたり小さな紙の旗を売ったりしたこと。だがインド軍が中国軍に追い返されたことが次第に知れるにつれ、周囲の雰囲気が高揚から混乱へと変わっていったこと。そしてアッサムやカルカッタが中国に占領されるのだろうか、と心配になりはじめたこと……。

僕たちの仲間にマリクと呼ばれる、鬚面のマルクス主義者がいた。戦争の当時、下院議員だった彼の父親は、ある朝、新聞を開くやいなや腰巻《ルンギー》姿で家を飛び出した。彼はそのまま、道を下ったところにある外務大臣の家まで走っていったのだった。

変じゃないか？　とだれかがいった。こんなによく覚えているなんて。

そんなことないさ、とマリクがいった。ちっとも変じゃないさ。僕たちが子どもだったころに、この国で起きたできごとの中では、一番重要なんだから。

ほかの仲間もそれに同意してうなずいたが、つむじ曲がりで通っている僕は、首を振っていった。おい、何いってるんだよ。そんなのはどっかの山で起きたくだらない小競りあいだろ。ちっとも重要なんかじゃないよ。インド軍があんなにやっつけられなかったら、覚えてもいなかったさ。ほとんどの人にとってはなんの意味もなかったんだ。

いいだろう、とマリクは微笑んだ。それじゃあ、いってみろよ。六二年の戦争よりも重要なことって、なんだい？

自分のはったりを暴かれて僕は困り果てた。僕は友人たちが注目する中で、頭を掻きながら必死に考えた。

突然、特別な理由もなしに、僕はこういっていた。暴動はどうだい？

どの暴動だい？　とマリクがいった。暴動はたくさんあるよ。

あの暴動だよ、と僕はいった。だが僕は、指を折って何年のことだったかを考えなければならなかった。

一九六四年の暴動だよ、と僕はいった。

友人たちの顔に徐々に困惑の色が浮かんだ。彼らは互いの顔を見あわせている。

一九六四年の暴動ってなんだい？　マリクは当惑して顔をしかめた。なんの話なのかがまるっきりわかっていないのは明らかだった。

僕はほかの仲間のほうを向いて大声でたずねた。覚えていないのかい？

彼らは恥ずかしそうに目をそらし、首を横に振った。そのとき僕はふと、そこにいる友人たちはみなデリーの人間であると気づいた。カルカッタ育ちは、そこでは僕だけだったのだ。

もちろん覚えているだろう、と僕はいった。一九六四年にカルカッタでひどい暴動があったんだ。

ふうん、とマリクがいった。何が起きたんだい？

答えようと口を開きかけて、実はいうべきことが何もないのに気づいた。学校の塀の横を通り過ぎる人声や、パーク・サーカスで目撃した群集の話のほかに、話せることが何もないのだ。僕の記憶を取り巻く言葉にならない恐怖や、これらのできごとは重要なのだという信念は、思い出のささやかさに比べて滑稽なくらい大げさに思えた。

暴動があったんだよ、と僕は力なくいった。

暴動はいつものことさ、とマリクがいった。

こいつはひどい暴動だったんだ。

あらゆる暴動はひどいものさ、とマリクはいった。でも地方的なものだったんだろう。ひどくってもなんでも、暴動は戦争とは比較にならないよ。

でも覚えていないのかい？　と僕はいった。この暴動の話を、読んだりきいたりしなかった？そもそも、中国との戦争は身近で起こったわけじゃないのに、そっちは覚えているわけ？　もちろん暴動のことだって、覚えているはずだよ。覚えているだろう？

友人たちは残念そうに首を横に振り、たばこの煙の雲を吐き出した。

僕は立ち上がってマリクの肩をたたいた。自分の過去が跡形もなく消えてゆくのを阻止しようと思った。この暴動がどれほど重要なのか、みなにわからせてやるのだ。

一緒に来いよ、と僕はいった。図書館に行って、一九六四年の新聞のファイルを見てみよう。どんな暴動か、見せてやるよ。

マリクはほかの仲間たちににやりと笑いかけ、お茶の残りを一気に飲みほした。いいだろう、と彼はいった。行こうじゃないか。

僕たちはクーラーのきいた静かで暗い部屋の中を、古い新聞を綴じたファイルが保管されている奥の本棚に向かった。僕の見たかったのは有名なカルカッタの日刊紙のファイルで、本棚の三列目に積まれていた。一九六四年の分は巨大な四分冊になっている。

日付は覚えているかい？　とマリクがいった。せめて月だけでも？

僕は首を横に振った。いいや、と僕はいった。覚えてないな。

あのさ、これ全部に手あたり次第、目を通すのは無理だよ、とマリクは四分冊を見てうなずいた。何日もかかるよ。

じゃあ、どうする？ と僕はいった。

きっと本か何かに書いてあるんじゃないかな、と彼が提案した。

でも、もし適当な本が見つからなかったら？ 僕はたずねた。

そうしたらさ、とマリクは辛抱強くいった。君がすべてでっち上げたんだって思うしかないだろうね。

彼は背を向け、本棚に向かって歩いていった。

マリクはこの図書館のことをかなりよく知っていた。ここで数年間、いろいろな調べものをしていたのだ。彼はある棚の前で立ち止まって、僕にそこを指さした。一九六二年の戦争に関する本のセクションだ。戦争についての本がいくつもの棚にまたがって並んでいる。歴史、政治分析、回想録、パンフレット……戦争がいかに雄弁かを強力に見せつけている。マリクは続けて別の一まとまりの棚を指さして、大きな笑みを浮かべた。一九六五年の印パ戦争のセクションだった。少なくとも、あれには勝ったよな、と彼はいった。

だが、僕の記憶に残る暴動についての記述は、三十分たっても何も出てこなかった。

マリクは退屈しはじめた。そしてこっそり時計をのぞき、親しげに僕の肩をたたいた。もう家に帰らなきゃ。またそのうちに……。

僕は黙ってうなずいたが、愕然としていた。それまでもち続けていた僕の記憶は、想像上のできごとだったのかもしれないのだ。ところが、マリクがくるりと背を向けて帰りかけたとき、僕の頭の中でごく小さな記憶がざわめいた。あの朝、歩道でスクールバスを待っていたときに感じた興奮が、かすかに蘇ってきたのだ。

いや、待ってよ、といって、僕はマリクの腕をつかんだ。今、思い出したんだ。クリケットの国際試合の最中に起こったんだ。確か、対イングランド戦だよ。あのシリーズを覚えてる？　あとで外されちゃったけど、あのウィケットキーパーが、初試合で百得点をあげたよね？

ああ、もちろん覚えているよ、と彼は笑いながらいった。うん、そうだった。ブッディ・クンデランじゃなかったかい？

それだ！　と僕は叫んだ。それだよ、それ。ブッディ・クンデランだ。だからクリケットのシーズンに起こったはずだ。たぶん一月か二月にね。

いいだろう、とマリクがいった。でも、これがラストチャンスだよ。見てみようじゃないか。

僕たちは新聞のセクションに戻って、一九六四年の一月と二月のファイルを取り出した。ファイルを開いて、まずスポーツ欄が見えるように、新聞を後ろから前へと流し読みした。まもなくマリクは、インド訪問中のイングランドのクリケットチームについての記事を見つけた。さらに何ページかめくると、「マドラスでの国際試合、本日開幕」という見出しにぶつかった。

これだ、と僕は誇らしげに叫んだ。この日だよ。今、思い出したよ。学校から家に帰ったあとで、ラジオで実況中継をきいたんだ。

それは一九六四年一月十日金曜日の新聞だった。

僕たちは薄い黄ばんだページを、第一面まで逆向きに急いでめくった。

で、君のいう暴動はどこだい？　とマリクはいった。

トップ記事は暴動とはまるきり無関係で、カルカッタの話でさえなかった。それは、ブバネシュワルで開かれた国民会議派の第六十八回党大会についてだった。僕はぼうっとしながら、信じられない気持ちで、スピーチが引用されている記事に目を通した。そこでは党の議長であるカーマラージ氏が、社会主義および民主主義のイデオロギーを信じるすべての国民に向かって、新しい社会の建設という共通の任務のために結集せよ、と広く呼びかけていた。

どうやら、とマリクがいった。君の暴動は一面に載せてもらえなかったみたいだね。

しかしその直後、僕は探していたものを見つけた。そのページの一番下の短い記事に、「暴動で二十九人死亡」という見出しがついている。

ほら、これだよ！　といいながら、僕は拳で新聞をたたいた。自分で読んでごらんよ。

僕はほっとしてくらくらしながら後ろへ下がり、記事を読むマリクの表情を見つめた。彼はまずゆっくりと一通り読んだ。だが額に皺をよせ、冒頭に戻ってもう一度記事を読み直した。

それから彼は、僕を見上げてたずねた。暴動はカルカッタで起きたっていわなかったかい？

もちろんそうだよ、と僕は答えた。

そりゃ、変だな。彼は新聞の開いているページをたたいた。だって、ここに書いてある暴動は、東パキスタンのクルナで起こったんだぞ。カルカッタとは国境の反対側だよ。

そのとたん、ひっそりとした見慣れた図書館の床が抜け、自分が宙吊りになったような気がした。

マリクが手をさし伸ばして支えてくれなかったら、床に倒れていただろう。僕は机の上に両手を置いてしっかり上体を支え、身を乗り出すようにして記事を読んだ。

記事には、前日にクルナであったデモ行進が暴力化し、暴動に発展したために、軍隊が出動したと書かれていた。

変だな、とマリクはおもしろそうに僕を見た。君がパキスタンで起こった暴動を覚えているなんて、実に奇妙だ。

マリクはうなずきながら行ってしまった。

彼が帰ってからしばらくして、僕は新聞がニュースを一日遅れで伝えることに気づいた。ページを繰って一九六四年一月十一日土曜日の紙面を開くと、思った通りそこには全段ぶち抜きの大見出しで、「カルカッタで外出禁止令、警察が発砲、十人死亡、十五人負傷」とあった。

目の前が白いもやがかかったみたいにぼうっとなった。そのもやの向こうに見える紙面の一番下に、別のこんな見出しがあった。「マドラスでクンデラン大活躍、初戦で百七十得点、攻撃中」。そのすぐ上に太字の小さな囲み記事があって、「聖遺物、元の場所へ」の見出しの下にこう書かれている。「今日、預言者ムハンマドの聖なる髪の毛は、シュリーナガルのハズラトバール廟に戻され、カシミール中は大きな喜びと興奮に包まれた」。

こうして、クーラーのきいたひっそり静かな図書館の中で、僕の人生で最も奇妙な旅が始まったのだった。僕が連れていかれたのは、空間も距離も存在しない場所だった。そこではできごとが、鏡の内と外のごとく呼応して起こるのだ。

言い伝えによれば、「聖なる髪の毛《ムーイムバーラク》」の名で知られている聖遺物（預言者ムハンマド自身の髪の毛であると信じられている）は、ホージャ・ヌールッディーンというカシミール商人によって、ビジャープル（ハイダラーバード近辺にある）で一六九九年に購入された。翌年、この聖遺物はカシミール峡谷に運ばれた。もっともこれは遺物の由来に関するひとつの解釈にすぎず、ほかにもいくつか解釈がある。だが、どの話でも一致しているのは、遺物の到来を峡谷中が大歓迎したという点だ。この遺物を一目見るために、カシミール中のあらゆる場所から何千もの人々がやって来たといわれている。なかにはバニハール峠のような遠く離れた山奥から来た者もいた。のちに、遺物はシュリーナガル近郊にある美しいハズラトバール・モスクに納められた。このモスクは巡礼の一大中心地となり、毎年遺物が一般公開されるさいには、大勢の参拝客がハズラトバールに押し寄せるのだった。参拝客の中にイスラーム、ヒンドゥー、シク、仏教徒といった、カシミールのあらゆる集団の人々が含まれていたことは、史料から十分に裏づけられており、ヨーロッパ人目撃者の証言まである。これほどいろいろな人々が巡礼に加わる光景は、ヨーロッパ人のキリスト教的な感覚には反するものだったにちがいない。なぜなら彼らにとっては、異なる教義と教義の間には距離がなければいけないのだから。いずれにせよハズラトバール廟は、こうして何世紀もの間、カシミールの独自の優れた文化を象徴するものとなっていった。

ところが一九六三年十二月二十七日、「聖なる髪の毛」がカシミールにもたらされて二百六十三年後にあたるこの年、聖遺物はハズラトバール・モスクの中から消えうせたのだ。

この知らせが広まると、カシミール峡谷の日常が停止した。厳寒にもかかわらず（デリーの新聞の天気欄には、その日シュリーナガルでは水道管が凍ったと記されている）、何千もの人々がシュリーナガルからハズラトバール・モスクまで黒旗を掲げてデモ行進をした。デモ参加者には、泣き叫ぶ何百人もの女たちも含まれていた。峡谷中の学校、カレッジ、商店が閉鎖され、通りからはバスや車が姿を消した。

翌日、十二月二十九日の日曜日、シュリーナガルで大規模なデモ行進があり、イスラーム、シク、ヒンドゥー各教徒がともに参加した。数多くの集会も開かれて、主な宗教コミュニティはいずれもそれらに参加し、演説している。いくつか暴動騒ぎも起こったため、当局はすばやく外出禁止令を出した。だが暴動に加わった人たちの標的は（今日ではおよそ信じられないことだが）人間ではなかった。襲われたのはヒンドゥー教徒でもイスラーム教徒でもシク教徒でもなく、政府や警察の財産だった。

政府はこれらの攻撃の責任は「非国民分子」にあるとした。

次の数日間、峡谷は、人々が自発的に集団的喪に服しているかのような様相になる。黒旗をもつ人々のデモが数えきれないほど組織され、あらゆる店、建物が黒旗を掲げ、通りにいる人間はみな喪章をつけていた。だが峡谷のどこをとっても、カシミール内でのイスラーム、ヒンドゥー、シク各教徒間の衝突事件はひとつとして記録されていない。新聞は、遺物の盗難によってカシミールの人々がかつてない団結を示している現象を、驚きをもって――僕たちは、文明間の融合の力をほとんど信じていないものだから——伝えている。新聞報道はこの団結の一因に、マウラーナー・マスーディーの指導力を挙げているのだが、この真の英雄は今日ではたたえられることなく忘れさられている。われわれの亜大陸の病的状況の中では、正気をもたらす人々はみな忘れられていく。新聞によれば、彼こそが最初のデモの参加者たちに、イスラーム教の緑の旗ではなく黒い旗をもって行進するように説得したのだ。そうすることで、彼はカシミールのさまざまな宗教コミュニティに属する人々を、集団的喪の儀式に引き入れたのだった。

デリーは大慌てだった。ネルー首相は人々に忍耐を呼びかけ、消えた遺物を見つけるために中央捜査局と内務省の最上級レベルの役人たちを送り込んだ。カシミール州首相は、盗難は「悪党どもの狂気じみた行為」であると断言した。

パキスタンでは、東西パキスタンどちらでも、町や都市で集会やデモがあった。日ごろは偶像崇拝を即座に非難する宗教指導者たちまでが、遺物の盗難はイスラーム教徒のアイデンティティへの攻撃であると断言した。カラーチーは十二月三十一日を「暗黒の日」とし、ほかの都市もすぐにその例にならった。パキスタンの新聞は、この盗難はカシミールの人々の精神的、民族的希望を根こそぎにすべく巧妙に仕組まれた陰謀の一部だと断定する。そして、「大量虐殺」について陰気な調子で書きたてたのだ。

一九六四年一月四日、「聖なる髪の毛」は中央捜査局の役人によって「奪回」された。一切、説明はなかった。実のところ、今日に至るまで、ハズラトバールの聖遺物に何が起こったのか真相を知る者はだれもいない。

だが、シュリーナガルの街は喜びにあふれ返った。人々は通りで浮かれ騒ぎ、数えきれないほど多くの祝賀会が開かれた。イスラーム、ヒンドゥー、シク各教徒が共同して組織したデモ行進では、犯人を明らかにせよという要求が掲げられた。そのうえ、なんと「中央捜査局万歳!」と祝う声まで街頭に鳴り響いたのだ。このようなことがインドの都市で起こるなど、おそらくこれが最初にして最後にちがいない。

こうしたたいへんなお祭り騒ぎの最中、かすかに警告の音がきこえていた。はるか遠く東パキスタンのちっぽけな町クルナで、遺物盗難に抗議するデモが暴力化し、店が何軒か焼き討ちされたうえ、何人かが殺されたのだ。

その短い記事を五度目に読んだときだった。僕は平手打ちをくらったように、はたと気がついたのだ——メイとトリディブと祖母は、この一日前にダッカへ発ったはずだった。そのとき、僕の目の前にふたたびトリディブが姿を現した。彼は僕のほうを振り返り、あれが最後となった僕たちの秘密のインカ式敬礼をする。それから背を向け、ダム・ダム空港の出発ラウンジに入っていったのだ。

この発見のあと長い間、僕は図書館に戻る気になれなかった。じめじめした大学の寮のベッドに横になったまま、モンスーンの間に天井に広がりだした緑色のカビを見つめ、思いをめぐらした。父はなぜ、どういうわけで、彼らを行かせることにしたのだろう。あまりにも無茶で無分別だ——あまりに父らしくない。父は現実的で実務的で、何よりも用心深い人間だった。何かが起こることはわかっていたにちがいない。僕ははっきりと覚えていた。僕が「騒ぎ」という言葉をききつけたのに気づくと、父はいきなり話を中断したのだった。納得がいかなかった。僕は天井に広がる緑色の物体を見つめながら、だんだんとこんなことを考えはじめていた。父はわざと彼らをあの場所に送ったのではなかろうか。トリディブの死をたくらんでいたのではないか。

しばらくして図書館に戻った僕は、当時僕たちが購読していた新聞のファイルを取り出し、一九六四年一月四日のページを開いた。その日付は、もはや僕の記憶の中に焼きついて離れなくなっていた。僕はもうひとつの発見をした。なんとその新聞には、東パキスタンの騒ぎのことも、カシミールで起きたできごとも、これっぽっちも書かれていなかったのだ。結局のところ、カルカッタの新聞を出していた人たちも、僕と同じように、距離が力をもつと信じていたのだった。

古い新聞は人の感情をこのうえなく呼び起こす。そこには同時代の切迫感のようなものがある。天気欄、街でその日に予定されているいろいろな行事、忘れられかけた映画の広告……印刷の太字は、まるで現在、今の今に起こっているように叫びたてている。古い新聞を見ていると、昔、その新聞そのものでないとしても、ちょうど双子のようにそっくりなものに触れていたのだという思いにかられ、別の時代に身を移したような気分にさせられる。この感覚はほかでは味わうことができない。僕は、父があの朝読んだ新聞を見ているうちに、父を責めることはできないと感じた。父が自分の身の回りに揺れ動く沈黙を無視したのは、無理もなかったのだ。その新聞には、直後に起こる虐殺の暗示、あるいは前兆となるものなど何ひとつ記されていなかった。伝えられているのは、まったく通常通りの状況だ。それは、一月一日、二日、三日と新聞をさかのぼってみても同じことだった。どうして父を責めることができるだろう？　父は切れ目ない沈黙のもうひとりの犠牲者にすぎなかったのだ。

でも実際には父は確かに知っていたし、あの抜け目のないジャーナリストたちも、みな知っていたにちがいない。だれもかれもが声にならない部分では知っていたにちがいないのだ。あれほどの規模の事件が、前触れなしに起こるはずがない。しかし知っていたとしたら、彼らはなぜそれを口にできなかったのだろう。ほかのできごとならいくらでも口にしている。国民会議派の党大会、共産党内の分裂の危機、戦争、革命……「政治」と呼ばれるものは、このようにどれも雄弁なのに、名づけようのないほかの部分が沈黙を守っているのはどうしたわけなのか。そもそもジャーナリストや歴史家たちは、全体として見れば、ほかのどんな人間にも劣らない知性と良心を備えていて、いったん暴動が始まってからは、惜しみなく言葉をつくして的確に記していた。だが、いったん暴動が終わって、記すべきものがなくなると、彼らは二度と暴動のことを口にしなかった。党の分裂や党大会や選挙は、すんでしまってからも、長年にわたって新聞や歴史書の中で雄弁に語られ続ける。まるで、いくら語っても語り足りないほど重要なのだ、とでもいいたげに。しかし暴動のようなほかのできごとについては、僕たちは起こったときに言葉に記すだけで、あとは沈黙してしまう。なぜなら、それを表すための言葉を探すことは、それに意味を与えることになるからだ。僕たちはそんな危険は冒せない。狂気に耳を傾けることができないのと同じことだ。

だから、僕はトリディブがどのように死んだのか、間接的に記すことしかできない。言葉で意味を与えることは僕にはできない。そんな言葉はもっていないし、耳を傾ける勇気もない。

クルナで暴動が始まると、東パキスタン政府はすぐさま軍隊を送って「混乱」を抑えにかかった。だが時すでに遅し、一月七日の見出しのひとつにはこうある。「クルナ郊外騒乱状態、死者十四人」。次の数日間に暴動はクルナから外部に向かって広がり、近郊の町や県、さらにダッカへと拡大した。まもなくヒンドゥー教徒の難民が、列車や徒歩で国境を越えインドへと流れ出した。パキスタン政府はこれらの列車に武装した護衛隊をつけ、彼らを守るためにできるだけのことはしたようだ。列車は国境の何箇所かで、群集によって止められた。群集の一部は「カシミール万歳！」というスローガンを叫んでいたという。（まさにその瞬間、カシミールの群集は「中央捜査局万歳！」と叫んでいたのだろう。）だが、列車への深刻な攻撃があったようには見えない。一方、東パキスタンの町々や都市は、すでに略奪、殺人、放火の「騒乱状態」の最中にあった。

このころカルカッタでは噂――とりわけ昔からおなじみのあの噂――が流れはじめた。パキスタンから死体であふれた列車が到着した、というのだ。深刻な暴動の前にはいつもこの噂が流れる。カルカッタの日刊紙のいくつかは、無一文になったヒンドゥー教徒難民が涙にくれている写真と、東パキスタンで起こったできごとに関するぞっとするような記事を同時に印刷した。一月八日と九日には、難民が流入し続ける中で、噂が街中を洪水のように駆けめぐり、怒り狂った群集が駅に集まってきた。

ここまでくると、あとの事態はそれ自体がもつ奇怪な論理にそって展開していく。一月十日、マドラスでクリケットの国際試合が始まったあの日、カルカッタで暴動が勃発する。群集は街中を暴れ回り、イスラーム教徒を殺し、彼らの店や家々に火をつけ、略奪を行った。

何箇所かで警察は群集に発砲した。街のいくつかの地区では、日暮れから夜明けまで外出禁止令が出された。だが事態はすでに警察の力を超えていた。一月十一日、ウィリアム要塞の軍隊に出動が命じられ、いくつかの大隊が街のあちこちに配置された。翌日の新聞には全段大見出しの下に、人気のない通りを巡回するシク兵士の写真が載っている。しかしパーク・ストリートのムーラン・ルージュは、いつものように営業していた。午後五時から七時までティー・ダンス、そのあとはデリラ嬢と「人気のムーラン・ルージュ五重奏団」によるディナー・ダンスだ。

次の日、巡回用トラックが轟音をたてて通りを走り回っているというのに、ムーラン・ルージュはこんな広告を出している――「ボンゴ・リズム」の即興ジャズの演奏とツイスト競技会。きっと外出禁止令のせいで、広告を撤回するように新聞社に連絡するのが間にあわなかったのだろう。

ダッカでもカルカッタでも、それぞれ軍隊の出動があったにもかかわらず、放火、略奪といった「散発的事件」が数日間続いた。新聞が「平常」に「戻った」と宣言するまでに、およそ一週間を要した。

一九六四年の暴動による死者の数については、確かなことはわからない。あり得る数値は数百から数千にまで及ぶ。いずれにせよ、一九六二年の戦争で殺された数とそれほど変わらないはずだ。

新聞を見ると、暴動が始まったとたん、インド、東パキスタン双方の「良識ある人々の声」がまったく同じような驚愕と怒りを示したことがはっきりわかる。ダッカとカルカッタの大学関係者は、先頭にたって救援活動を行い平和行進を組織した。国境の両側で発行される新聞は、それぞれ優れた人間味あふれる報道をした。そして、いつものことだが、東パキスタンではヒンドゥー教徒をかくまったイスラーム教徒たちの例が数知れずあり、そのために自らの命を落とした者もたくさんいた。インドでも同じように、無数のヒンドゥー教徒がイスラーム教徒をかくまっている。だが、こういう人々はただの民衆でしかなかったから、すぐに忘れられてしまった。彼らのためには「殉死者記念碑」も建てられなければ、「永遠の火」もないのだ。

一方、両国政府は互いに相手を非難したが、その内容はおかしいくらいそっくりだった。一月七日、ニューデリーの外務省スポークスマンは、東パキスタンの「無法」状態はパキスタン指導者やパキスタンの報道機関による「挑発的な言論と扇動がもたらした必然的結果」だと断言した。数日後、今度はパキスタン外務省が、インド高等弁務官を呼び出してパキスタン政府の見解を伝えた。それによれば、インドの報道機関は「カシミールで起こっている重大なできごとから人々の関心をそらす」のを目的に、東パキスタンの宗教対立について騒ぎたてているのだった。さらに奇妙なのは、それから何日かのちに、大臣たちがそれぞれの国の混乱の「鎮圧」に成功したことを振り返っているころのやりとりだ。そこには、ほとんど互いに相手を祝福するような調べが混じっていた。暴動がおさまってしばらくの間は、両国大統領は宗教融和のための共同宣言を出すことまで本気で考えていた。だがその案はまもなく、亜大陸におけるあらゆる良心的試みのたどる道をたどることになる。そして暴動の記憶もまた、ありがちな一連の美辞麗句の交換にとりまぎれて消えていったのだった。

新聞の証言で見る限りでは、暴動が始まるや、両国政府ともこれをできるだけ早期に押さえこもうと、実際あらゆる努力を払っていた。この点では、政府は政府そのものにまさる大きな論理に従っていた。というのも、暴動の狂気とは、秩序の転倒した異常状態であるからだ。それゆえに人々は暴動を通して、人間と人間が互いに、政府とは無関係に、正気によって分かちがたく結びついていることを思い出す。そのように政府以上に重要でかつ政府から独立したところの人間関係は、政府にとっては生まれながらの敵なのだ。なぜなら、国家の論理からすれば、そもそも国家は自己の存在のために、人間相互を結ぶあらゆる関係を支配しなければならないのだから。

将軍たちが対峙する戦争は、国家と国家の戯れる芝居の舞台だ。だが暴動の記憶は、国家にとってなんの役にもたたない。

一九六四年一月末までに、暴動の話題は新聞紙面からも集団的に想像された「良識ある人々の声」からも影をひそめ、歴史記述や本棚の中に一切痕跡を残さないまますっかり姿を消した。それは記憶から抜け落ち、沈黙という火山の口に放り込まれてしまった。

ティーン・ムールティ図書館での発見から数か月がたち、ある日、僕は自分の本棚の一番下からぼろぼろになった古いバーソロミュー地図帳を見つけた。トリディブの部屋で話をきいたときには、彼はよくその地図帳で場所を指し示してくれたものだった。ずっと前にマヤデビが僕にくれたのだ。ある日、寮の自室の机にその地図帳を広げていたときのことだ。僕はまったくの偶然で、引出しの奥からさびついた古いコンパスを見つけ出した。たぶん僕より前の住人が忘れていったのだ。

僕はそれを拾い上げて指であれこれいじっているうちに、ふと針をクルナに置き、鉛筆の先端をシュリーナガルにあわせてみた。

クルナは直線上ではカルカッタから百マイルもない。ふたつの都市は国境線から等距離のところで用心深く向きあっている。クルナとシュリーナガル間の距離は、コンパスの二点間を測ってみると千二百マイル、つまりおよそ二千キロだ。はじめはたいした距離ではないような気がした。だがトリディブの指の痕の残るページのあちこちにコンパスをあてているうちに、ある発見をした。シュリーナガルからクルナまでの距離は、北京と東京、ヴェニスとモスクワ、ハバナとワシントン、ナポリとカイロまでと同じくらいなのだ。

次にクルナを中心点に、シュリーナガルを円周上に置く円を描こうとした。すぐにわかったのだが、この円を描くためには南アジアの地図では小さすぎる。それが収まる範囲を探して逆向きにページをめくっているうちに、アジア全図にたどり着いた。

それは驚くべき円だった。

シュリーナガルを起点に時計の逆回り方向に進むと、円はまずパキスタン側のパンジャーブ州を突き抜け、ラージャスターン州の先っぽとシンド州の先端をかすめ、カッチ湿地を抜けてからアラビア海を渡る。それからインド亜大陸の最南端を通り過ぎ、スリランカのキャンディを通ってからインド洋に入り、しばらくしてスマトラ島の最北端に出現する。続いてタイの尻尾の部分をまっすぐに突き抜け、湾に入ってからふたたびタイに出現し、プノンペンの少し上を通り抜けたのち、ラオスの丘陵からベトナムのフエを通り過ぎて、トンキン湾の中にもぐる。そこから再上陸して中国の雲南省を通り抜け、重慶を通って揚子江を横切り、万里の長城をながめつつ内モンゴルと新疆を抜け、そして最後にカラコルム山脈を飛びこえてから、ようやくカシミール峡谷に落下するのだ。それは仰天するような円だった。きっと全人類の半数以上がこの円の中に収まっていることだろう。

こうして、十五年前に死んだトリディブに見守られながら、僕は距離の意味を学ぼうとした。彼の地図帳は、たとえばこんなことを教えてくれた。ユークリッド的空間の整然とした秩序の中では、カルカッタへの距離は、デリーからよりタイのチエンマイからのほうがずっと近く、シュリーナガルからより中国の成都からのほうが近いのだ。だがこの円を描くまで、チエンマイや成都のことなど耳にしたこともなかった。ところがデリーやシュリーナガルについては、思い出せないぐらい幼いころからきかされてきた。トリディブの地図帳は、クルナへの距離は、シュリーナガルからよりも、ハノイや重慶からのほうが近いと教えてくれたけれど、クルナの人たちはベトナムや中国の南部(ほんの目と鼻の先にある)に存在するモスクの運命を少しでも心配しただろうか? 心配しなかっただろう。それなのにモスクがこっちの方向にあると、たった一週間で暴動が……。

僕は当惑して地図帳をさらに逆方向に適当にめくり、目を閉じてコンパスの針の先をページの上に落とした。落ちたところはイタリア北部の都市ミラノだった。コンパスの長さをあわせ、ミラノを中心にして半径千二百マイルの円を描いてみた。

今度もまた驚くべき円になった。円はフィンランドのヘルシンキ、スウェーデンのスンスヴァル、ノルウェーのモルデを通って、シェトランド諸島の上を通過し、それから大西洋の何もないところをしばらく通ったのち、カサブランカにやって来る。続いてアルジェリアのサハラ砂漠の中を進み、リビアを抜けてエジプトに入り、北上して地中海へ向かって、そこでクレタ島とロードス島に触れてからトルコへと入る。そのあとは黒海を通り抜けてソ連に入り、クリミア半島、ウクライナ、白ロシア、エストニア共和国を抜けてから、ヘルシンキに戻るのだ。

この円の大きさに戸惑いながら、僕はちょっとした実験を試みた。自分の限られた知識の中で、その円の円周に近い都市（あるいはそれよりずっと内側でもいい）で起こり得る事件を、どんなものでもいいから想像してみたのだ。ストックホルム、ダブリン、カサブランカ、アレクサンドリア、イスタンブール、キエフ……どの方角にあるどの都市でもかまわない。そしてこれらの都市のどこかで起こった事件のせいで、ミラノの人々が大騒ぎで街中の通りにあふれ返るような状況を思い浮かべようとした。どんなに懸命に考えても、何ひとつ思い浮かばなかった。

何ひとつ。戦争を別にすればだが。

僕の目には、この円の内側にあるのは国家と国民だけのように見えた。そこには人々はいなかった。

最初の円に戻ったとき、僕はあることに思いいたって愕然とした。かつて、それほど昔でない時代に、人々は、良識も良心も備えた人々は、本気で思っていたのだ――どんな地図もみな同じで、国境線には特別な魔法が秘められているのだ、と。暴力を国境まで移動させ、それに科学と工場で対処するのが賞賛に値することだと彼らは信じていた。そんな彼らを責めるべきではない、と僕は自分にいいきかせた。それが世界の公式だったのだ。彼らはその公式を、つまり国境線のもつ魔法を信じながら、国境線を引いたのだった。いったん地図上に境界線を刻んでしまえば、きっと太古にゴンドワナ大陸がプレート移動によって分離したように、二片の土地は互いに離れていくのだろうと望みながら。自分たちが生み出したのが、土地の分離ではなく、それまで見たこともない皮肉な状況——トリディブはそのせいで殺された——であったとわかったとき、彼らはどう感じたのだろうか。地図に描かれた土地が有した過去四千年の歴史の中で、ダッカとカルカッタとして知られているふたつの場所が最も緊密に結びつけられたのは、国境線が引かれたあとのことだった。今やこの二都市はあまりに緊密に結びついているので、カルカッタにいる僕は、鏡をのぞき込むだけでダッカの様子がわかってしまう。つまり国境線が引かれてはじめて、ダッカはカルカッタの、カルカッタはダッカの、さかさまの像となったのだ。僕たちに自由をもたらすはずだった国境線は実は鏡であって、ふたつの都市は身動きのとれない対称性の中に閉じ込められてしまったのだった。

祖母は僕がものごころついて以来、重い鎧のごとき厳格さを身にまとっていたけれど、その鎧にはたったひとつ、小さな穴があいていた。祖母は隠れた宝石愛好家だったのだ。祖母が子どもだったときには、この弱点は秘密でもなんでもなかった。彼女は宝石に夢中だった。

僕がそれを知っているのは、ダッカにいたころの祖母を知っている親戚に話をきいたからだ。彼らはときどき祖母の宝石好きをからかい、祖父に買わせたネックレスや腕輪がどうなったのかたずねたりした。

からかわれても祖母は少しも気にしなかった。

頼りになるものを何かもっていたのはよかったよ、と祖母は静かに答えるのだった。わたしがスラム暮らしをしていたときには、みなさん方はこちらのことなど忘れてしまったからね、あの年月をどうやって乗り越えてきたと思うんだい？　自分の宝石に頼れなかったら、どうやって生きのびたと思うかね？

祖母の機嫌をそこねた親戚は黙りこくった。だがあとから、祖母にきこえないところで、彼らはくすくす笑って僕に話してくれた。子どもだったとき、祖母の宝石好きは一族中の笑いの種だったらしい。彼女はよくジンダバハル・レーンの角にある金細工商の小さな店の格子ごしに中をのぞき込んでは、職人が働いているのをながめていた。あるいは、結婚しているいとこの宝石箱を見せてもらっては、大はしゃぎで感嘆の声を上げるのだった。だからいとこたちは、彼女がやって来るときはいつもサリーの端にきちんと鍵を用意しておいた。結婚式では、抜けめのない年配の主婦たちは、花嫁がもらった宝石をどう思うかと彼女にたずねた。まるで相手が生意気な小娘などでなく、金細工商のおばあさんであるかのように。

もちろん祖母は未亡人になってからは、公の場で宝石をつけるのをやめた。そしてあとになって、僕の両親が結婚すると、まだ売らずにいた宝石をすべて母に渡したのだった。自分が贈った腕輪やネックレスを母がしているのを見ると、祖母はひどく喜んだ。しかし母はあまり宝石好きでなく、結婚式に招かれたときでさえめったに身につけなかった。

祖母はこれにはいつも腹をたてていた。それじゃ、おまえさんは首に何もかけずに結婚式に出かけるのかい？　ときつい声で母にいうのだ。みなさんに、この家でひもじい思いをしているんだって、思わせたいんだろうね？

でもこんなに暑いときには、金は重くてうっとうしいんですもの、と母は抗議した。

それじゃ、わたしはなんのために、こういうものをみんな取っておいたんだろうね？　祖母は母をにらんだ。ほかのものと一緒に売ってしまうことだってできたんだよ。どんなにお金が必要だったことか……。でも取っておいたんだよ。うちの嫁に不満をいわせないようにね。それなのに今、おまえさんは、自分は流行にうるさいから結婚式には金はつけられないっていうのかい。問題はだね、おまえさん方の世代の娘たちは、贅沢に慣れすぎたってことだよ。物の価値を忘れてしまったんだ。おまえさんがスラムの一部屋きりの家で、その甘やかされた息子をどうやって育てるのか、見てみたいもんだ。本当に、見てみたいもんだよ。

しかたなく母は、祖母をなだめるために、戸棚にしまった鉄の箱を開けて、祖母がくれたネックレスのどれかを取り出して首にかけるのだった。

祖母はしばらくは気づかないふりをしていたけれど、もちろん内心ではいつも喜んでいた。十分時間をあけてから、祖母は母を呼びつけた。そしてネックレスの上に指を走らせてほくそ笑み、どこでそれを買ったか振り返ったり、店の名を思い出そうとしたりするのだった。

母は家を出るとすぐにネックレスをはずし、ハンドバックの中に滑り込ませた（重たくてうっとうしいこと！）。しかしそうとは知らない祖母は、ただネックレスを見ただけで満足していた。

だが、祖母が絶対に手放さなかった宝石がひとつだけあった。小さなルビーのペンダントがついた細くて長い金の鎖で、すっかり祖母の一部になっていたから、僕はほとんどしているのに気づかないほどだった。少なくとも僕の記憶にある限り、祖母がこの鎖をはずしたことは一度もなかった。それなのに、祖母は鎖をしているのをかなり恥じていた。だからだれにも見られないようにペンダントをブラウスの奥に押し込み、鎖のほうは肩いっぱいに広げて、なんとかブラウスの下に隠そうとしていた。これを見られたら、親戚の人たちに噂されると信じていたのだ。

何をいわれるかわかっているよ、と祖母はよくぼやいていた。こういうんだろうよ。あの人を見てごらん。未亡人になって何年もたつというのに、まだ若い娘みたいに宝石をつけているよ、とね。そうだよ、おまえの父親だって、腹の底ではきっとそう思っているんだ。

もちろん祖母は、自分の考えを忘れずに父に伝えていた。父は父で、自分はネックレスのことなんかちっとも気にしていない、それどころか実はもっと宝石をつけてもらいたいぐらいだ、と主張した。たぶん、ある意味では本当にそう思っていたのだろう。同僚たちの母親のように着飾っている祖母を見たら、実際に喜んだのかもしれない。こういうおしゃれな母親は、息子とクラブに行くときには、首や手首にその場にぴったりの金のアクセサリーをつけている。そして悲しいまでに時代遅れの古い掟に逆らいながら、自分がいかに粋であるかを誇示するのだ。

だが父が、自分は気にしない、といっても、祖母は信じなかった。もしかしたら、祖母の推測はあたっていたのかもしれない。父は口ではああいっていたものの、本当はその細い金の鎖をつけていることでさえ気にしていたのかもしれなかった。どこか腹の底では、祖母の振る舞いは死んだ父親に対する敬意が欠けているしるしだと、本気で思っていたのかもしれない。

だが祖母には、亡き夫の思い出に対して敬意を欠くことをするつもりはさらさらなかった。むしろその逆だ。

あの人がくれたからつけているんだよ、と祖母はあるとき説明した。ほら、おまえのおじいちゃんだよ。あの人が最初にくれたものなのさ。ラングーンで、結婚した直後にね。あそこにはすばらしいルビーがあるからね。これを手放すなんて耐えられないんだよ——あの人も手放さないでほしいって思ってるだろうよ。この三十二年の間、一度もはずさなかったんだ。胆嚢の手術のときもね、取ってほしいといわれたけれども、かわりにこれを消毒してもらったんだよ。これなしで手術を受けるつもりはなかったからね。これは今じゃわたしの一部なんだ。

ときどき僕は祖母の首筋をマッサージしながら、あるいは彼女がいすの上で眠ってしまったときに、ブラウスの首から鎖を引っ張り出して指の間にはさんでなでてみた。鎖はすっかり擦れて色あせ、とても金には見えなかった。祖母とちょうど同じような、石鹸と糊とおしろいのにおいがしたけれど、そこに少しだけ鋭い金属臭が混じっていた。鎖はまさに祖母の一部だった。

ところが、ダッカを訪問してから一年半以上が過ぎた一九六五年のある日、祖母はそれを手放したのだ。

その日の午後、僕が学校から家に戻ると、二階の祖母の部屋からラジオの大音響が鳴り響いていた。ひどくうるさくて、スクールバスから歩道に降りたところからでもきこえるほどだった。家に駆け込んだ僕は、ベッドにうつぶせになっている母を見つけた。母は指でこめかみを押さえ、濡れた布で目を覆っている。

どうしたの？　と僕はたずねた。

神のみぞ知る、よ。母はいった。あなたのおばあちゃん、今朝は十時に家を出てね、二、三時間して戻ってきたのよ。なんにも食べないの。わたしも自分できいてみたんだけどね。食べなかったら病気になりますよっていったんだけど、あの人がわたしのいうことなんてきくもんですか。食べるかわりに二階へ上がって、ラジオをつけて、それからずっとあの調子。ニュースの時間になるともっと大きな音にするのよ。もう三回もあったわ。

どこに行ったの？　僕は驚いた。というのも、当時、祖母はほとんど部屋から出なかったからだ。その前の年に家を外出した回数は、片手の指で数えられるほどしかなかった。

母はまた肩をすくめ、顔をしかめた。行き先なんて知るもんですか、と彼女はいった。どうだっていいわ。

二階に行ってきいてみなかったの？　とたずねたけれど、否定の答えが返ってくるのは知れていた。その当時、祖母の部屋に入れてもらえるのは、家中で僕ひとりだけだったのだ。

おばあちゃんのところに行って、音量を下げるようにいってみたら？　と母がいった。あなたのいうことならきくかもしれないわ。わたしが頼んでも無駄よ。

僕は階段を駆け上がって祖母の部屋のドアを開けた。祖母の背中だけが見えた。両腕をラジオに回して、その上にうずくまっている。まるでその騒音が自分の体に穴をぶちあけるのを待っているみたいだ。

祖母を見た瞬間に、僕は気づいた。

おばあちゃん！　と僕は叫んだ。おばあちゃんの鎖は？　どうしちゃったの？

祖母は僕を振り返った。濡れてもつれた髪の毛が顔を覆っている。目はどんよりとして、眼鏡がずり落ちていた。僕は怖くなり、背後のドアを閉めないでおけばよかったのにと思った。焦点のあわないどんよりとした視線が、僕ではなく、僕の頭上の壁の一点に止まっている。

どうして、おばあちゃん、と僕はたずねた。どうしてあげちゃったの？

あげたんだよ、と祖母はいった。戦争の基金にね。わからないかい？　そうしなけりゃならなかったんだよ。おまえたちのために、おまえたちの自由のためにね。殺される前に、あいつらを殺さなきゃならないんだよ。やっつけなければならないんだ。

祖母は両の拳でラジオを殴りはじめた。僕は一歩退き、背中のドアの取っ手を手探りした。これが唯一の機会なんだよ。彼女は甲高い声で叫んだ。これしかないんだ。ようやくあいつらとまともに戦うんだよ。戦車や大砲や爆弾でね。

そのとき彼女の拳がラジオの前面のガラスを突き破り、ガラスが粉々に飛び散った。破片はちゃりちゃりと音をたてて床に落ち、ラジオはぱちぱちと鳴ってから静かになった。祖母は手を引き抜いた。ガラスのぎざぎざの割れ目で肉と皮がえぐられるのもおかまいなしに。そしてその血みどろの手を一振りしてから膝の上に置き、当惑したようにながめた。滴り落ちる血が、サリーのわきを柔らかな深紅色にバティックのごとく染めていく。

病院に行かなくちゃね。祖母は少しも取り乱さずに独り言をいった。この血を無駄にするわけにはいかないよ。戦争基金に寄付できるんだから。

僕が金切り声を上げたのはそのときだった。僕は頭を押さえて目を閉じながら、体の奥底から金切り声を上げた。駆けつけた母と使用人たちに自分の部屋に運ばれているときでさえ、そうやって叫び続け、目を開けようとしなかった。

母が医者と一緒に部屋に入ってきたときも、僕はまだ泣いていた。母は僕の頭をなでていった。しばらく眠れるように、今からお医者さんが注射してくださるわ。

僕は母の手を払いのけた。おばあちゃんはどうなったの？

おばあちゃんのことは心配しないの、と母はいった。大丈夫。お父さんがほかのお医者さんと一緒に来てくれて、いい病院に連れていったから。そこで何日間か休めるようにね。お医者さんや看護婦さんにみてもらったら、すっかり落ち着いて元気になるわよ。だから心配しないの。

どうしてあんなことしたの？ と僕はたずねた。何をしたかったの？

医者が注射器を点検している間、母は心配そうに手を僕の額にあてた。

おばあちゃんのことは心配しないの、と母はいった。今度のパキスタンとの戦争のせいなのよ。ずっとラジオのニュースをきいていたのがよくなかったのね。ほら、あそこであの人たちがトリディブを殺してから、おばあちゃんは前とすっかり変わってしまったでしょ。

トリディブを「殺した」？ 僕がきき返したちょうどそのとき、注射の針が僕の腕にさし込まれた。だれがトリディブを殺したの？ 事故だっていってたじゃない。

ええ、そうよ、と母はあわてていった。そういう意味よ。さあ、お休みなさい、心配しないの。

どうして「殺した」っていったの？ と僕はいった。どういう意味？

だが催眠効果をもつ精神安定剤のせいで、僕の体はすでにほてりはじめていた。次の瞬間には僕は目を閉じ、忘れてしまったのだ。

トリディブの死因が事故でない何か別のことだと感づいたのは、そのときが最初だった。トリディブの遺体がダッカから戻ってきたとき、僕はドゥルガプルにいる母方の叔父のところに預けられていた。トリディブは僕がいない間に火葬された。メイは同じ日にロンドンへ発ち、その直後にマヤデビと家族もダッカへ戻った。

何が起こったのか、僕は何も知らなかった。トリディブが死んだことさえ知らなかったのだ。一週間後に両親が僕を迎えにドゥルガプルにやって来た。カルカッタへ戻る途中、父はドッキネッショルにあるカーリー女神の大寺院で車を止めた。僕はびっくりした。父は寺院の人込みにもまれるのが大嫌いなはずだ。どうしてここで止まるの？ と僕はたずねた。

いいから、という父の答えをきいたとたん、何か特別なことがあるのだとわかった。

車に鍵をかけてから寺院の中に入ると、僧侶《パンダー》の群れがうるさくつきまとってきた。だがそのとき父が、僕たちの家の僧侶を見つけた。その僧は、舗装された大きな中庭の向こうから走ってやって来て、人込みをかき分けながら本堂まで僕たちを案内した。僕たちが供え物を手の平にのせて本堂の周りを回っているとき、父は僕の肩に手を置いてこういった。いいか、おまえに話さなければならないことがある。おまえがドゥルガプルに行っている間に、とても悲しいことが起きた。トリディブがダッカで事故にあって死んだんだ。

父はここで言葉を切ると、かがんで僕の顔をのぞき込んだ。僕が泣き出すと思ったのだろう。でも僕にとって、「死」はただの言葉でしかなく、映画や漫画の世界とぼんやりと結びついたものにすぎなかった。だから、トリディブのようなあまりにも現実的な存在には、どうやっても結びつかなかったのだ。僕は何も感じなかった。衝撃も、悲しみも。彼に二度と会えないということがわからなかったのだ。僕の小さな頭では、死という絶対的不在はとうてい理解できなかった。

なんの事故だったの？　と僕はたずねた。

トリディブたちの乗っていた車が、ごろつきどもに止められたんだ、と父はいった。どこにでもいるようなただの悪党どもだよ。だが車がよけようとして、壁か何かに衝突したんだ……それだけのことだ。ほかの人には怪我はなかった。

僕はうなずいて、供え物を手にしたまま前に進みかけた。

いや、待て、といって、父は僕を引き寄せた。いいか。あることを父さんに約束するんだ。忘れるなよ、おまえの手の中にはカーリー女神の花がある。だから、おまえは自分の約束を絶対に破ってはいけないんだぞ。今の話を絶対にどこに行ってもしゃべらないって、父さんに約束するんだ。学校でもいわないし、モントゥにも、公園の友だちにも、絶対にいってはいけない。大叔父さん——トリディブのお父さん——が、政府のとても偉いお役人なのは知っているだろう？　大叔父さんは、この話を人にきかれたくないんだ。これは秘密にしなければいけない。だからおまえも話すんじゃないぞ。それから、これが一番大事なところだが、おばあちゃんに何があったのかをきいてはいけない。おばあちゃんはそうでなくてもすごく取り乱しているから、おまえがきいたりしたら、よけいひどくなるだけだ。おまえはもう大きくなって、大人なんだから、わかるはずだ。大人には口にしてはいけないことがあるんだよ。

僕はうなずいたけれど、実際には約束しなかった。約束を守れないと思ったからではない。ただ単に、父がどうしてそんなに大げさなもの言いをするのかがわからなかったのだ。どうせ僕の友だちは、どこか遠いところで起きた事故などに関心をもつわけがない。話すようなことは何もなかった。事故というのはあまりにつまらない死に方だった。

ロビがトリディブの死についてはじめて話してくれたのは、ロンドンの美しい九月の一日が終わろうとしていたときだった。僕たちふたりがイラに連れられてリミントン・ロードのプライス夫人の家を訪ねたあとのことだ。

イラは、夫人を訪問した帰りに、お気に入りの「インド料理」の店でごちそうするとロビと僕に約束していた。それはマハーラージャーという名のバングラデシュ人の小さな店で、クラパムにあった。イラは、地下鉄のウェスト・ハムステッド駅まで送ってくれたニックに、一緒に来るようにと懸命に説得したが、彼は丁重に断った。今夜は用事があるんだ、また別の機会に。彼はそういうと、ウェスト・ハムステッド駅で僕たちに手を振って別れた。

イラはがっかりして、クラパム・コモン駅に着くまで一言も口をきかなかった。

レストランは地下鉄の駅から歩いてわずか数分のところにあった。イラは地上に出たところで店を指さした。ガイアナ料理からトルコ料理にいたる十数軒の飲食店の間に、割り込むように建っている。ぼんやりとした明かりがついていて、板ガラスの窓にはビロードのカーテンが重たげにかかっていた。ロビがドアを開けると、そこは細長い長方形の部屋になっていて、細かく仕切られた部分のそれぞれにテーブルといすが並んでいた。ふさ付きの笠をのせた真鍮のランプがテーブルを照らし、いすは古びた紫色の布張りだ。部屋には強烈なスパイスの香りが漂っている。まるで集中暖房のせいでキッチンの香りが壁紙や布地の奥深くにまでしみ込んでしまったみたいだ。

中に入ると、レストランはほとんど空っぽだった。奥のカウンターにいた男性は、イラを見ると手を振り、急ぎ足でこちらへやって来た。

レヘマン・シャヘブ、お元気？　イラはコートを渡しながらたずねた。

おかげさまで、と彼は満面に笑みを浮かべた。背の低い中年の男で、丸々とした顔、頭は白髪交じりだ。黒のジャケットに白の蝶ネクタイを着けている。鼻に抜けるシレット訛りで話すので、注意していないと何をいっているのかわからなくなった。明らかに僕たちのベンガル語にあわせようと努力してくれていたのだが。

このところずっと、どこにいらしたんです？　と彼はイラにたずねた。ずいぶん長いことお見えでなかったんで、ストックウェルからよそに引っ越されたのかと思いましたよ。

イラは笑った。あら、そんな、レヘマン・シャヘブ、と彼女はいった。あなたに真っ先に話さずに、引っ越したりしないわ。

レヘマン・シャヘブは僕たちをテーブルに案内すると、いすを引いてから、それぞれにメニューを手渡した。メニューを開いたロビは、一瞬それに目をやってから、横目で僕のほうを見た。

シンガポール・チキン？ と彼は小声でいった。

ボンベイえび？ と僕が答えた。

ロビはため息をつくと、メニューをぴしゃりと閉じた。きみが注文しろよ、イラ、と彼はいった。見るからに、ここのお馴染みみたいだから。

イラはメニューを見もせずにさっさと注文した。レヘマン・シャヘブが注文をとってキッチンへ入っていくと、彼女は僕たちのほうに身を寄せてささやいた。これは全然別の国のものなんだって思って。たとえばエスキモー料理とかね。そう思えば楽しめるから。お母さんの作ったチョッチョリやご飯《バート》が出てくるわけじゃないんだから、知ってるものを期待しちゃだめよ。

料理がきた。イラのいう通りで、どの皿もこれまで食べたことのないものだった。慣れたスパイスの味は、ストックとクリームとウスターソースのせいですっかり様変わりしている。といっても、それはそれでおいしかったから、僕たちはおなかがいっぱいになるまで食べた。食事の間、ロビはインド行政職のポストにある同僚のだれかれの笑い話をした。彼によれば、インド行政職の若者たちは片田舎の県でコロニアル様式の大邸宅に住み、象徴詩を書いたりマスターベーションをして孤独な時を過ごすらしかった。

皿が片付けられてイラがクレジットカードで代金を支払ったあと、レヘマン・シャヘブがお盆にコーヒーを三つのせて戻ってきた。

これは店からです、と彼はいった。「本店からのごあいさつ」というやつですね。ここの習慣なんです。

あら、レヘマン・シャヘブったら！　イラが大きな声を上げた。どうしてわざわざこんなことまで？　こんなお気遣いは必要なかったのに。でもそれなら、あなたもしばらくここに座ってくださらなきゃ。

そうですよ、ちょっとだけ座ってください、と僕もいった。僕にとっては、カルカッタではきいたことのないベンガル語方言をロンドンの街中できくというのは、未知の奇妙な体験だったのだ。

わかりました、といって、レヘマン・シャヘブは僕たちのテーブルまでいすを引っ張ってきた。

一瞬、気まずい沈黙があってから、イラが口を開いた。ねえ、レヘマン・シャヘブ。ここにいる叔父のロビはね、小さいころ、あなたのお国に住んでいたのよ。ダッカにね。

おや、そうなんですか？　とレヘマン・シャヘブがいった。わたくしもしばらくあそこに住んでおりましたよ。いつおいでになっていらしたんですか？

ずっと昔ですよ、とロビが答えた。一九六二年から六四年までです。

そうですか、とレヘマン・シャヘブがいった。わたくしはその前に離れましたよ。船に乗り込みましてね。あのあと、戻られましたか？　つまりその、バングラデシュが独立したあとは。

ロビは首を横に振った。

行かれるといいですよ、とレヘマン・シャヘブがいった。以前とはすっかり変わってしまって、新しくなりましたよ。信じられないでしょうよ。ところで、街のどのあたりに住んでいらしたんですか？

ダンモンディです、とロビがいった。

ああ、あそこ、とレヘマン・シャヘブがいった。あそこはお金持ちと外国人の住む地区でしたね。旧市街に行かれたことはありますか？　旧市街こそ、行かれるべきでしたよ。あそこで売ってるお菓子といったら！　世界中のどこにも、カルカッタにだって、ありゃしません。それにあそこの人たち！　そりゃ親切なんです。あなたを見たら、自分の家までそのまま連れていってしまいますよ。

ロビは弱々しく微笑んだ。

イラは僕に心配そうな視線を投げかけ、いすを後ろに引いた。

でも、ああいう場所には行かれたことがないでしょうね？　そういって、レヘマン・シャヘブはロビに微笑んだ。

ありますよ、とロビは答えた。実をいうと、行ったことがあるんです。母があそこで生まれたものですからね。

本当ですか？　レヘマン・シャヘブは大声を上げた。どこですか、覚えていらっしゃいます？

ロビは微笑もうとしたが、その顔はゆがんでいた。ええ、と彼はいった。覚えていますよ。ショドル・バジャル市場を通り越して角を曲がり、店がたくさん並んでいる長い道を進むんです。そうすると、男の子たちがよくサッカーをしていた原っぱみたいなところがあって、そこで曲がります。すぐに金物屋のお店が見えますが、それが母の生家がある路地の角なんですよ。ダッカのジンダバハル・レーンです。

これはこれは《アッラー》！　とレヘマン・シャヘブがいった。本当によく覚えていらっしゃいますね。でもそのときはとてもお若かったでしょうに。どうして覚えていらっしゃるんです？

僕はいすを後ろに引いて立ち上がった。もう行かないと、と僕はいった。

だがロビは僕の言葉をきいていなかった。彼は指の関節が白く浮き上がるほど力をこめてテーブルをつかむと、レヘマン・シャヘブのほうへ身を寄せた。

僕が覚えているのはですね、兄をあそこで殺されたからですよ、と彼はいった。暴動でね。母の生家からあまり遠くないところでした。これで、どうして覚えているのか、おわかりでしょう？

レヘマン・シャヘブは跳び上がった。彼はどぎまぎして、顔を真っ赤にさせている。

ロビは立ち上がり、僕たちを押しのけて外へ出ていった。

ああ、なんてことを……。レヘマン・シャヘブがイラにいった。そんなつもりは……本当に……。

心配しないで、とイラが急いでいった。あなたのせいじゃないの。あなたにそんなつもりがなかったのはわかってるわ。わたしがいけないのよ。この話題をもち出すべきじゃなかったのに。

イラはコートをつかみ、レヘマン・シャヘブの腕を別れ際に軽くたたくと、小声でこういった。大丈夫、心配しないで。それから彼女は僕のあとから店を出た。

おもてにロビはいなかった。だがしばらくして、遠くのほうに街灯の横を通り過ぎる彼の姿が見えた。クラパム・ロードをストックウェルの方向に向かって足早に歩いている。僕とイラは駆け出した。

ロビに追いついた僕たちは足並みをそろえようとしたけれど、彼の歩幅があまりに大きかったから、ほとんど駆け足でついていった。クラパム・ロードにあるファーストフードの店を通り過ぎ、鉄道橋と地下鉄のクラパム・ノース駅の下をくぐったところで、ようやくロビは立ち止まった。そして腕を一振りすると、こういったのだ。どこかに座りたい。ちょっとだけでいいから。

左手にある草や木の生い茂った庭の中に、見捨てられたような白い教会があり、正面に短い階段がついていた。ロビは先頭に立って門をくぐり、階段をのぼった。そして階段の上の木の葉をかき分けて場所をつくると、腰を下ろしてたばこに火をつけた。

夢を見るんだよ、といいながら、ロビは煙のすじを自分の足元に向けて吐き出した。今じゃ、年に二度ぐらいしか見ないけど。でも、もっと若かったときには、たとえばカレッジ時代なんかは、一週間に一度は見たよ。だけど、どうすれば見ずにすむのか学んだのさ。いつそいつがやって来るのか、たいていわかるから、そういう晩には眠らないようにするんだ。夢の始まりはいつも車が角を曲がるところだ。片側にぬかるんだ原っぱがある。ずいぶんちっぽけな原っぱで、泥の中に折れ曲がったサッカーのゴールのポストが突きささっている。角を曲がると、やつらが僕たちの目の前にいて、道幅いっぱいに並んでいるんだ。群集のときもあるし、二、三人だけのこともある。今じゃ、やつらの顔はよく知ってるよ。友だちの顔以上にね。なかに、やせた顔にちょび髭、口元がゆがんだ男がいる。こいつはいつもいるんだ。奇妙なのは、そこに何人いようとね、二人であろうと何十人であろうと、通りがいつも空っぽだってことだ。行きがけに通ったときには、人でいっぱいだった。市場の店はどこも開いていて、人が出入りしていたし、リキシャーや手押し車があって、物売りもロバもいた。おまけに店の上には人が住んでいて、窓やバルコニーから僕たちを見下ろしていたんだ。ところがそのときはすべての店が閉まり、バリケードに囲まれていて、上の階の窓も閉まっている。バルコニーにはだれもいない。通りはがらんとしていて、いるのはその男たちだけだ。すごく細かいところまで見えることもあってね。たとえば通りの真ん中に緑色のココナッツの実が転がっていて、風に吹かれてごろごろしているのさ。歩道の上にはスリッパが片方だけ転がっている。両方じゃなくて、ゴムのスリッパが片一方だけ、置き去りにされているんだよ。

そのとき車のどこかから何かが擦れるような音がして、車が傾き、みんなが前に投げ出されるんだ。僕は危うく頭をダッシュボードにぶつけそうになる。後ろの座席からだれかが叫んでいる。止まらないで、進んでちょうだいってね。母さんの声だと思う。はっきりとはわからないけどね。

それから車が動き出すんだが、実際には運転手はギアを変えただけで、ちゃんとクラッチを踏んでいないんだ。やっと車がまた前に動きはじめる。でも不安定で、すぐにがたがたと止まるのさ。運転手はあんまり怖くて、右足の自由がきかなくなっていたんだろう。帽子をずり落としたまま、ハンドルの上に覆いかぶさって、顔中汗びっしょりで座っている。前の座席では、護衛が僕の横にいて前方を見つめながらシャツを指で触っている。

そのとき男たちが僕たちのほうに向かって動き出す。走るんじゃなくて、スケートの選手みたいに滑りながら近づいてくるんだ。扇状に広がりながら忍び寄ってくる。あたり一面静まり返っていて、なんにも、音ひとつきこえない。

護衛は僕を上から押さえつけ、手を後ろに伸ばしてドアがロックされているのを確かめる。僕のところから見えるのは彼の青い制服だけで、顔も見えないし、おもても見えない。彼はシャツの下に手を伸ばす。そこから手を引き出したときには、とても小さなやつだけど、拳銃が握られているんだ。拳銃はスレートみたいな灰色の変な色をしている。僕の顔の真横にあるから、細かいところまで見えるんだ。

そのとき車が向きを変えた。突然、ボンネットに何かがどすんと落ちる大きな音がして、後ろでだれかが金切り声を上げる。僕はフロントガラスの底の高さまで、ちょっとだけ頭を上げてみる。そこから外を見上げると、ガラスの向こうに顔があるんだ。鼻はぺしゃんこにつぶれて、目は中をのぞき込んでいる。あの口元のゆがんだ男だよ。ボンネットの上にうつぶせになりながら、僕のほうを見て、それから手を後ろに振り上げるのさ。手の中には何かがあるんだが、なんなのかわからない。絶対に見えないんだ。彼は頭上に弧を描くみたいにして手を振り下ろす。次の瞬間、突然目の前が暗くなったかと思うと、フロントガラスががしゃんと割れた。僕は運転手のほうを見上げる。彼は顔が切れて、はがれた頰の皮膚を元にくっつけようとしている。両手をハンドルからはなしていたから、車は傾いで勝手に前に動き出したけれど、前輪が溝にはまったところで止まるんだ。

護衛はもう一度僕を上から押さえつけると、ドアを開けて拳銃を手に飛び出す。彼は何か叫んでいる。何をいっているのかわからない。もう一度叫び声がして、それからばーんという音がした。銃を発射したんだ。窓の外を見ると、僕たちを取り囲んでいる男たちが後ずさりしている。閉まった窓や空っぽのバルコニーに、銃声がこだましていたよ。

一瞬、あたりはしんとなった。やつらと僕たちは、見つめあったままだ。本当に静かだ。運転手の血がハンドルの上に落ちる音がきこえるぐらいね。ところがそのとき、沈黙が破られる。僕たちの背後から、きいきいという音がしたんだよ。小さな音なのに、周りが静まり返っていたから、雷みたいにきこえるんだ。みんなが振り返る。僕たちは車の中で、彼らは車の外で。何だったと思う？　リキシャーだよ。ハリールのリキシャーだ。そのハリールの後ろにね、年とった大伯父さんが、僕たちが助けに行ったはずの人がね、弁護士のコートを着て、座ってるんだ。

するとと僕の目の前で、リキシャーはどんどんと大きくなる。ものすごく大きくなって、しまいには店や家よりも大きくなる。てっぺんに座っている老人が見えなくなるぐらいにね。でも男たちは、リキシャーの速度に負けないぐらいすばやい動きでリキシャーに駆け寄って、車輪や座席の支柱によじのぼる。もう僕たちのことはすっかり忘れているんだ。こっちの周りにはだれもいなくなる。どいつもこいつも夢中でリキシャーによじのぼっている。護衛は車に飛び込んで、にやりとしながら、運転手に向かって何か叫んでいる。発車させろ、進めるうちに進むんだ、顔のことはあとで考えろ——そういっているのさ。後ろの座席の人たちも叫んでいて、運転手に、早くしろ、前に進めといっている。運転手はキーに手を伸ばす。腕を前方に伸ばせるだけ伸ばしたけれど、どんなにがんばってもキーに届かない。周りを見回すと、彼が奮闘しているとき、後ろでだれかが車を降りた。ドアの閉まる音でわかったんだよ。それはメイなんだ。彼女は小さく縮こまって見える。そのメイの後ろにはね、あのリキシャーが、天に届けとばかりに、巨大なアリ塚みたいにそびえていて、小さな男たちが何百人もその周りにごった返しているんだ。

メイは僕たちに向かって叫んでいる。言葉はきこえないけれど、何をいっているのかわかるよ。こういっているんだ。あのふたりはあなた方のせいで殺されるのよ。こんなふうにふたりを置き去りにするなんて、卑怯よ、人殺しだわ。

ドアがふたたび開く。僕は、トリディブも外に出るつもりなんだと直感する。彼を車の中に引き戻そうとして手を伸ばすんだが、届かない。叫ぼうとするけれど、声にならない。音ひとつ出せないんだよ。

そこで僕は目を覚ます。喉を詰まらせたまま、なんとか叫ぼうとしているところでね。

ロビは箱を振ってもう一本たばこを取り出し、マッチを擦ろうとした。一本目のマッチが折れてしまったので、彼はそれを投げ捨てて二本目のマッチを擦ると、しっかりと握りながらたばこに火をつけた。

ずっと、あの夢から逃れられないんだよ、と彼はいった。最初に夢を見て以来、ずっとね。子どものころは、どうか消えてくれと祈ったよ。あの夢さえ消えれば、あの日のことを思い出させるものは何もないだろうからね。でもどうしても消えようとしなかった。相変わらず続いたよ。僕はこう思っていた。あの夢さえ消えてくれれば、ほかの人たちと同じようになれるだろう、自由になれるだろうってね。なんと引き換えでもいいから、あの記憶から自由になりたかった。

ロビは、火のついたたばこの先を見ながら笑い出した。

自由か、と彼は笑いながらいった。ほら、家で新聞の一面を広げて、アッサムや東北部、パンジャーブ、スリランカ、トリプラとかで死んだという人たちの写真を見るじゃないか。テロリストや分離運動の活動家に撃たれた人とか、軍隊や警察に撃たれた人とかね。そうすると、いつもどこか背後にあの文句が見える。これはすべて自由のためなのだ、という文句がね。県の行政を担当していたとき、僕はそういう写真を見ると、こいつが自分の地域で起こったらどうするだろうって、ときどき考えたよ。そういうときにしなければならないことはわかっている。外へ出ていって、警察官に演説をぶたなければならないのさ。諸君は断固、義務を遂行しなければなりません。必要なら村の全住民を殺さなければならないのです。民衆に対する敵意はまったくありません。闘う相手はテロリストです。でもわれわれの統一と自由のためには、代価を支払う心構えがなくてはならないのです。そう演説をぶってから家に戻るとね、こんな匿名のメモが待っているのさ。おまえをやっつける。個人的恨みはないが、われわれの自由のためにはおまえを殺さなければならない。自分のした演説を鏡に映して読んでいるみたいだ。そこで僕は自問する。亜大陸中のいたるところに細かい境界線を何千本と引いて、分断された小さな領域のそれぞれに新しい名前をつけたらどうだろう、それで何が変わるんだろうか？　幻なんだよ。何もかも、幻なんだ。どうすれば記憶を分断できるんだ？　自由が可能なものなら、当然僕はトリディブの死から自由になれたはずだよ。ところが十五年たっても、何千マイルも離れたヨーロッパ大陸のかなたでね、店のウェイターが偶然口にした言葉をきいただけで、僕の手は木の葉みたいに震え出すのさ。

ロビは肩をすくめると、たばこを投げ捨てて立ち上がった。

もう帰ったほうがいいね、と彼はいった。

そのときロビのわきに座っていたイラが一緒に立ち上がり、片方の腕を彼の肩に回し、もう片方を僕の肩に回して、僕たちを引き寄せた。そうやって、僕たち自由な国の三人の子どもたちは、クラパムの見捨てられたような教会の階段で、身を寄せあったまま長い間立ちつくしたのだった。

ロンドンでの最後の日は、懐かしい行きつけの場所を回って過ごすつもりだった。ウェストエンド・レーン、リミントン・ロード、ストックウェル、エンバンクメント……。インドへ発つ前に見納めをしたかったのだ。晩はメイが夕食に招いてくれたので、イズリントンに行くことになっていた。

ところが当日になってみると、息もつけぬほどの慌しさで、夕食のことをあやうく忘れそうになったのだ。

僕はスーツケースの荷造りもまだなのに、フルハムからウェストエンドまで二回も出かけなければならなかった。一度目は土産物リストですでにすませたと思っていた名前のうち、二人分を見過ごしていたのに気づいたときだ。僕は家から地下鉄のパトニー・ブリッジ駅まで、顔から汗を流し、シャツの背中も汗びっしょりにしながら走り続けた。それから、オックスフォード・ストリートの人込みをかき分けて、ごちゃごちゃと軒を連ねている店の中に入り、ふたたび出てきたときには、およそ愛嬌のない小さな包みを握っていた。デリーにいる友だちのための、ぴったりの長さと色のつやつやしたデニムのジーンズ。カルカッタにいる家族ぐるみの友人にはデジタル時計。それから地下鉄の駅に戻り、最初にきた電車に乗り込んだ。車内では、座席に座って肘掛けをこつこつたたきながら、真向かいのウォークマンをつけたスキンヘッドの若者の視線を避けようと努めていた。ようやく部屋に戻り、スーツケースから何もかも引っ張り出して、はじめから詰め直しはじめたときだ。チケット入れの中から、自分で書いたメモが出てきたのだ。それによれば、飛行機のチケットの確認がまだのようだった。そこで僕はもう一度はるばるリージェント・ストリートまで戻るはめになった。冷たい風にシャツが背中にくっつくのを感じながら、航空会社のオフィスまでの道のりを走り続けたのに、いざ着いてみると、カウンターの向こうにいる制服姿の女の子は額の汗を拭っている僕を見て、やさしく微笑んでこういった。あらあら、お電話でもかまわなかったんですよ。ふたたびフルハムに戻ったときには、足は痛み、まだ何も片付いていない有様だった。時間はないのに、やるべきことは山ほど残っている。

明日の正午にはヒースロー空港にいなければならないのだ。

お昼の時間に、僕はイラのオフィスに電話をかけた。

ああ、あなたなの。イラは僕とわかるとぶっきらぼうにいった。

ちょっと間があってから、僕が口を開いた。イラ、覚えてないの？　僕は明日、インドへ発つんだよ。

知ってるわよ、と彼女は答えた。その声には、それまできいたことのないぎこちなさがあった。

僕は戸惑い、部屋にだれかいるのかとたずねた。

いいえ、いないわ、とイラはあわてていった。ちがうわよ、ここにはだれもいないわ。

それじゃあ、なんなの？　と僕はたずねた。なんでそんな変な話し方をするんだい？

あのね、と彼女はいった。あなたを見送りに、一緒に空港に行くつもりだったのよ。本当にそうするつもりだったのよ。でもね……。

そんなの気にしなくていいよ、と僕はいった。何かあったの？

あのね、こういうことなの、と彼女はいった。ニックとふたりで、週末に車でコーンウォルに行くのよ。ちょっと息抜きにね。

いいね。僕はできるだけ感情をこめずにいった。

この前、わたしがいったこと、無視してね、と彼女は急いでつけ加えた。そのことをいいたかったの。ただ単に気が張りつめていただけなの。だから疑り深くなっていたのよ。わたしを傷つけようだなんて、ニックは夢にも思ってないわ。本当よ、信じてね。だからわたしがいったことなんて、一言も信じちゃだめ。みんな自分ででっち上げたの。そうよ、何もかもでっち上げよ。それが真実なの。あとで彼に話して、わたしがどんなに馬鹿だったか、教えてもらったわ。もう何もかも大丈夫、ちょっと息抜きが必要なの、それだけよ。

イラは、不自然なくらい声を張り上げて早口で話していた。

もちろん信じるよ、と僕はいった。信じないわけがないじゃない？　よい休暇をね。

信じてないでしょ、と彼女がいった。

イラは声を詰まらせ、まるで泣いているようだった。

イラ、と僕はいった。そっちに行こうか、大丈夫？

ええ、もちろん大丈夫よ。彼女は電話口で叫んだ。わたしは元気よ。よい旅をね。

受話器を置くかちっという音がして、電話は切れた。

僕は階段をのぼって、スーツケースに戻った。

夜の七時ごろ、荷造りがあと一息で終わるというときだ。僕はスーツケースの隅っこをあけ、なんとかして小さな陶器の花瓶を押し込もうとしていた。だがすぐに、花瓶をスーツケースに入れたりしたら壊れてしまうと気がついた。僕は頭を掻きながら、そもそもどうしてこれを買う気になったのかと考えた。

そのときに思い出した。一週間前、メイが夕食に来ないかと電話をくれたときに買ったのだ。招待に感激した僕は、電話をもらったその日の午前中に外出して、彼女へのプレゼントを買った。それがこの花瓶で、約束の晩に彼女に渡すはずのものだった。

僕は部屋から走り出し、飛ぶように階段を下りて台所に駆け込み、スカンジナビア人の鞭打ち愛好家の手から電話を奪い取った。彼は僕をにらんでテーブルのブリキの天板を拳でたたくと、台所から勢いよく出ていった。

メイの声がきこえるまでの時間がひどく長く感じられた。

もしもし、メイ。僕はほっとして叫んだ。今、行くから。もう出るところなんだ。まだ僕の来るのをあきらめてはいないよね。

もちろんよ、と彼女はいった。七時半より前に来るとは思っていなかったもの。

三十分後には着くから、と僕はいった。タクシーで行くよ。

いいのよ、と彼女はいった。急ぐことはないから。お好きな時間にいらっしゃい。

まもなく僕は花瓶をポケットに入れて、メイの家の前に立っていた。

あのあとデリーに戻ってから、しばしば考えたものだ。メイにたずねたいと長年思い続けていたあの問いを口にする勇気が、僕に果たしてあっただろうか。わからないし、結局わからないままで終わってしまった。というのも、メイがその手間を省いてくれたからだ。夕食の間は僕の論文についてとりとめのない会話がずっと続いていたけれど、メイはその話を打ち切ると、頭を上げ、澄んだ青い目でまっすぐ僕を見ていった。トリディブがどうやって死んだのか、なぜ一度もたずねなかったの？ あなたがまず最初にきくのはそのことだと思っていたのに。

僕は本当のことを話した。どうやってたずねればいいのか、わからなかったのだ。ただ単に、そのための言葉をもちあわせていなかったのだ。言葉による確固とした足がかりなしには、とても彼女の沈黙を破る勇気はなかった。

たずねるべきだったのよ、とメイはいった。あなたにはたずねる権利があるし、わたしには答えを探す義務があるんだから。

メイは座ったまま背筋を伸ばし、テーブルの上で両手を重ねた。

もう話のほとんどは知っていると思うけど、と彼女は話し出した。

明らかに、彼女はこの瞬間にそなえていたのだ。

あなたのおばあさんの一族が先祖代々住んでいた家を訪れて、その帰り道だったわ、と彼女は言葉を続けた。車が止められたの。群集にね。そのことは知ってるわよね。そのうちの何人かがわたしたちを襲ってきたのよ。フロントガラスが割られて、運転手が怪我をした。わたしたちと一緒に銃をもった護衛が乗っていたんだけど、その人が彼らに向けて一発撃ったの。彼らは後ずさりしたわ。ことしだいでは、あのままいなくなっていたかもしれない。でもほら、あなたのおばあさんの伯父さんが、後ろをついてきていたでしょ。リキシャーでね。ずっと彼の面倒をみてきた男性がこいでいたの。群集はそれを見て、わたしたちのかわりにそのふたりに襲いかかった。あなたのおばあさんは、運転手に車を出せっていったわ。早く逃げろって叫んでいた。でも、わたしは彼女に怒鳴り返して車を降りてしまったの。あなたのおばあさんは、わたしに向かって大声でわめいていたわ。自分が何をしているのかわかっていない、みんなを殺すことになるんだって。でもわたしはきき入れやしなかった。英雄きどりでね。馬鹿で臆病なおばあさんのいうことなんてきくもんかって思ったのよ。でも彼女には何が起きるのかわかっていたのね。そこにいた人は、わたしを除けば、みんなわかっていた。そうなの、わかっていないのは、わたしだけだった。わたしはリキシャーに向かって駆け出したわ。トリディブがわたしの名前を叫んでいるのがきこえたけど、走り続けたの。彼が追いかけてくるのがきこえたわ。それから、追いついてきた彼に背中を押されて、わたしはよろけて転んだの。トリディブは立ち止まって、わたしを車に連れていくんだろうって思った。でも彼はそのままリキシャーに向かって走っていったのよ。群集がリキシャーを取り囲んでいてね、老人をリキシャーから引きずり下ろしてたわ。老人の叫び声がする。するとトリディブは群集の中に走り込んで、彼らの背中に飛びかかったの。大伯父さんのところまで行こうとしていたのね。でも、そのまま群集の中に引き込まれてしまったわ。彼の姿が消えて、群集の背中しか見えなくなって……それから瞬く間に男たちは散り散りになっていった。わたしは起き上がってそっちへ駆けていったけれど、路地の中に溶けていくみたいにみんなどこかに消えてしまったの。リキシャーのところには、三人の体があって、みんな死んでいたわ。ハリールはおなかを切り裂かれ、老人は頭を切り落とされていた。そしてトリディブはね、喉の部分を耳から耳まで裂かれていたの。

これで終わり、話せることはこれで全部よ。

僕たちは夕食の皿を片付けた。メイは皿やナイフ、フォークを洗い、僕はテーブルの上にこぼしたアイスクリームを拭き取った。その晩、彼女はごちそうを作ってくれていた。濃いトマトスープに、ほうれん草とアスパラガスのパイ。アイスクリームもあって、白ワインまで用意されていた。僕はいつものようにテーブルを汚してしまったので、きれいにするのには少し時間がかかった。僕がその仕事を終えたとき、メイはまだ小さな台所の中にいて、皿を拭いているところだった。

時計を見ると、もう十一時に近かった。メイ、と僕はいった。もう行かなきゃ。明日の飛行機だからね。

そうね、行かなきゃね、と彼女は明るい声でいった。

彼女は台所にいたから、その顔は見えなかったけれど、声の調子がどこかおかしかった。僕は台所に入り、彼女の腕に触れた。振り返って僕と向かいあったとき、メイの顔は涙で濡れていた。行かないで、と彼女はいった。お願い、ひとりになりたくないの――怖いのよ。

僕が肩をつかむと、彼女は僕の胸に頭をうずめた。シャツごしにメイの涙で濡れた顔の感触が伝わってきた。僕は彼女の髪の毛を、一度、二度となでてから、この前のように怖がらせるといけないと思って、後ずさりしかけた。メイはとっさに僕をつかんだけれど、その手を放すと、背筋を伸ばしてたずねた。

わたしが彼を殺したんだと思う?

僕は黙っていた。答えたくなかったのだ。

わたしもそう思っていたわ、とメイはいった。自分が彼を殺したんだってね。わたしがあんなことをしなかったら、あのとき自分が何をしているのかわかっていたら、きっと彼は車を降りなかったのにって。でもね、わたしは安全だったのよ。わたしはあの群集の中にまっすぐ入っていけたでしょうし、彼らはわたしみたいなイギリスのご婦人《メムシャヘブ》には手を出さなかったでしょうよ。でもトリディブはね、自分が死ぬと知っていた。わたしはずっとうぬぼれていて、彼から命をもらったんだと思っていたの。でも今はわかる。わたしが彼を殺したんじゃないって。たとえ殺したくても殺せるわけがなかったのよ。トリディブは自分から命を絶ったの。あれは自己犠牲だったのよ。わたしには理解できないし、理解しようとしてもいけないのね。だって、真の自己犠牲は、すべて神秘なのだもの。

メイは僕の顔に指先でそっと触れた。今夜はここに泊まっていかない？　と彼女はいった。明日の朝、空港まで一緒に行くわ。

僕はその夜メイのところに泊まり、僕たちは互いの腕の中に静かに身を横たえた。メイは喜んでいるようだったし、僕も喜んでいた。同時に、僕はメイが最後の贖いの神秘を垣間見せてくれたことに、心から感謝したのだった。

解説

『シャドウ・ラインズ』と現代南アジア

1 アミタヴ・ゴーシュの生い立ちと作品

『シャドウ・ラインズ』は、作者のアミタヴ・ゴーシュ（Amitav Ghosh）自身の体験や認識をさまざまな形で反映した作品である。まず、ゴーシュの生い立ちを簡単にたどってみよう。ゴーシュは、一九五六年にインド、西ベンガル州の州都カルカッタ（現コルカタ）で生まれる。六歳から九歳までの間は、父親の転勤でパキスタンの東パキスタン州（のちにバングラデシュとして独立）の州都ダッカに滞在している。実はゴーシュの両親の家も、『シャドウ・ラインズ』の主人公の家と同様に、もともとはダッカ在住のヒンドゥー教徒ミドル・クラスの家柄であった。彼らは、インド・パキスタン分離独立のはるか以前に現在のインドへ移住し、ゴーシュの父親はビハール州の小さな町で、母親はカルカッタで育つ。ちなみに父親はやがて植民地インドの軍隊に加わり、第二次大戦をイギリス側で戦うことになる。(1)

ゴーシュは少年時代、両親や親戚たちからいろいろな思い出話を聞かされたようである。親戚たちとの交流は、彼の作品の重要な下敷きになっており、エッセーの中でも、トリディブを思わせる引っ込み思案で本好きの伯父や、(2) 主人公の祖父のようにイギリス支配下のビルマに住んでいた伯父など、(3) 親戚のエピソードが生き生きと語られている。このダッカ滞在期に、ゴーシュは『シャドウ・ラインズ』の主題にかかわるある体験をするのだが、これについては第3節で述べる。

ゴーシュは続いて九歳から十一歳までの時期をスリランカの首都（当時）コロンボで過ごす。ゴーシュは、コロンボは彼にとって「楽園」であったと述べている。[4]『シャドウ・ラインズ』にあるイラの家の描写は、当時のゴーシュの記憶と重なっているのではないだろうか。ところが一九六七年、彼は両親によって北インドのデヘラー・ドゥーンにある学校に送りこまれる。ちょうど、転勤をくり返すシャヘブの息子のロビが、十二歳の年に北インドの寄宿学校に入れられたのと同じ経路である。

その後、一九七三年に、ゴーシュはデリー大学の名門カレッジ、セント・スティーブン・カレッジに入学し、『シャドウ・ラインズ』の「僕」と同じように歴史学を専攻する。このカレッジは、数々の著名な作家、研究者、ジャーナリストを輩出しているが、特にゴーシュの時代には、のちに作家として成功する人々が何名か同時に在籍していた。[5]その一人であるアドヴァニによれば、一九七〇年代の同カレッジは、六〇年代後半に活発であったナクサライト運動(農民の反地主闘争、多くの知識人や学生が関与していた)[6]やマルクス主義の潮流が後退し、政治への関心が知的レベルに限定される傾向にあった。[7]ゴーシュ作品に見られる政治との微妙な距離感は、そうした時代的背景とも関係しているだろう。

一九七六年、学士号を取得したゴーシュは、デリー大学大学院で社会学を学ぶかたわら、インディアン・エクスプレス社でジャーナリスト実習生として働きはじめる。二年後の七八年に修士号を取得すると、彼はデリーを離れ、今度はイギリスのオックスフォード大学で学業を続ける。八二年には、博士論文「エジプト村落共同体における親族関係と経済的・社会的組織」('Kinship in Relation to Economic and Social Organization in an Egyptian Village Community')によって社会人類学の博士号を取得している。この論文のもととなっているのは、一九八〇年から八一年にかけてエジプトで行われたフィールド調査であるが、このときの経験を、彼はエッセー「イマームとインド人」や、第三作目の著書『古の土地で』で繊細に描き出している。

博士課程修了後、ゴーシュはインドに戻るが、以降も各地を移動し続ける。一九八二〜八三年は、南インドのケーララ州トリヴァンドラムにある開発学研究所で客員研究員の職に就き、博士論文の一部を学術論文としてまとめたほか、第一作目の小説『理性の円環』の執筆を開始する。次の就職先はデリー大学の社会学部で、一九八七年まで勤務している。当時、デリー大学社会学部には、ポストモダニズム的な議論で大きな注目を集めたアシス・ナンディをはじめ、インドを代表する社会学者、文化人類学者が集まっていた。こうした環境のもとで研究・教育生活を送っていたゴーシュは、一九八四年、デリーで起きたヒンドゥー教徒による大規模なシク教徒虐殺事件に遭遇し、そのときの衝撃をもとに『シャドウ・ラインズ』を執筆することになる（第3節参照）。

一九八八年以降、ゴーシュの活動拠点はアメリカにおかれる。九〇年代初めにカルカッタの社会科学研究センターに所属した時期と、九四年にカイロのアメリカン大学で客員教授を務めた時期を除いては、アメリカのヴァージニア大学、コロンビア大学、ペンシルヴァニア大学などで教育、執筆活動を続けている。一九九九年にはニューヨーク市立大学クイーンズ・カレッジの比較文学学部教授のポストに就き、そのまま現在に至っている。近年、数多くのインド人知識人が欧米の大学に就職しており、理系のみならず人文系においても「頭脳流出」が指摘されているのだが、ゴーシュの経歴もこの流れを反映しているといえよう。

次に彼の作家としての業績を紹介したい。著書は、二〇〇三年までの段階で八点にのぼる。第一作目の『理性の円環』（*The Circle of Reason*, 1986）は、「じゃがいも《アール》」と呼ばれるベンガル地方出身の少年が、村での騒ぎに巻きこまれ、やがてインドを逃れて中東、北アフリカを転々とする物語である。「理性」をキーワードに、登場人物を滑稽に描いたこの作品は、一九九〇年、新人作家を対象としたフランスのメディシス賞を受賞している。次に発表されたのが本作品、『シャドウ・ラインズ』（*The Shadow Lines*, 1988）である。この小説が、同じく一九九〇年にインドのサーヒティヤ・アカデミー賞を受賞したことは、インド国内で作家としてのゴーシュの地位を固めることとなった。また、これと前後して、ベンガルのアーナンダ・プラスカール賞も授与されている。

第三作目『古の土地で』(*In An Antique Land,* 1992) は、ゴーシュ自身のエジプトの村での滞在経験と、十二世紀にユダヤ人商人のもとで働いたインド人奴隷についての歴史記述を交互に織り交ぜたノン・フィクション風の作品である。第四作目『カルカッタ染色体』(*The Calcutta Chromosome,* 1996) はサイエンス・フィクションであり、ニューヨークで働く男性アンタールがコンピューターを通して迷い込んだ奇妙な世界を描いている。この作品は、アーサー・C・クラーク賞を受賞している。

次に発表された二作品は、いずれもノン・フィクションである。『カンボジアの踊り、ビルマ便り』(*Dancing in Cambodia & At Large in Burma,* 1998) は、ゴーシュがカンボジア、ビルマで出会った人々の印象深い語りを、この地域の歴史的・政治的背景と絡み合わせながら紹介したエッセー集である。もう一点の『カウントダウン』(*Countdown,* 1999) は、一九九八年五月のインド、パキスタンの核実験の直後に両国を訪ねたゴーシュが、さまざまな人々とのインタビューを通して南アジアの政治状況を考察した作品となっている。

第七作目は長篇小説『ガラスの宮殿』(*The Glass Palace,* 2000) で、インドのみならず欧米においても売り上げを伸ばし、ゴーシュの知名度を一気に高めた。イギリスのビルマ侵入前後の時期のマンダレーを舞台にした、インド人少年ラージクマールとビルマ王室に仕える少女ドリーの話に始まり、以降三代にわたる家族史を、激動期のインド、ビルマ、マレーを舞台に描いた大作である。この小説は、二〇〇一年にフランクフルト国際電子ブック大賞を受賞している。また、二〇〇一年のコモンウェルス(英連邦)作家賞の候補にもあがっていたのだが、ゴーシュは「英連邦文学」という概念に反対する立場から、自分の作品を選考からはずすことを依頼する公開書簡を発表している(8)。かつて大英帝国の影響下にあった地域からなる「英連邦」の枠組みにのっとり、その地域内(ただしイギリス自体は除かれる)で生まれた多様な文学作品を「英連邦文学」として一括りにすることに対して、インド出身のサルマン・ラシュディやゴーシュらは一貫して批判的な態度を取り続けている。(9)

ゴーシュの第八作目『イマームとインド人』(*The Imam and the Indian*)は、異なる時期に書かれたエッセー十八篇をまとめたものである。エジプト滞在時代の思い出を綴ったエッセーや、博士論文をもとにした文化人類学の論文、現代政治に関する考察、タゴールの短篇の英語訳(原文ベンガル語)などが収められている。この中にはゴーシュの生い立ちに関する興味深い記述も含まれている。

ゴーシュはこれら八点の著書のほかに、イギリスの『グランタ』(*Granta*)、アメリカの『ニューヨーカー』(*The New Yorker*)をはじめとして、数々の雑誌にエッセーを発表している。(10) また、『古の土地で』に登場する十二世紀のインド人奴隷に関する研究は、学術論文としてもまとめられ、南アジア近代史の分野で有名な〈サバルタン研究〉(*Subaltern Studies*)シリーズの第七巻(一九九二年)(11)に収録された。このシリーズにかかわった研究者たち(その中では、ゴーシュの故郷であるベンガル出身の研究者の活躍が目立つ)とゴーシュの間には知的、個人的な交流があり、ゴーシュ自身もあるインタビューの中で、インドでは「歴史家は全くの歴史家ではなく、作家は全くの作家ではない」と述べ、分野間の境界のあいまいさを強調している。(12)

なお、ゴーシュの著書の大部分は、インドのほかに、アメリカ、イギリスなど海外でも出版されている。インドでは、インド人作家による英語文学の出版に積極的にかかわってきたニューデリーのラヴィ・ダヤール社が、ゴーシュ作品の主な出版元となっている。『シャドウ・ラインズ』は、ラヴィ・ダヤール社のほか、ロンドンやニューヨークの出版社からも発行されている。(13) これらの複数のテキスト間には、ごくわずかに語句が異なっている箇所もあるのだが、ゴーシュ自身の意向により、この翻訳ではラヴィ・ダヤール版を底本とした。

さらに一九九五年には、インド国内の学校、カレッジの教材用として、書評論文四本を巻末に加えた版が、ニューデリーのオックスフォード大学出版局から出されている。(14)

ゴーシュ作品の翻訳状況にも触れておく。すでに小説やエッセーの多くは、ベンガル語をはじめとするインド諸言語、およびインド国外の諸言語に翻訳されている。たとえば『シャドウ・ラインズ』は、イタリア、ドイツ、フランス、オランダ、フィンランド、スウェーデン、デンマークで翻訳出版、あるいは出版予定となっている。日本語でも、第四作目の『カルカッタ染色体』と、代表的なエッセー「イマームとインド人」が刊行ずみで、『ガラスの宮殿』も近く邦訳が出る見通しである。詳細については文末の参考文献を参照されたい。

2　インド・パキスタン分離独立と『シャドウ・ラインズ』

『シャドウ・ラインズ』には、インド・パキスタン分離独立が残した南アジアの特殊な社会・政治状況が随所に描き出されている。ここでは、小説の背景をなす印パ分離の歴史を概観しながら、本文中のいくつかの部分を振り返ってみたい。

イギリスの植民地であったインドがインドとパキスタンの二国に分かれて独立したのは、一九四七年八月十五日（パキスタンは十四日）のことである。第二次世界大戦後、イギリスがインド撤退の方針を固めたことを受けて、イギリス政府とインドの諸勢力、主にインド国民会議派とムスリム連盟の間で交渉が重ねられる。紆余曲折を経て、最終的に一九四七年六月に、ヒンドゥー教徒人口の多い地域はインドとして、イスラーム教徒人口の多い地域はパキスタンとして独立することが決定する。その結果、英領インドにあった大部分の州は、州単位でインド、あるいはパキスタンへ編入されることになるのだが、ヒンドゥー教徒多住地域とイスラーム教徒多住地域の両方を含むパンジャーブ、ベンガル両州については、州自体を二分割し、一方をインド領、もう一方をパキスタン領とすることが決められた。実際には、ベンガル、パンジャーブ州内部には、言語・文化・歴史的な共通性が広く存在しており、宗教に基づく分断に反対する声も強かったのだが、こうした声は印パ分離の論理によってかき消されていく。

印パ分離決定までの過程や、分離作業の遂行における諸勢力の対立は、上層の政治レベルのみならず、社会全般に大きな影響を及ぼした。一九四六年以降は、亜大陸の各地で、ヒンドゥー教徒とイスラーム教徒の間の「コミュナル（宗派）暴動」が頻発し、多数の死者が出る。さらに、ヒンドゥー教徒・シク教徒のパキスタンからインドへの移動、イスラーム教徒のインドからパキスタンへの移動が大規模に引き起こされている。この時期に移動した人口の規模はベンガルとパンジャーブだけで八百万から千万人ともいわれている(15)。このインド、パキスタン間の住民交換ともいえる現象は、数多くの暴力事件、悲劇を生み出した。当時の状況についての記録や回想録には、避難民の死体であふれた列車がインドからパキスタンへ、あるいはパキスタンからインドへ到着したという事件や、女性や子どもに対する暴力事件、誘拐事件の数々が記されている。

ここで、『シャドウ・ラインズ』を振り返ってみよう。主人公たちのいるカルカッタのゴール・パーク界隈は、本文の記述にもあるように、分離独立の前後に、東パキスタン（現バングラデシュ）から逃げてきたヒンドゥー教徒たちが多数定住した地域である。主人公の祖母は、分離独立期の「難民」ではなかったものの、もともとは東ベンガル——すなわち、ベンガルの中でパキスタン領に編入された地域——の都市、ダッカの出身である。そのために彼女は家の近くの公園で、分離独立期にカルカッタに逃れてきたダッカ時代の知り合いに出くわすことになるわけである。また、祖母がダッカを訪れるにあたって、自分の故郷が今や「外国」にあることに気づいて衝撃を受ける場面があるが、これも印パ分離独立の歴史と結びついている。さらに『シャドウ・ラインズ』には、パキスタンからインドへ移動したヒンドゥー教徒と並んで、インドからパキスタンへ移動したイスラーム教徒も登場する。ダッカにある祖母の生家に住みついたサイフッディーンやハリールは、やはり分離独立の混乱に巻き込まれて、インドから難民として移動してきた人々である。

その一方で、このときに移動を拒んだ人々も存在した。たとえば、サイフッディーンの父親は、息子とともにパキスタンに移ることを拒否してインドに留まり、祖母の伯父も、息子たちがインドへ移動する中で、パキスタン領になったダッカに留まる。伯父はこう問いかけている。「だがあそこ（＝インド）に着いたときに、またどこかにもう一本国境線を引くことになったらどうする？　そのときは、どうするというのだ？　どこへ動くというのだ？」これらの人物たちについての記述から、当時、国境の両側で鏡像のように相対称の現象が見られたことがうかがえる。

植民地期から独立後にかけての南アジアの状況は、祖母のダッカの生家をめぐる物語とちょうど重なっている。祖母が子どものとき、家族を一つにまとめていた彼女の祖父が他界し、その後、些細なことから祖母の父親とその兄である伯父は仲たがいする。ともに弁護士であったこの兄弟は、法的な手続きに則って家を分割し、それによって対立が終わることを期待するのだが、実際に分割されて、それぞれの家族がそれぞれの持ち分に移ってみると、家には「待ち望んだ平和ではなく、奇妙で不気味な沈黙がたちこめていた」のであった。まさに印パ分離独立にいたる経緯を髣髴とさせる。家が分割されたのち、祖母は妹とともに、伯父の家ではすべてが「さかさま」であるとの想像を膨らませる。隣りあわせであるにもかかわらず、壁の向こうの世界は彼女たちには完全に閉ざされているために、想像の「さかさまの家」は次第に現実味を帯びていく。この「さかさまの家」の笑い話もまた、どこか独立後の印パ関係を思い起こさせる。

『シャドウ・ラインズ』のクライマックスで描かれている、一九六四年の「コミュナル暴動」を、同じく印パ関係という視点から見てみよう。主人公「僕」の大好きだった親戚の青年、トリディブは、この年、ダッカを訪問した際に「事故死」する。実はトリディブはダッカで起きたコミュナル暴動の中で命を落としたのだが、この暴動は、はるかかなたにあるカシミールのモスクから、ムハンマドの髪の毛として崇められてきた聖遺物が紛失した事件をきっかけに起こったものであった。そして、同じ時期に主人公はダッカと国境をはさんで反対側に位置するカルカッタで生じた暴動を目撃しており、この暴動もまた、カシミールとダッカで起きたできごとと関連していたのである。というのも、カルカッタ暴動は、東パキスタン各地で生じた「騒ぎ」に巻きこまれたヒンドゥー教徒が、インドへ難民として逃れてきたことを契機として起こったからである。一九六四年の聖遺物紛失とその後の暴動は、フィクションではなく現実の事件であり、ゴーシュ自身も後述のようにダッカで当時の「騒ぎ」を経験している。『シャドウ・ラインズ』は、このように国境の両側で暴動が連鎖反応のように起こり、両側から同じように難民が生み出される状況や、暴動ののちに政府や民間の人々が同じ対応を示す様子を、「鏡」の比喩で効果的に表している（ちなみに「鏡」の表現は、この小説の随所で巧みに用いられている）。ここでゴーシュはさらに主人公の口を通して、ダッカとカルカッタの間に存在する「緊密」な関係は、皮肉にも、両者の中間に国境線が引かれたことによると指摘している。

一九六四年の事件は、カルカッタとダッカの二都市間のみならず、南アジア全体において暴力が地理的空間を越えて「飛び火」する様子を示している。主人公はこのとき地図帳を広げ、それを観察することで、こうした状況の特異さを実感する。彼はコンパスを用いて、最初に暴動が生じた東パキスタンのクルナを中心に置き、ムハンマドの髪の毛が紛失したモスクのあるカシミールのシュリーナガルが円周上にくるような円を地図上に描いてみる。以下の引用箇所には、主人公ばかりでなく作者ゴーシュ自身の驚きが表れているように思われる。

ユークリッド的空間の整然とした秩序の中では、カルカッタへの距離は、デリーからよりタイのチエンマイからのほうがずっと近く、シュリーナガルからより中国の成都からのほうが近いのだ。だがこの円を描くまで、チエンマイや成都のことなど耳にしたこともなかった。ところがデリーやシュリーナガルについては、思い出せないぐらい幼いころからきかされてきた。トリディブの地図帳は、クルナへの距離は、シュリーナガルからよりも、ハノイや重慶からのほうが近いことを教えてくれたけれど、クルナの人たちはベトナムや中国の南部（ほんの目と鼻の先にある）にあるモスクの運命を少しでも心配しただろうか？　心配しなかっただろう。それなのにモスクがこっちの方向にあると、たった一週間で暴動が……。

なお、その後一九七一年には、パキスタンはさらに二つに分裂して、東パキスタン、すなわち一九四七年にパキスタン領に編入された東ベンガルは、バングラデシュとして独立する。ダッカは新国家バングラデシュの首都となり、現在に至っている。

3　『シャドウ・ラインズ』誕生の背景

この節では、ゴーシュ自身の記述に基づきながら、『シャドウ・ラインズ』誕生の直接的な背景を考察しよう。ゴーシュによれば、『シャドウ・ラインズ』の内容に大きな影響を与えたのは、一九八四年にデリーで起こったヒンドゥー教徒による大規模なシク教徒虐殺事件であった。以下に当時を回想した彼のエッセーを要約する。(16)

このころ、ゴーシュ（当時二十八歳）は、デリー大学で教鞭をとっていた。十月三十一日、彼は大学に向かう途中、インディラー・ガーンディー首相暗殺の知らせを聞く。大学のキャンパスでは噂が飛びかっており、それによれば首相はシク教徒の護衛に撃たれたとのことであった。動機は、ガーンディー首相がアムリトサルにあるシク教の黄金寺院を軍事制圧したことに対する報復であるとされていた。ゴーシュはいつも通り授業を始めるが、教室の学生の数は目に見えて少なく、出席している学生も落ち着かない様子である。

午後になって、彼は友人ハリ・センとともに、デリーの中心街を通ってこの友人の家に向かった（ちなみに、『シャドウ・ラインズ』はハリ・センとその妻ラーディカーに捧げられている）。中心街の商店や露店、食堂は早くも店仕舞いをはじめている。ゴーシュらの乗ったバスが、ガーンディー首相の遺体のある病院の横を通り過ぎたときのことだった。そこに群れていた若者の集団がバスを止め、運転手に向かって、バスの中にシク教徒がいるかどうかを確かめたのである。車内には、明らかにシク教徒とわかるターバン姿の男性がいて、懸命に身を潜めている。運転手は首を横に振り、シク教徒はいないと断言した。居合わせた乗客たちも口をそろえてシク教徒はいない、と答えたために、バスはその場を無事に通過することができたのだった。

その晩、ハリ・センの家に泊まったゴーシュは、翌朝、シク教徒の家や建物が放火された煙がいたるところから立ち昇っているのを見て愕然とする。セン家の隣人のシク教徒夫妻は、危険が迫っているのを感じてセン家に避難する。避難後にこの夫妻の家に数人のヒンドゥー教徒がやってきたのだが、留守を預かるヒンドゥー教徒の料理人は、彼らの尋問に嘘の答えを返し、その家は襲撃を免れたのであった。その翌日、ゴーシュはシク教徒襲撃に反対するデモ行進に参加する中で、忘れがたい経験をする。デモの一行が襲撃の被害にあった地域を通りかかったとき、ナイフや鉄製の棒を携えた群集に出くわした。群集は彼らに近づき、周囲に緊張した空気が流れはじめた。すると突然、あたかも打ち合わせていたかのように、行進に参加していた女性たちが前に進み出て群集と向きあい、彼らを退けたのである。一九八四年の事件をめぐるこれらの体験は、『シャドウ・ラインズ』の暴動場面の描写の下敷きになっていると思われる。

同じエッセーの中で、ゴーシュは、この事件以前は、自分も自分の世代の人々の多くも、分離独立期のような大規模な虐殺事件は二度と起こらないと信じていた、と述べている。ゴーシュは一九八四年に受けた衝撃を引きずった状態で、『シャドウ・ラインズ』の執筆に入るのだが、彼はこのときに、作家と市民という二つの立場の間でジレンマを感じたという。彼によれば、もし作家として、傍観者の視点から暴力を描いてしまえば、暴力への抵抗は単なる感傷的行為のように見えてしまう恐れがあるのだが、デモ行進で、バスの車内で、センター家で、「人間性（ヒューマニティ）」の存在を目にした彼には、無責任な部外者として一九八四年の事件を描くことは不可能であった。

その代わりに、ゴーシュは、自らの幼少期に経験したダッカの暴動をめぐる記憶に目を向ける。彼は一九六四年一月のある夜、ダッカにあった自分の家の庭に多数の難民が集まってきたことや、たいまつを掲げた群集が家を取り囲んでいたこと、警察が到着して群集を追い払うまで緊迫した雰囲気が漂っていたことなどを覚えていた。(17) 一九八四年の事件をきっかけに、彼はその記憶を蘇らせ、当時何が起こったのかを調べはじめる。『シャドウ・ラインズ』の主人公と同様に、図書館で当時の新聞を調べたゴーシュは、前述のような一九六四年のできごとの全体像をはじめて理解したのだった。(18)

彼はまた、ダッカの暴動について調査する過程で、その二年前の一九六二年の中印戦争に関する多数の文献の存在に気づく。それはまさに、一九六四年の事件をテーマとした本が一冊もないことと対照的であった。小説後半部で、主人公が図書館で友人たちと議論する場面は、こうした作家自身の経験がもとになっている。主人公「僕」は、中印戦争の重要さを主張する友人の意見に異を唱え、カルカッタの暴動の話をもち出す。しかしデリー出身の友人たちはこの暴動について記憶にないと答えたため、彼は衝撃を受け、抗議する。「そもそも、中国との戦争は身近で起こったわけじゃないのに、そっちは覚えているわけ？　もちろん暴動のことだって、覚えているはずだよ。覚えているだろう？」だが、彼らは首を振るばかりである。友人の一人はいう。「暴動はいつものことさ」「地方的なものだったんだろう」。この「いつものこと」「地方的」という言葉には、集団の記憶の中で、できごとの重要性が序列化される様子が表れている。

主人公はこの後、トリディブの死の背景を「発見」し、さらに歴史記述の「沈黙」の存在を認識することになる。彼はそこでこう自問している。

「政治」と呼ばれるものは、このようにどれも雄弁なのに、名づけようのないほかの部分が沈黙を守っているのはどうしたわけなのか。……（中略）……党の分裂や党大会や選挙は、すんでしまってからも、長年にわたって新聞や歴史書の中で雄弁に語られ続ける。まるで、いくら語っても語り足りないほど重要なのだ、とでもいいたげに。しかし暴動のようなほかのできごとについては、僕たちは起こったときに言葉に記すだけで、あとは沈黙してしまう。

こうした言説、歴史記述における「沈黙」の問題は、一九六四年の事件を調べる過程での主人公やゴーシュ自身の「発見」であると同時に、実は近年のインド近代史研究においても着目されている点である。次に一九八〇年代後半の歴史学、社会学などの学問潮流の中から『シャドウ・ラインズ』を捉えなおしてみよう。

4 『シャドウ・ラインズ』とポスト植民地主義

第1節で述べたように、ゴーシュはデリー大学時代に歴史学と社会学を専攻し、オックスフォード大学では社会人類学を専攻している。『シャドウ・ラインズ』をはじめ、彼の小説やエッセーには、研究者としてのバックグラウンドが随所に現れている。そのことも影響して、彼の作品は文学以外の分野の研究者からも注目され、特にポストモダニズムやポスト植民地主義の議論の中でしばしば言及されている。たとえば『シャドウ・ラインズ』は、国家中心の言説に対する問いかけ、歴史記述における沈黙の指摘、記憶・語りの分析などの視点から読むことも可能である。

ここでは主に、南アジア近代史研究で一世を風靡したサバルタン研究グループの問題関心と、『シャドウ・ラインズ』で取り上げられているテーマとの近似性に注目する。この近似性は、ゴーシュがサバルタン研究などの学問潮流を意識的に取り入れているためというよりは、彼自身インタビューで述べているように[19]、彼とサバルタン研究にかかわっているような研究者たちが共通の知的環境のもとで育ったことによるものと思われる。

〈サバルタン研究〉シリーズは、一九八二年に、既存のエリート主義の歴史記述に対して「下からの歴史」を掲げて始まった論文集であり、現在までに計十一巻が出版されている。詳細は省略するが[20]、シリーズは南アジア近代史研究の分野に活発な議論を巻き起こし、さらに八〇年代後半以降になると、プロジェクトにかかわる研究者の多くが「近代」の枠組みを問い直す立場を強めたことから、ポストモダニズム、ポスト啓蒙主義、ポストオリエンタリズム、ポスト植民地主義などの「ポスト」を掲げた思想潮流との関係を深めていく。そこでは、植民地期から現在にいたるまで強い影響力を維持している近代主義、啓蒙主義、オリエンタリズム、植民地主義などの言説が批判的に問い直され、国家や民族、カーストや宗教に基づくコミュニティ、ジェンダーなどのカテゴリーや、それらにまつわる概念が、いかに「構築」されてきたのかが議論されている。また、歴史記述のあり方そのものについても疑問が投げかけられ、植民地政府やインド人エリートの言説が、「近代」の枠組みやヨーロッパをモデルとした歴史認識のもとに、いかなる歴史像を生み出してきたのかが検討されている。さらにその過程で、こうした歴史記述に潜む「沈黙」の存在に注意が向けられ、抑圧され、隠された人々の声を明らかにする試みも行われている。

『シャドウ・ラインズ』には、これらの学問潮流に呼応する部分が散見される。たとえば主人公は、前述のように一九六四年の事件を通して、「国家」「国民」「国境」の実在性や意味を鋭く問い直す。主人公が抱く国家という枠組みへの疑問は、インド政府官僚になったロビが、国家内部の分離主義運動について抱く疑問と重なっている。ロビは、分離主義者の側も、それを抑圧する国家の側も、同じように「自由」を掲げて暴力を正当化していることを指摘し、こう問いかける。「亜大陸中のいたるところに細かい境界線を何千本と引いて、分断された小さな領域のそれぞれに新しい名前をつけたらどうだろう、それで何が変わるんだろうか? 幻なんだよ。何もかも、幻なんだ」。

一方で、『シャドウ・ラインズ』には、主人公らとは対照的に、国家に強い信念を抱いている祖母の姿も描かれている。彼女は、インド独立闘争の時代を生き、「国民と領土は一体であり、自尊心と国力も一体である」と信じる一人である。彼女は、まさにこの国家という枠組みに基づいて、「よその国」であるパキスタンに「置き去り」にされた伯父をインドに連れ帰ろうと試みたあげくに、伯父と甥をともに暴動で失うことになる。主人公は、そして作者ゴーシュは、祖母に対して深い理解と同情を示すと同時に、彼女の立場からは明確に距離をおいている。

祖母のナショナリズムの論理と並んで、イラの示すヨーロッパ中心主義的な世界観に対しても、主人公は違和感を抱いている。イギリス暮らしの長いイラは、主人公に向かって断言する。「ストックウェルのちっぽけな家ではたいしたことはできないかもしれないけど、それでもわかるのよ。将来、政治に関心をもつ世界中の人たちが、わたしたちのほうを見るだろうって。ナイジェリアでも、インドでも、マレーシアでも、どこででも」「だってあなたのいるところじゃ、本当に大事なことなんて何も起こらないんだから」「まあ、もちろん飢饉とか暴動とか災害なんかはあるわよ……（中略）……でも結局ね、そういうのは地方の話よ。革命や反ファシズム闘争とはちがうわ。世界に向かって政治の先例を見せるわけでもないし、本当に記憶されるようなことでもないもの」。このイラの言葉には、「ヨーロッパ」の枠組みに基づいてできごとの重要性を判定する姿勢――まさにポスト植民地主義の主唱者たちの批判対象――が表れている。

『シャドウ・ラインズ』は、国家を中心とした言説への問いかけと並んで、歴史記述における「沈黙」の問題を大きく取り上げている。前節で述べたように、主人公は一九六四年の事件の調査を通じて、新聞や歴史書に現れない部分、「沈黙」の存在に気づくのだが、そのうえでこの「沈黙」に対抗するすべを見出せずにいる。実は歴史家の間でも、「沈黙」する人々やできごとをいかに語るかという点については、試行錯誤が続いている。

これに関連して、近年、この「沈黙」に焦点を当てた重要な研究が、印パ分離独立研究の分野で行われている点を指摘したい。そこで主になされているのは、分離の時期を体験した人々の「記憶」や「語り」を収集し、分析する試みである。それまでの歴史記述では、上層レベルの政治家や政党を中心に、分離までの政治過程を追うものが大半であった。これに対して、この四、五年間に発表されたいくつかの研究では、かつて正面から取り上げられることの少なかった民衆の「暴力」の問題が積極的に考察され、女性や子どもなどの「周辺に追いやられた」声を回復する必要が説かれている。さらにそうした研究は、印パ分離前後に起こった暴力事件についての記憶や語り自体が、その後の時代にいかに再構築されていったのかを追うことで、分離を単なる「過去」「歴史」のひとこまとして捉えるのではなく、それが現代に至るまで南アジア社会に与えている影響を明らかにしようとしている。(21)

こうした近年の分離独立研究の一例として、ウルワシー・ブターリアの『沈黙のあちら側——分離体験者たちの声』(22)（*The Other Side of Silence: Voices from the Partition of India*, 1998）があげられる。分離独立に関する人々の記憶、語りをブターリアが取り上げることになったきっかけもまた、ゴーシュの場合と同じように、一九八四年のシク教徒虐殺事件であった。(23) ブターリアは同書の中で、女性、子ども、ハリジャン（かつて「不可触民」と呼ばれた人々）など、これまで光を当てられることのなかった人々に焦点を当て、彼らの印パ分離期の経験を列挙している。ブターリアや、同じく分離期の暴力についての記憶、語りを分析したサバルタン研究グループのギャーネーンドラ・パーンデーに見られる問題関心は、明らかにゴーシュのそれと重なっている。(24) すなわち、そこでは、国家・国民の枠組みに基づいた言説、歴史記述が批判的に検証され、その中で沈黙させられたできごとや人々に関心が向けられるのである。

ところで、ゴーシュ作品は、こうした近年の学問潮流とのつながりも原因して、しばしば「ポスト植民地文学」として位置づけられている。(25) しかしゴーシュ自身は、この「ポスト植民地文学」というカテゴリーに対して、「英連邦文学」の場合と同様に強い反発を示している。ゴーシュはあるインタビューの中で、(26) 自分が関心をもっているのは植民地主義についてではなく、ポスト植民地文学という言葉は自分の作品の焦点を誤解させるものであると述べている。ゴーシュは、ホーミ・バーバに代表されるようなポスト植民地主義批評のおかげで、それまで周辺に追いやられていたインド人英語作家が評価されるようになったことを認める一方で、こうした批評がつくり出したものは「表象についての表象」の世界にすぎないとする。また、ゴーシュは、サバルタン研究グループの一人でポスト植民地主義の論者として知られるディペシュ・チャクラバルティと、二〇〇〇年十二月にメール上で議論を重ねているが、ここでもチャクラバルティの著書『ヨーロッパを地方化する』(*Provincializing Europe*, 2000)の内容に共感を示しつつも、彼の立場と一線を画す姿勢を随所にのぞかせている。(28) この両者のやりとりには、ゴーシュの歴史観、社会観がさまざまな形で示されており、興味深い。

5 『シャドウ・ラインズ』にみるインドのミドル・クラス

『シャドウ・ラインズ』で注目すべきもう一つの点は、この小説における南アジアの「ミドル・クラス」(中間層・中流階級)の描写である。主人公や彼の家族・親戚の生い立ちについての記述には、カルカッタ、ダッカをはじめとするベンガルのミドル・クラス世界や、ベンガルからその外部の地域——インドの他地域、ビルマ、イギリスなど——へと広がる彼らのネットワークが浮かび上がっている。(29) 以下では、主人公の一家を、植民地期以降のインド、特にベンガル地方のミドル・クラスの歴史と絡めながら検証してみよう。

ベンガル地方は、インドの中でもイギリス植民地支配の政治・文化・社会的影響を最も早くから受けたことで知られている。十九世紀以降、カルカッタを中心とするベンガル都市部では、英語教育を受け、植民地政府のもとで官僚や弁護士として活躍するエリート層が台頭する。インドにおいては、こうした人々は一般に「ミドル・クラス」と呼ばれている。彼らは、支配者であるイギリスと被支配者である「民衆」の中間(ミドル)に自らを位置づけており、しばしば両者を橋渡しする役割を自任していた。断片的に語られる主人公の一家に関する記述によれば、主人公の祖母からみて祖父、父、伯父にあたる人物は、いずれも東ベンガルの都市ダッカ在住の弁護士であり、典型的なミドル・クラスの道を歩んでいる。また、トリディブの祖父のチョンドロシェコル・ドット・チョウドリは、カルカッタ高等裁判所の裁判官という名誉ある地位を得ており、彼の息子の「シャヘブ」も外交官としてエリートコースをたどる。イラの母親（「ヴィクトリア女王」）の父親は、インド高等文官という、植民地インド統治の中枢を占める官僚組織に加わっている。この家系もやはり典型的なミドル・クラスであったことがうかがえる。

このミドル・クラスの間では、宗主国イギリスの文化的影響が深くまで浸透していた。それはたとえば、九十歳を過ぎた「ウキル・バブー」（祖母の伯父）が、メイを見て突如イギリス国歌を歌い出す場面や、イギリス風の生活スタイルを好む「シャヘブ」の描写に現れている。しかし、こうしてイギリスに親近感を抱くエリートがいる一方で、ミドル・クラスの中からは、イギリス支配に疑問、不満をもつ人々も次第に現れ、十九世紀終わりごろには自治を求める動きが始まっている。祖母が若き日を回想する場面で、二十世紀初めの「テロリスト」の活動が語られているが、これもそうした流れの一部である。

また、ミドル・クラスの間では、家族内の女性に一定の教育を受けさせる現象が徐々に広がっていたことにも注目したい。主人公の祖母の場合も、ダッカ大学で歴史の学位を取得している。さらに、その夫が、ベンガルではなくビルマで鉄道技師として働いていたことも目をひく。ビルマは一九三七年まではイギリスのインド帝国の一部であり、その後もイギリス支配下にあった関係で、多くのベンガル人がこの地に官僚、技師、商人、事業家として移り住んでいた。ゴーシュ自身の伯父、伯母も、第二次世界大戦期までビルマに在住している。

ミドル・クラスとしての祖母の生活は、夫の突然の死によって、一時期苦しい状況に追い込まれる。しかし、強い意志力をもつ彼女は、手元にあった宝石を売り払い、カルカッタの女子高で教師として働きながら、女手一つで息子を大学まで通わせる。奮闘のかいあって、一家は息子の代で再び経済的・社会的地位を上昇させている。というのも、おそらく母親から叩き込まれた勤勉ぶりも手伝って、息子は独立後のインドで会社員として成功したからである。

このような経歴の持ち主である祖母、父に囲まれながら、主人公もまた、幼少期から、上流階級の地位に「しがみつく」ことを教え込まれている。すなわち、時間を無駄にすることは禁じられ、学校の勉強が何よりも優先されるのである。こうした一家の姿は、同じカルカッタに住む祖母のいとこの家の落ちぶれた様子とは対照的であり、ミドル・クラス内部の階層分化をうかがわせる。主人公の祖母や両親が、主人公の試験での成功に極端にこだわる背景には、没落者となることへの強い恐怖感が潜んでいたと思われる。

厳格な祖母と両親のもとで、デリーのエリートカレッジへ進学した主人公は、さらに大学院に進み、博士課程の段階で資料収集のためにイギリスへ向かう。インド各地の優秀な学生が、大都市、とりわけ首都デリーの高等教育機関へ進学し、さらに海外へ留学するというパターンは、独立後のインドにおけるエリートコースの一典型である。この小説のインド人読者の中にも、同じような生い立ちをもつ人々が少なくないだろう。

また、このミドル・クラスの世界には、一見その世界から抜け出しているかに見えるイラ、トリディブのような人々も含まれている。主人公のあこがれるイラは、幼少期から海外を転々としている。彼女はやがて、イギリスで大学生活を送った後に、その地で就職し、イギリス人ニックと結婚する。イラをめぐる記述には、インド人移民がイギリスで経験する差別やアイデンティティの問題が顔をのぞかせている。イラは、海外で暮らすことで「自由」を得ようとするのだが、実際には主人公と同様に、インドのミドル・クラスの世界やその世界における価値観に縛られ続けている。一方のトリディブは、彼の家族が海外暮らしをする中で、あえてカルカッタに留まり、自宅で本を読みふけりながら「世捨て人」さながらの生活を送る。そして、想像力をめぐらし、多様な分野について膨大な知識を蓄え、気が向いたときにはたまり場《アッダー》などでその一端を披露するのである。

トリディブはまた、主人公にカルカッタの外の世界や旅へのあこがれを呼び起こした人物でもある。こうしたトリディブ像も、ベンガルのミドル・クラスの自己イメージの一つを表していると思われる。(30)

以上、ミドル・クラスという観点から主人公たちの生い立ちを考察してみたが、小説にはその他、イギリス人家族の三世代にわたる歴史も描かれている。下層階級の出身でありながら、世界各地を転々とする中で富を蓄えていくライオネル・トレソーセンの生涯は、まさに大英帝国時代の成功物語である。インドで彼は降霊術に魅せられ、同じように霊的なことに興味をもつトリディブの祖父、チョウドリ裁判官と友情を結ぶ。以降、トレソーセン一家とチョウドリ一家とのつながりは子孫へと受け継がれていくのだが、ここには、植民地インドにおけるイギリス人・インド人の交流のあり方が、単なる支配者・被支配者としての関係ばかりではなく、時代、場所、階層、個人によりさまざまであったことが表れている。(31)

ちなみに、『シャドウ・ラインズ』においては、エリート世界の外部は、主人公たちとの接点を通して断片的な形で現れるにすぎない。シャヘブの家で働くラーム・ダヤール、リジー、ニッタノンドや、ロンドンのインド料理屋で働くレヘマン・シャヘブは、生き生きとした姿で登場するものの、主人公たちの世界からは遠く離れた存在である。次節で触れるように、作品世界がミドル・クラス内部に留まっていることについては、これを弱点として捉える見解もあるのだが、見方によっては、まさに南アジアのミドル・クラスのあり方自体を反映しているともいえるだろう。

6　南アジアの英語文学と『シャドウ・ラインズ』をめぐる評価(32)

ゴーシュのように英語で執筆する南アジア系作家の活躍が国際的に注目されるようになったのは、主に一九八〇年代以降である。南アジア出身の作家による英語文学の伝統は、植民地期に始まったのだが、特に一九八一年、サルマン・ラシュディが『真夜中の子供たち』[33]（*Midnight's Children*）でイギリスの文学賞のブッカー賞を受賞してからは、インドのみならず欧米で成功をおさめるインド系作家が続出する。[34]インド独立五十周年の一九九八年に、ラシュディらが独立後の代表的なインド散文文学を集めてアンソロジーを出版するが、選ばれたのは、英語作品三十一点と、ウルドゥー語作品（サアーダット・ハサン・マントーの短篇）の英語訳一点であった。[35]ラシュディは同書の序で、独立後のインド人作家の散文文学に関しては、英語で執筆する作家たちの作品のほうが、インド諸言語で書かれた作品の大部分よりも重要であると述べ、物議をかもした。[36]インド諸語文学との比較はともかくとして、少なくともこの数十年間に、インド人作家によって多くの重要な英語文学が生み出されたことは事実だろう（ただし、著名な南アジア系作家の中には、南アジア以外の地域の出身者も含まれている。二〇〇〇年にアメリカのピュリツァー賞を獲得したジュンパ・ラヒリはアメリカ育ちであり、二〇〇一年にノーベル文学賞を受賞したV・S・ナイポールはトリニダードの出身である。また、ゴーシュをはじめ多くのインド人英語作家が欧米に活動拠点をおいている）。[37]

南アジアにおける英語文学の存在は、いうまでもなく英語が植民地期に教育・行政用語として導入されたという歴史的背景に基づいている。インドにおいては、独立以降も英語はヒンディー語と並ぶ連邦公用語として用いられ、エリート層は引き続き英語教育を受けている。しかしながら、現在のインドにおける英語は、旧宗主国イギリスの言語としてではなく、一方では国際語として、もう一方ではインドに存在する複数言語のうちの一つとして捉えられる傾向にある。一九七〇年代以降のインド人英語作家は、イギリス流の「正しい」英語を書くという規制を抜け出し、サルマン・ラシュディの例に顕著に見られるように、インド諸語の要素を交えながら、インドの文脈にそった英語を用いるようになる。[38]そこには、知的活動の媒体として英語を用いいつつも、常に複数言語の中で生活しているインド人インテリ層の言語状況が映し出されているといえるだろう。このように英語に対する観念が変化するにつれて、インド人作家の英語文学に批判的であったインド諸言語を媒体とする文芸サークルも、彼らの作品を積極的に評価するようになる。同時に欧米の文学界においても、かつて存在したようなインド人文学者が英語で執筆することへの反感や嘲笑は影を潜めていく。(39)さらに九〇年代には、南アジア生まれの英語文学の独自性を評価し、その「差異」や「雑種性」に注目する「ポスト植民地文学」研究も台頭したために、彼らの作品はさらに知名度を高めることになる。その様子は、欧米やインドの大学において彼らの作品が英文学の授業に積極的に取り入れられていったことからも明らかであろう。

『シャドウ・ラインズ』は、こうした南アジア系作家による英語文学の潮流の中に位置づけることができる。言葉や表現という点では、この作品においても、英語の文章にヒンディー語やベンガル語の語彙が頻繁に挿入されている点が目につく。(40)ただし、ラシュディの文章のような言葉遊びや表現の奇抜さは見られず、むしろ全体的に平易な言葉で書かれているのが特徴である。また、カルカッタやデリー、ロンドンの描写においては、実際に存在する街の通りや建物の名などが明記されており、具体的な空間像が提示されている。登場人物と類似した環境にいる読者は、これらの名称から、より特定されたイメージや意味を読み取ることもできるだろう。一方、小説の構成という点では、主人公が自分の記憶や他人から聞いた話を語るという形式になっており、時間軸が過去の異なる時点の間を行き来するため、若干複雑でわかりにくくなっている。主人公の思考のおもむくままに、さまざまな登場人物の断片的な語りや記憶が次々と紹介される中で、物語がどこへ向かうのだろうかと一瞬戸惑う読者もいるかもしれない。

次に、この小説の内容面に着目してみよう。第4節で述べたように、この作品には国家という枠組みの問い直し、歴史記述における「沈黙」の指摘、暴力についての分析など、八〇年代以降の学問潮流で取り上げられたテーマが、登場人物のセリフを通じて提示されている。ナショナリスト的な主張を唱える祖母、「自由」を求めながら他人の言説から逃れられずにいるイラ、ヒューマニストのメイ、自分自身で想像することの大切さを説くトリディブなど、それぞれの人物がいわば異なる立場を代表しており、彼らの声を通して複数の対照的な見解が紹介されている。なかでも、祖母、イラ、メイをはじめ、女性の登場人物が明確な主張、個性をもつ点が目をひく。

『シャドウ・ラインズ』についての書評や論文を見ると、こうした登場人物の描写に対して異なる評価がよせられているのだが、特に意見が分かれるのは、主人公「僕」の描かれ方である。主人公は、トリディブの「教え」を踏襲しつつも、その他の人物の見方に対しても理解や同情を示し、特定の立場から絶対的判断を下すことを避けている。この一度も名前の明かされることのない「僕」は、時には他の登場人物と一体化してしまうかのように見える。こうした主人公の描写については、彼自身の個性が見えてこないとの否定的な意見もあるのだが、後述するように、実はこの「僕」の姿勢にこそ、作者ゴーシュのねらいが込められていると考えることもできそうである。

『シャドウ・ラインズ』の内容については、この他に、トリディブや「僕」に見られる政治や社会との一種の距離感をどのように考えるかという点が問題となるだろう。トリディブや「僕」は、想像力を用いて世界を見るように努め、「真の欲求」によって「自分の思考の限界を超えて、別の時や場所に行く」ことを試みる。また、トリディブは「人はだれでもお話の中に生きているんだ」と語る。『シャドウ・ラインズ』の評者の中には、こうした姿勢に、「現実」と「認識」、「主観」と「客観」の境界を否定する立場を読み取る者もいる。つまり、ここに現れているのは、ミドル・クラス世界の中で生きる青年の一種の感傷主義、現実逃避にすぎないとの見方である。(41) また、これに関連するが、ゴーシュ作品に対する批判として、社会に存在する暴力、憎悪が、あたかも南アジア特有の伝染病であるかのように描かれているという指摘がある。すなわち、そこに示されるのは、この「病」を目の前にしながらどうすることもできないという「絶望感」と、その絶望感を乗り越えようとばかりに表明される根拠のない「希望」のみである、という見解である。(42) こうした意見に同意するか否かは、それぞれの読者、評者が小説に求めるものや、彼らの政治的、思想的立場によって、まちまちであると思われる。ただし誤解を避けるためにつけ加えれば、ゴーシュ自身の意図は、第3節から明らかなように、現実逃避とは大きく異なっているといえる。

最後に、タイトルの「シャドウ・ラインズ」の意味について簡単に触れておきたい。前述のように、この小説では、印パ分離独立以降のインド・パキスタン(現バングラデシュの東パキスタンを含む)間の国境線の意味が、主人公の家族の歴史を通して問い直されている。そこで明らかにされるのは、この境界が想像の中でつくられたものにすぎず、しかも両国を分離するはずの線でありながら、現実には鏡像のように両国内に同じ現象を引き起こす原因となっているという状況である。このように、「シャドウ・ラインズ」の言葉は、一つには印パ間の国境という「境界線(=ラインズ)」を指しているが、読者はさらにこの言葉に、われわれの認識に存在するその他のさまざまな境界線をあわせて読み込むことも可能だろう。主人公は、想像力によって異なる時間や空間の間を移動し、自分の記憶ばかりでなく他人の語りを通して世界を経験していく。彼のそうした経験は、「われわれ」と「他人」とを排他的に分断するあらゆる論理に対抗する足がかりになっているように思われる。読み手はそこに、この小説に込められた作者の切実な願いを読み取ることができるのではないだろうか。

ゴーシュの著書（出版社が複数にわたる場合は、インド・イギリス版を記載）

The Circle of Reason (New Delhi: Roli Books, London: Hamish Hamilton, 1986).

The Shadow Lines (New Delhi: Ravi Dayal, London: Bloomsbury, 1988) (London: Black Swan, 1989) (New Delhi: Oxford University Press, 1995) (New Delhi: Ravi Dayal/Permanent Black, 2001).

In An Antique Land (New Delhi: Ravi Dayal, London: Granta, 1992).

The Calcutta Chromosome: A Novel of Fevers, Delirium & Discovery (New Delhi: Ravi Dayal, London: Picador, 1996).

Dancing in Cambodia & At Large in Burma (New Delhi: Ravi Dayal, 1998).

Countdown (New Delhi: Ravi Dayal, 1999).

The Glass Palace (New Delhi: Ravi Dayal/Permanent Black, London: Harper Collins, 2000).

The Imam and the Indian: Prose Pieces by Amitav Ghosh (New Delhi: Ravi Dayal/Permanent Black, 2002).

ゴーシュ作品の邦訳

アミタヴ・ゴーシュ（伊藤真訳）『カルカッタ染色体』ＤＨＣ、二〇〇三年。

アミターヴ・ゴーシュ（市川恵里訳）「イマームとインド人」池央耿監訳『旅を書く　ベスト・トラベル・エッセイ』河出書房新社、二〇〇〇年。

注

(1) Amitav Ghosh, *In An Antique Land* (London, Granta, 1992), p. 205; 'India's Untold War of Independence', *The New Yorker* (June 23 & 30, 1997), p. 104.

(2) Amitav Ghosh, 'The March of the Novel through History: The Testimony of my Grandfather's Bookcase', in his *The Imam and the Indian* (New Delhi: Ravi Dayal/Permanent Black, 2002), pp. 287–304.

(3) Amitav Ghosh, *Dancing in Cambodia & At Large in Burma* (New Delhi: Ravi Dayal, 1998), p. 66.

(4) Amitav Ghosh, 'The Greatest Sorrow: Times of Joy Recalled in Wretchedness', in his *The Imam and the Indian*, p. 306.

(5) たとえば、ゴーシュはあるエッセーの中で、のちに作家、編集者として活躍するルクン・アドヴァニにカレッジで初めて出会ったときのことを語っている。それによれば、ゴーシュがクラシックが好きだというのを聞くと、アドヴァニはカレッジにある自分の部屋に彼を連れていき、レコードを一枚ずつかけては、その曲名を当てさせたのだった。同エッセーにおいて、ゴーシュは同じく作家となったムクル・ケーシャヴァンとのカレッジでの出会いが、シェイクスピアについての会話から始まったことも回顧している。Amitav Ghosh, 'The Lessons of Rudra Court', *Stephanian College Alumni, The Year Book*, http://www.stephanian.com/yb00_amitav.html (Aditya Bhattacharjea and Lola Chatterji [eds], *The Fiction of St Stephen's* [New Delhi: Ravi Dayal, 2000] に再録。)

(6) ベンガルはナクサライト運動が活発な地域の一つであった。『シャドウ・ラインズ』本文にある「若者がこぞって毛沢東主義者になっていたご時勢」(一八ページ)、「六〇年代や七〇年代のカルカッタの『大恐怖』(＝政府による弾圧)を生きのびた人たち」(一六八ページ)などの箇所は、この運動について言及したものである。

(7) Rukun Advani, 'Novelists in Residence', *Seminar*, 384 (1991), p. 17 (Bhattacharjea and Chatterji, *The Fiction of St Stephen's* に再録。).

(8) 書簡全文が http://www.amitavghosh.com に公開されているほか (Withdrawal from Commonwealth Writers

Prize Contest)、邦訳（大中裕子訳）が『週刊金曜日』二〇〇一年五月二十五日号に掲載されている。

(9) Salman Rushdie, '"Commonwealth Literature" Does Not Exist', in his *Imaginary Homelands: Essays and Criticism 1981–1991* (London: Granta, 1991), pp. 61－70.

(10) このうち代表的なものについては、『イマームとインド人』その他のエッセー集に再録されている。

(11) Partha Chatterjee and Gyanendra Pandey (eds), *Subaltern Studies: Writings on South Asian History and Society,* 7 (New Delhi: Oxford University Press, 1992).

(12) 'Amitav Ghosh in Interview with Neluka Silva and Alex Tickell', *Kunapipi: Journal of Post-Colonial Writing,* 19－3 (1997), p. 173.（Brinda Bose[ed.], *Amitav Ghosh: Critical Perspectives* [Delhi, Pencraft International, 2003] に再録。）

(13) Amitav Ghosh, *The Shadow Lines* (New Delhi: Ravi Dayal, 1988) (London: Bloomsbury, 1988) (London: Black Swan, 1989) (New York: Viking Penguin, 1989) (New Delhi: Ravi Dayal/Permanent Black, 2001).

(14) Amitav Ghosh, *The Shadow Lines: Educational Edition* (New Delhi: Oxford University Press, 1995). デリー大学では学部一年生の英文学の授業にこのテキストを導入している。この作品に対する学生の反応については、Meenakshi Malhotra, 'Gender, Nation, History: Some Observations on Teaching *The Shadow Lines*', Arunima Paul, Swaati Chattopadhyay, Neha Dixit and Arunima Sengupta, 'A Students' Colloquium on Studying *The Shadow Lines*', in Bose, *Amitav Ghosh: Critical Perspectives,* pp. 161－72, 195－203を参照。

(15) Ritu Menon and Kamla Bhasin, *Borders & Boundaries: Women in India's Partition* (New Delhi: Kali for Women, 1998), p. 35.

(16) Amitav Ghosh, 'The Ghosts of Mrs Gandhi', in his *The Imam and the Indian,* pp. 46－62.

(17) Ghosh, *In An Antique Land,* pp. 205－10.

(18) Ghosh, 'The Greatest Sorrow', pp. 315－7.

(19) 'Amitav Ghosh in Interview', p. 173.

(20) 詳細については、井坂理穂「サバルタン研究と南アジア」『現代南アジア』第一巻、東京大学出版会、二〇〇二年、二五七―七五ページ、を参照。

(21) ちなみに、民衆レベルの印パ分離をめぐる体験や認識は、歴史学では十分に取り上げられていなかったものの、文学や映画では以前からさまざまな形で描かれてきた。ウルドゥー語作家、サアーダット・ハサン・マントーの作品はその好例である。彼の短篇「トーバー・テーク・スィング」は、分離研究の中でしばしば言及される作品であり、インド・パキスタン政府が、「精神病院」患者を両国間で交換（ヒンドゥー教徒はインド、イスラーム教徒はパキスタンへ）することを決定したという設定のもとに書かれている（サアーダット・ハサン・マントー「トーバー・テーク・スィング」『黒いシャルワール』［鈴木斌・片岡弘次編訳］大同生命国際文化基金、一九八八年、一五―二九ページ）。民衆の視点から印パ分離の意味を描いた映画の代表例としては、分離後にインドに残ったムスリムの靴職人を主人公にした『熱い風（ガラム・ハワー）』があげられるだろう。また、分離期の混乱を扱った文学作品が映画化・テレビ化された例として、『タマス』（原作はビーシュム・サーヘニー『タマス』［田中敏雄訳］大同生命国際文化基金、一九九一年）、『パキスタン行きの列車』（原作は Khushwant Singh, *Train to Pakistan* [New Delhi: Ravi Dayal, 1988]）、『一九四七年 大地』（原作は Bapsi Sidhwa, *Ice-Candy-Man* [New Delhi: Penguin, 1989]）などがあげられる。

(22) Urvashi Butalia, *The Other Side of Silence: Voices from the Partition of India* (New Delhi: Penguin, 1998)；（邦訳）ウルワシー・ブターリア『沈黙の向こう側――インド・パキスタン分離独立と引き裂かれた人々の声』（藤岡恵美子訳）明石書店、二〇〇二年。

(23) Butalia, *The Other Side of Silence*, pp. 4–6.

(24) Gyanendra Pandey, *Remembering Partition: Violence, Nationalism and History in India* (Cambridge: Cambridge University Press, 2001). 近年の記憶・語りに注目した研究動向に関しては、井坂理穂「インド・パキスタン分離独立と暴力をめぐる記憶・語り」『アジア・アフリカ地域研究』第二号、二〇〇二年十一月、二八一―九一ページ、を参照。

(25) 「ポスト植民地文学」は、原義はかつて植民地であった地域に独立後に現れた文学を指すが、近年の学界で用いられる際には、帝国主義の文化的影響を受けながら、それぞれの地域に特有の背景の中で独自に発展した文学を意味する（ただし、その時代・地域的な範囲をめぐっては異なる見解がある)。南アジアに関しては、ポスト植民地主義文学として取り上げられている作品の大部分は英語で書かれている。

(26) 'Amitav Ghosh in Interview', p. 171.

(27) Dipesh Chakrabarty, *Provincializing Europe: Postcolonial Thought and Historical Difference* (Princeton: Princeton University Press, 2000).

(28) これらの書簡は http://www.amitavghosh.com で公開 (Correspondence with Prof. Dipesh Chakraborty about "Provincializing Europe")。

(29) ゴーシュは前述のチャクラバルティとの往復書簡で、家族を書くことは「国家」を相対化するための一つの方法ではないか、と述べている。『シャドウ・ラインズ』や近年の作品、『ガラスの宮殿』においては、家族史を追う過程で、国家、民族の境界線がしばしばあいまいになっていく様子が表れている。

(30) なお、ベンガルにおけるたまり場《アッダー》をめぐる認識については、前述の Chakrabarty, *Provincializing Europe*, Chapter 7 を参照。また、ムカジーは『シャドウ・ラインズ』に関する書評論文の中で、ベンガルのミドル・クラスのもつ旅の観念に触れている。Meenakshi Mukherjee, 'Maps and Mirrors: Co-ordinates of Meaning in *The Shadow Lines*', in Ghosh, *The Shadow Lines: Educational Edition*, p. 257.

(31) 『シャドウ・ラインズ』についての書評、論文の中には、この小説中のプライス夫人やメイの描写が、E・M・フォースターの有名な『インドへの道』を連想させるとの指摘もある。

(32) 『シャドウ・ラインズ』については、すでに数多くの書評、研究論文が発表されている。単行本としては、Indira Bhatt and Indira Nityanandam (eds), *Interpretations: Amitav Ghosh's* The Shadow Lines (New Delhi: Creative Books, 2000) ; Novy Kapadia (ed.), *Amitav Ghosh's* The Shadow Lines (New Delhi: Asia Book Club, 2001); Arvind Chowdhary (ed.), *Amitav Ghosh's* The Shadow Lines: *Critical Essays* (New Delhi: Atlantic, 2002) などがあげられるが、これらに収められている論文の質はまちまちである。一九九五年にニューデリーのオックスフォード大学出版局から出された『シャドウ・ラインズ』には、ムカジーの示唆に富む議論 (Mukherjee, 'Maps and Mirrors') をはじめ

とする書評論文四本が収められている。この他、*The Journal of Commonwealth Literature* や *Kunapipi: Journal of Post-Colonial Writing* などの雑誌にも、ゴーシュ作品に関する論稿が数多く掲載されている。たとえば、Anjali Roy, 'Microstoria: Indian Nationalism's "Little Stories" in Amitav Ghosh's *The Shadow Lines*', *The Journal of Commonwealth Literature*, 35-2 (2000), pp. 35-49 を参照。ゴーシュ作品に関する論文、書評については、http://www.amitavghosh.com 上の参考文献（Research Bibliography）を参照されたい。

(33) Salman Rushdie, *Midnight's Children* (London: Jonathan Cape, 1981)；（邦訳）サルマン・ラシュディ『真夜中の子供たち 上・下』（寺門泰彦訳）早川書房、一九八九年。

(34) ブッカー賞については、一九九二年にスリランカ出身の作家、マイケル・オンダーチェが、一九九七年にインド人作家、アルンダティ・ロイが受賞している。受賞作はそれぞれ以下の通りである。Michael Ondaatje, *The English Patient* (London: Bloomsbury, 1992)；（邦訳）M・オンダーチェ『イギリス人の患者』（土屋政雄訳）新潮社、一九九六年。Arundhati Roy, *The God of Small Things* (London: Flamingo, 1997)；（邦訳）アルンダティ・ロイ『小さきものたちの神々』（工藤惺文訳）DHC、一九九八年。

(35) Salman Rushdie and Elizabeth West (eds), *The Vintage Book of Indian Writing 1947–1997* (London: Vintage, 1997). この中に選ばれた文学作品（小説の他、評論、演説を含む）の作者は以下の三十二名である。Jawaharlal Nehru, Nayantara Sahgal, Saadat Hasan Manto, G. V. Desai, Nirad C. Chaudhuri, Kamala Markandaya, Mulk Raj Anand, R. K. Narayan, Ved Mehta, Anita Desai, Ruth Prawer Jhabvala, Satyajit Ray, Salman Rushdie, Padma Perera, Upamanyu Chatterjee, Rohinton Mistry, Bapsi Sidhwa, I. Allan Sealy, Shashi Tharoor, Sara Suleri, Firdaus Kanga, Anjana Appachana, Amit Chaudhuri, Amitav Ghosh, Githa Hariharan, Gita Mehta, Vikram Seth, Vikram Chandra, Ardashir Vakil, Mukul Kesavan, Arundhati Roy, Kiran Desai.

(36) Salman Rushdie, 'Introduction', in Rushdie and West, *The Vintage Book of Indian Writing*, p. x.

(37) このようにインド国外の英語圏で活躍する南アジア系作家の場合、彼らの名前は南アジア諸言語の発音ではなく、英語圏で用いられる発音で世界的に知られている。本書ではこれらの作家については、「アミタヴ・ゴーシュ」「サルマン・ラシュディ」など、英語圏で定着した発音に基づくカタカナ表記を採用した。

(38) Advani, 'Novelists in Residence', p. 16; Jon Mee, 'After Midnight: The Novel in the 1980s and 1990s', in Arvind Krishna Mehrotra (ed.), *A History of Indian Literature in English* (London: Hurst, 2003), pp. 320, 336; Salman Rushdie, 'Introduction', in Rushdie and West, *The Vintage Book of Indian Writing*, p. xiii.

(39) Ravi Dayal, 'The Problem', *Seminar*, 384 (1991), pp. 13-4.

(40) この小説にはインド料理名がしばしば登場するが、原著では特に説明は加えられておらず、文脈から料理名であることがわかるように書かれている。それぞれについて、以下に簡単な解説を加えておく。

ロショゴッラ（一六一、三〇五ページ）、ションデシュ（一九四、三〇一、三〇五ページ）、チョムチョム（一三三、三〇五ページ）：いずれもベンガル地方の代表的な菓子で、牛乳を酸で固めたもの（チャナ）を用いている。ロショゴッラ（ヒンディー語の発音ではラスグッラー）はチャナをボール状にしてシロップで煮たもの、ションデシュ（サンデーシュ）はチャナに砂糖などを加え、型に入れて作ったものである。チョムチョムには色がつけられていることが多い。

ハルワー（一九四ページ）：インド、パキスタン、バングラデシュ各地で作られる菓子。材料、形状ともさまざまだが、北インドでよく目にするハルワーは、にんじんを用いたものである。

シンガラ、ダルプリ（一一ページ）、ダルムト（一九一ページ）、チャート（一六五ページ）：いずれも軽食。シンガラは具を小麦粉の皮で三角形に包んだ揚げ物で、ベンガル以外の地域では「サモーサー」として知られている。ダルプリ（ダールプーリー）は揚げパン（プーリー）の一種で、豆（ダール）をつぶしたものを生地の中に入れることからこの名で呼ばれる。ダルムト（ダールモート）は豆を、チャートは野菜などを、スパイスで味付けしたものである。

ダム・アールー（八七ページ）：じゃがいも（アールー）をスパイスで味つけして煮たもの。

チョッチョリ（三七八ページ）：野菜などをスパイスで炒めたもの。

アヴィヤル、ウプマ、コールマー、ダヒー・ワラー（一八五ページ）：アヴィヤルはココナッツ・ミルクを用いた野菜料理。ウプマはセモリナにナッツやスパイスなどを加えて炒め煮した軽食。コールマーは、ヨーグルトやクリームを入れて野菜や肉を蒸し煮にした料理。ダヒー・ワラーは豆をつぶして揚げたものをヨーグルトにつけた軽食。

パーン（一四、一六一、二〇五、三一七ページ）：消石灰を塗ったキンマの葉に檳榔樹の実や香辛料、タバコなどを包んで嚙む嗜好品。

インド料理については、たとえば、K. T. Achaya, *Indian Food: A Historical Companion* (New Delhi: Oxford University Press, 1994); K. T. Achaya, *A Historical Dictionary of Indian Food* (New Delhi: Oxford University Press, 1998); Chitrita Banerji, *Life and Food in Bengal* (London: Weidenfeld and Nicolson, 1991); Balbir Singh, *Mrs Balbir Singh's Indian Cookery* (London: Mills and Boon, 1961); 辛島昇他編『南アジアを知る事典』（平凡社、二〇〇二年）などを参照。

(41) A. N. Kaul, 'A Reading of *The Shadow Lines*', *in* Ghosh, *The Shadow Lines: Educational Edition*, pp. 308－9; A. N. Kaul, 'Who Is Afraid of Shadow Lines?', *Indian Literature*, 138 (July-August, 1990), p. 93.

(42) Aditya Bhattacharjea, '*The Shadow Lines* in Context', in Chowdhary, *Amitav Ghosh's* The Shadow Lines, p. 213.

＊解説で用いているホームページは二〇〇三年八月時点のもの。

訳者あとがき

アミタヴ・ゴーシュの名前を最初に聞いたのは、一九九五年のインド訪問中だった。『シャドウ・ラインズ』にも登場するニューデリーのティーン・ムールティ図書館の食堂で、かつてデリー大学に留学していたころの友人たちと、最近読んでおもしろかった本について情報交換をしていたときに、彼の名前があがったのだ。ここの食堂は、友人たちとのこうしたおしゃべりには最適の場所だった。

その数週間後、別の用事で訪問したワーラーナシーにあるバナーラス・ヒンドゥー大学で、初めて会った英文学の先生と話をしていたところ、彼もまた、最近、最も注目すべきインド人作家の一人として、ゴーシュにふれた。のどかなバナーラス・ヒンドゥー大学のキャンパスで、つい先ごろ覚えたばかりの名を耳にして、強い印象を受けたのを覚えている。その直後、国内線の空港にある小さな本屋で、ゴーシュの『理性の円環』を見つけた。早速買って読みはじめたところ、独特の風刺や、私自身がインドで出会った人々や訪れた場所を髣髴とさせる描写に、すっかり引き込まれてしまった。

ところが、ワーラーナシーからデリーに戻って、例によってティーン・ムールティ図書館でのおしゃべりの場でこの作品の話をもち出したところ、友人の一人が、『理性の円環』もいいが『シャ

いつか読まねばと思っていたのだが、実際に私が購入したのはその一年後、ボンベイの品揃えのよいこじんまりとした本屋でのことだった。ニューヨーク版の美しい表紙のついた本を手に取り、ぱらぱらとページをめくっていると、一緒にいた地元出身の友人もまたゴーシュ・ファンで、ぜひ読むようにと強く勧められた。このころまでに、ゴーシュ作品がインド国内の文学に関心のある学生、知識人の間にかなりの支持層を築いていたことがうかがえる。その週末、私はこの小説を一気に読み終えた。そして、友人たちがなぜあれほどまでに推したのかがわかると同時に、自分もほかの人にこの作品を勧めたくなった。

『シャドウ・ラインズ』は、解説で述べたように、一九八四年のゴーシュ自身のデリーでの体験が重要な背景になっている。インド・パキスタン分離独立期に起こったような大規模な暴力事件が、独立後に形をかえて再び生じたことは、人々に大きな衝撃を与えた。非常に残念なことに、インドはその後も同じような「衝撃」を何度か経験している。個人的な思い出になってしまうが、私にとって『シャドウ・ラインズ』の場面のいくつかは、一九九二年のアヨーディヤーでのモスク破壊事件と、その直後にインド各地で起こったヒンドゥー・イスラーム両教徒間の「コミュナル（宗派）暴動」の記憶と重なっている。

一九九二年十二月六日、北インドのアヨーディヤーでヒンドゥー教徒によってモスクが破壊されたとき、私はちょうどインド西部の都市アフマダーバードを訪問中だった。状況の深刻さを十分に理解しないままに、数日後に列車で留学先のデリーに戻ったのだが、道中でいろいろな噂を聞き、

「curfew」（外出禁止令）という言葉を何度も耳にした。デリーに着くと、外出禁止令や暴動について錯綜した情報が飛びかっており、混乱と緊張感の中で遠回りをしながらなんとかデリー大学の女子寮に戻ったことを覚えている。

それからは連日、学内や寮内のあちこちで、アヨーディヤーの事件をめぐる激しい議論を耳にした。毎朝、新聞に大見出しでコミュナル暴動のニュースが報じられ、犠牲者の数が日に日に増えていくのを目にしたときの気持ちや、自分のいるところからさほど遠くないデリーのある地域で起こった暴動についてラジオで聞いたときの衝撃を思い出す。まもなく、友人たちの一部は、暴動の被害者に対する救援活動、募金活動を始め、大学の先生や知り合いの活動家たちは、「セキュラリズム」（世俗主義）を唱えて集会やデモを組織しはじめた。集会のひとつでは、激昂した口調でヒンドゥー教徒によるモスク破壊を正当化しようとする学生に対して、デリー大学の著名な歴史家が穏やかに、だが断固とした態度で反論していた。学生が、ある有名なイスラーム教徒詩人の言葉を引用しながら、イスラーム教徒がヒンドゥー教徒に向ける敵対心や彼らの脅威を証明しようとしたのに対して、教授は、詩人がその言葉を述べたときの状況を説明し、同じ詩人の別の言葉も引用しながら、文学者の言葉を文脈から切り離して解釈し、政治的に利用することを強く批判したのだった。

『シャドウ・ラインズ』はあのころのさまざまな場面と重なり、あのときに大学で、寮で、街で、友人宅で交わされた議論や口にされた問いかけを蘇らせた。この小説には、当時の経験について私にはどうしてもうまく言葉で表現できなかったものが表現されているように感じている。

南アジアにおいて宗教の名のもとに展開される暴力は、一九九二年のモスク破壊事件以降もあとを絶たない。昨年（二〇〇二年）の二月二十七日には、アヨーディヤーのヒンドゥー寺院建設運動に参加したヒンドゥー教徒たちの乗っていた列車が、グジャラート州のゴードラーで襲撃された。襲撃したのはイスラーム教徒であるといわれているが、その事件が報じられるやいなや、グジャラート各地、特にアフマダーバードでは、「報復」の名のもとに、ヒンドゥー教徒による大規模なイスラーム教徒虐殺が行われた。最終的な死者の数は二千人を超えるともいわれている（ゴーシュはこの事件についても「グジャラート大虐殺」というエッセーを書き、ホームページ上で公開している）。一九九〇年代以降、インドではヒンドゥー・ナショナリズムを掲げる政党や組織が勢力を揮い続けており、さらに近年では、国際政治の場での「テロとの戦い」というスローガンが、この勢力を後押しする構図が見られる。そうした中で、『シャドウ・ラインズ』が投げかける問いは、現在においても痛切な響きをもって迫ってくるように思われる。

『シャドウ・ラインズ』を日本語に翻訳する企画は、この数年、インド出身の作家による英語作品が日本でも注目を浴びるようになってきていたことや、たまたま知り合いの紹介を通じて、ゴーシュ本人と手紙やメールで接触することができたことがきっかけとなって始まった。二〇〇一年三月には、ニューヨークにあるゴーシュの自宅で、彼のご家族や友人たちと——その中には、著名なカシミール人詩人で、その年十二月に他界したアガー・シャヒード・アリーもいて、ユーモアあふれる会話で場を和ませていた——会食する機会があった。ゴーシュがにこやかな表情で、鍋を片手に給仕していた様子をなつかしく思い出す。

なお、翻訳の過程では多数の方のご助言、ご協力を得た。インドやイギリスの友人たちには、人名や地名の発音から、微妙なニュアンスの翻訳のしかたにいたるまで、たびたび相談にのってもらった。また、南アジア諸言語の単語のカタカナ表記や翻訳について、また、その他の地域の人名・地名の表記に関して、大学の同僚の先生方、日本の南アジア研究者の方々など、多くの方にご協力いただいた。日本語の表現については、渾大防三恵さん、藤原明子さんに貴重なご助言をいただいた。渾大防さんには、最終原稿を仕上げる際にきめ細かいご指導をいただいたほか、技術的・精神的な面でもたいへんお世話になった。而立書房の宮永捷さんは、翻訳作業が滞っている折にも、ユーモアたっぷりのお言葉で励ましてくださった。ご助力くださった方々に、ここで改めて感謝の意をお伝えしたい。また、出版にあたっては、財団法人トヨタ財団「隣人をよく知ろう」プログラム翻訳出版促進助成をいただいた。小川玲子さんをはじめとする関係者の方々にお礼を申しあげたい。

アミタヴ・ゴーシュ氏は、一九九九年以降、手紙やメールを通して、私のぶしつけな質問やおしゃべりにいつも温かく応じてくださった。作品ににじみ出ている彼の温厚な人柄や、繊細な感受性、広範な分野にわたる問題意識などに、直接触れる機会をもつことができたのは、私にとって大きな幸運であったと感じている。

二〇〇三年夏

アミタヴ・ゴーシュ　Amitav Ghosh
1956年カルカッタ（現コルカタ）に生まれる。デリー大学、英オックスフォード大学で歴史学、社会人類学などを学び、博士号取得。インド、アメリカなど各地で研究、教育活動を続け、99年以降米ニューヨーク市立大学で比較文学の教鞭をとる。小説、エッセー、ノンフィクションなど多彩な分野で著作活動を展開し、現代インドを代表する作家、知識人として高い評価を得ている。邦訳された小説作品に『カルカッタ染色体』。

井坂理穂　いさか・りほ
1969年生まれ。東京大学教養学部卒業、英ケンブリッジ大学博士号取得。現・東京大学大学院総合文化研究科助教授、研究分野は南アジア近現代史。論文に「サバルタン研究と南アジア」（長崎暢子編『現代南アジア1　地域研究への招待』東京大学出版会、2002）、'Language and Dominance: The Debates over the Gujarati Language in the Late Nineteenth Century', *South Asia,* 24－1（2002）ほか。

シャドウ・ラインズ　語られなかったインド

2004年5月25日　第1刷発行

定　価　本体2500円＋税
著　者　アミタヴ・ゴーシュ
訳　者　井坂理穂
発行者　宮永捷
発行所　有限会社而立書房
東京都千代田区猿楽町2丁目4番2号
振替 00190－7－174567／電話 03（3291）5589
FAX 03（3292）8782
印　刷　有限会社科学図書
製　本　大口製本印刷株式会社

落丁・乱丁本はお取り替いたします。
ISBN 4－88059－314－1 C0097
© Riho Isaka, Printed in Tokyo, 2004